Ludwig Storch

Geschichte Kaiser Karl's des Fünften

SALZWASSER
VERLAG

Ludwig Storch

Geschichte Kaiser Karl's des Fünften

Unveränderter Nachdruck der Originalausgabe von 1865.

1. Auflage 2022 | ISBN: 978-3-37501-013-3

Verlag: Salzwasser Verlag GmbH, Zeilweg 44, 60439 Frankfurt, Deutschland
Vertretungsberechtigt: E. Roepke, Zeilweg 44, 60439 Frankfurt, Deutschland
Druck: Books on Demand GmbH, In de Tarpen 42, 22848 Norderstedt, Deutschland

Geschichte

Kaiser Karl's des Fünften

von

Ludwig Storch.

Neue Ausgabe.

Leipzig, 1865.

Verlag v. Carl B. Lorck in Leipzig.

Inhalt.

Sechstes Kapitel.

Die Revolution in Spanien.

Siebentes Kapitel.

Der zweite französische Feldzug.

Achtes Kapitel.

Förderungen und Hemmungen der Reformation.

Neuntes Kapitel.

Bauernkrieg und Fürstenverbindungen.

Zehntes Kapitel.

Der dritte französische Feldzug.

Elftes Kapitel.

Römischer Feldzug und Krieg in Ungarn.

Dreiundzwanzigstes Kapitel.

Der Schmalkaldische Krieg.

Vierundzwanzigstes Kapitel.

Untergang der Schmalkaldischen Verbündeten.

Fünfundzwanzigstes Kapitel.

Sieg der kaiserlichen Tendenzen.

Sechsundzwanzigstes Kapitel.

Karl auf dem Höhepunkt seiner Macht.

Siebenundzwanzigstes Kapitel.

Opposition gegen den Kaiser.

Achtundzwanzigstes Kapitel.

Sturz des Kaisers.

Neundzwanzigstes Kapitel.

Anarchische Zustände in Deutschland.

Erstes Kapitel.

Weltlage gegen Ausgang des funfzehnten Jahrhunderts.

Nothwendigkeit der Reform in Staat und Kirche. — Frankreich. — England. — Spanien. — Italien. — Türkei. — Deutsches Reich. — Erwerbung Burgunds. — Grund der langjährigen Feindschaft zwischen den beiden Herrscherhäusern Habsburg und Valois. — Eroberung und Theilung Neapels. — Ligue von Cambrai. — Heilige Ligue.

Dem prächtigen Doppelbaue eines gothischen Domes vergleichbar, der in zwei Thurmspitzen ausläuft, mit wunderlichen Anbauten und Schnörkeleien verunziert, welche dennoch den gewaltigen Eindruck des Großen und Ganzen nicht zu stören vermögen, steht die zwiefache, aus- und ineinander gewachsene Schöpfung des mittelalterlichen Geistes da: Feudalismus und Hierarchie, mit ihren Ausläufen Kaiserthum und Papstmacht. Ihre Grundvesten waren Treue, Glaube, Gehorsam, mit jener starken romantischen Färbung, welche die volle Ausbildung und den freien Gebrauch der menschlichen Vernunft nicht zuläßt, und die gänzliche, willenlose Hingebung an die Autorität kategorisch fordert. Doch der menschliche Geist konnte sich nicht ewig in diesen selbsterbauten Schranken halten; die Idee brach siegreich durch; die Form, so gewaltig und grossartig sie war, zerfiel, weil ihr der Geist entflohen war, und aus ihren Trümmern sollte eine neue, dem Zeitgeiste entsprechende erstehen. Das fünfzehnte Jahrhundert hatte die Aufgabe, mit seinen Erfindungen und Entdeckungen diese beiden Kolosse des Mittelalters gerade in ihren Grundvesten zu erschüttern und andere, angemessenere Fundamente für den Neubau der Lebensform beizuschaffen. Freilich hatten schon im dreizehnten Jahrhunderte Priesterthum und Adelswesen bedeutende Stöße erfahren; letzteres namentlich durch das Aufblühen der Städte und des Bürgerthums; aber von den kräftigsten Stößen fällt kein festes Haus, sobald noch Schwellen und Grundmauern taugen. Erfolgreicher waren die Angriffe, wie gesagt, zwei Jahrhunderte später, da das Fundament unterwühlt und morsch war.

Diesen Kampf, die mittelalterlichen Formen des Lebens abzustreifen und neue zu bilden, wollen wir schildern und zugleich zeigen, warum dieses Streben zum Theil ohne Erfolg bleiben mußte. Wir haben aus doppelten Gründen besondere Rücksicht auf Deutschland zu nehmen, einmal weil unser Vaterland die Hauptwerkstätte für den Bau der Neuzeit war und die tüchtigsten Werkmeister stellte, und dann, weil hier die Umgestaltung der socialen und kirchlichen Verhältnisse auf einem so eigenthümlichen und von der Weise anderer Länder so gänzlich abweichenden Wege versucht wurde, daß unser höchstes Interesse dadurch in Anspruch genommen wird. Während nämlich in Frankreich, England, Spanien und andern Reichen die Umbildung der mittelalterlichen Formen von der fürstlichen Autorität vermittelt und befördert wurde, wie wir sogleich näher erfahren werden, geschah in Deutschland das Umgekehrte.

An der Spitze des Reiches stand Kaiser Maximilian, keineswegs unempfindlich für die Forderungen der Zeit, aber zu alt und lebensmüde, um dem Drange der Nation genügen zu können. Ihm folgte sein Enkel, im Auslande geboren und erzogen, der großartige, kühne Pläne im Kopfe trug, aber kein Herz und kein Verständniß für Deutschland hatte. Die Nation mußte selbst Hand ans Werk legen, und so haben wir das eigenthümliche Schauspiel, wie ein Stand nach dem andern den Versuch macht, die Reform auszuführen. Indem aber jeder derselben seine Standesinteressen vorschiebt, und mehr oder minder feindlich gegen die andern Stände auftritt, macht er sich diese zu Feinden und scheitert. Die Reichsfürsten, der Adel, der Bauernstand, das Bürgerthum, der Kaiser selbst versuchen nach einander, die Doppelaufgabe zu lösen; alle scheitern, bis es endlich Luthern, der innerhalb der Kirche selbst reformirte, gelang, wenigstens eine theilweise Reform herzustellen. Freilich war von ihm eine Umgestaltung des Staates nicht zu erwarten. Nur den Reformatoren in der Schweiz war es durch eigenthümliche Verhältnisse vergönnt, Staat und Kirche zugleich umzugestalten. Ein neuer Reformator trat nach Luther in der Person des Kaisers auf; er wollte Staat und Kirche nach seiner Ansicht bessern. Ein Herr und ein Glaube sollte sein. Spanischer Absolutismus und Katholicismus waren die Mittel, ihn zum Herrn über die Leiber und Seelen seiner Unterthanen zu machen. Als er sein Werk vollendet glaubte, scheiterte er an dem nationalen und religiösen Widerwillen des Volks und seiner Vertreter, der Reichsfürsten, denen zuletzt die Aufgabe zufiel, das Reformwerk zu beendigen.

Unsere Aufgabe ist, zunächst nachzuweisen, wie der Uebergang aus dem Mittelalter in die Neuzeit in denjenigen Ländern bewerkstelligt wurde, welche im 16. Jahrhundert mit Deutschland zuerst in engeren Verkehr und in Wechselbeziehung getreten sind, dann die Vorbereitungen zu den Reformkämpfen in unserem Lande selbst zu schildern, um hierauf, mit genügender Einsicht in die damaligen europäischen Verhältnisse, zu unserer eigentlichen Hauptaufgabe, übergehen zu können, zur Schilderung der Regierungsgeschichte Karl's V., jener denkwürdigen Zeit versuchter und mislungener Reform in Kirche und Staat.

Gerade der Zustand tiefster Erniedrigung, in welchen Reich und Krone von Frankreich zu Anfang seiner Regierung versunken waren, gab Karl's VII. Schlauheit die Mittel an die Hand, die Macht des Thrones zu heben. Kaum war nämlich zu Folge der allgemeinen Anspannung und Schwärmerei, welche das Auftreten der Jungfrau von Orleans hervorgerufen, die Macht der Engländer gebrochen und ihr Besitz in Frankreich auf wenige Städte beschränkt, als es sich der junge König sehr angelegen sein ließ, den Dank des Thrones an den Lehensadel für die geleisteten Dienste dadurch zu zahlen, daß er vermittelst Errichtung eines stehenden Heeres, des ersten in Europa, ihm den Lebensnerv zerschnitt. Beruhte doch die Geltung und Stellung des Vasallenthums einzig auf der Idee, die die Nation von ihm als Vertheidiger und Schirmer in Zeiten der Fährlichkeit hatte. Karl wagte sogar, ohne Beistimmung der Stände durch ein einfaches königliches Edict Steuern aufzuerlegen. Sein Sohn Ludwig XI. fand demnach den Boden schon hinlänglich bearbeitet, um das angefangene Werk, Frankreich aus einem Lehensstaat zu einem absoluten Königthume zu machen, rüstig fortsetzen zu können. Hatte sein Vater immer noch Rücksichten der Dankbarkeit für geleistete Dienste gegen den Adel beobachten müssen, so legte es Ludwig geflissentlich darauf an, ihn in seinen Standesvortheilen zu schmälern, in seinen Standesvorurtheilen zu kränken. Die wichtigsten und ehrenvollsten Aemter, auf welche von Seiten des Adels gern Familienansprüche erhoben wurden, besetzte er mit Leuten von zweifelhafter, ja notorisch niedriger Herkunft. Ferner nahm er den Baronen die Gelegenheit, an Hoftagen durch glänzenden Aufzug dem gemeinen Manne die Wichtigkeit ihrer Stellung in's Gedächtniß zurückzurufen. Der König zog den Aufenthalt in einem düstern Schlosse einem schimmernden Hoflager und die Unterhaltung seines Barbiers der Courtoisie ritterlicher Höflinge vor. Einer Explosion von Seiten des zurückgesetzten, misvergnügten Adelstandes kam die Arglist Ludwigs dadurch zuvor, daß er geschickt die erblichen Zwistigkeiten unter den Familien nährte und dergestalt eine Partei zur Demüthigung der andern benutzte. Wagten einzelne Barone, sich gegen den Willen des Königs aufzulehnen, so gab ihm dies erwünschte Gelegenheit, durch Anwendung der härtesten und entehrendsten Strafen den Beweis zu liefern, daß zwischen seinen Unterthanen keinerlei Verschiedenheit sei. Er erfand die Kunst, sich auf die Reichsstände und ihre Beschlüsse einen steten Einfluß zu wahren, indem er ein vollkommenes Bestechungs- und Einschüchterungssystem anwandte, und machte auf diese Weise, da er die Beschirmer der Volksfreiheit zu dienstergebenen Vollstreckern seines Willens erniedrigte, die Freiheit selbst illusorisch. Trotz dieser für seine zeitgenössischen Unterthanen sehr drückenden Weise muß die Regierung dieses Fürsten als eine Epoche machende bezeichnet werden, indem, ganz abgesehen von dem Vortheile, den Frankreich durch territoriale Erwerbungen aus derselben zog, durch sie auch für andere Reiche die Grundzüge der modernen Staatenpolitik aufgestellt wurden, jener Politik der Aufrechterhaltung des Gleichgewichtes unter den Monarchieen, die an die Stelle der mittelalterlichen Apathie in Bezug auf ausländische Verhältnisse trat.

In England endigte sich um diese Zeit der dreißigjährige verderbliche Krieg der Rosen durch die Thronbesteigung Heinrich's **VII.** Seine Ansprüche auf die Krone waren aber so zweifelhaft, wie sie denn auch von der Hälfte der Nation geleugnet wurden, und seine moralische Berechtigung so gering, daß er das dringende Bedürfniß fühlte, was ihm an politischer Macht und persönlicher Autorität abginge, auf irgend eine andere Weise zu ersetzen. Ludwig's XI. Verfahren gegen den französischen Lehensadel führte ihn auf den richtigen Weg zur Erreichung seines Zieles. Hatte nun Heinrich bei der Verfolgung seiner Politik den Vortheil vor Ludwig voraus, daß zufolge der Invasionskriege in Frankreich sowie des langjährigen Streites zwischen den Häusern York und Lancaster die Blüthe des englischen Feudaladels gefallen, die Reihen der Aristokratie gelichtet waren, so mahnte ihn eine von den französischen Verhältnissen ganz abweichende Sachlage zur ängstlichsten Behutsamkeit beim Fortschreiten. In Frankreich mußte das ungewohnte Schauspiel eines tief gedemüthigten Adels, eines Standes, der Jahrhunderte lang mit königlichen Anmaßungen aufgetreten war, den gemeinen Mann nothwendig mit geheimer Befriedigung erfüllen und ihn mit einem Despotismus aussöhnen, der sich in gleicher Härte gegen Alle, selbst seine früheren Herren, äußerte. Die englische Nation bestand aus zwei Heerlagern, die nur zeitweise die Waffen niedergelegt hatten; noch glimmte das Feuer unter der Asche. Diese große allgemeine Theilung hatte den feudalen Ständeunterschied gemindert; das Interesse der Faction war zum Theil an die Stelle des Standesinteresses getreten. Sonach durfte der König, wenn er den Adel demüthigte, nicht auf den Beifall des Bürgers rechnen; jeder derselben würde die Beleidigung eines Barons als Schimpf für die Faction empfunden und zu rächen gesucht haben. Die ersten Schritte Heinrich's beweisen auch zur Genüge, wie vollkommen er die Natur seiner Stellung begriff. Er erlaubte dem Adel, die festgesetzte Erbfolge in seinen Baronien zu ändern, ja seine Besitzungen selbst zu veräußern, suchte durch Verordnungen zu verhindern, daß bewaffnete Schaaren von Lehensträgern beständig auf den Beinen blieben, ließ dem Ackerbau und dem Handel reichliche Aufmunterungen zu Theil werden und gewöhnte die Nation an die Segnungen des Friedens und an einen gesetzlichen Zustand. Durch solche tief eingreifende, wenn auch langsam wirkende Mittel gelang es ihm, einen mächtigen Umschwung sowohl im Charakter der Nation selbst, als in den gesellschaftlichen und politischen Verhältnissen des Landes herbeizuführen, der seinen Nachfolgern eine bedeutende Machtentwickelung gestattete, solange sie eine vernünftige Politik verfolgten.

Wie im Verlaufe des Mittelalters die tapfern Enkel der Westgothen den friedlichen Moriscen eine Landschaft der pyrenäischen Halbinsel um die andere im fanatischen Kampfe wieder abrangen, so entstand eine Menge kleiner, von einander ganz unabhängiger Feudalkönigreiche, die uns ein deutliches Bild dieser staatlichen Form gewähren und von deren Institutionen wir auf diejenigen anderer Reiche schließen dürfen. Der König war ein Edelmann und der Erste unter Seinesgleichen; er trug die Krone, weil eben Einer an der Spitze stehen mußte; die Regierung führte eine aus Mitgliedern der weltlichen und geistlichen Aristokratie und der vornehmsten Städte zusammengesetzte Versammlung, Cortes genannt. Dies ist das allgemeine Bild des staatlichen Zustandes dieser Königreiche.

In der zweiten Hälfte des fünfzehnten Jahrhunderts waren dieselben bis auf zwei zusammengeschmolzen, Castilien und Aragon, die den gesammten Ländercomplex bis auf Südspanien in sich schlossen. Die Erben der beiden Kronen, Isabella von Castilien und Ferdinand von Aragon, verheiratheten sich, gleichsam als hätte es für Spanien eines doppelten Maßes von Regentenklugheit in innigster Vereinigung bedurft, um einen neuen Zustand der Dinge anzubahnen. In der That war auch in keinem andern Feudalreiche die Macht des Adels so bedeutend, wie in Spanien; zur Souverainetät fehlte ihr nichts als der Name. Die Geschichte liefert hinlängliche Beweise für das Vorhandensein dieses anarchischen Zustandes. Die Catalonier empörten sich im Jahre 1462 gegen ihren Souverän, den König Johann II. von Aragon, widerriefen feierlich den ihm geleisteten Huldigungseid und entsetzten ihn und seine Nachkommenschaft des Thrones. Fast um diese Zeit hielt der castilische Adel ein öffentliches Gericht bei der Stadt Avila über seinen lasterhaften König Heinrich IV. Auf ein Gerüst ward eine Puppe mit den königlichen Insignien gesetzt; vor dem Throne ward die Anklage verlesen und dann das Urtheil gesprochen, daß der Thron erledigt sei. Das Königsbild ward darauf von den vornehmsten Würdenträgern der Insignien beraubt und schließlich vom Throne herabgestoßen. Die Aragonier begnügten sich nicht blos, die königliche Würde durch die Cortes, in deren Hand ohnehin schon die Gewalt lag, einzuschränken, sondern sie suchten auch durch die Errichtung der Justicia- oder Oberrichterwürde jedem erdenklichen Uebergreifen des Königs zu begegnen. Der Justicia, dessen Amt einige Aehnlichkeit mit demjenigen der spartanischen Ephoren hatte, beaufsichtigte den König bei der Handhabung der Gesetze; er war in streitigen Fällen die oberste Autorität, der sich alle, den König nicht ausgenommen, beugen mußten; er konnte aus eigener Machtvollkommenheit selbst die Minister des Königs zur Rechenschaft ziehen. Für die Ausübung dieser mehr als königlichen Gewalt war er nur den Cortes verantwortlich. Als hätten die Aragonier gleich von vorn herein ihre Könige an ihre Ohnmacht erinnern wollen, leisteten sie ihnen die Huldigung auf eine ungewöhnliche Weise. „Wir," schwur der Justicia im Namen des aragonischen Adels, „Wir, die Einzelnen jeder für sich eben so gut als Ihr und zusammengenommen mächtiger als Ihr, versprechen Eurer Regierung Gehorsam, wenn Ihr unsere Rechte und Freiheiten beschützt; wo aber nicht, so habt Ihr keinen von uns zu erwarten."

Aehnlich wie die aragonische, wenn auch in ihnen das Königthum nicht so empfindlich eingeschränkt war, erscheinen die Verfassungen der andern Königreiche; und dies war der Zustand, in welchem Ferdinand und Isabella ihre Erblande überkamen. Er mußte für diese begabten, ehrgeizigen, von ihrer Fürstlichkeit eingenommenen Menschen unerträglich sein. Aber in dem Bestreben, eine Veränderung der Verhältnisse herbeizuführen, war die größte Behutsamkeit nöthig; der Huldigungseid der Aragonier enthielt keine leere Prahlerei; einzelne Edelleute konnten sich an Macht kühn mit dem Könige messen; der Adel insgesammt hatte ein furchtbares Uebergewicht; denn der beiweitem größere Theil des Grundeigenthums war in seiner Hand. An diesen seinen Saugwurzeln den stolzen, Alles überragenden Baum des Adelswesens zu benagen, war einer der ersten Schritte Ferdinand's. Bald mit Gewalt, bald durch Urtheilssprüche, die er bei den Gerichtshöfen ausgewirkt hatte, drang er dem Adel bedeutende Ländereien ab, die von seinen Vorgängern an denselben verschleudert worden waren. Wie Ludwig XI., suchte er die mächtigen Dynastenfamilien dadurch herabzusetzen, daß er Kronbedienstungen und Staatsämter, welche vorher durch ihre Glieder besetzt gewesen waren, an Jungadelige verlieh, die ihm für diese Bevorzugung durch desto größere Ergebenheit dankten. Den empfindlichsten Schlag versetzte er der Aristokratie durch Beschränkung der Patrimonialgerichtsbarkeit, in die sie gerade ihren Stolz setzte, indem er ein vorgefundenes Institut, die heilige Hermandad oder Verbrüderung, welches ähnlichen socialen Zuständen wie der Hansabund seine Entstehung durch die Städte verdankte, mit seiner ganzen königlichen Autorität kräftigte und nach seinen Absichten lenkte. Auch das Aeußere des Königthums wußte Ferdinand durch Erfindung der spanischen Hofetiquette und dadurch, daß er die Großmeisterstellen der drei Kriegerorden von St. Jago, Calatrava und Alcantara auf immer mit der Krone vereinigte, zu heben. Aber trotz dieser bedeutenden Fortschritte in der Machterweiterung war Ferdinand's Regierung eine der beschränktesten; erst seinem Enkel sollte es gelingen, den unbändigen Freiheitstrieb der Spanier zu zähmen.

Italien bot zu Ende des fünfzehnten Jahrhunderts einen Anblick dar, welcher von dem der besprochenen Länder ganz verschieden war. In eine Masse von Staaten der widersprechendsten Form zertrennt (es enthielt, außer dem Kirchenstaate, das Königreich Neapel, das Herzogthum Mailand und die Freistaaten Florenz, Genua und Venedig), ward es von einer beständigen Strömung widersprechender Interessen und particularistischer Bestrebungen in Bewegung gesetzt, die dem Lande nicht gestattete, die zu einer nationalen Entwickelung so nöthige Ruhe zu finden, sondern es fortwährend zum Spielballe und Zankapfel auswärtiger Mächte herabwürdigte.

Der Papst nahm natürlich vermöge seiner geistlichen Stellung die oberste Stelle unter den italienischen Autoritäten ein, die ihm als weltlichem Herrn schwerlich zuerkannt worden wäre. Die Hierarchen hatten sich zwar frühzeitig, in der Einsicht, daß ihre geistliche Herrschaft, von einer bedeutenden weltlichen Macht unterstützt, noch viel furchtbarer und unwiderstehlicher sein müsse, als ohne sie, ernstlich um Ausbreitung ihrer weltlichen Jurisdiction bemüht; aber die Künste, welche sie mit so vielem Erfolge bei Erweiterung der pontificalen Macht angewandt, schlugen hier nicht an; und sie mußten sich mit dem Erwerbe begnügen, den ihnen die stupide Frömmigkeit der apulischen Normannen gestattete. Waren doch die Päpste oft viele Jahre hindurch, vermöge der Anmaßungen stolzer Barone und der Zügellosigkeit des gottlosen römischen Volks, nicht Herren in ihrer eigenen Hauptstadt. Besonders hatte der siebzigjährige Aufenthalt in Avignon der Entwickelung der weltlichen Papstmacht geschadet, wie er dazu beitrug, die geistige zu brechen. Erst zu Ende des fünfzehnten Jahrhunderts gelang es Alexander VI. und Julius II., einen ähnlichen Wechsel herbeizuführen, wie ihren Zeitgenossen und der Zwitternatur des Papstthums diejenige Vollendung zu geben, welche allein in den folgenden Kämpfen die Päpste nöthigte, ihr geistliches Interesse nach dem weltlichen abzumessen und sie somit verhinderte, den jungen Trieb der Religionsfreiheit mit dem Gewicht klerikaler Autorität zu erdrücken.

Nächst dem Papste griff Venedig erfolgreich in die Ereignisse des fünfzehnten und sechszehnten Jahrhunderts ein. Dieser Staat hatte sich, durch eine mit eiserner Consequenz ausgebildete und erhaltene aristokratische Form und durch geschickte Benutzung der Weltereignisse, aus kleinen Anfängen im Verlaufe des Mittelalters zur ersten See- und Handelsmacht emporgeschwungen, deren Flagge die Meere beherrschte und die es selbst im Landkriege mit Kaiser und König aufnahm. Am Ende des fünfzehnten Jahrhunderts hatte diese Republik adeliger Kaufleute den Höhepunkt ihrer Macht erreicht, und wir werden bald weiter unten die Energie zu bewundern Gelegenheit haben, mit welcher sie sich in den schwierigsten Lagen benahm.

Die übrigen italienischen Staaten nehmen eine zu untergeordnete Stellung in dem Gange der Ereignisse ein, als daß wir nöthig hätten, ihrer an diesem Orte besonders Erwähnung zu thun; es wird sich später die Gelegenheit ergeben, das Nöthige über sie beizubringen.

In der Mitte des fünfzehnten Jahrhunderts hatte sich im Südosten Europas, nach Vernichtung des byzantinischen Kaiserthums, die Herrschaft des Türkensultans festgesetzt, welche für die abendländischen Fürsten um so gefährlicher war, da sie in vollem Maße das besaß, was jenen abging, wonach sie so hitzig und zum Theil ganz vergeblich strebten, nämlich die uneingeschränkte Verfügung über die Kräfte eines großen, blühenden Landes und seiner Bewohner und ein fanatisirtes, tapfres und kriegserfahrenes Heer. Auch dieses Reich hatte, begünstigt durch das Glück einer ununterbrochenen Thronfolge seit der Zeit des Eroberers von Konstantinopel, in den ersten Decennien des sechszehnten Jahrhunderts den Gipfel seiner Macht erreicht, und sein Beherrscher verfehlte nicht, der christlichen Welt die schlagendsten Beweise dafür zu liefern.

Wir haben bereits oben des eigenthümlichen Ganges erwähnt, den das Reformwerk in Deutschland nahm, indem die Nation den Vortritt ergriff und ihre Fürsten zur Nachfolge zwingen wollte, bemerkten aber auch zugleich, welche nachtheiligen Folgen aus diesem Verlaufe der Dinge erwuchsen. Es ist nun an uns, mit wenigen Worten die Gründe dieser Erscheinung anzugeben. Wir glauben diese einmal in der politischen Verfassung des deutschen Reiches und zweitens in den Persönlichkeiten zu finden, welchen zu der Zeit, da in andern Staaten der Uebergang zu modernen Lebensformen vermittelt wurde, das Geschick Deutschlands anvertraut war.

Es kann uns natürlich nicht einfallen, hier ein System der deutschen Reichsverfassung zu geben, die bekanntlich viele Phasen durchlaufen hat; wir wollen vielmehr nur auf zwei Punkte aufmerksam machen, die auf die nationale Entwicklung Deutschlands sicher einen unheilvollen Einfluß ausgeübt haben. Der erste ist das hartnäckige Bestreben der deutschen Könige, den zwar großartigen, aber unpraktischen Gedanken einer Erbübernahme des römischen Cäsarenthums und der damit verbundenen Weltherrschaft zu verwirklichen; der zweite: der Mangel einer geordneten Thronfolge.

Durch diese Römerzüge, die zuerst im elften Jahrhundert von den sächsischen Kaisern unternommen wurden, verschleuderte man die Kraft Deutschlands auf eine unnütze Weise, indem das durch Parteiungen zerrissene Italien auch ohne dieselben dem Einflusse eines starken und einheitlichen Deutschlands sich nicht hätte entziehen können; aber was noch schlimmer war: die Aufmerksamkeit der Kaiser richtete sich erst nachträglich der Feststellung der innern Verhältnisse, einer weisen Ausgleichung der Stammesfeindschaften, und statt dessen der Verfolgung eines Phantoms zu, welches sie nie erreichen sollten. Während sie der römischen Kaiserkrone nachstrebten, ließen sie ihren Reichsbaronen volle Zeit, die deutsche Königskrone zu schwächen, und während sie der Herrschaft der Welt nachjagten, geriethen sie durch die beständige Berührung mit der Papstmacht in eine schimpfliche Abhängigkeit von dieser, welche ihnen nie so verderblich werden konnte, sobald sie sich innerhalb der Grenzen ihres Reiches gehalten hätten. Die Geschichte Frankreichs und Englands beweist das. Außerdem wurde durch diese Prätension der römischen Weltherrschaft von Seiten der deutschen Kaiser eine nachhaltige Eifersucht und Rivalität der übrigen Fürsten, deutscher wie ausländischer, erweckt, welche bei jedem Versuche einer Reform sogleich den kräftigsten Widerstand leisteten. Und es fehlte nicht an solchen Versuchen, trotzdem die Ohnmacht und Abhängigkeit des Kaisers von den Wahlfürsten des Reichs gesetzlich war. Lebte doch das Andenken an seine einstige Macht in den pomphaften Titeln, in den sinnberauschenden Ceremonien bei seiner Wahl und Einsetzung fort.

Und dann der beständige Wechsel einzelner Regenten und regierender Häuser, der das Land stets in neue Parteiungen und Wahlumtriebe stürzte, den neugewählten König immer schwächer und abhängiger von seinen Wählern machte und den Päpsten willkommene Gelegenheit gab, durch Aufstellung von Prätendenten und Gegenkaisern den Samen der Zwietracht zu streuen. Als endlich seit der Mitte des fünfzehnten Jahrhunderts das Haus Habsburg die Regentenfolge behauptete, war das Uebel schon unheilbar. Freilich wären auch unter günstigeren Verhältnissen die aus dieser Familie hervorgegangenen Kaiser nicht im Stande gewesen, einen heilsamen Umschwung der Dinge herbeizuführen. Albrecht **II.** ist nie im Reiche gewesen; Friedrich **III.** kam in siebenundzwanzig Jahren nicht dahin. Da nun doch eine Regierung sein mußte, so nahmen sich die Kurfürsten derselben an. Maximilian **I.** hatte eine recht gute Einsicht in die Lage der Dinge; aber theils war er zu mittellos, theils mit seiner Familienpolitik zu sehr beschäftigt, um energisch in das allgemeine Ganze eingreifen zu können. Als der Sturm endlich losbrach und das Volk in seinen bedeutendsten Männern reformiren wollte, leistete er wenigstens keinen Widerstand. Besser war es, ein junger kräftiger Fürst hätte an der Spitze gestanden, der den Willen der Nation verstanden und zur Ausführung seinen Arm geliehen hätte — aber dieser war Deutschland versagt.

Bald traten Ereignisse ein, welche den Fürsten Gelegenheit boten, ihre neu erworbene Macht anzuwenden, und ihre neu angenommene Politik gegenseitiger Abwägung und Ueberwachung in Ausführung zu bringen. Das erste derselben war die Vermählung Maria's von Burgund, der Erbin großer, reicher und blühender Länder. Das burgundische Herrscherhaus war ein Nebenzweig der französischen Königsfamilie und stand im Vasallenverhältniß zu dieser; dazu waren mehrere Besitzungen des Ersteren von Frankreich abgerissen. Grund und Berechtigung genug für Ludwig XI., um alles Ernstes an die Einverleibung der burgundischen Lande in sein Reich zu denken. Dies konnte natürlich nur auf dem Wege der Verheirathung geschehen. Unglücklicherweise war der Dauphin erst acht Jahre alt und hatten die Niederländer im Vollgenuß und Gefühl ihrer Privilegien einen wohl gerechtfertigten Abscheu, unter den französischen Despotismus zu gerathen. Den Herzog von Angouleme, einen Prinzen des königlichen Hauses, mit Maria, die, wie ihr Volk, gern darauf eingegangen wäre, zu vermählen, dazu konnte sich Ludwig nicht entschließen, weil in diesem Falle die Erbschaft allerdings der Krone entgangen wäre. Statt diesen geraden Weg einzuschlagen, der das Abhängigkeitsverhältniß Burgunds von Frankreich erneut und die Bewerbungen anderer Freier zu Gunsten seiner Familie vereitelt haben würde, zog Ludwig die Umwege vor, an welche er einmal gewöhnt war, und beschloß, die Provinzen, welche Maria von Frankreich zu Lehen trug, mit Waffengewalt wegzunehmen und seine Eroberungen dann auf die übrigen Besitzungen auszudehnen. Er führte diesen Plan auf eine Weise aus, welche ihn mit Recht zum Gegenstande des Hasses und Abscheues für seine Zeitgenossen machte. Während dessen unterhandelten die Städte von Flandern mit Kaiser Friedrich III. bezüglich einer Vermählung seines Sohnes, des Erzherzogs Maximilian, mit Maria von Burgund. Der Abschluß kam bald zu Stande, 1477, zum Schmerz des betrogenen arglistigen Ludwig, und mit ihm ward der Grund zur nachherigen Größe Karl's V., aber auch zu einer bittern Feindschaft zwischen Frankreich und Oesterreich gelegt.

Indeß der Tag der Rache für Frankreich kam. Zufolge eines Friedenstractates hatte der Dauphin Karl Maximilian's Tochter, Margarethen, heirathen sollen, die zu diesem Behufe am französischen Hofe aufgezogen wurde. Als aber Karl König wurde, schickte er seine Verlobte zurück und fügte zu dieser Beschimpfung noch die andre hinzu, daß er Maximilian's Braut, Anna von Bretagne, auf ihrer Brautfahrt raubte und sie zwang, seine Hand anzunehmen. In der Befriedigung über die Erwerbung einer so großen und reichen Landschaft, wie die Bretagne war, lieh er sein Ohr den arglistigen Einflüsterungen Ludwig Sforza's, Oheims des Herzogs von Mailand, der ihn an die Ansprüche seines Hauses auf das Königreich Neapel mahnte und einlud, dieses Land zu dieser günstigen Zeit in Besitz zu nehmen. Sforza selbst wünschte nur, bei diesem frevelhaften Unternehmen: seinen Neffen vom Throne zu stoßen und sich selbst darauf zu setzen, einen mächtigen auswärtigen Beschützer zu finden, da er auf einheimischen Beistand nicht rechnen durfte. Karl war so ungeduldig, auf das Unternehmen einzugehen, daß er die Grafschaft Roussillon an Ferdinand von Aragon und die von seinem Vater erworbenen Städte an Maximilian abtrat, damit diese Fürsten während seiner Abwesenheit Frankreich nicht beunruhigen möchten. Er brach darauf 1494 mit 20,000 Mann auf und durchzog Italien als Sieger und Herr; er fand nirgends Widerstand und nahm den Thron von Neapel ruhig ein. Indeß er aber in dieser Stadt mit Triumphzügen und Festspielen die Zeit verlor, bildete sich, von Ferdinand und Maximilian unterstützt, eine drohende Verbindung der italienischen Staaten gegen ihn, welche ihre particularistischen Streitigkeiten bei Seite setzten, um gemeinsam gegen den Nationalfeind handeln zu können. Karl, aus seinen Siegesträumen aufgeschreckt, sah keine andere Rettung, als eilige Rückkehr nach Frankreich. Aber schon vertrat ihm ein italienisches Bundesheer den Weg. Die verzweifelte Tapferkeit der Franzosen erkämpfte die Rückkehr; die Eroberungen gingen eben so schnell verloren, als sie gemacht waren. Dieses Ereigniß trug wesentlich dazu bei, der Lehre vom politischen Gleichgewichte Anhänger, namentlich unter den kleineren italienischen Staaten zu schaffen. Aber auch in anderer Beziehung war dieser Feldzug lehrreich, da er den Vorzug stehender Heere und eines tüchtigen Fußvolks (deren sich Karl VIII. bedient hatte) vor der schwer und langsam mobil zu machenden und nur kurze Zeit dienenden Lehensmiliz klar herausstellte. Sowohl Max als Ferdinand bemühten sich, gegen die in französischen Diensten stehende Macht des Schweizer-Fußvolks ein Gegengewicht zu finden; Ersterer durch Erfindung der Landsknechte, der Andere durch Herstellung der spanischen Infanterie.

Karl der VIII. war im Jahre 1498 gestorben und hatte seine mehr als nichtigen Ansprüche auf Neapel seinem Anverwandten Ludwig von Orleans hinterlassen. Dieser nahm bei seiner Thronbesteigung sogleich den Titel dieses Königreichs, sowie des Herzogthums Mailand an, indem er alte Familienansprüche auf diesen Besitz geltend machte. Nachdem er sich mit dem Papste Alexander VI., mit Venedig, Florenz und andern kleinen Staaten zur Behauptung seiner zweifelhaften Rechtstitel verbunden hatte, brach er los und eroberte in kaum vierzehn Tagen das ganze Herzogthum: der elende Sforza fiel in seine Hände und ward in Frankreich eingekerkert. Nach diesem Schlage dachte Ludwig an die Wiedereinnahme des neapolitanischen Thrones. König Ferdinand, der sich weder entschließen konnte, Ludwig die ganze Beute zu überlassen, noch ihm dieselbe mit Waffengewalt zu wehren, trug sich ihm als Raubgenosse an. Der Theilungsvertrag über das Königreich Neapel wurde am 11. November 1500 zu Granada abgeschlossen. Die Welt erlebte nun das widerwärtige Schauspiel, zwei christliche Fürsten einen dritten unter den nichtigsten Ansprüchen seines Besitzes berauben zu sehen. Ludwig XII. erfuhr indessen das Schicksal, welches seine Thorheit und Gewissenlosigkeit verdiente; er wurde von seinem Verbündeten bei der Ausführung des Theilungstractates übervortheilt und nach ausgebrochenem Kampfe aller neapolitanischen Eroberungen beraubt. Seine unersättliche Ländergier suchte, da ihre Bestrebungen im Süden Italiens vereitelt waren, Befriedigung im Norden, und so schloß er am 10. December 1508, fünf Jahre nach dem Verluste Neapels, mit denselben Fürsten, welche er soeben noch feindlich bekämpft hatte, Kaiser Maximilian und Ferdinand dem Katholischen, die Ligue von Cambrai; der Papst Julius II. und andere Fürsten, welche das trotzige Umsichgreifen der Venetianer verletzt hatte, schlossen sich dem Bündnisse trotz aller mit jenen abgeschlossenen Tractate an. Die offen ausgesprochene Tendenz der Ligue war, die Besitzungen Venedigs unter die Contrahenten zu theilen. Einer solchen Uebermacht konnte dieser Staat nicht widerstehen; nachdem seine Macht in der blutigen Schlacht von Agnadel, 14. Mai 1509, gebrochen war, gab er seine festländischen Besitzungen preis und beschränkte sich auf die Vertheidigung der Hauptstadt. Aber bald änderte sich die Lage der Dinge. Sobald das Theilungsgeschäft begann, erwachte die alte Eifersucht unter den Verbündeten. Venedig benutzte geschickt den Umschlag in der Gesinnung seiner Feinde; es versöhnte sich zuerst mit Julius II., bei dem der alte Widerwille gegen die Franzosen erwachte; bald genug trat Ferdinand einem Bündnisse bei, der heiligen Ligue, die den Zweck hatte, die Franzosen aus Italien zu vertreiben, und veranlaßte sogar seinen Schwiegersohn, Heinrich VIII. von England, die Waffen gegen Frankreich zu ergreifen. Dem Kaiser Maximilian wurden die Hände durch einen Waffenstillstand mit Venedig gebunden. Nach verschiedenen Feldzügen in Italien, in Navarra und in der Picardie sah sich Ludwig XII., erschöpft von so vielen Anstrengungen, genöthigt, mit seinen Gegnern Friede zu schließen und seine italienischen Erwerbungen mit Ausnahme der Citadelle von Mailand und einiger unbedeutenden Städte in diesem Herzogthume, fahren zu lassen.

Dies sind, in groben Umrissen geschildert, die Ereignisse vor Karl's V. Regierung seit Erfindung des neuen Systems. Ritter- und Vasallenthum schwinden, aber leider mit ihnen auch die ehrenhafte Gesinnung, Treu und Glaube, deren Hervortreten in früherer Zeit oft rührende Züge liefert.

Zweites Kapitel.

Familienverbindung des Erzhauses Oesterreich mit dem spanischen Königshause.

Die Kinder Ferdinand's von Aragonien und Isabella's von Castilien. — Erzherzog Philipp, Herzog von Burgund. — Johanna die Wahnsinnige. — Ihre Kinder. — Karl's Geburt. — Philipp's Tod. — Ferdinand des Katholischen Regentschaft und Tod.

Die ehrgeizigen Pläne Karl's VIII. hatten die andern Staaten zum Zusammenhalten und zu einer gewissen Vertraulichkeit gedrängt, deren Folge Heirathsverbindungen unter den königlichen Familien waren. Das spanische Ehepaar hatte einen Sohn und vier Töchter:

Isabella, geb. 1470, war 1490 mit Alonso, dem Erben der portugiesischen Krone, vermählt worden und nach dessen Tode 1497 mit König Emanuel von Portugal.

Juan, Prinz von Asturien, geboren 1478, und Juana, geboren 1479, wurden mit den Kindern des Kaisers Maximilian verbunden, Ersterer mit Margarethen, der einstigen Braut Karl's VIII.,

Juana mit dem Erzherzoge Philipp, dem Erben Burgunds, 1496 und 1497.

Maria, geboren 1482, und endlich Katharina, geboren 1485, an den Prinzen Arthur von Wales und nach dessen Tode an Heinrich, nachmals als König von England den Achten, vermählt.

Da Juan ohne Nachkommenschaft und der Sohn Isabella's und Emanuel's von Portugal zwei Jahre alt starb, so erhielt der älteste Sohn Juana's und Philipp's von Burgund die Anwartschaft auf die spanischen Kronen. Dies war Karl, das zweite Kind seiner Eltern, geboren am 24. Februar 1500 zu Gent. Seine Mutter war so wenig auf seine Ankunft vorbereitet, daß der künftige Herr der Welt im heimlichen Gemache das Tageslicht erblickte; einem Ort, den selbst der Niedrigste nicht als Geburtsstätte zu begrüßen pflegt. Um die Uebersicht über Karl's Familienverhältnisse zu erleichtern, führen wir hier seine übrigen Geschwister an. Das älteste Kind Philipp's und Juana's war Eleonore, geboren 1498 in Löwen, 1519 mit Emanuel, König von Portugal, ihrem Oheim, später 1530 mit Franz I., König von Frankreich, vermählt. Karln zunächst war Isabella, geboren 1501 in Brüssel, 1515 mit Christiern II., König von Dänemark, vermählt. Darauf Ferdinand, geboren 1503 zu Alcala de Henarez, vermählt mit Anna von Ungarn und Böhmen 1521, seit 1526 König dieser Länder, seit 1558 Kaiser.

Maria, geboren 1505, 1521 mit König Ludwig von Ungarn und Böhmen vermählt, seit 1530 Statthalterin der Niederlande.

Katharina, geboren 1507 nach ihres Vaters Tode, vermählt mit Johann III., König von Portugal.

Da die einzige Hoffnung Ferdinand's und Isabella's auf diesem Zweige ihrer Familie beruhte, so hielten sie es für nothwendig, ihren Schwiegersohn Philipp von Burgund mit seiner Gemahlin nach Spanien einzuladen, damit ihr Erbrecht von den Cortes anerkannt und Ersterem Gelegenheit würde, sich mit seinen künftigen Unterthanen bekannt zu machen. Das junge Herrscherpaar nahm auf seiner Reise 1501 den Weg durch Frankreich, wo es von Ludwig XII. am Hofe zu Blois köstlich bewirthet wurde. Die Anerkennung seiner Rechte erfolgte in Castilien und Aragon ohne Anstoß im Frühjahre und Sommer 1502; aber der lebenslustige Philipp gefiel sich so wenig an dem steifen, durch den Tod des Prinzen von Asturien und der Königin von Portugal noch mehr verdüstertem Hofe seiner Schwiegerältern, daß er im December trotz allen Vorstellungen über Frankreich nach den Niederlanden ohne Begleitung seiner Gemahlin zurückreiste, die darüber in Tiefsinn fiel und in diesem Zustande einige Monate später den Infanten Ferdinand gebar. Zu jener Zeit lag gerade Ludwig XII. mit Ferdinand dem Katholischen wegen der Theilung Neapels in Streit; Erzherzog Philipp hatte sich seinem Schwiegervater als Vermittler angeboten und von diesem Vollmachten zum Abschlusse eines Tractates erhalten. Der eitle junge Mann überschritt dieselben aber und benahm sich so unklug, daß Ferdinand den Vertrag von Lyon nicht anerkannte, namentlich da sein Feldherr in Neapel, Gonsalvo de Cordova, bedeutende Vortheile über die Franzosen errungen hatte. Dieser Vorfall verstärkte den Widerwillen, den Schwiegersohn und Schwiegereltern gegeneinander gefaßt hatten. Die Königin Isabella starb im November 1504 und setzte ihren Gemahl Ferdinand zum Regenten in Castilien ein, bis ihr Enkel Karl das zwanzigste Jahr erreicht haben würde. Diese Maßregel erweckte bei einem großen Theile des castilischen Adels entschiedenen Widerwillen, weil man Ferdinand's arglistige Gemüthsart und sein Bestreben, die Aristokratie niederzudrücken, hinlänglich kannte. Der Regent sah ein, daß man keinen Anstand nehmen werde, Gewaltthätigkeiten gegen ihn zu wagen, sobald von Brüssel aus Anlaß dazu gegeben würde. Dieser ließ denn auch nicht auf sich warten. Philipp war viel zu ehrgeizig, als daß er eine derartige Ausschließung seiner Person von der Regierung Castiliens ruhig hätte ertragen sollen, und da er von der ihm günstigen Stimmung des dortigen Adels durch massenweises Zuströmen desselben an seinen Hof genügende Beweise erhielt, so that er bald wirksame Schritte. Namentlich unterstützte ihn dabei mit seinem Rathe Don Juan Manuel, Ferdinand's Gesandter am kaiserlichen Hofe. Ein gelehriger Schüler seines Herrn in den diplomatischen Künsten, zögerte er keinen Augenblick, dessen Interesse zu verrathen und sich der neu aufgehenden Sonne zuzuwenden. Ein Briefwechsel mit den unzufriedenen Edelleuten wurde eingeleitet und Ferdinand selbst von seinem Schwiegersohne aufgefordert, der Regentschaft Castiliens zu entsagen und nach Aragon zurückzukehren. Der Hof Ferdinand's entvölkerte sich immer mehr, und der König befand sich in großer Verlegenheit. Vor Allem schien ihm nöthig, Ludwig XII. von Philipp's Interesse abzuziehen; allein er wählte hiezu ein so unkluges Mittel, daß er sich durch Anwendung desselben seiner letzten Stütze, der Anhänglichkeit des castilischen Volks, beraubte. Er heirathete nämlich im vierundfünfzigsten Jahre, zufolge eines in Blois und Segovia 1505 abgeschlossenen Vertrages, die achtzehnjährige Nichte des Königs von Frankreich, Germaine von Foix. Philipp war anfangs betäubt von dem Schlage, der ihn seines französischen Bundesgenossen beraubte, des einzigen, welchen er hatte, und alle seine glänzenden Hoffnungen auf Erwerbung der spanischen Doppelkrone in Frage stellte. Indessen ließ Don Manuel, der den unbeschränktesten Einfluß auf seinen jungen Gebieter gewonnen hatte, den Muth nicht sinken. Am 24. November kam zu Salamanca eine Uebereinkunft zwischen den beiden Nebenbuhlern wegen der castilischen Regentschaft zu Stande, deren Hauptinhalt war, Castilien solle unter dem vereinten Namen von Ferdinand, Philipp und Johanna regiert werden, Ersterer solle aber für seinen Antheil auf die Hälfte der öffentlichen Einnahmen Anspruch haben. Ferdinand traute diesem Vertrage, bei dessen Abschließung Philipp einzig die Absicht gehabt hatte, seinen Schwiegervater in Unthätigkeit zu setzen, bis er selbst nach Spanien käme. Im Januar 1506 segelten Philipp und Johanna aus einem Hafen in Seeland ab; ein Sturm zerstreute aber ihre Flotte und Philipp's Schiff, das, in Brand gerathen, kaum dem Untergange entging, erreichte als Wrack die englische Küste. König Heinrich VII. zog das Paar sogleich an seinen Hof und hielt es fast drei Monate mit unverkennbarer Absichtlichkeit zurück, da diesem Fürsten in Rücksicht seiner Hochachtung und verwandtschaftlichen Verbindung mit Ferdinand daran gelegen war, eine Vermittlerrolle zu übernehmen. Am 28. April landete endlich Philipp in einem Hafen von Galicien. Der castilische Adel, jedes Zwanges ledig, strömte in großer Anzahl mit seinen Vasallen herzu, und der Vertrag von Salamanca wurde für ungiltig erklärt. Nach langem Ansuchen von Ferdinand und stetem Ausweichen von Philipp kam endlich am 23. Juni bei Puebla de Senabria, an der Grenze von Galicien, eine persönliche Zusammenkunft der Beiden zu Stande, die natürlich keinen Erfolg hatte. Ferdinand überließ seinem

Schwiegersohne das Feld und zog sich nach Aragon zurück, in der Hoffnung, irgend ein Ereigniß werde ihm den Rückweg nach Castilien eröffnen. Dasselbe trat wider Erwarten bald ein. Am 25. September 1506 starb Philipp I. zu Burgos an einem Fieber, achtundzwanzig Jahre alt, und die Lage der Dinge änderte sich sehr schnell. Namenlose Bestürzung verbreitete sich unter seinen castilischen und flamländischen Anhängern; die wenigen Freunde Ferdinand's, an ihrer Spitze der Erzbischof Ximenes, hoben wieder das Haupt und sahen vertrauensvoll auf Ferdinand. Allein dieser fühlte sich nicht geneigt, seine nach Neapel unternommene Reise aufzugeben; vielleicht bestimmte ihn dazu der Gedanke, die Castilier eine Zeit lang unter der Anarchie leiden zu lassen und ihnen durch Entfernung seine Regierung desto wünschenswerther zu machen. Die Königin Juana nämlich, welche ihren Gemahl leidenschaftlich liebte, war nach dessen Tode völligem Irrsinn verfallen und in diesem Zustande nicht zu vermögen, ein Document zu unterschreiben. Die flamländische Partei hatte sich wegen Uebernahme der Regentschaft an Kaiser Maximilian gewendet; dieser machte auch im Namen seines Enkels Karl die schönsten Versprechungen, hielt aber Nichts, da es ihm an Geld, Ausdauer und Thatkraft mangelte. Den Bemühungen seiner Freunde und dem klugen Benehmen Ferdinand's gelang es, den Widerwillen der Castilier zu besiegen; am 21. August 1507 hielt er seinen Einzug in das Land. Durch ein mildes und freisinniges Benehmen, das aber keineswegs eine energische Handhabung der Gesetze ausschloß, verschaffte er sich Ansehen bei Adel und Gemeinen, und nie verrieth er ein Rachegefühl wegen der trüben Erfahrungen, welche er zur Zeit von Philipp's Kronübernahme an den Castiliern hatte machen müssen. Auch der Glanz auswärtiger Eroberungen überstrahlte die Epoche seiner Regentschaft. Oran, eine wichtige muselmännische Besitzung an der Ostküste von Afrika, wurde auf Veranlassung und unter persönlicher Anführung des Erzbischofs und Cardinals Ximenes, der die Kosten des Feldzugs aus seinen Mitteln bestritt, erobert (1509). Eine Reihe anderer Staaten und Städte, wie Bugia, Algier, Tunis, Tremecen, Tripolis, unterwarf sich dem spanischen Scepter. Der Theilnahme Ferdinand's an der Ligue von Cambray und der Kriegsereignisse, die aus derselben entsprangen, ist bereits Erwähnung geschehen; wir haben nur noch eine Episode aus denselben anzuführen. Die Grenze zwischen Frankreich und Spanien bildend, bestand seit sieben Jahrhunderten das kleine Königreich Navarra, dessen Herrscherhaus Foix mit den königlichen Familien von Frankreich und Spanien gleichmäßig verwandt war. Schon 1483 hatten Ferdinand und Isabella versucht, durch die Verheirathung ihres Sohnes mit der Erbin von Navarra, Katharina, dieses Land mit ihren eigenen Besitzungen zu vereinigen; die Mutter derselben, Gemahlin Ludwig's XI., hatte dies verhindert und ihre Tochter mit einem französischen Edelmanne, Jean d'Albret, vermählt; ein Misgriff, der die Veranlassung zu vielem Elende wurde. So lange Isabella von Castilien lebte, bestand ein freundschaftliches Verhältniß zwischen den beiden Familien; in den nachfolgenden Händeln Ferdinand's des Katholischen mit Ludwig XII. schloß sich Navarra an Frankreich; Ersterer benutzte die Gelegenheit, seinen alten Plan auszuführen, eroberte Navarra 1512 und verleibte es seinem Reiche ein. In dem den 1. April 1513 abgeschlossenen Waffenstillstand ließ Ludwig der XII. treuloser Weise seinen Verbündeten fallen. Die Ansprüche Kaiser Maximilian's und das Fortbestehen einer intriguanten österreichischen Partei unter dem castilischen Adel erzeugte bei Ferdinand eine gründliche Abneigung gegen seinen Enkel Karl, die sich bis zum Widerwillen steigerte, seitdem seine Hoffnung auf eigene Nachkommenschaft durch den Tod seines Söhnchens getäuscht worden war. Um die abgehende Lebenskraft zu ersetzen, griff er zu künstlichen Mitteln, die ihn vollkommen schwächten. Im Januar 1516 nahm seine Krankheit einen drohenden Charakter an; der König verschloß vor der herannahenden Gefahr die Augen und konnte nicht vermocht werden, einen Beichtvater vor sich zu lassen. Die Aerzte machten ihn endlich auf seinen gefährlichen Zustand aufmerksam, und er entschloß sich zur Ordnung seiner Angelegenheiten. Schon im Jahre 1512 hatte er durch testamentarische Verfügung dem Infanten Ferdinand, welcher unter seinen Augen aufgewachsen war und den er sehr liebte, die Regierung Castiliens und Aragons während der Abwesenheit seines Bruders Karl übertragen. Auf die Vorstellungen seiner Freunde, daß durch eine solche Bestimmung nothwendig Eifersucht und Mistrauen zwischen den Brüdern erweckt werden müsse, stand er davon, wie von der Uebertragung des Großmeisterthums der drei Kriegerorden an seinen Liebling, ab und ernannte den Cardinal Ximenes zum Reichsverweser für Castilien, für Aragon den Erzbischof von Saragossa, seinen natürlichen Sohn. Den Tag nach Unterzeichnung der Urkunde starb Ferdinand am 23. Januar 1516 im vierundsechszigsten Lebensjahre.

Drittes Kapitel.

Karl König von Spanien.

Erzherzog Karl von Oesterreich Herzog von Burgund. — Seine Erziehung. — Cardinal Ximenes Regent von Spanien. — Karl's Reise nach Spanien. — Ximenes' Tod. — Karl in Valladolid und Saragossa. — Erzherzog Ferdinand. — Widerstand der Spanier gegen das niederländische Raubsystem. — Kaiser Maximilian's Tod. — Karl's Wahl zum deutschen Kaiser. — Karl in Barcelona. — Volksempörung in Valencia. — Volksbewegung in Castilien. — Karl's Abreise nach Deutschland.

Der dereinstige Besitzer dieser reichen Erbschaft, Karl, war unter der Obhut seiner Tante Margarethe, die nach ihrer kurzen spanischen Ehe auch Wittwe des Herzogs von Savoyen geworden, und seiner Urgroßmutter Margarethe von York, Wittwe Karl's des Kühnen, aufgewachsen. Nach dem Tode seines Vaters Philipp 1506 hatte sein Großvater Maximilian mit beschränkter Autorität die Regentschaft der Niederlande erlangt. Er übertrug Wilhelm von Croy, Herrn von Chièvres, die Oberaufsicht über die Erziehung seines Enkels; unter diesem war als Lehrer des Prinzen der Dechant Adrian von Utrecht, ein gelehrter, rechtschaffner Mann, angestellt, den später die Dankbarkeit seines Zöglings zu der höchsten geistlichen Würde erhob, trotzdem Karl wenig Gewinn von dem Unterrichte in den damals üblichen gelehrten Dingen zog. Mehr Geschmack fand er am Umgange mit Chièvres, der ihn in ritterlichen Künsten und kriegerischen Uebungen unterwies. Auch in der Geschichte und in den Staatswissenschaften wurde er von seinem Oberhofmeister unterrichtet und nach seinem Regierungsantritt 1515 zu den Staatsgeschäften angeleitet. Der junge Fürst, still, ernst und dem Willen seines

Erziehers ganz ergeben, verrieth noch nichts von jenem starren Sinn, der später die Welt unter sich beugen zu wollen schien.

Adrian von Utrecht war noch vor Ferdinand's Tode in Spanien erschienen, angeblich um einige Punkte in der Regentschaft zu ordnen, eigentlich aber um den Verlauf von des Königs Krankheit abzuwarten. Sobald derselbe verschieden war, brachte er Vollmachten vom Herzog Karl zum Vorschein, die ihm die Leitung der Geschäfte übertrugen. Ximenes vereinigte sich mit ihm, daß sie Beide dieselben gemeinschaftlich führen wollten, bis weitere Befehle von Karl eingegangen sein würden. Ximenes' Regentschaft wurde in denselben bestätigt und vollständig anerkannt, Adrian als bloßer Gesandter beglaubigt. Trotzdem theilte der Erzbischof-Cardinal mit ihm den Titel eines Regenten von Castilien, was bei des Dechanten stiller, unpraktischer Weise ungefährdet geschehen konnte. Ximenes sollte übrigens bald genug das Misliche seiner Lage erkennen, Verweser eines jungen Fürsten zu sein, der fern von seinem Lande, unkundig der Verhältnisse desselben und in Abhängigkeit von herrschsüchtigen Günstlingen lebte. Der Prinz verlangte nämlich, ihn als König ausrufen zu lassen; diese Förmlichkeit verstieß aber, noch zu Lebzeiten der Königin Juana, der eigentlichen Erbin Castiliens und Aragons, vorgenommen, ebensosehr gegen den Landesbrauch, als gegen die kindliche Pietät und mußte deshalb die Spanier doppelt erzürnen. Vergebens waren die Abmahnungen des Regenten; Karl, von seinen flamländischen Rathgebern bestärkt, bestand auf seinem Vorsatze, und der Cardinal, sich wohl bewußt, wie sehr durch den Schritt seine Popularität leiden werde, beschloß zu gehorchen. Er berief eine Versammlung der Prälaten und Vornehmsten des Reichs nach Madrid und legte ihnen Karl's Wunsch vor. Es zeigte sich allgemeiner Widerstand. Erbittert durch denselben ließ der Erzbischof ohne Zustimmung der Versammlung am folgenden Tage Karl in der Hauptstadt als König ausrufen; die andern Städte Castiliens folgten mit geringem Widerstande. In Aragon, dessen Bewohner größere politische Freiheit hatten, geschah dies nicht eher, als bis Karl einen persönlichen Eid geleistet hatte, die Reichsverfassung zu achten und zu schützen.

Ximenes griff die alte Politik Ferdinand's und Isabella's wieder auf, die auf Erweiterung des Rechts der Krone und auf Schmälerung der Adelsprivilegien hinzielte. Ein reiches Einkommen, durch weise Sparsamkeit noch vermehrt, seine Verdienste um das Land, sein hohes Alter und sein ehrwürdiger Stand verliehen ihm mächtige Unterstützung bei seinem Streben. Eine der ersten Maßregeln war die wichtige Verordnung, durch welche er die Bürgerschaften veranlaßte, sich militärisch zu organisiren und ein Volksheer zu bilden, welches unter selbstgewählten Anführern die Volksfreiheiten schützen sollte. Mit dieser Macht in den Händen setzte Ximenes seine Reformpläne fort. Er ordnete die Verwaltung der Staatseinnahmen, bei welcher in Ferdinand's letzten Lebensjahren mancherlei Ungehörigkeiten eingerissen waren, stellte eine genaue Untersuchung der Gelder der Kriegerorden an, hob überflüssige Staatsämter auf, stellte das Verhältniß der Besoldungen fest und zog die von Ferdinand und Isabella bewilligten Jahrgehalte ein, von denen er bestritt, daß sie auf Lebenszeit verwilligt seien. Leider kamen die Früchte dieser Sparsamkeit nicht dem Staate zu gut, sondern einzig dem jungen Könige und seinen flämischen Hofleuten, welche Spanien wie ein erobertes Land aussogen.

Der Adel ertrug nur mit dem größten Unwillen dieses neue priesterliche Joch; allein alle Anstrengungen, sich ihm zu entziehen, waren vergeblich. Die Geschichtschreiber überliefern eine Anekdote, die, wenn sie auch nicht sicher verbürgt ist, doch charakteristisch genug scheint. Die vornehmsten Edelleute sollen eines Tages zu Ximenes gegangen sein und ihn gefragt haben, auf welches Recht hin er so unumschränkt regiere. In seiner Erwiderung bezog er sich auf das Testament Ferdinand's und den Erlaß Karl's. Als sie sich damit noch nicht zufrieden erklärten, zeigte er auf das unten aufgefahrene Geschütz und rief: das sind meine Beglaubigungsschreiben!

Mit gleichem Muthe und gleicher Kraft verfuhr der Regent in den äußern Verhältnissen des Staates. In den südlichen Seestädten ließ er Zeughäuser errichten und im mittelländischen Meere zahlreiche Flotten gegen die Seeräuber der Berberei ausrüsten. Der vertriebene König von Navarra, Jean d'Albret, hatte den Tod Ferdinand's, die Entfernung Karl's und das Misvergnügen des spanischen Adels für günstige Umstände zur Wiedereroberung seines Landes gehalten. Ximenes schickte ihm aber ein bedeutendes Heer entgegen, welches die französischen Hilfstruppen d'Albret's zurückschlug; um vor ähnlichen Versuchen in Zukunft gesichert zu sein, ließ er eine Masse kleiner Festungen schleifen, welche zu schwach waren, das Land zu schützen und nur dem fliehenden Feinde Sicherheit gewährten. Einen Flecken auf den Charakter dieses großen Mannes wirft sein Verfahren in Bezug auf das Ketzergericht, zu dessen Herstellung nach der Unterwerfung Granada's wesentlich beigetragen zu haben, sein trauriges Verdienst ist. Im Jahre 1512 hatten die „neuen Christen" Ferdinand eine große Summe Geldes zur Führung des navarresischen Krieges geboten, wenn er das Gerichtsverfahren der Inquisition dahin abändern wolle, daß dem Angeklagten Ankläger und Zeuge gegenüber gestellt würden; dasselbe Gesuch unter gleichen Bedingungen wurde 1516 von den spanischen Juden gestellt. Beide Male vereitelte der fromme Cardinal die Gewährung durch das Gegengewicht seines Ansehens.

Die eigenmächtige Handlungsweise desselben verdroß aber nicht allein den castilischen Adel, sondern auch den Dechanten von Löwen, Adrian von Utrecht, der sich neben seinem Collegen zur gänzlichen Unbedeutendheit herabgedrückt sah. Zufolge seiner Gegenvorstellungen schickte der flämische Hof nach einander zwei Gesandte, welche mit dem Erzbischofe die Regierung gemeinsam führen sollten, allein sie theilten das Loos ihres Vorgängers, von Ximenes verdunkelt zu werden.

Die Macht des Regenten konnte zwar Ausbrüche der Unzufriedenheit dämmen, allein keineswegs verhindern, daß dieselbe, trotz seiner anerkannten persönlichen Regententüchtigkeit, im Volke immer weiter um sich griff. Die Ursache derselben lag in den unverschämten Erpressungen der Niederländer und der augenscheinlichen Theilnahmlosigkeit, welche der junge König für sein Land bewies. Die wichtigsten Aemter wurden feilgeboten und unter allerlei Vorwänden den Staatskassen ungeheure Summen entzogen. Die Stellung des Cardinals wurde sehr peinlich, da er von der einen Seite dem Trotze des Adels ausgesetzt war und eine Verantwortung für Misgriffe übernehmen mußte, denen er keinen Widerstand entgegensetzen konnte, auf der andern Seite in der Ausführung seiner liebsten Pläne sich durch flamländische Eifersucht und Unkenntniß der Verhältnisse gestört und gehemmt sah.

Endlich entschloß sich Karl zur spanischen Reise und zur Uebernahme seiner Länder. Vorher aber unterzeichneten die spanischen und französischen Abgeordneten den Vertrag von Noyon am 13. August 1516, dem zufolge Karl das Königreich Navarra an die früheren Besitzer zurückgeben und sich mit der Tochter Franz' I. vermählen sollte; dieser trat als Mitgift seiner Tochter die französischen Ansprüche auf Neapel ab. Der Vertrag wurde indessen nie vollzogen. Bei der Landung Karl's in einem asturischen Hafen lag Ximenes krank in einem Franziscanerkloster bei Aranda am Douro. Die Kunde von dem freudigen Ereignisse wirkte belebend auf den alten Mann. Er richtete mehrere Schreiben voll heilsamer Rathschläge, wie er sich die Liebe der Spanier erwürbe, an seinen jungen Gebieter und empfing dagegen Versicherungen von seines Königs Gnade und dem lebhaftesten Antheile an seinem Wohle. Indeß sollte bald ein verhängnißvoller Wechsel in diesem freundlichen Verhältnisse eintreten. Das niederländische Gefolge Karl's, namentlich Chièvres, hatte Alles von einer persönlichen Zusammenkunft desselben mit dem Cardinale zu befürchten; denn es stand zu erwarten, daß Ximenes in seiner offenen und geraden Weise dem jungen Könige die Augen über seine Umgebung öffnen würde. Deshalb verzögerten die Flamländer diese Zusammenkunft, je mehr Ximenes darum bat, indem sie Karl solange als möglich im Norden aufhielten, und benutzten die Zeit, das arglose Gemüth des Jünglings durch boshafte Erzählungen von des Cardinals willkürlichem Betragen und mürrischer Sinnesart mit Widerwillen gegen denselben zu erfüllen. Es gelang ihnen nur zu gut. Von ihren Einflüsterungen bethört, schrieb Karl an Ximenes jenen merkwürdigen Brief, der den schwärzesten Undank athmet. Er dankt in demselben dem Cardinal für alle seine früheren Dienste, bezeichnet den Ort einer persönlichen Zusammenkunft, wo er die Wohlthat seiner Rathschläge für sein Betragen und für die Regierung seines Königreichs entgegennehmen könne; nachher solle es ihm gestattet sein, sich in seinen Sprengel zurückzuziehen und vom Himmel diejenige Belohnung zu erflehen, die dieser allein, seiner Verdienste würdig, gewähren könne. Nach der Behauptung mehrerer Schriftsteller gab der Inhalt dieses Schreibens Ximenes den Tod; allein dies ist nicht der Fall; der Geist dieses Mannes war zu stark, um sich von dem Gewichte königlicher Ungnade erdrücken zu lassen. Er wurde zwar auf das Schmerzlichste von dem Undanke des jungen Königs ergriffen, der ihm seine Krone zu verdanken hatte, und bekam einen Rückfall seines

3*

Fiebers, aber Kummer und die Last der Jahre hatten ihn schon vorher für den Tod gereift, auf welchen er sich nun ernstlich vorbereitete. Derselbe traf ihn am 8. November 1517 im einundachtzigsten Jahre seines Lebens.

Kurz darauf zog Karl mit ungeheurer Pracht in Valladolid ein, wohin er die Cortes von Castilien zusammengerufen hatte. Sie erkannten nach vielen Ränken und Drohungen der Minister seinen königlichen Titel an; doch bestimmten sie, daß in allen Erlassen der Name seiner Mutter Juana dem seinigen voranstehen solle. Zugleich bewilligten sie ein freiwilliges Geschenk von sechsmalhunderttausend Ducaten, wie es in solcher Größe frühern Herrschern nie bewilligt worden war. Trotz dieser Freigebigkeit war die Unzufriedenheit nicht gering, und sie nahm mehr überhand, da man den jungen König in völliger Abhängigkeit von Chièvres und den andern Niederländern stehen sah. Zudem sprach Karl das Spanische sehr mangelhaft und konnte also durch persönliches Hervortreten den übeln Eindruck seiner Regierung nicht mindern; er gerieth nach und nach in den Verdacht eines beschränkten Geistes.

Von Valladolid reiste er nach Saragossa, der Hauptstadt Aragons, um der Versammlung der Cortes beizuwohnen. Vorher sandte er seinen Bruder Ferdinand, unter dem Vorwande, seinen alten Großvater Maximilian zu besuchen, nach Deutschland; in der That wollte er sich nur von einem Nebenbuhler befreien, der ihm bei der gegenwärtigen Aufregung doppelt gefährlich werden konnte, da er ein geborner Spanier und, wie man wußte, von seinem mütterlichen Großvater ursprünglich zum Beherrscher Spaniens bestimmt gewesen war. Auch fehlte es Ferdinand weder an Ehrgeiz, gegen seinen Bruder aufzutreten, noch an Freunden, die ihn dazu ermunterten.

Noch größern Widerstand, als bei den Castiliern, fand Karl bei den Aragoniern. Sie hatten ihn bisher noch nicht als König anerkannt und wollten nun auch nicht zugeben, daß die Cortes in seinem Namen versammelt würden; es geschah im Namen des Justicia, dem dieses Recht während einer Zwischenregierung zukam. Nur mit großer Mühe erlangte Karl von ihnen, daß sie ihm in Verbindung mit seiner Mutter den königlichen Titel übertrugen und ein Geschenk von zweimalhunderttausend Ducaten verwilligten, das jedoch von den widerspenstigen Gebern zum größern Theile zur Tilgung alter Kronschulden verwendet wurde. Während dieser Verhandlungen kamen Gesandte von Franz I. und dem jungen Könige von Navarra nach Saragossa, die dem Vertrage von Noyon gemäß die Wiederherstellung dieses Reiches verlangten. Allein weder Karl, noch der castilische Adel, welchen er um Rath fragte, waren geneigt, darauf einzugehen, und die Verhandlungen zerschlugen sich, nachdem man kurz darauf in Montpellier noch eine gütliche Ausgleichung versucht hatte.

Die Castilier, welche am meisten von der Raub- und Herrschsucht der Niederländer gelitten hatten und noch leiden mußten, wurden immer ungeduldiger, und mehrere Städte ersten Ranges, unter andern Toledo, Sevilla, Segovia, schlossen ein Bündniß zur Vertheidigung ihrer Rechte und Freiheiten und legten, obwohl der Adel feige schwieg, dem in Catalonien weilenden Könige eine Beschwerdeschrift vor. Dieser jedoch hörte die Klagen seiner Unterthanen mit der äußersten Theilnahmlosigkeit an und schien nicht zu bedenken, daß Beschwerdeschriften selten der letzte Zweck von Städtebündnissen sind. Es war ein Ereigniß eingetreten, das seine ganze Aufmerksamkeit in Anspruch nahm und ihn unempfindlich für die Leiden der Spanier, sowie für die ihm erwachsende Gefahr machte. Am 12. Januar 1519 war sein Großvater, Kaiser Maximilian, gestorben. Dessen Lieblingswunsch in den letzten Jahren war gewesen, die Kaiserkrone bei seiner Familie zu erhalten und seinen Enkel zum Nachfolger wählen zu lassen. Allein da er nicht vom Papste gekrönt und eigentlich selbst nur römischer König war, so ward ihm die Wahl eines Thronerben, der diesen Titel führte, abgeschlagen. Freilich war auch Eifersucht und Furcht vor der anwachsenden Macht des Hauses Oesterreich mit dabei im Spiele gewesen. Der formale Weigerungsgrund der Kurfürsten war durch den Tod des Kaisers gehoben und Karl zögerte nicht, sich öffentlich um die deutsche Krone zu bewerben. Indessen trat ihm in Franz I. ein unverhoffter Nebenbuhler entgegen, und es entspann sich nun ein Kampf der Intrigue, der das höchste Interesse Europa's auf sich zog, sowohl um der Stellung und Persönlichkeit der Wettstreitenden willen, als auch wegen des Kampfpreises.

Karl rechnete bei seiner Bewerbung auf die Abneigung der Deutschen, einem fremden Fürsten die Kaiserwürde zu übergeben, welche so viele Jahrhunderte hindurch Eigenthum ihrer Nation gewesen war, und namentlich dem Beherrscher eines Volkes, das von dem ihrigen in jeder Beziehung so verschieden war; er zählte ferner auf die Schritte, welche Maximilian zu seinen Gunsten bereits gethan hatte und die, wenn sie auch damals erfolglos geblieben waren, doch die Nation mit dem Gedanken an seine Nachfolge vertraut gemacht hatten. Als beste Empfehlung seiner Wahl sah er jedoch die vortheilhafte Lage seiner Erbländer an, welche am besten geeignet waren, das deutsche Reich vor der drohend anwachsenden Macht und etwaigen Einfällen der Türken zu schützen. Dieses waren die Gründe, auf welche sich Karl stützte; allein so wichtig sie ihm selbst scheinen mochten, vertraute er ihrer Wirkung nicht allein. Große Geldsummen, die man von Spanien nach Deutschland brachte, unterstützten sie.

Nicht minder lebhaft betrieb Franz I. seine Wahl, und auch er fand Gründe genug auf, die den Vorzug seiner Person vor der seines Nebenbuhlers in ein klares Licht setzen sollten. Seine Anhänger machten auf die Gefahr aufmerksam, in welche das Reich durch Karl's Erhebung gerathe, aus einem Wahlreiche ein Erbreich zu werden; wolle man sie vermeiden, sei es höchste Zeit, einen andern Fürsten zum Kaiser zu machen, der Verstand und Erfahrung genug habe, um ein von neuen Meinungen so durchwühltes Land, wie das deutsche Reich, beherrschen zu können, der aber auch Macht genug besitze, um es vor den Einfällen der Türken zu schützen, ja den Erbfeind vielleicht in seinem eigenen Lande anzugreifen. Franz habe hinlängliche Beweise seiner fürstlichen und kriegerischen Befähigung gegeben. Es stehe nicht zu befürchten, daß die beiden Nationen unter einem Herrscher sich nicht gütlich vertragen würden; sei doch gerade die Zeit ihrer Vereinigung die glänzendste Periode in der Geschichte der Deutschen und Franzosen. Uebrigens werde Karl's Wahl gegen ein Staatsgrundgesetz verstoßen, demzufolge der Inhaber des neapolitanischen Thrones von der Bewerbung um die Kaiserkrone ausgeschlossen sei. Auch würden Karl's Ansprüche auf das Herzogthum Mailand im Falle seiner Erhebung das deutsche Reich in einen Bürgerkrieg verwickeln, der jedenfalls jenseits der Alpen aus denselben erwachsen würde. Was diesen Gründen an Gehalt abging, suchte Franz durch reichliche Geldspenden und noch größere Versprechungen an die deutschen Fürsten zu ersetzen, und zwar wurden diese Bestechungen mit einer Offenheit betrieben, welche in gerechtes Erstaunen setzt.

Franz' Bewerbung hatte einen guten Fortgang genommen; mehrere Kurfürsten waren ihm geneigt, eine Menge Fürsten und Kriegshäupter gewonnen. Indessen senkte sich doch die Schale zu Gunsten Karl's. Die größere Geschicklichkeit der österreichischen Anhänger, die Gewaltthätigkeiten der französischen Parteigänger, die Erinnerung an Franz' unbeschränkte Regierungsgewalt und an seine Gewöhnung unbedingten Gehorsams, wobei die deutsche Freiheit schlecht bestehen würde, trugen dazu bei. Ferner die Stellung, welche die andern Staaten zu der Kaiserwahl einnahmen. Die Schweizer, in schmerzlicher Erinnerung an die Niederlage von Marignano, welche ihre Söhne durch Franz erlitten hatten, ließen sich leicht für Oesterreich gewinnen. Die Könige von England und Böhmen hatten erst Lust, als Bewerber um die Kaiserkrone aufzutreten, wozu sie sich durch frühere Entwürfe Maximilian's in Bezug auf die Nachfolge berechtigt fühlten; Heinrich VIII. schickte sogar einen Gesandten nach Deutschland; allein er bequemte sich bald zu einer neutralen Haltung, und König Ludwig von Ungarn und Böhmen gab seine Ansprüche zu Gunsten der österreichischen Familie auf, mit der er bald in verwandtschaftliche Beziehung treten sollte. Nur Venedig trat aus Eifersucht gegen Oesterreich entschieden auf Franz' Seite. Papst Leo X. erkannte allein, welche Stellung er einzunehmen habe. Er hatte ebensoviel von einem Kaiser zu fürchten, der König von Neapel war, als von einem, der Mailand und Genua beherrschte. Er sah alle Conflicte voraus, welche aus einer so nahen Berührung der kaiserlichen und päpstlichen Gewalt entstehen mußten. Die Politik des Stuhles Petri stimmte darin mit derjenigen der deutschen Kurfürsten: keinen zu mächtigen Fürsten zum Kaiser zu machen. Diesen Rath ertheilte Leo X. unter der Hand, und er fand natürlich Anklang.

Am 17. Juni 1519 kamen die Kurfürsten in Frankfurt zusammen. Sie dachten zuerst daran, Joachim, Kurfürsten von Brandenburg zu wählen; aber dessen eigener Bruder Albrecht von Brandenburg, Kurfürst von Mainz, war wider ihn, weil die Behauptung der Kaiserwürde, selbst wenn er sie erlange, die ganze brandenburgische Familie erschöpfen würde. Darauf faßte man den Kurfürsten von Sachsen ins Auge.

Friedrich der Weise genoß schon lange hohen Ansehens; vermehrt hatte er dasselbe neuerdings durch sein Auftreten in der luther'schen Angelegenheit; allein Friedrich war schon zu alt und zu wenig ehrgeizig, als daß er die Aussichten, die sich ihm von verschiedenen Seiten her boten, hätte verfolgen sollen. Außerdem wußte er zu gut, daß die unabhängigkeitslüsternen Reichsfürsten nur durch die bedeutende Hausmacht eines Kaisers in Schranken gehalten werden konnten. Er erklärte sich für Maximilian's Enkel und gab mit seiner Ansicht den Ausschlag. In der feierlichen Wahlsitzung der Kurfürsten am 28. Juni 1519 wurde Erzherzog Karl von Oesterreich, Prinz von Burgund, König von Spanien und Neapel, zum Kaiser erwählt; Franz hatte nicht eine einzige Stimme.

Die Kurfürsten dachten sogleich daran, die deutsche Freiheit gegen einen so mächtigen Herrn zu wahren. Es ward eine ziemlich strenge Capitulation aufgesetzt: Aemter sollten nur mit Deutschen besetzt, die Verhandlungen in deutscher Sprache geführt, Reichsversammlungen nur innerhalb der deutschen Grenzen abgehalten werden. Den Kurfürsten ward Theilnahme an der Regierung zugesichert; ohne ihre Einwilligung sollte kein Krieg, kein Bündniß geschlossen, kein Reichstag angekündigt, keine Steuer ausgeschrieben werden; was mit Rath und Hilfe der Stände im Kriege gewonnen werde, solle auch immer dem Reiche verbleiben.

Diese Capitulation unterschrieben Karl's Gesandte sogleich im Namen ihres Herrn; er selbst beschwor sie nachher bei der Krönung.

Die Nachricht von dieser Wahl kam in neun Tagen von Frankfurt am Main nach Barcelona, wo sich Karl, von den catalonischen Cortes hingehalten, immer noch aufhielt. Er empfing sie mit der Freude, die man von einem neunzehnjährigen jungen Manne erwarten kann. Er nahm sogleich den Titel Majestät an, welchen vor ihm kein europäischer Fürst geführt hatte. Die Spanier sahen indeß die Erhebung ihres Königs nicht mit demselben Vergnügen an, wie er selbst; denn es entstand die nicht grundlose Besorgniß bei ihnen, daß von nun an ihre Reiche nur da sein würden, um Karl zur Stärkung der Kaisermacht die Mittel zu gewähren. Dieser achtete indessen gar nicht auf ihr Murren, sondern nahm die kaiserliche Würde an, welche ihm der Pfalzgraf als Haupt einer feierlichen Gesandtschaft im Namen der übrigen Kurfürsten antrug und versprach, zur persönlichen Besitzergreifung nächstens nach Deutschland zu kommen.

In Valencia entstand um diese Zeit eine Erhebung des Volks gegen den Adel, der in diesem Königreiche mehr wie anderswo seine Vorrechte misbrauchte. Der Aufstand wurde organisirt; eine Volksbewaffnung bildete sich und Abgeordnete gingen mit einer Beschwerdeschrift an den Kaiser ab. Dieser war bereits von dem besorgten Adel um die Erlaubniß angegangen worden, die Waffen gegen die Aufrührer ergreifen zu dürfen. Karl, auf die Edelleute erbittert und ungeduldig, nach Deutschland abzureisen, legte dem Handel keine Wichtigkeit bei und übergab dem Cardinal Adrian Vollmacht, die Cortes von Valencia in seinem Namen abzuhalten. Diese nahmen jedoch eine solche Stellvertretung als höchste Beschimpfung auf und erklärten, daß sie nach den Grundgesetzen ihrer Staatsverfassung eine abwesende Person nicht als König anerkennen und also auch keine Steuern bewilligen könnten. Diese Erklärung verdroß den Kaiser ungemein, und er ließ sich von seinem Unwillen zu der Erlaubniß an das Volk hinreißen, die Waffen fortzuführen. Dadurch erhielt der Aufstand die Billigung des Kaisers selbst und neue Nahrung; alle Edelleute wurden aus der Stadt gejagt; man übertrug die Regierung selbstgewählten Obrigkeiten und trat in eine große Verbrüderung zusammen, welche unter dem Namen Germanada das Königreich in große Verwirrung stürzte.

Auch in Castilien brach, auf die Nachricht von der Reise Karl's nach Deutschland, ein allgemeiner Unwille aus, der sich steigerte, als jener die Cortes nach Compostella, einer Stadt Galiciens, berief und noch vor Ablauf der Steuerperiode neue Geldforderungen stellte, um in Deutschland mit einem seiner hohen Würde entsprechenden Glanze auftreten zu können. Der Hof hatte allen Einfluß aufgeboten, um fügsame Abgeordnete in die Versammlung zu bringen, allein nicht mit dem gewünschten Erfolge. Zwei Abgeordnete von Toledo erschienen nur, um gegen die Gesetzmäßigkeit der Cortes Protest einzulegen; zwei von Salamanca weigerten sich, den üblichen Eid der Treue zu leisten, bevor nicht der Versammlungsplatz geändert wäre; die Bevollmächtigten der andern Städte wiesen die Forderung einer neuen Steuer als unerhört, gesetzwidrig und unnöthig zurück. Indessen erlangte der Hof durch Bestechungen, Versprechen und Drohungen eine Majorität, da sich der Adel, geschmeichelt durch der Niederländer Benehmen und eifersüchtig auf die Volksfreiheit, ihm zuwandte. Gegen den Willen der Nation und mit Verletzung der alten Reichsgesetze bewilligten die Cortes die vom Kaiser verlangte Summe. Eine Vorstellung über die Beschwerden des Volkes beachtete er nicht; hatte er doch erlangt, was er begehrt hatte! vielmehr traf er alle für seine Entfernung von Spanien nöthigen Maßregeln.

Zur Erbitterung der Castilier setzte er ihnen den Cardinal Adrian als Statthalter vor, der schon früher diese Stelle mit nicht großem Ruhme bekleidet hatte; zu Vicekönigen von Aragonien und Valencia wurden einheimische Edelleute erwählt. Am 22. Mai 1520 segelte Karl von Corunna ab, ungeduldig, die Kaiserkrone auf sein Haupt zu setzen, während hinter ihm ein furchtbarer Sturm sich erhob, der ihm leicht die spanischen Kronen entreißen konnte.

Viertes Kapitel.

Kaiser Karl zwei Jahre in Deutschland.

Feindschaft zwischen Karl und König Franz I. von Frankreich. — Karl's Besuch bei Heinrich VIII. von England. — Karl's Krönung in Aachen. Verwirrung in Deutschland. — Aufringen des deutschen Geistes. — Beginn der Kirchenreformation. — Reichstag zu Worms.

Der Vorzug, welchen Karl erfahren hatte, erbitterte den König von Frankreich ungemein, und es stand zu erwarten, daß er den Schimpf der Zurücksetzung nicht ruhig ertragen werde. Ueberhaupt war auf französischer wie österreichischer Seite zu viel geschehen, als daß man an Frieden zwischen beiden Mächten hätte glauben können. Karl hatte den Vertrag von Noyon gebrochen, durch den er Johann d'Albret zu restituiren angehalten war. Frankreich besaß noch Provinzen von Karl's Erbland, die Ludwig XI. einst Marien von Burgund entrissen, und unterhielt stets Verbindungen mit dem Herzoge von Geldern, dem Erbfeinde des burgundischen Hauses. Franz machte Ansprüche auf Neapel, um dessen Besitz sein Vorgänger von Ferdinand dem Katholischen schmählich betrogen worden war. Der Kaiser war berechtigt, das Herzogthum Mailand, welches sein Nebenbuhler erobert und ohne Investitur besaß, als Reichslehen wieder zu fordern.

Beide Fürsten sahen sich nach Verbündeten um und richteten ihre Blicke zunächst auf den Papst. So gern Leo X. gehabt hätte, wenn sich Franz und Karl gegenseitig schwächten, so wußte er doch, daß Italien der Schauplatz ihrer Kämpfe sein würde, und so suchte er die hieraus entstehenden Nachtheile wenigstens durch eine neutrale Stellung zu mindern.

Die Macht, welche nächst dem Stuhle Petri in Betracht kam, war England. Heinrich VIII., seit 1509 König, war nicht unempfindlich für die Vortheile, welche ihm die unzugängliche Lage seines Landes, sowie die von seinem Vater gestärkte königliche Gewalt gewährten, aber er war ein Sclave seiner Leidenschaften und seines Günstlings, des Cardinals Wolsey, den er aus dem Staube erhoben hatte. Franz hatte schon im Jahre 1518 diesen hochmüthigen Emporkömmling durch einen blinden Gehorsam gegen seine Rathschläge und durch Auszahlung eines Jahrgeldes gewonnen, sodaß er seinen Herrn zu einem bedeutenden Zugeständniß an Frankreich, zu einem Heirathsvertrag zwischen dem Dauphin und der Prinzessin Maria und zu einer persönlichen Zusammenkunft mit Franz beredete. Karl betrachtete dieses herzliche Einverständniß nicht ohne Unruhe und da er den schon festgesetzten Besuch seines Oheims Heinrich in Frankreich nicht mehr hintertreiben konnte, suchte er dessen Wirkungen wenigstens zu schwächen. Auf der Fahrt von Spanien her landete er zum Erstaunen der englischen Nation in Dover. Wolsey kannte den Zweck des kaiserlichen Besuchs; denn derselbe war zwischen ihm und Karl verabredet. Letzterer erhöhte sogleich das Jahrgeld von 3000 Pfund, welches er dem Cardinal seit seiner Thronbesteigung in Castilien zahlte, um 7000 Ducaten. Heinrich, bereits auf dem Wege nach Frankreich, empfing seinen Neffen mit der größten Achtung und es gelang diesem während seines viertägigen Aufenthaltes, nicht nur den König, sondern auch Wolsey völlig für sich zu gewinnen, Letzteren namentlich durch das Versprechen, ihm zur Tiara zu verhelfen. Die Zusammenkunft der Könige von England und Frankreich fand mit großer Pracht statt; aber sie hatte nicht die Folgen, welche Franz erwartet hatte; denn der gute Eindruck, welchen er auf Heinrich gemacht hatte, wurde bald wieder durch Wolsey's arglistige Reden und durch einen Gegenbesuch in den Niederlanden verwischt. Karl hielt sich in den Niederlanden nicht lange auf; schon am 23. October 1520 wurde ihm in Aachen die Krone Karl's des Großen mit ungeheurer Pracht aufgesetzt. Fast um dieselbe Zeit bestieg Soliman, sein größter Widersacher, den Thron des osmanischen Reichs.

Die erste Regierungshandlung Karl's V. war, daß er einen Reichstag nach Worms ausschrieb, um gemeinsam mit den Ständen des Reichs dessen Angelegenheiten zu berathen und zu ordnen. Vorher aber müssen wir einen Blick auf die Zustände und Ereignisse in Deutschland vor Karl's Erhebung werfen.

Zufolge der vielfachen vereitelten Verfassungsversuche, da die höchste Gewalt weder Geltung noch Anerkennung gewinnen konnte, entstand in den letzten Jahren Kaiser Maximilian's eine allgemeine Gährung, ein chaotisches Ringen nach festen, geordneten Verhältnissen.

In den Fürstenthümern erstarkte die Landeshoheit mehr und mehr; eine Landesgesetzgebung und allgemeine Verwaltung zeigt sich in leisen Anfängen. Nicht selten breiten die Fürsten ihre Hoheit auf gewaltsame Weise aus, sowohl über bisher freie Landschaften, als über geistliche Besitzthümer.

Die von der Fürstenmacht eingeengten Ritterschaften suchten sich durch Verbindungen zu sichern und zu stärken; in Schwaben entstanden solche unter dem Schutze des Bundes; auch in Franken wurden dergleichen angestrebt. Noch immer herrschte unter einem großen Theile des Adels der wilde, zügellose Geist des Mittelalters; Buschklepperei, Wegelagerei und Fehden waren Alltagserscheinungen. Götz von Berlichingen's Händel sind ja bekannt genug. Franz von Sickingen nahm die Gegner des vom Kaiser eben wieder eingesetzten Rathes in Worms in seinen Schutz. Er beginnt die Feindseligkeiten gegen die Stadt und fällt in die Acht. Nun belagert er den Feind sogar, daß die Pfingstmesse in zwei folgenden Jahren nicht gehalten werden kann.

Schlimm waren die Städte daran; sie wurden vom Reiche, von Fürsten und Rittern bedrängt; aber sie wehrten sich auch tapfer. Lübeck hielt den Nachbaradel in Furcht und Achtung und setzte gegen das Ende des fünfzehnten Jahrhunderts durch ein Bündniß mit benachbarten mittelbaren Städten dem Uebergreifen der Fürstenmacht Schranken; an der Spitze mehrerer demüthigte es den König von Dänemark auf's Tiefste. Von oberdeutschen Städten war namentlich Nürnberg eine Vorkämpferin municipaler Freiheit. Die adelige Nachbarschaft erblickte nicht ohne Grauen ihre Zinnen und Mauern, innerhalb deren Mancher aus ihrer Sippschaft durch das Henkerbeil geendet. Erlitten die fränkischen Handelsstädte durch Krieg und Fehde in ihrem Handel und Wandel oft Beeinträchtigung, so wurde das reich ersetzt durch die neuen Verbindungen mit den Niederlanden und Spanien und durch weitere Handelsunternehmungen nach Ost- und Westindien. Wenn auch an keine ruhige Fortentwickelung und an kein sicheres Gedeihen gedacht werden konnte, so behaupteten die Städte unter diesen chaotischen Verhältnissen doch immer eine achtungswerthe Stellung. Aber auch im Innern der Städte herrschte eine große Gährung. Durch die häufigen Geldforderungen, welche an sie gestellt wurden, wurde der alte Streit zwischen Räthen und Gemeinden erweckt, der oft blutige Gewaltthaten herbeiführte. Wir erinnern an das tolle Jahr in Erfurt, an die Aufstände in Regensburg, Worms, Köln, Speier, Lübeck, Nürnberg und andern Städten.

In nicht geringerer Aufregung befand sich das Land, wozu einestheils die immer höher geschraubten Anforderungen des Reichs, der Landesherren, der Kirche und der Edelleute an seine geplagten Bewohner beitrugen, anderntheils die Kunde von dem Glücke der Schwyzer Bauern, die sich von der Reichsunterthänigkeit eben losgemacht hatten, von der Unterjochung der Friesen und dem Siege und der Standhaftigkeit der Ditmarschen. Im Jahre 1493 hatte sich im Elsaß eine Vereinigung misvergnügter Bauern und Bürger gebildet, sie ist unter dem Namen Bundschuh bekannt, von dem Wahrzeichen, welches sie führte. Man wollte hinfort nur nach eigener freier Bewilligung steuern, Zoll- und Umgeld abschaffen, die Geistlichen beschränken, die Juden tödten und ihre Güter theilen. Die Verschwörung wurde zwar unterdrückt, aber nicht vernichtet. Im Jahre 1502 kam man ihr aufs Neue auf die

Spur. Von Seiten des Reichs war man keineswegs blind gegen die Gefahr, welche durch einen massenhaften, organisirten Aufstand der Bauern drohte. Man dachte auf Reichstagen an Erleichterungen des gemeinen Mannes und widersetzte sich neuen Auflagen, um das Volk nicht zur Verzweiflung zu bringen. Im Jahre 1514 brach in Württemberg der Aufstand aus, unter dem Namen des armen Konrad; er wurde mit Waffengewalt unterdrückt; aber die ganze gesellschaftliche und staatliche Ordnung ruhte auf einem Vulcane. Der Reichstag von Mainz 1517 stellte das Unvermögen der bisherigen Machthaber, eine durchgreifende politische Reform vorzunehmen, auf eine klägliche Weise ans Licht. In Bezug auf Kirche und Religion war Deutschland nicht besser daran.

Die Anmaßungen des Papstthums, welche namentlich seit dessen Siege über das Kaiserthum im dreizehnten Jahrhundert hervorgetreten waren, erwiesen sich im fünfzehnten nicht weniger groß; sie erlitten keinen Eintrag durch die Bestrebungen der damaligen Päpste, ihre Territorialmacht zu erweitern, oder ihren Nepoten Land und Leute zu verschaffen. Jemehr die Opposition in den Laien erwachte, desto unleidlicher wurde die klerikale Arroganz. Man verschmähte dabei kein Mittel der Gewalt, und nach Huß empfand noch manches andere Opfer die Uebermacht der Hierarchie. Der berüchtigte Hexenhammer wurde zu Anfang des sechszehnten Jahrhunderts von zwei deutschen Dominicanern abgefaßt, die Juden überall in Deutschland verfolgt und die Kölner Dominicaner schlugen dem Kaiser vor, ein Inquisitionsgericht gegen sie anzustellen, um zu untersuchen, inwieweit sie vom alten Testamente abgewichen seien. Die deutschen Universitäten, welche von der Pariser ausgegangen waren, mußten dazu dienen, den scholastisch-hierarchischen Geist zu erhalten und zu nähren. Und wie sich derselbe in der Wissenschaft spiegelte, so auch in der Kunst, namentlich in der Architektur und Malerei. Damals, zu Ausgang des fünfzehnten und zu Beginn des sechszehnten Jahrhunderts wurden Münster und Dome zu Nürnberg, Straßburg, Augsburg, Freiburg, Bern vollendet, zum Theil neu gebaut. Die Malerei beruhte ganz auf der Religion; diese durchdrang aber alle Verhältnisse, alle Bestrebungen der Menschen. Der Mariendienst war ein Haupttheil des religiösen Cultus; Reliquien wurden eifrig gesammelt und verehrt; Zeichen und Wunder geschahen überall; im Jahre 1512 ward in Trier der Rock Christi aufgefunden.

Indessen fehlte auch nicht die Opposition gegen Papst- und Kirchenthum. Die Erfolgloseste ging vom Reiche aus. Schon mit den ersten Verfassungsentwürfen zur Herstellung einer nationalen Staatsgewalt waren Mahnungen und Beschwerden an den päpstlichen Stuhl verbunden. Kaiser Maximilian dachte daran, für Deutschland die Vortheile einer pragmatischen Sanction herzustellen, wie sie Frankreich genoß; im Jahre 1511 betheiligte er sich lebhaft an der Berufung eines Conciliums nach Pisa, nach welchem sich die ganze Christenheit sehnte. Besondern Anstoß nahm man an den Annaten, einer unendlich lästigen Steuer, durch welche ganze Landschaften in tiefe Schulden geriethen. Man berechnete überhaupt die Summe, welche jährlich nach Rom floß, auf 300,000 Gulden, ohne die Proceßkosten und den Ertrag der Pfründen, während für Bedürfnisse des Reichs, so dringend sie waren, selten Geld geschafft wurde.

Großen Anstoß erregte ferner die geistliche Gerichtsbarkeit, die mit der weltlichen stets in Conflict kam und dem Streben der Staaten nach einer territorialen Abgeschlossenheit widerstrebte. In Sachsen namentlich hatte dieser Uebelstand seinen Höhepunkt erreicht. Denn nicht allein die drei Landesbischöfe hatten hier ihre besondere Gerichtsbarkeit, sondern auch die Erzbischöfe von Mainz und Prag, die Bischöfe von Würzburg und Bamberg, Halberstadt, Havelberg, Brandenburg und Lebus. Kein Wunder, wenn man hier das Bedürfniß einer kirchlichen Reform am stärksten fühlte.

Dazu kamen noch die allgemeinen und wohlgegründeten Klagen über die Habsucht und Sittenlosigkeit der Geistlichen, welche der populären Literatur ein unerschöpfliches Thema boten. Die Opposition, welche von dieser Seite ausging, war darum nachhaltiger und erfolgreicher, als die der Stände und des Kaisers. Um ihren sehr derben, aber gediegenen Charakter anzudeuten, brauchen wir nur auf die vorzüglichsten Erscheinungen hinzuweisen; die Fastnachtsspiele Hans Rosenplüt's, Sebastian Brant's Narrenschiff, der Eulenspiegel und die Bearbeitung des Reineke Fuchs vom Jahre 1498 sind der lebendige Ausdruck der damaligen Volksstimmung. Dieser Opposition der populären Literatur schloß sich nun die Gelehrte entschieden an. Ein neues gesundes Leben erhielt dieselbe von Italien aus, wo nach Wiederaufleben der classischen Wissenschaften der frische Geist des Alterthums erwacht war. Der Einfluß Italiens auf Deutschland war zunächst ein äußerlicher; der lateinische Ausdruck wurde verbessert. Bald zeigt sich schon Agricola classisch durchgebildet, der durch Heranbildung seiner Freunde gut wirkte. In größerem Maße und weiteren Kreisen geschah dieß durch Erasmus von Rotterdam und Johann Reuchlin. Besonders war ihre philologische Thätigkeit in Bezug auf die heiligen Schriften entscheidend, obschon sie auch durch populäre Schriften Licht und Kenntniß zu verbreiten suchten. Durch diese Männer wurde denn auch die Trennung der Nation in zwei Lager herbeigeführt; sie selbst standen an der Spitze der tüchtigsten Geister, der Fortschrittsmänner; die Pfaffen- und Dunkelmännerpartei handelte unter der Leitung der Kölner Dominicaner. Der Papst selbst und das Cardinalscollegium in seiner Majorität waren in dem bekannten Talmud-Handel auf Seiten des arg verketzerten Reuchlin und stimmten voll Widerwillen gegen die Dominicaner, wenn man es auch nicht öffentlich aussprach; einen so bedeutenden Sieg gewann die deutsche Philologie schon in ihrer Kindheit. Die Lichtpartei behauptete das Feld; sie fühlte es auch und bald sehen wir an allen Universitäten Männer der neuen Richtung, wie Hutten, Heß und andere zugleich rüstige Kämpfer in der Presse: das volksthümliche Streben dieser Leute zeigt sich recht eigentlich in den **Epistolis obscurorum virorum**, in denen auf das Lieblingsthema, die Verspottung des fanatischen, dummen, genußsüchtigen Pfaffenthums, eingegangen wird.

Trotz der Hussitenkriege und aller Verfolgungen hatten die Lehren des böhmischen Märtyrers in Deutschland nie ganz ausgerottet werden können; ihre Bekenner warteten nur auf eine günstige Gelegenheit, um offen hervortreten zu können. Von Bedeutung war ferner, daß einzelne Theologen im fünfzehnten Jahrhundert die Lehre Augustin's in ihrer ganzen Strenge annahmen und verfochten. Eine Opposition gegen die Dogmen der Kirche war unvermeidlich. Tauler's Predigten, welche in mehreren Ausgaben damals erschienen, fanden einen großen Leserkreis; sie waren ganz geeignet, ein deutsches Gemüth zu befriedigen, welches sich mit Widerwillen von den scholastischen Spitzfindigkeiten anderer Theologen abwandte. Die strengere Richtung der augustinischen Lehre vertrat die deutsche Provinz der Augustiner Eremiten mit ihren aufeinanderfolgenden Vicaren Proles und Staupitz. Im Jahre 1502 gründete Friedrich der Weise, Kurfürst von Sachsen, die Universität zu Wittenberg; auf die Besetzung der Lehrerstellen hatte Staupitz besondere Einwirkung, die im Jahre 1508 der Anstalt aus dem Augustinerkloster zu Erfurt in Martin Luther ihre Zierde zuführte. Aus den Banden des Zweifels und aus dem Jammer der Gottverlassenheit hatte sich dieser durch das Lesen der Bibel und der Augustin'schen Schriften emporgearbeitet. Bei dieser Gelegenheit hatte Staupitz wahrgenommen, welcher gewaltige Geist in dem jungen Mönche wirke. Schon in seinen ersten Schriften aus den Jahren 1515 und 1516 zeigt sich eine Richtung seiner Ideen auf Kirchenreformation, obgleich dieselben noch keinesweges gereift und geklärt waren. Es bedurfte dazu eines äußern Anstoßes, und diesen erhielt er durch das Auftreten des Ablaßhändlers Tetzel. Erbitterte der Kunstgriff des römischen Hofes, ungeheure Summen aus dem Reiche zu ziehen, patriotische Männer, wie den Kurfürsten von Sachsen, so mußte der Misbrauch eines Kirchendogmas zur niedrigsten Finanzspeculation Luther's tiefernstes Gemüth, sein sittliches Gefühl tief verwunden. Furchtlos schlug er am 31. October 1517 an die Thüre der Schloßkirche zu Wittenberg seine 95 Streitsätze über die Kraft des Ablasses an. Der Kampf war eröffnet. Auf seiner Seite standen alle wahrhaft frommen Gemüther, die gleich ihm durch diese heillose Art der Sündenvergebung verletzt waren; die Literatoren, welche sich schon mit den Obscuranten gemessen, erkannten ihn bald als Haupt an, ebenso die Vertreter einer sich verjüngenden Theologie, ferner die Feinde der geistlichen Gerichtsbarkeit, und endlich hing die Nation Luthern als dem Manne an, der der öffentlichen Meinung genug gethan und ihr einen kräftigen Ausdruck geliehen hatte. Seine Feinde waren die seiner Vorkämpfer: die Verfechter der alten Autorität.

Das war der Zustand, in welchem Karl V. das Reich überkam; alle Keime zu einer nationalen Entwicklung lagen da; es bedurfte nur eines scharfen Blickes, sie in der chaotischen Verwirrung zu entdecken, und einer gewaltigen Hand zu ihrer Pflege.

Als Karl 1520 den Rhein heraufzog, wandten sich alle Hoffnungen auf ihn; Hutten, der sich mit ganzer Seele der Sache Luther's ergeben, richtete eine feurige Ansprache an den Kaiser; von allen Seiten kamen diesem Reformvorschläge zu. Karl selbst, ein junger Mann von zwanzig Jahren, blaß, ernst, wenn auch nicht unfreundlich, ließ das Alles an sich vorübergehen; seinem Minister Chièvres lag die Sorge für Geschäfte ob. Wie hätte er bei seinem Alter und seiner Erziehung das wunderbare Ringen und Streben eines ihm ganz fremden Volkes verstehen können! In der Proposition, mit welcher er am 28. Januar 1521 den Reichstag zu Worms eröffnete, sprach er die Hoffnung aus, das römische Reich, dem einst beinahe die ganze Welt gehorcht, mit Hilfe seiner Königreiche und Erbländer wieder zur alten Glorie zu bringen. Diese Sprache fand Anklang; es kam nur darauf an, wie er seinen Vorsatz ausführen werde. Vor Allem nahmen Kaiser und Reichstag darauf Bedacht, die Parteigänger des Königs von Frankreich, deren Gewaltthätigkeiten allgemeine Entrüstung und Misstimmung gegen sie selbst und gegen Franz hervorgerufen hatten, streng zu züchtigen. Herzog Ulrich von Württemberg, der sich namentlich hervorgethan hatte, wurde seines Erblandes verlustig gesprochen. Die Freunde und Anhänger des österreichischen Hauses empfingen dagegen gebührenden Lohn. Erzherzog Ferdinand, der Bruder des Kaisers, erhielt die Belehnung mit den fünf österreichischen Herzogthümern und mit Württemberg, und stiftete mit diesem Acte die deutsche Linie des Hauses Habsburg. Auch die von Maximilian I. bereits eingeleitete Doppelverbindung mit der königlichen Familie von Ungarn und Böhmen wurde vollzogen. Nachdem diese leichtern Geschäfte erledigt waren, schritt man zur Herstellung eines Reichsregiments, welches bei voraussichtlicher öfterer Abwesenheit des Kaisers die Geschäfte führen solle; auch auf das Reichskammergericht erstreckte sich die Fürsorge der Stände. Darauf kam die lutherische Angelegenheit zur Verhandlung. Hier traten für Karl andere Gesichtspunkte ein, als bei der Ordnung der innern nationalen Verhältnisse; er wollte sich den Papst verbinden, da er einen Römerzug beabsichtigte, und ein Krieg mit Frankreich vor der Thüre stand. Denn der König von Frankreich konnte nicht ruhigen Auges die immer wachsende Größe seiner einstigen burgundischen Vasallen ansehen, deren Enkel jetzt sogar höher gestiegen war, als er selbst. Im Falle eines Krieges war der Papst ein werthvoller Bundesgenosse. Ferner beruhte Karl's, wie seiner Vorgänger Macht in Spanien auf Erhaltung und Durchführung des starr katholischen Princips; das Interesse der hierarchischen Gewalt war demnach auch das seine. Indessen konnte er nichts ohne Mitwirkung der Reichsstände in der Sache thun, und diese sträubten sich entschieden gegen eine Verdammung Luther's ohne vorherige Untersuchung. Derselbe wurde also nach Worms berufen und bekannte sich unerschrocken zu den Ansichten, die er seit seiner Excommunication und seinem Abfalle von der Kirche in mehreren Schriften niedergelegt hatte. Wie sehr er auch seinen Landsleuten Genüge geleistet hatte, misfiel er doch den auf dem Reichstage anwesenden Ausländern, besonders den Spaniern. Karl selbst, der nur niederländisch-deutsch verstand und keinen rechten Begriff von des Mannes Streben hatte, empfing einen unangenehmen Eindruck. Der soll mich nicht zum Ketzer machen, rief er. Am folgenden Tage schon, 19. April, erließ er eine eigenhändige, französisch abgefaßte Erklärung an die Reichsstände, in der er seine Absicht kundthat, den Glauben beizubehalten, den seine Vorfahren, rechtgläubige Kaiser und katholische Könige, gehabt hätten. Dazu rechne er Alles, was in den Concilien, namentlich auch in dem Kostnitzer festgesetzt worden sei. Seine ganze Macht, Leib und Leben, ja die Seele selbst wolle er daran setzen. Nach den Beweisen von Verstocktheit, welche Luther gestern gegeben, bereue er, ihn bisher verschont zu haben, und werde gegen ihn als einen offenbaren Ketzer verfahren. Zu gleichem Verfahren forderte er die Fürsten auf, wie es ihre Pflicht und ihr Versprechen gegen ihn erfordere.

Diese Erklärung, welche gegen alle Formen des Reiches verstieß, brachte große Aufregung unter Luther's Freunden hervor. In den kaiserlichen Gemächern fand man einen Zettel, auf dem geschrieben stand: Weh dem Lande, dessen König ein Kind ist! Ein Anschlag am Rathhause kündigte den Romanisten und namentlich dem Erzbischofe von Mainz die Feindschaft von vierhundert verbündeten Rittern an. Es wurden mehrere Versuche gemacht, Luther zu vermögen, wenigstens einige seiner schroffen Behauptungen zu mildern; allein er konnte sich zu nichts verstehen und reiste ab. Am 8. Mai war ein enges Bündniß zwischen Karl und Leo geschlossen worden und am 25. Mai entriß der Kaiser den noch anwesenden Kurfürsten (die von Sachsen und der Pfalz waren schon abgereist) durch Ueberraschung die Billigung eines Edictes, durch welches Luther in die Acht erklärt wurde. Die Hoffnung der Fortschrittspartei, den Kaiser für ihre Pläne zu gewinnen, war vollkommen gescheitert; er war seinen eigenen Weg gegangen, der ihn mit den Absichten des päpstlichen Stuhles zusammenführte. Der Tractat zwischen Leo X. und Karl V. war ohne Vorwissen Chièvres', der sich als Niederländer sicher einem französischen Kriege widersetzt hätte, durch Don Juan Manuel, den einstigen Vertrauten Philipp's von Castilien, am 8. Mai 1521 abgeschlossen worden; auch Heinrich VIII., unter Wolsey's Einwirkung, verbündete sich auf's Engste mit dem Kaiser.

Fünftes Kapitel.

Kämpfe in Neuspanien und Oberitalien.

Feindseligkeiten Franz' I. — Soliman's Eroberung von Belgrad. — Ferdinand Cortez. — Eroberung von Mexico. — Undank des Kaisers. — Bündniß des Papstes mit dem Kaiser wider die Franzosen in Mailand. — Tod Leo's X. — Wahl Adrian's von Utrecht zum Papst. — Zweiter unglücklicher Feldzug der Franzosen in Oberitalien. — Kriegserklärung Heinrichs VIII. an Franz I. — Zweiter Besuch Kaiser Karl's bei Heinrich VIII. — Feindseligkeiten der Engländer gegen die Franzosen. — Eroberung der Insel Rhodus durch Soliman.

Ende Mai 1522 verließ Karl die Niederlande, um sich nach Spanien zu begeben, wo seine Anwesenheit wegen der ausgebrochenen Unruhen nothwendig war. Seine Aufmerksamkeit wurde aber auch nach verschiedenen andern Seiten gelenkt. An der Grenze von Spanien, wie in den Niederlanden, hatte Franz die Feindseligkeiten begonnen, wenn auch nicht offen. Dort hatte er einen Versuch der Kinder Johann d'Albret's auf Navarra unterstützt, hier den Grafen von der Mark zu seiner tollen Fehde gegen den Kaiser angereizt. Im Osten hatte Soliman mit seinen fanatischen Schaaren Belgrad, das alte Bollwerk der Christenheit in jenen Gegenden, erobert. Zugleich war der Krieg mit den Franzosen in Italien entbrannt, und endlich wurden die Blicke des Kaisers nach der neuen Welt gezogen, wo eine Handvoll kühner Abenteurer soeben ein mächtiges Reich für ihn erobert hatte. Wir berichten über diese Begebenheit zuerst, da sie zu den andern keinen directen Bezug hat.

Ferdinand Cortez, 1485 von armen adeligen Eltern geboren, war im Jahre 1504 einer Einladung seines Verwandten Ovando, Statthalters auf Hayti, gefolgt, der ihm erlaubte, 1511 in die Dienste des Statthalters Don Diego Velasquez zu treten. Dieser, welcher die bedeutenden Eigenschaften des jungen Mannes bald erkannte, übertrug ihm den Oberbefehl über eine Expedition nach dem Festlande von Amerika. Schon zweimal hatte Velasquez vergeblich versucht, festen Fuß hier zu fassen. Kaum war Cortez am 18. November 1518 von St. Jago auf Cuba unter Segel gegangen, als Velasquez, voll Reue, dem kühnen Manne den Oberbefehl anvertraut zu haben, alle möglichen Schritte that, um das Unternehmen rückgängig zu machen. Allein seine Bemühungen wurden durch Cortez' Festigkeit und das Ansehen, welches er sich bei seinen Gefährten erworben, vereitelt. Am 10. Februar 1519 segelte er mit elf Schiffen von Havannah ab; seine Mannschaft bestand aus 670 Mann, von welchen 508 Soldaten für den Dienst zu Lande waren; 13 hatten Feuergewehre, 32 Armbrüste, die andern Schwert und Lanze. Außerdem führte man 16 Pferde, 10 Feldkanonen und 4 Falkonette mit sich. Zwei Geistliche betheiligten sich bei dem Zuge, um der Seelsorge bei den Kriegern obzuliegen und die Indianer zu bekehren; denn dieß war nicht minder der Zweck der Spanier, als die Erwerbung von Schätzen. Auf der Insel Cuzumel, zu welcher Cortez durch widrige Winde verschlagen wurde, hatte er das Glück, einen vor 8 Jahren von den Indianern gefangenen Spanier zu finden, der als Dolmetscher diente. Er umfuhr darauf die östliche Spitze von Yucatan, segelte an der nördlichen Küste weiter und lief in den Fluß Tabasco ein, indem er von den Einwohnern eine gleich gute Aufnahme hoffte, wie sie seinem Vorgänger zu Theil geworden war. Er mußte jedoch die Landung erzwingen und einen Kampf mit den Indianern bestehen, der mit ihrer völligen Niederlage endigte. Sie unterwarfen sich, versprachen Tribut und lieferten zwanzig Sclavinnen; unter diesen befand sich eine Mexicanerin, welche den Spaniern die größten Dienste als Dolmetscherin leistete, da sich herausstellte, daß Mexicaner und Tabascaner verschiedene Sprachen redeten, jener Spanier aber nur letztere verstand. Cortez schiffte in nordwestlicher Richtung weiter und landete bei St. Juan de Uloa den 21. April 1519. Noch vor der Landung erschienen Abgesandte der mexicanischen Statthalter jener Gegenden, um sich nach der Absicht der Expedition zu erkundigen und ihre Dienste anzubieten; am Tage nach der Ausschiffung erschienen die zwei Regierungsbeamten selbst mit zahlreichem Gefolge. Cortez behauptete, Aufträge von seinem Könige zu haben, die er dem Beherrscher des Landes selbst überbringen müsse; er verlangte Zutritt zu demselben. Um ihn von dieser Forderung abzubringen, beschenkten ihn die Statthalter, reizten aber durch diese Geschenke, unter welchen sich auch Goldarbeiten befanden, seine Habsucht. Er schickte Gegengeschenke an den Kaiser Montezuma und führte mit seinen Truppen ein Manöver vor den Statthaltern auf, welches einen tiefen Eindruck auf sie machte. Von Mexico kam ein abschlägiger Bescheid auf Cortez' Gesuch, der durch kostbare neue Geschenke versüßt werden sollte. Allein Cortez bestand auf seinem Willen, da sich Montezuma unsicher und schwankend benahm. In seinem Heere selbst aber entstand Zwietracht, da ein Theil desselben die Heimkehr verlangte. Die Ordnung ward wieder hergestellt, und Cortez benutzte die Gelegenheit, um eine von Cuba unabhängige Colonie, Villa rica de vera Cruz, zu gründen. Die Unzufriedenheit einiger Kaziken mit Montezuma's Oberherrschaft benutzend, brach er am 16. August 1519 nach Mexico auf, nachdem er vorher seine Flotte zerstört hatte, um die Verbindung seiner Soldaten mit Cuba zu hindern. Er besiegte die Tlascalaner und machte sie zu seinen Bundesgenossen, gelangte dann nach Chulula, wo er ein furchtbares Blutbad unter den Eingeborenen anrichtete, die sich gegen die Spanier verschworen haben sollten. Ende October 1519 nahte Cortez der Hauptstadt. Der Herrscher und die ersten Männer des Staats zogen ihm entgegen. Er zog mit seinen Truppen in Mexico ein, wo ihnen Quartiere angewiesen wurden. Die unsichere Stellung der Spanier inmitten einer volkreichen, täglich feindseliger gestimmten Stadt, sowie unglückliche Ereignisse an den Grenzen des

Reichs führten Cortez zu dem verwegenen Plane, Montezuma in seiner eigenen Hauptstadt gefangen zu nehmen, um in ihm ein Pfand der Sicherheit zu haben. Derselbe gelang, hatte indeß nicht ganz den erwarteten Erfolg; der Grimm der Einwohner gegen die goldsüchtigen fanatischen Fremdlinge wuchs. In dieser Noth erreichte ihn die angenehme Botschaft von der Ankunft einer spanischen Flotte; allein diese, die 800 Mann Fußsoldaten, 80 Reiter, 120 Armbrustschützen und 12 Kanonen unter Anführung von Narvaez führte, hatte die Bestimmung, Cortez mit seinen Officieren gefangen nach Cuba zu führen und die Eroberung Mexicos für den Statthalter von Cuba fortzusetzen. Cortez' Heldengeist wurde nicht gebeugt. Er ließ 150 Mann in Mexico als Besatzung und Wache Montezuma's zurück und rückte mit 250 Mann seinen feindlichen Landsleuten entgegen. Er überfiel sie bei Nacht, schlug sie und nahm den größten Theil gefangen. Auf die Kunde eines Aufstandes in Mexico kehrte er eiligst dahin zurück, vermochte aber denselben, der durch die schlechte Behandlung Montezuma's von seiner Seite neue Nahrung erhalten hatte, mit der größten Anstrengung nicht zu dämpfen. Das letzte Mittel, die persönliche Einwirkung Montezuma's auf seine Unterthanen, schlug fehl; als derselbe sie zum Frieden ermahnte, wurde er durch Pfeile und Steinwürfe getödtet. Die Stellung der Spanier wurde unhaltbar; sie verließen bei Nacht die Stadt, erlitten aber in der Nähe derselben eine bedeutende Niederlage. Beständig von Feinden umschwärmt, Sieger gegen eine unermeßliche Ueberzahl, erreichten sie Tlascala und fanden, trotz ihres Unglückes, freundliche Aufnahme und Unterstützung. Eine unfreiwillige Unterstützung von Seiten Velasquez' kam sehr gelegen. Cortez faßte den Plan, Mexico zu erobern. Nach Montezuma's Tode war dessen Bruder auf den Thron erhoben worden, der umfassende Kriegs- und Vertheidigungsmaßregeln traf, aber noch vor Beginn des Kampfes an den Blattern starb. Ihm war sein Sohn Guatimozin gefolgt. Im Anfange des Jahres 1521 eroberte Cortez die zweite Hauptstadt des Reiches, Tezeuco, die er zu seinem Hauptquartiere machte, und mehrere kleine Städte; den Angriff auf Mexico verschob er bis zur Vollendung seiner Brigantinen; denn er wollte die Stadt zu Wasser und zu Lande angreifen. Während dieser Unternehmungen unterdrückte er durch seine Klugheit eine furchtbare Verschwörung gegen sein

Leben. Am 10. Mai begannen die Operationen gegen die Hauptstadt; die Wasserleitungen, die sie mit Trinkwasser versorgten, wurden zerstört die Brigantinen vernichteten die indischen Canoes. Ein allgemeiner Sturm auf die Stadt mislang zufolge des Ungehorsams eines spanischen Officiers und der Geschicklichkeit, mit welcher Guatimozin diesen Umstand zu seinem Vortheile benutzte. Am 13. August 1521 gelangte endlich die Stadt, nach verzweifeltem Widerstande, in die Macht der Spanier; der Kaiser selbst wurde gefangen. Da indessen die gemachte Beute den Erwartungen der Sieger keineswegs entsprach, gab Cortes zu seiner Schande den Befehl, den gefangenen Fürsten durch die Folter zu einem Geständniß in Betreff verborgener Schätze zu zwingen. Späterhin wurde der Unglückliche auf den Verdacht eines Complots ohne vorhergegangene Untersuchung gehängt. Wenige Wochen nach der Eroberung kam ein Abgesandter des Bischofs Fonseca, Oberaufsehers der indischen Angelegenheiten im spanischen Ministerium, um Cortez abzusetzen, gefangen zu nehmen, sein Vermögen zu confisciren und eine Untersuchung über seine Handlungen einzuleiten. Begreiflicherweise wurden diese Befehle nicht vollzogen. Um solchen Gefahren ferner nicht ausgesetzt zu sein und eine feste Autorität zu gewinnen, an der es ihm bis jetzt gänzlich gemangelt hatte, sandte Cortez zwei seiner Gefährten an den Kaiser, deren einer jedoch auf der Reise starb, der andere sein Ziel erst nach einer Gefangenschaft bei den Corsaren erreichte. Bei dem Bestreben, das Land zu ordnen, stieß Cortez auf unendliche Schwierigkeiten; er verfuhr mit Strenge und machte sich viele Feinde. Der Hof blieb nicht gleichgiltig gegen deren Klagen und Verleumdungen, und unser Held fand es für das Beste, sich persönlich zu verantworten. Karl nahm ihn huldvoll auf, überließ ihm aber doch nur die Militairgewalt in Neuspanien, wie das Land nun hieß. Allein bald erfuhr er Karl's Undank in vollem Maße; ein Anderer ward zum Vicekönig ernannt; Cortez ging, um seinen Kummer zu vergessen, auf neue Entdeckungsreisen aus; es glückte ihm, Californien aufzufinden. Noch einmal nach Spanien zurückgekehrt (1540) und sehr kalt vom Kaiser aufgenommen, zog er sich ins Dunkel des Privatlebens zurück und starb 1547.

Die französische Herrschaft war den Mailändern besonders wegen der Strenge und Willkür des Statthalters, Marschalls von Lautrec, unerträglich. Einer der Mailänder Flüchtlinge, Hieronymus Morone, Vicekanzler von Mailand, ein intriguanter kühner Mann, wandte sich an Franz Sforza, dessen Bruder Maximilian er zuvor verrathen hatte, und machte in dessen Namen dem Papste den Vorschlag, vermittelst der Verbannten und Flüchtlinge die Mehrheit der mailändischen Städte den Franzosen zu entreißen. Leo X. ging gern darauf ein, schoß zu dem Zwecke eine beträchtliche Summe vor und wies den Verbannten die päpstliche Stadt Reggio als Zufluchtsort an, falls der Versuch mislingen sollte. Der Marschall de Foix, der Bruder Lautrec's, der von dem Anschlage gehört, ließ sich verleiten, um die Feinde seines Königs in Schrecken zu setzen, die Stadt Reggio anzugreifen. Diese Gebietsverletzung gab Leo erwünschte Gelegenheit, mit Frankreich zu brechen und sich offen mit dem Kaiser zu verbinden. Er hatte bereits einige tausend Schweizer in Sold genommen, allein die kaiserlichen Truppen erschienen erst im Herbst 1521, unter der Anführung Prosper Colonna's, im Felde. Franz, von der drohenden Gefahr benachrichtigt, warb, da seine Macht in den Niederlanden und an der spanischen Grenze vertheilt war, eiligst einige Haufen Schweizer und befahl Lautrec, sich auf seinen Posten zu begeben, ohne ihn jedoch mit Geldmitteln zu versehen. Der Marschall vermied in dieser traurigen Lage jedes entscheidende Treffen und hoffte die Verbündeten auf diese Weise zu ermüden. Allein die Cantons riefen die Schweizer von beiden Parteien ab, um nicht die Söhne eines Landes schmählich gegen einander kämpfen zu lassen; die Boten an die kaiserlichen Söldner wurden vom Cardinal von Sion, dem erbitterten Gegner Frankreichs, bestochen, sodaß sie den Befehl im kaiserlichen Lager zurückhielten, während die Zurückberufung an die Schaaren im französischen Dienste pünktlich erging. Von seinen besten Truppen verlassen, konnte Lautrec nicht mehr im Felde erscheinen; er ging nach Mailand zurück und schlug sein Lager an den Ufern der Adda auf, um die Feinde an dem Ueberschreiten dieses Flusses zu verhindern. Aber Colonna setzte über und zwang den Marschall, sich hinter den Mauern der Stadt zu vertheidigen. Während sich die Verbündeten zur Belagerung derselben rüsteten, erschien ein Unbekannter im Lager und meldete, wenn das Heer in der Nacht anrücke, würde die kaiserliche Partei in der Stadt es in den Besitz eines der Stadthore setzen. Die Ueberraschung gelang vollkommen; Lautrec rettete sich mit den Resten seines Heeres ins Venetianische; die andern mailändischen Städte ergaben sich den Verbündeten; Parma und Piacenza wurden mit dem Kirchenstaate vereinigt, und die Franzosen behielten nichts, als die Stadt Cremona, die Citadelle in Mailand und einige unbedeutende Forts.

Wenige Wochen nach diesen glücklichen Ereignissen starb Leo X., den 22. December 1521, im Alter von sechsundvierzig Jahren an einem Fieber, welches er sich, nach der Behauptung der Franzosen, aus Freude über den Sieg seiner Partei zugezogen hatte.

Durch einen jener Zufälle, wie sie bei Wahloperationen vorkommen, gelangte Adrian von Utrecht, gegen den Willen und zum eigenen Erstaunen der Cardinäle, auf den päpstlichen Stuhl. Wohl mag Karl's Einfluß durch das Mittel des schlauen Don Juan Manuel viel zu der Wahl seines Lehrers beigetragen haben. Franz sah mit Schrecken die immer steigende Macht des Kaisers, der jetzt sogar den päpstlichen Stuhl besetzte, und beschloß, aufs Neue gegen sie anzukämpfen. Er erhielt von der Eidgenossenschaft die Freiheit, 10,000 Mann anzuwerben, und setzte mit diesem Heerhaufen und einer Geldsumme Lautrec in den Stand, gegen Mailand zu operiren. Colonna konnte keinen bedeutenden Widerstand leisten, da er nach dem Abzuge seiner Schweizer nur noch wenige Truppen hatte. Die Eidgenossen waren aber auch in diesem Feldzuge wieder das Verderben der Franzosen. Eine Geldsendung aus Frankreich, von welcher ihr Sold bestritten werden sollte, war von den Kaiserlichen aufgefangen worden, und die erbitterten Söldner drohten, Lautrec zu verlassen, wenn er sie nicht folgenden Tages zur Schlacht führe. Gegen seine Ueberzeugung mußte dieser nachgeben. Der Sturm gegen das feste Lager Colonna's wurde angeordnet; die Schweizer litten entsetzlich von der Artillerie des Feindes und zogen, zurückgeschlagen, aber nicht überwunden, ab. Am folgenden Tage kehrte der Rest von ihnen in ihr Vaterland zurück. Lautrec warf nach Cremona und einige andere Plätze Besatzungen und ging nach Frankreich zurück; im Mai 1522. Am Ende dieses zweiten Feldzuges blieb den Franzosen nichts übrig, als die Citadelle von Cremona; selbst Genua ging an Colonna über.

Zu diesem Ungemach kam noch eine Kriegserklärung Heinrich's VIII. an Franz, 29. Mai 1522, Folge eines geheimen Bündnisses, welches

Wolsey vor Kurzem mit dem Kaiser, bei einem Besuche von dem in Calais unter Heinrich's Vermittelung abgehaltenen Congresse kaiserlicher und französischer Gesandten zur Beilegung der Streitigkeiten, abgeschlossen hatte. Franz war zwar befremdet über diese plötzliche Sinnesänderung eines Freundes und Vermittlers zwischen ihm und Karl, wie sich der König von England noch zu Calais gezeigt hatte, allein er traf entschlossen alle Anstalten, um dem neuen Feinde zu begegnen.

Während dessen bemühte sich Karl, seinen Oheim immer fester an sein Interesse zu ketten, und stattete deshalb auf seiner Reise nach Spanien England einen zweiten Besuch ab. Während der sechs Wochen seines Aufenthaltes glückte es ihm, sowohl Wolsey's Verdruß über seine getäuschten Hoffnungen in Betreff der Papstwahl zu besänftigen, als auch Heinrich für alle seine Entwürfe zu gewinnen. Noch vor seiner Abreise landete der Graf von Surrey mit der englischen Flotte an der französischen Küste, verwüstete die Normandie und plünderte einige Plätze in der Bretagne. Darauf vereinigte er seine Hauptmacht mit dem niederländischen Heere und rückte in die Picardie ein. Allein bald mußte er sich mit seinen durch Mangel an Lebensmitteln und kleine Scharmützel erschöpften Truppen zurückziehen, da der französische Feldherr Vendome Hauptschlachten vermied und ihn hinderte, sich fester Plätze zu bemeistern.

Während dieser eifersüchtigen Kämpfe eroberte der Großherr Soliman, ermuthigt durch seinen Erfolg über Belgrad, die Insel Rhodus, trotz des verzweifelten Widerstandes der Ordensritter, welche vergebens alle Fürsten der Christenheit um Beistand angefleht hatten. Um die gewichtigen Vorwürfe, die ihm aus seiner Theilnahmlosigkeit für das Schicksal der Unglücklichen erwuchsen, zu mildern, überließ der Kaiser den Johannitern die kleine Insel Malta.

Sechstes Kapitel.

Die Revolution in Spanien.

Empörung in Toledo. — Juan de Padilla. — Empörung in Segovia. — In Medina del Campo. — Die heilige Junta. — Maßregeln des Kaisers. — Der Bürgerkrieg. — Besiegung der Junta. — Unterdrückung der Volksbewegung in Valencia. — Auf der Insel Majorca. — Allgemeine Amnestie des Kaisers.

Karl langte am 17. Juni 1522 in Spanien an und fand dieses Land noch blutend von den Wunden, welche es sich selbst im Bürgerkriege geschlagen hatte.

Kaum hatten nämlich die zu Compostella 1519 versammelten castilischen Cortes, gegen den Willen des Volks und mit Verletzung der alten Reichsverfassung, dem Kaiser die verlangte Steuer zugestanden und dafür nicht die geringste Abstellung ihrer Beschwerden erhalten, so brach ein allgemeiner Aufstand los. Die Bürger von Toledo bemächtigten sich der befestigten Stadtthore und der Citadelle, setzten alle Beamten ab, die königlich gesinnt schienen, und führten die republikanische Staatsform ein, zu deren Schutze sie Truppen anwarben. Bei diesen Vorgängen zeichnete sich Don Juan de Padilla, der älteste Sohn des Commendadors von Castilien, durch Klugheit und Entschlossenheit aus. In Segovia berief Tordesillas, einer der Abgeordneten zu den Cortes, seine Wähler nach dem Gebrauch in eine Kirche, um Rechenschaft von seinem Verfahren zu geben. Dieser scheinbare Trotz erbitterte das gemeine Volk so sehr, daß es die Thore der Kirche sprengte, den unglücklichen Deputirten ergriff und durch die Straßen nach dem Richtplatze schleifte. Derselbe Geist der Empörung bemächtigte sich anderer Städte Castiliens; nur daß die Abgeordneten, von Tordesillas' Unglück gewarnt, sich gleichem Schicksal entzogen. Der Statthalter von Castilien, Adrian von Utrecht, berief auf die Nachricht von dieser Empörung den geheimen Rath, in welchem die Mehrheit den Beschluß der strengsten Maßregeln gegen die Aufwiegler durchsetzte. Ronquillo, ein königlicher Richter, erhielt den Auftrag, gegen die Stadt Segovia, welche sich zuerst empört hatte, gerichtlich zu verfahren; für den Fall der Widersetzlichkeit ward ihm ein starkes Commando Truppen mitgegeben. Die Bewohner bewaffneten sich und schlossen die Thore; Ronquillo erklärte sie für Aufrührer und Geächtete, bemächtigte sich aller Zugänge zur Stadt und hoffte, sie durch Abschneidung der Zufuhr bald zur Uebergabe zu zwingen. Allein die Städter, durch ein Hilfscorps von Toledo unter Padilla's Anführung verstärkt, griffen Ronquillo herzhaft an und zwangen ihn, mit Verlust seines Gepäckes und seiner Kriegskasse abzuziehen.

Nun befahl der Statthalter Antonio da Fonseca, den der Kaiser zum Feldherrn seiner Macht in Spanien ernannt hatte, ein Heer zusammenzuziehen und Segovia förmlich zu belagern. Allein die Bewohner von Medina del Campo, wo sich das Zeughaus für das Königreich befand, widersetzten sich mit Erfolg der Wegführung des Geschützes. Fonseca steckte einige Häuser in Brand, um die Bürger von den Mauern zu locken; aber die Bürger ließen lieber den größeren Theil ihrer Stadt und die ungeheuren Vorräthe und Kaufmannsgüter, welche zur bevorstehenden Messe in ihr aufgehäuft waren, abbrennen, als daß sie dem General durch Wegführung der Artillerie die Mittel gewährt hätten, ihre Landsleute zu unterjochen. Diese unkluge und grausame That Fonseca's entflammte die Castilier bis zur Raserei; er ward der Gegenstand des allgemeinen Abscheues, und selbst die Bürger von Valladolid, durch die Gegenwart des Statthalters bisher zurückgehalten, schlossen sich dem Aufstande an. Adrian glaubte durch Nachgeben die Ruhe zurückführen zu können; er erklärte, Fonseca habe seine Vollmachten überschritten, und entließ die Truppen, welche er nicht länger bezahlen konnte. Jedoch diese Milde kam zu spät; sie diente nur dazu, die rebellischen Städte beharrlicher in Durchführung ihrer Pläne zu machen, welche auf vollkommene Befreiung von den Lasten der Feudaltyrannei hinzielten. Kein Zeitpunkt war ihnen dabei günstiger: der König fern, die Regierung durch das unkluge Benehmen der Minister ohne Autorität und ohne Heer, das Volk in Waffen, der königliche Schatz erschöpft, an der Spitze des Staats ein Ausländer ohne staatsmännische Eigenschaften. Diese Vortheile beschlossen Padilla und die andern Anführer der Bewegung zu benutzen. Vor Allem schien es ihnen nöthig, eine feste Vereinigung unter den Misvergnügten herzustellen, welche auch durch die Abgeordneten fast aller wahlberechtigten Städte ohne weitere Schwierigkeit zu Avila im August 1520 unter dem Namen „heilige Junta" zu Stande kam. Während die Versammlung den Beschluß faßte, durch eine Deputation Adrian zur Niederlegung seiner Statthalterstelle zu vermögen, bemächtigte sich Padilla nach der Entsetzung Segovia's der Person der Königin Juana, Kaiser Karl's Mutter. Bei der Vorstellung, welche er ihr von den Leiden ihrer Unterthanen machte, schien die arme Wahnsinnige wie aus einem tiefen Schlafe aufzuwachen; sie gab ihre Theilnahme zu erkennen und beauftragte den Ritter, die nöthigen Schritte zur Besserung der Verhältnisse zu thun. Padilla glaubte sie von ihrem Uebel genesen und berief eiligst die Junta nach Tordesillas in ihre Umgebung; allein Juana konnte nie bewogen werden, ein Document zu unterschreiben. Die Junta verheimlichte diesen Umstand und benutzte das Gerücht von ihrer Wiederherstellung, um unter ihrem Namen zu regieren. Bei der Zuneigung, welche die Castilier zur Tochter ihrer geliebten Isabella hatten, erstarkte die Autorität der Versammlung ungemein. Sie benutzte dieselbe sofort, um den Statthalter seiner Würde zu entkleiden und den geheimen Rath in Valladolid aufzuheben. Der Kaiser, der die Kunde von diesen drohenden Ereignissen in Flandern erhielt, erließ, da er vor der Hand nichts weiter thun konnte, an alle castilischen Städte ein Mahnungsschreiben, die Waffen niederzulegen; er versprach den treugebliebenen Städten und denen, die zu ihrer Pflicht zurückkehren würden, die von den letzten Cortes bewilligte Steuer nicht erheben zu lassen, und machte sich verbindlich, öffentliche Aemter nur Eingebornen zu übergeben. Zu gleicher Zeit forderte er aber auch den Adel auf, seine und der Krone Rechte gegen die übermäßigen Anforderungen des Bürgerstandes zu vertheidigen, und ernannte den Großadmiral Don Fedrique Enriquez und den Großconnetable Inigo de Velasco, zwei einflußreiche Edelleute, zu Mitregenten Adrian's.

Die den Städten gemachten Zusagen würden vor Karl's Weggang aus Spanien vollkommen zur Erhaltung der Ordnung gedient haben, jetzt machten sie keinen Eindruck mehr, die Junta fühlte sich viel zu sehr in ihrer Macht. Sie arbeitete eine Verfassung aus und legte sie dem

Kaiser vor, welche alle Bestimmungen zur Herstellung der bürgerlichen Freiheit aufstellte, dabei aber nothwendig die Adelsvorrechte und Feudalprivilegien aufhob. Die Aristokratie, jede Einschränkung der Krone mit Vergnügen wahrnehmend, ward durch diese Eingriffe in ihre Privilegien höchlichst erbittert und zeigte sich geneigt, mit dem Kaiser den gemeinsamen Feind zu bekämpfen. Mittlerweile meldeten die Abgeordneten der Junta, welche dem Kaiser die neue Verfassung in Deutschland vorlegen sollten, sie dürften nicht wagen, sich dem Kaiser vorzustellen, wenn sie nicht ihr Leben gefährden wollten. Dies brachte die Volkspartei aufs Aeußerste; daß ein castilischer König seinen Unterthanen Gehör und Zutritt verweigere, war unerhört. Der einstimmige Beschluß der Junta ging dahin, da die Hoffnung vereitelt sei, bittweise Abstellung der Beschwerden zu erhalten, müsse man sich jetzt mit angestrengten Kräften der Vereinigung des Königs mit dem Adel zur Unterdrückung der Städte widersetzen.

Die Junta stellte 20,000 Mann ins Feld; aber bei der Anstellung des Feldherrn geschah ein unseliger Misgriff; statt des talentvollen Padilla gab man den Oberbefehl Don Pedro de Girone, einem sehr vornehmen, aber seiner Stellung nicht gewachsenen Manne. An der Spitze der Kaiserlichen stand hingegen ein erfahrener Soldat, der Graf von Haro. Da Letztere ohnehin den Vorzug der Disciplin und Kriegskunst vor dem Bürgerheere hatten, konnte der Ausgang der Unternehmung nicht lange zweifelhaft sein. Am 5. December bemächtigte sich Haro der Stadt Tordesillas, ward Herr von der Person der Königin und nahm viele Glieder der Junta gefangen. Durch diesen Schlag verlor diese alles Ansehen, dessen sie sich erfreut hatte, solange sie im Namen der Königin zu handeln schien; alle bis jetzt unschlüssigen Edelleute schlossen sich nun den Regenten an. Die der Gefangenschaft entflohenen Glieder der Junta sammelten sich in Valladolid und ernannten einen Ausschuß unter sich, dem sie die Leitung der Geschäfte übertrugen. Das Heer wurde durch neue Verstärkungen und durch Uebergabe des Oberbefehls an Padilla ermuthigt, neue Geldmittel durch Einziehung der Kirchenschätze von Toledo gewonnen. Indessen machten die Regenten, welche es mit der Junta nicht aufs Aeußerste kommen lassen wollten, öfters nicht unbillige Friedensanträge, weil sie einsahen, daß einer Unterdrückung des Bürgerstandes die Demüthigung des Adels nothwendig folgen müsse; allein unter den Gliedern der Junta herrschte große Uneinigkeit, die keine ruhige Betrachtung der Verhältnisse zuließ; Mistrauen und Eifersucht fingen an, die Bande zu lösen, welche Freiheits- und Vaterlandsliebe geknüpft hatten. Der entscheidende Schlag fiel am 23. April 1521; das Heer der Junta wurde bei Villalar besiegt und auseinandergesprengt, Padilla selbst mit seinen vornehmsten Officieren gefangen und am folgenden Tage ohne Untersuchung enthauptet. Die verbündeten Städte öffneten den Siegern die Thore; nur Toledo, angefeuert von Padilla's hochherziger Gemahlin, hielt sich bis Ende October.

Einen ähnlichen Verlauf nahm die Volksbewegung in Valencia, welche der Kaiser, durch seinen Unwillen über den widerspenstigen Adel verleitet, selbst veranlaßt hatte. Eine Abtheilung castilischer Reiterei, welche die Regenten nach Padilla's Untergang dem Adel zur Hilfe schickten, gab den Ausschlag. In Aragon verhinderte das kluge Betragen des Unterkönigs den Ausbruch der Empörung; auf der Insel Majorca hingegen wurde der Aufstand am spätesten gestillt.

So erlag das Volk durch Uneinigkeit und alte Nationaleifersucht dem Adel und der Krone, die ihr gemeinsames Interesse wohl verstanden; es war die letzte Regung bürgerlicher Freiheit in Spanien für nachfolgende Jahrhunderte.

Trotz aller Abmahnungen seines geheimen Rathes erließ Karl am 28. October 1522 eine allgemeine Amnestie, von welcher nur achtzig Personen ausgeschlossen wurden, und gewann durch diese Großmuth die Herzen der Spanier, wie keiner seiner Vorgänger.

Siebentes Kapitel.

Der zweite französische Feldzug.

Karl's Ankunft in Spanien. — Papst Adrian's Abreise nach Italien. — Seine Unbeliebtheit. — Neues Bündniß gegen Franz I. — Der Connetable von Bourbon. — Bonnivet. — Tod des Papstes Adrian. — Wahl Clemens' VIII. — Unbedeutende Erfolge der Engländer, Spanier und Deutschen gegen die Franzosen. — Das neue Bundesheer. — Rückzug der Franzosen aus Italien. — Tod des Ritter Bayard.

Fast zu derselben Zeit, da Karl in Spanien landete, reiste Adrian zur Besteigung des päpstlichen Stuhles nach Italien ab. Als redlicher Mann brachte er den festen Willen mit, die Gebrechen der Kirche, welche er zum Theil erkannte, zu bessern und den Frieden in der Christenheit herzustellen, um mit vereinten Waffen gegen die drohenden Uebergriffe der Ungläubigen anzukämpfen. Aber ein solcher gerader, offener Charakter paßte nicht zu dem arglistigen Getriebe der päpstlichen Politik. Adrian verscherzte sich durch einige Proben seiner Redlichkeit die Achtung seiner moralisch tief gesunkenen Unterthanen. Auf seine Ermahnungen und auf die Bulle, in welcher er die christlichen Fürsten zu einem dreijährigen Waffenstillstande aufforderte, erhielten die englischen, französischen und kaiserlichen Gesandten in Rom Vollmachten, darüber zu verhandeln. Indessen setzten die Fürsten ihre Rüstungen fort. Der Erfolg dieser Unterhandlungen war ein neues Bündniß gegen Franz I., dem sich auch seine bisherigen Freunde, die Venetianer, Adrian selbst und die übrigen italienischen Staaten anschlossen, 28. Juni 1523.

Franz' volle Energie ward durch die drohende Gefahr geweckt. Ehe noch die Verbündeten Geld und Soldaten zu dem Feldzuge aufgebracht hatten, war er schon mit einem gewaltigen Heere auf dem Wege nach Italien. Die Entdeckung einer einheimischen Verschwörung hemmte jedoch plötzlich seine Bewegungen. An der Spitze dieser gefahrbringenden Unternehmung stand Herzog Karl von Bourbon, ein Prinz des königlichen Hauses und Connetable von Frankreich. Die schmählichsten Beleidigungen und Verfolgungen, wie sie nur ein intriguantes, rachsüchtiges Weib erfinden kann, hatte er von des Königs Mutter, Luise von Savoyen, deren Hand er verschmäht, erduldet; zur Verzweiflung gebracht, erbot er sich, seine Lehenspflicht von seinem angebornen Souverain auf den Kaiser zu übertragen und ihm bei der Eroberung von Frankreich beizustehen. Sowohl Karl als Heinrich VIII. nahmen diesen Antrag mit großem Vergnügen auf; Beide schlossen den Connetable als Hauptperson in ihren Vertrag mit ein; in demselben wurden ihm die Grafschaften Provence und Dauphiné mit dem königlichen Titel zugesichert. Der Kaiser wollte über die Pyrenäen in Frankreich eindringen; Heinrich, von den Niederländern unterstützt, gedachte, in die Picardie einzufallen; Bourbon versprach, 6000 Mann unter seinen Freunden und Vasallen im Innern des Königreichs aufzubringen; 12,000 auf gemeinschaftliche Kosten geworbene Deutsche sollten in Burgund zu ihm stoßen. Das Unternehmen sollte ausgeführt werden, sobald der König mit seinem Heere die Alpen überschritten hätte. Um den Herzog noch fester an sich zu ketten, bot ihm Karl seine ältere Schwester Eleonore, verwitwete Königin von Portugal, mit einer reichen Mitgift als Gemahlin an.

Erschreckt von der Verschwörung, die er wegen der glücklichen Flucht Bourbon's in ihrem Umfange nicht kannte, wagte Franz nicht, sich aus dem Lande zu entfernen und gab den Oberbefehl über das Heer an Bonnivet, der weiter kein Verdienst hatte, als ein geschmeidiger Höfling, ein muthiger Mann und ein erbitterter Feind des Connetables zu sein.

Der kaiserliche Feldherr im Mailändischen, Colonna, hatte aus Geldmangel nicht die nöthigen Vertheidigungsmaßregeln treffen können. Vergeblich versuchte er, den Franzosen den Uebergang über den Tessino zu wehren und zog sich dann nach Mailand, entschlossen, die Stadt zu verlassen, sobald Bonnivet davor erscheinen würde. Allein dieser zögerte drei Tage lang auf eine unbegreifliche Weise; die Bürger und die Kaiserlichen schöpften Muth und gewannen Zeit, sich zu verstärken und zu verproviantiren, sodaß sie im Stande waren, eine Belagerung auszuhalten. Nach einigen fruchtlosen Versuchen auf die Stadt bezogen die Franzosen die Winterquartiere.

Am 14. September 1523 starb Papst Adrian, trotz seines redlichen Strebens unbetrauert, und der Cardinal von Medici, Neffe Leo's X., der schon bei der vorigen Wahl die meisten Aussichten gehabt hatte, bestieg, von der kaiserlichen Partei kräftig unterstützt, den Stuhl Petri als Clemens VII.; Cardinal Wolsey, zum zweiten Male getäuscht, sann auf Rache gegen Karl; mit staatsmännischer Klugheit verbarg er sein Inneres jedoch vollkommen.

Nach langen, müßigen Verhandlungen mit dem Parlamente über die Gewährung der zu seinem Feldzuge nöthigen Summen, verschaffte sich der König von England dieselben durch einen despotischen Act; allein es war so viel Zeit darüber hingegangen, daß die Engländer erst im October 1523 ihre Unternehmungen anfingen. Suffolk, ihr Feldherr, durch ein bedeutendes Corps Niederländer verstärkt, durchzog die Picardie ohne Hinderniß, da Franz diese Gegenden von Truppen hatte entblößen müssen und näherte sich Paris bis auf eine geringe Entfernung. Die strenge Jahreszeit und Mangel an Lebensmitteln nöthigten ihn aber, bevor etwas Besonderes ausgerichtet worden, zum Rückzuge.

Nicht besser liefen die Unternehmungen des Kaisers auf Burgund und Guienne ab; Spanier und Deutsche wurden hier wie dort zurückgeschlagen. Und so endigte sich das Jahr 1523, welches Frankreich durch innere und äußere Feinde den Untergang zu bringen schien, noch ziemlich glücklich für dieses Land.

Clemens VII., als Cardinal ein erbitterter Feind der Franzosen, weigerte sich, aus Eifersucht über die Macht des Kaisers, der Allianz gegen die Franzosen beizutreten, und gab sich große Mühe, den Frieden zu vermitteln. Aber seine Schritte waren vergeblich. Anfangs März 1524 war das Bundesheer bei Mailand versammelt, über welches nach Colonna's Tode Lannoy, Unterkönig von Neapel, Karl von Bourbon und der Marquis von Pescara den Oberbefehl erhielten. Dem Mangel an Gelde und einer daraus erwachsenen Meuterei der Truppen wurde durch eine Anleihe bei Mailändischen Bürgern abgeholfen.

Diesen Gegnern war Bonnivet weder an Truppenzahl noch Talenten gewachsen. Nach mehrern kleinen Treffen und Scharmützeln, durch welche sein Heer unendlich litt, sah er sich, besonders durch den Trotz von 6000 Schweizern, die sich weigerten, zu ihm zu stoßen, in die Nothwendigkeit versetzt, durch das Thal Aosta den Rückzug nach Frankreich zu versuchen. Beim Uebergange über den Fluß Sessia wurde er selbst gefährlich verwundet; den Befehl über die Nachhut erhielt der berühmte Ritter Bayard, welcher im heftigen Kampfe um die Rettung seiner Landsleute das Leben verlor. Wiederum hatte Franz nach einem kurzen Feldzuge allen Besitz in Italien und alle Bundesgenossen verloren.

Achtes Kapitel.

Förderungen und Hemmungen der Reformation.

Eindruck des Wormser Edickes. — Karlstadt und die Wiedertäufer. — Günstige Stimmung des Reichsregimentes für die Reformation. — Sickingen. — Reichstag in Nürnberg. — Die Herzöge von Baiern vom Papste gewonnen. — Versammlung in Regensburg. — Karl's Verbot des Reichstags in Speier. — Karl's gespanntes Verhältniß zu den Reichsfürsten. — Städtetag in Speier. — Opposition gegen das Wormser Edict.

Der Kurfürst von Sachsen hatte Luther auf dessen Heimreise im nordwestlichen Thüringerwalde, um ihn vor den Folgen der Achtserklärung zu bewahren, heimlich aufheben und in ein sichres Versteck, auf die Wartburg, das alte Stammschloß der Thüringischen Landgrafen, bringen lassen, wo er ungestört seiner Muße leben konnte. Sein Verschwinden — denn Niemand wußte zu sagen, wohin er gekommen war — machte aber im Deutschen Reiche ungeheures Aufsehen und verursachte einen kaum geringern Schrecken, als das Wormser Edict selbst. Indessen war die Bestürzung über das Eine und das Andere dieser unerwarteten Ereignisse nicht nachhaltig. Der Geist der Opposition gegen die hergebrachte Autorität wurzelte zu tief im Geiste der Nation. Vielmehr diente das Edict, dessen Entstehung man kannte, und das unerschrockene Benehmen Luther's dazu, ihm zahlreiche neue Freunde zu erwerben. Seine Sache fing an, Nationalangelegenheit zu werden. Den Bestimmungen des kaiserlichen Erlasses ward keine Folge geleistet; Flugschrift erschien auf Flugschrift trotz der scharfen Censurbestimmungen; ja Hutten wagte, den päpstlichen Nuntius, den Verfasser des Edictes, offen anzugreifen. In Wittenberg ging trotz Luther's Abwesenheit alles seinen Gang fort; die neue Lehre wurde vor reichlich gefüllten Auditorien verkündigt. Als die Sorbonne sich dem Verdammungsurtheile über Luther anschloß, trat Melanchthon, der junge und gelehrte Mitkämpfer Luther's, seiner sonstigen Schüchternheit vergessend, muthig für den abwesenden Freund ein und schleuderte der **alma mater** von Paris den Vorwurf der Unchristlichkeit, welchen sie den Wittenbergern gemacht, zurück. Da die frühere Lehre tief in das Leben und in die gesellschaftlichen Verhältnisse eingegriffen hatte, mußten mit der Erschütterung jener nothwendig Veränderungen in diesen stattfinden. Cölibat und Mönchswesen erfuhren die ersten Angriffe; die Messe nach altem Ritus hörte in Wittenberg durch einen verwegenen Schritt Karlstadt's auf. Bald aber brachte dieser unklare Geist störende Elemente in die Bewegung. Er verband sich mit zwickauer Wiedertäufern, in denen das Hussitenthum, freilich verworren, nachhallte, schaffte Meßgewand und Ohrenbeichte ab und veranlaßte eine bilderstürmerische communistische Bewegung. Es entstand eine allgemeine gefährliche Schwärmerei, der Niemand ernstlich entgegentrat; der Kurfürst, in seiner gewissenhaften zaudernden Weise, hinderte die Neuerungen nicht, obschon sie ihm nicht gefielen; eine gewisse Berechtigung konnte er ihnen doch nicht ableugnen. Luther, die eigene Gefahr über der seines Reformationswerkes vergessend, kehrte am 22. März 1522 nach Wittenberg zurück und brachte durch sein Ansehn und seine Beredtsamkeit das Volk schnell wieder zur Besinnung. Kein Gebrauch ward fernerhin gewaltsam abgeschafft, sofern er nicht wider die Bibel verstieß, indem Luther die Ansicht festhielt: wenn seine Lehre die Geister recht durchdrungen habe, werde ein Wechsel der Formen und eine Umgestaltung der äußern Verhältnisse von selbst eintreten. Zur Beschleunigung dieses Processes gab er im September 1522 seine Uebersetzung des neuen Testamentes heraus.

Reichsregiment und Kammergericht, wie sie Karl V. in seiner Wahlcapitulation hatte bewilligen müssen, waren im Herbste 1521 in Nürnberg zusammengetreten und ersteres hatte von vornherein eine Luthern günstige Stellung eingenommen. Dies ging klar aus der Antwort an den päpstlichen Nuntius hervor, welche ein Ausschuß des Regimentes zur Vorlage für die Stände ausarbeitete. Adrian hatte nämlich zu Anfang des Jahres 1523 eine Beschlußfassung über die lutherische Sache angeregt, deren Entstehen und Wachsen er in seiner orthodoxen Ansicht als eine Strafe Gottes für die Sünden der Hierarchie ansah. Die Forderung eines allgemeinen Concils trat auch in dem Antwortschreiben wieder stark hervor und erhielt, von der höchsten Macht in Deutschland ausgegangen, politische Bedeutung. Welche reißende Fortschritte die Reformation durch diese offenbare Begünstigung der Reichsregierung machte, läßt sich begreifen. Das Schulwesen, gelehrte und populäre Literatur entwickelten sich vortrefflich.

Wie die Reformation aus dem Bedürfnisse der Nation, in der Religion das mittelalterliche Wesen abzustreifen, hervorgegangen war, so stellte das Reichsregiment sich als Product des reformirten Staates dar. In seiner Bildung lag aber etwas dem Widersprechendes. Die Macht des Kaisers war früher durch die übergreifende Fürstenhoheit geschwächt worden. Das wollten Adel, Städte und Bauern nicht mehr. Nun bildete sich aber eine Reichsgewalt eben wieder aus diesen mächtigen Fürsten, die das kaiserliche Ansehen ganz zu vernichten strebten. Eine Opposition war daher natürlich, und sie ging, bei dem Mangel einer wirksamen executiven Gewalt, aus dem Ungehorsam des Adels hervor, der nicht ohne Besorgniß wahrnahm, wie die Aussicht auf ein festes, wohlgeordnetes Regiment immer gewisser wurde. Franz von Sickingen, durchdrungen von den neuen Religionsmeinungen, im Gefühle seiner Macht und seines Ansehens als erster Ritter des Reiches, gedachte die Sache des Adels durchzufechten, mit welcher er seine eigenen Pläne auf völlige Umbildung des Reiches verknüpfte. Eine Schrift Hutten's vom Mai 1522 an die Reichsstädte strotzt von Vorwürfen und Anklagen der Fürsten und fordert die Städte auf, sich mit dem Adel zur Abschaffung des Reichsregimentes zu verbinden.

Sickingen's erster Feind war ein Priester und Fürst, der Erzbischof von Trier, dem er am 27. August 1522 Fehde ankündigte; Abmahnungen des Regiments, sowie die Entscheidung des Kammergerichtes wies er zurück. Seine Freunde wurden mit ihren Zuzügen von wohlbedachten Landesherrn überall zurückgeschlagen und aufgehalten; er selbst konnte Trier nicht einnehmen; der Kurfürst von der Pfalz und der Landgraf von Hessen rüsteten sich, ihrem gefährdeten Nachbar zu Hilfe zu kommen:

Sickingen sah sich genöthigt, nach einer achttägigen Belagerung von Trier abzuziehen, 14. September. Die verbündeten Fürsten züchtigten seine Bundesgenossen so empfindlich, daß das Reichsregiment selbst sie endlich in seinen Schutz nahm. Sickingen wurde im Frühjahre 1523 in seiner Burg Landstuhl umlagert; dieselbe konnte ihn jedoch gegen die neue Kriegskunst nicht schützen. Am 23. April wurde Sickingen tödtlich verwundet, die zerschossene Feste übergeben. In Franz' Fall wurde auch die fränkische Ritterschaft verwickelt, welche ihn zu ihrem Hauptmanne erwählt und Theil an seinen großartigen Plänen hatte. Die Macht des unabhängigen Adels wurde in Deutschland für immer gebrochen, gerade da er, begeistert von den Ideen religiöser Freiheit, einen hohen Aufschwung nehmen wollte. Hutten, seines Schützers beraubt, floh in die Schweiz und erlag seinem widrigen Geschicke.

Auch die Städte traten in Opposition gegen das Reichsregiment, weil es im vorigen Jahre den Entwurf eines Grenzzolles ausgearbeitet, der auch vom Kaiser die Bestätigung erhalten hatte. Die Kaufmannschaften glaubten sich durch eine solche Einrichtung, welche in politischer Hinsicht unbestritten die größten Vortheile für Deutschland gebracht hätte, in ihrem Erwerbe beeinträchtigt und widerstrebten, durch mehrere Zurücksetzungen von Seiten des Reichsregiments gereizt, der Einführung. Sie schickten eine Gesandtschaft zum Kaiser nach Spanien, und es kam zwischen den Städten und dem Hofe eine Vereinigung gegen die bisherige Regierung zu Stande; man dachte daran und sprach es aus, den Bruder des Kaisers zum römischen Könige zu ernennen.

Hatte das Reichsregiment mächtige Widersacher, so lebten ihm im Erzherzoge Ferdinand, den Kurfürsten von Sachsen, Mainz und Brandenburg tüchtige Stützen, allein sie konnten gegen so verschiedenartige Einflüsse, wie sie Geld- und Kaisermacht ausübten, die Majorität bei den Berathungen auf dem Reichstage in Nürnberg 1524 nicht behaupten. Man löste das Regiment zwar nicht auf, aber man beschloß, die bisherige Besetzung zu ändern. Das war freilich nicht viel besser. Es kam nun darauf an, ob die neuen Beisitzer der kirchlichen Reform ebenso gewogen sein würden wie die frühern. Clemens VII., entschlossen, nichts von seiner päpstlichen Autorität zu vergeben und seine weltliche Macht nach Möglichkeit zu vergrößern, schickte den Cardinal Campeggi an den Reichstag.

Dieser bemerkte zu seinem Schrecken, wie weit der Geist der Neuerung vorgeschritten sei und wie man sich von Seite der Lutherischen in Nürnberg selbst nicht den geringsten Zwang anthue. Das Abendmahl in beiderlei Gestalt wurde öffentlich von Vornehm und Gering gefeiert; die Schwester des Kaisers und des Erzherzogs selbst, Isabella, Königin von Dänemark, genoß es in dieser Form auf dem Schlosse in Nürnberg. Ferdinand mochten diese Erfahrungen den Schutz des Regimentes, von welchem die religiösen Neuerungen begünstigt worden waren, verleidet haben; er ließ es, zum Glück für den Katholicismus, vielleicht von Campeggi theilweise veranlaßt, fallen. Aber auf dem Reichstage machten die Vorstellungen des Legaten nicht den geringsten Eindruck; seine Mahnungen um Ausführung des Wormser Edictes erbitterten die Städte aufs Höchste. Alles was er erlangte, war das Versprechen der Stände, das Edict soviel als möglich auszuführen. Zugleich ward aber auch die Forderung eines allgemeinen Concils an den Papst erneuert.

Noch war bei allen Streitigkeiten zwischen Altgläubigen und Lutherischen an keine eigentliche Spaltung in der Nation zu denken, vielmehr schien gerade durch die Ausbreitung der Lehre, sofern sie nur ohne verletzende Gewaltthätigkeiten vorsichging, eine nationale Consolidirung befördert zu werden. Wenn sich beide Parteien auf dem nächsten Reichstage in Speier verständigten, war viel gewonnen. Clemens VII. mußte natürlich Alles daran gelegen sein, diese Vereinigung zu hintertreiben, welche der päpstlichen Autorität die höchste Gefahr drohte. Man brauchte vor allem Verbündete und diese fanden sich in den Herzögen von Baiern, welche seit 1521 ihre Opposition aufgegeben und sich dem Stuhle Petri genähert hatten. Mehrere Ursachen hatten das bewirkt, besonders weitgehende Zugeständnisse von Rom im Betreff der Verwaltung des geistlichen Vermögens und der Handhabung der Disciplin über die Priester und Mönche. Oesterreich wurde durch die Bewilligung eines Drittheils aller geistlichen Einkünfte zur Führung des Türkenkrieges gewonnen, der Erzbischof von Salzburg durch das Zugeständniß vorher bestrittener geistlicher Gerechtsame. Trotz dieser neu gewonnenen Partei hatte der Legat in Nürnberg nicht durchdringen können; er beantragte daher eine Versammlung in Regensburg, welche von der Volksstimme nicht abhängig sei. Sie fand Ende 1524 statt; außer dem Erzherzog Ferdinand und den Baiernherzögen war sie nur von hohen Geistlichen besucht oder beschickt. Zuerst wurden die Geldbewilligungen ins Reine gebracht; die Bairischen versprachen, den fünften, die Oesterreichischen den vierten Pfennig ihrer Einnahme an die weltliche Herrschaft zu zahlen. Was das Geistliche betraf, so wurden die Kirchenväter als Autorität in Glaubenssachen anerkannt; der Gottesdienst sollte nach der Väter Weise beibehalten werden; Luther's Bücher wurden verboten, den Unterhanen der verbündeten Fürsten der Besuch der Wittenberger Universität bei schwerer Strafe untersagt. Um den Forderungen der Zeit zu genügen, sollten die Erpressungen des niedern Klerus aufgehoben, die Verhältnisse der Pfarrer zu ihren Gemeinden durch eine geistlich-weltliche Commission neugeordnet werden; bei Anstellung von Geistlichen wurde die persönliche Würdigkeit als maßgebend angenommen; die Geistlichen selbst sollten auf die Heiligkeit ihres Berufes achten.

Durch diese einseitigen Beschlüsse der Regensburger Versammlung, die so ganz den Wünschen des Papstes entsprachen, wurde eine Vereinigung beider Parteien und eine Opposition gegen den Papst, die jedenfalls in Speier hervorgetreten sein würde, vereitelt und die Spaltung veranlaßt, da die Regensburger Reformen dem nationalen Bedürfnisse durchaus nicht genügten. Auch der Kaiser ward gewonnen. Eben im Begriff, Franzen in seinem Königreiche selbst anzugreifen, konnte er dem Papst, der dieses Unternehmen ohnehin nicht billigte, unmöglich durch Verweigerung seiner Bitte noch mehr erzürnen. In einem Ausschreiben vom 27. Juli beschwerte er sich über Nichtachtung des Wormser Edictes, beklagte sich, daß man auf ein allgemeines Concil angetragen habe, ohne ihn zu befragen, nannte Luther's Lehre unmenschlich und verglich ihn selbst mit Mohamed; schließlich verbot er die Versammlung.

So wurde das nationale Werk wiederum durch den Mangel einer deutschen Politik des Kaisers in seiner Ausführung vereitelt. Erst war dies durch Verwerfung des vorher gebilligten Zollsystems geschehen, mit welchem zugleich das erstarkende Reichsregiment fiel, jetzt wieder durch das Zurückkommen auf das Wormser Edict, das doch unausführbar war. Und doch that er nichts Ernstliches, um die gegründeten Beschwerden gegen Rom zu heben. Auch mit den Reichsfürsten persönlich stand Karl schlecht. Das sächsische Haus hatte er tief verletzt, indem er die Verbindung seiner jüngsten Schwester Katharina mit dem Herzoge Johann Friedrich, dem Neffen des Kurfürsten, rückgängig machte; das Haus Brandenburg war durch den Sturz des Reichsregimentes unangenehm berührt; die rheinischen Kurfürsten dachten daran, weil der Kaiser die Capitulation nicht erfüllt habe, eine andere Art Regierung herzustellen. Selbst Herzog Wilhelm von Baiern trug sich mit der Idee, selbst noch die Krone zu gewinnen.

Da gerade im entscheidenden Momente, wo die Idee von der Berechtigung und Nothwendigkeit einer einheitlichen Regierung allgemein durchgedrungen war, die Verwirklichung fehlschlug, so verfolgten die einzelnen Landesregierungen ihre einmal angenommenen Grundsätze. Im Bairischen, Salzburgischen, in den österreichischen Landen begannen wüthende Verfolgungen gegen alle lutherischer Gesinnung Ueberwiesenen oder Verdächtigen, Priester wie Laien. Dagegen hielten die Städte nach dem Regensburger Convent einen großen Städtetag zu Speier ab und beschlossen, ihre Priester sollten nichts als das Evangelium, die prophetische und apostolische Schrift predigen. Nach dem Verbote jener zu Nürnberg festgesetzten Versammlung in Speier verbanden sie sich am Ende des Jahres zu gegenseitigem Beistande gegen Durchführung des Wormser Edictes. Ihnen schloß sich ein großer Theil der Ritter und Grafen an. Markgraf Casimir von Brandenburg vereinigte sich mit seinen Landständen, daß in seinem Gebiete nur das heilige Evangelium und Gottes Wort alten und neuen Testamentes nach rechtem, wahrem Verstande lauter und rein gepredigt werden sollte. Selbst der Feind des Reichsregimentes, Philipp von Hessen, dem man Abneigung gegen dessen reformatorische Tendenzen zutrauen mußte, erließ am 18. Juli 1524 ein Mandat, worin er unter anderm befahl, das Evangelium rein und lauter zu predigen. Der verjagte Herzog Ulrich von Württemberg, Herzog Ernst von Lüneburg, schon seit 1521 in Opposition zu Oesterreich, der König Friedrich I. von Dänemark waren für Luther's Sache gewonnen. Auch ein hoher geistlicher Fürst, der Ordensmeister Albrecht von Preußen, der nach dem Sturze des Reichsregimentes keine Hilfe vom Reiche gegen die Polen erwarten konnte, hörte, als er auf der Rückkehr vom Nürnberger Reichstag Luther sprach, dessen Rath, sich zu vermählen und Preußen in ein erbliches Fürstenthum zu verwandeln, keineswegs ungnädig an. Noch entsprach das Verwerfen des Alten hier nicht dem gewaltsamen Festhalten desselben auf der andern Seite; noch war das Benehmen der Anhänger Luther's in vollkommenem Einklang mit dem Gesetze, aber die Spaltung mit ihren unmittelbaren und zukünftigen Folgen war vorhanden.

Neuntes Kapitel.

Bauernkrieg und Fürstenverbindungen.

Bewegungen unter dem Landvolke. — Bauernkrieg in Oberdeutschland. — Die zwölf Artikel. — Münzer in Mühlhausen. — Luther's Stellung zu den Bauern. — Tod Friedrich's des Weisen — Niederlage der Bauern bei Frankenhausen. — Versammlung katholischer Fürsten in Dessau. — Verbindung Philipp's von Hessen und Johann's von Sachsen in Torgau. — Vorstellung der katholischen Fürsten an den Kaiser.

Die ersteren zeigten sich denn auch bald. Seit der Aufhebung des Reichsregimentes, für welches kein giltiger Ersatz gegeben wurde, war die feste Ordnung in Deutschland erschüttert. Luther hatte im Jahre 1522 die wilden Ausbrüche des Fanatismus blos durch die moralische Gewalt niederzuhalten vermocht, welche ihm aus der Begünstigung seiner Lehre durch das Regiment erwuchs; jetzt war er ohnmächtig und die niedergehaltene Flamme schlug aufs neue empor, besonders in Kursachsen. Karlstadt, Münzer und andere Geistliche sprachen Lehren aus, welche den Umsturz des bestehenden staatlichen und gesellschaftlichen Zustandes in Aussicht stellten. Die Verweisung der Beiden trug nur dazu bei, diese Doctrinen noch weiter zu verbreiten, welche bei der Unzulänglichkeit der bestehenden Verhältnisse um so größern Anklang finden mußten. Es ist schon oben von der Gährung unter den Bauern die Rede gewesen und von den Versuchen in Württemberg und andern Gegenden, ihre Lage zu bessern. Ein starkes religiöses Element war bei diesen Aufständen immer vorherrschend, schon vor Luther's Auftreten. Dessen Lehre mußte dasselbe bedeutend stärken. Auf dem Schwarzwalde, dem frühern Schauplatze der Bewegungen, regte es sich im Sommer 1524 zuerst wieder. Die Nähe der Schweiz, die Strenge der österreichischen Regierung, die Anwesenheit Thomas Münzer's, eines thüringischen Pfarrers, der schon weit über die Wittenberger hinaus gegangen und, vor Kurzem aus Thüringen vertrieben, über Nürnberg in den Klettgau heraufgezogen war, trugen wesentlich dazu bei. Indessen wurden die Bauern genöthigt, im Herbste die Waffen niederzulegen. Aber gleich im Januar 1525 zwang das Landvolk des Abtes von Kempten, welches schon dreißig Jahre früher aufgestanden war, diesen zu einem höchst nachtheiligen Vergleiche. Dieser erste Sieg war eine große Aufmunterung für andere. Im Februar empörten sich die Allgauer gegen den Bischof von Augsburg; die Bauernschaften am Bodensee schlossen sich ihnen an. Anfangs März zog sich ein dritter Haufe an der Iller zusammen, ungestört vom schwäbischen Bunde, der einen Einfall des Herzogs Ulrich von Württemberg abzuwehren hatte. Erst nachdem dieser von seinen schweizer Bundesgenossen im Stiche gelassen war, konnte sich der Bundeshauptmann Georg von Truchseß gegen die Bauern wenden; allein er vermochte ihnen nichts anzuhaben, die durch immer neue Haufen verstärkt wurden. Jeder Bauer wußte, wofür er zu den Waffen griff; denn allenthalben wurden die zwölf Artikel verlesen, welche bestimmte und meistens billige Forderungen enthielten. Man wollte Freiheit der Jagd, des Fischfanges, der Holzung, Abstellung des Wildschadens. Ferner ward die Abschaffung neu aufgelegter Lasten, die aus dem Umsichgreifen der Herrschaften erwuchsen, gefordert; endlich wollten die Bauern nicht mehr Leibeigene sein, weil auch sie von Christus erlöst seien; sie verweigerten den kleinen Zehent und beanspruchten, sich ihre Prediger selbst zu wählen.

Durch die zwölf Artikel aufgeregt, hatten sich auch die fränkischen Bauern Ende März im Odenwalde und an andern Punkten erhoben und Hauptleute gewählt; in Rothenburg an der Tauber schloß sich ihnen, nachdem der Rath gestürzt war, die Gemeinde an. Die kleinen fränkischen Herrn vermochten den zwei gewaltigen Haufen, die ins Feld rückten, nicht zu widerstehen und unterschrieben die vorgelegten Bedingungen. Wer Widerstand wagte, war verloren; das schreckliche Schicksal des Grafen von Helfenstein in Weinsberg machte einen tiefen Eindruck; alle Edelleute vom Odenwalde bis an die schwäbische Grenze beugten sich vor den Bauern; die Grafen von Hohenlohe lieferten ihnen sogar ihre Geschütze aus. Die Haufen fühlten sich jetzt stark genug, um Würzburg anzugreifen; den Odenwälder führte Götz von Berlichingen, den Rothenburger Ritter Florian Geier von einer andern Seite herbei. Die Bürger von Würzburg empfingen sie freudig und verschworen sich mit ihnen, den Frauenberg, das letzte Bollwerk der Ritterschaft und des Fürstenthums in Franken, zu brechen. In dieser Zeit, Anfangs Mai 1525, waren in ganz Oberdeutschland die Bauern Herren. Der Bischof von Speier, der Kurfürst von der Pfalz hatten die zwölf Artikel, die in den verschiedenen Landschaften nach den örtlichen Bedürfnissen einige Veränderungen zeigten, genehmigt; Zabern im Elsaß, die Residenz des Bischofs, war in ihren Händen; der Markgraf von Baden, der sich nicht hatte fügen wollen, war verjagt. Selbst Truchseß an der Spitze schwäbischer Bundestruppen mußte mit den Bauern tagen; fast ganz Württemberg gehörte der christlichen Brüderschaft an. Der Bischof von Bamberg, der Statthalter des Erzbischofs von Mainz in Aschaffenburg, der Abt von Hersfeld, der Coadjutor von Fulda hatten geistliche und weltliche Forderungen ihrer Bauern erfüllt; der Graf von Henneberg trat in den Bund ein. Die Rheingauer drangen auf Herstellung ihrer alten Verfassung und auf eine Zuziehung der geistlichen und weltlichen Herren zu den Gemeindelasten. Die kleinern und mittlern Städte in Franken und Schwaben waren fast sämmtlich in den Bund eingetreten; aber auch in den größern Städten fand die Sache der Bauern Anklang und Nachahmung. Mainz forderte seine reichsständischen Privilegien zurück; der Rath in Trier besteuerte die Geistlichen und begehrte Antheil an dem Einkommen der Domkirche; der Rath in Frankfurt mußte die von der Bürgerschaft vorgelegten Artikel annehmen. Straßburg, Ulm und Nürnberg standen in Verdacht, mindestens Sympathieen für die Sache des gemeinen Mannes zu verrathen.

Bald tauchten unter den Bauern Ideen auf, welche bewiesen, daß sie nicht nur ihre eigene Lage verbessern wollten; man dachte daran, das ganze Reich zu reformiren. Was den Fürsten in so vielen Jahren und nach so mannichfachen Versuchen nicht gelang, woran Sickingen und seine ritterlichen Genossen scheiterten: das wollten jetzt die Bauern nach ihrer Weise durchführen. Es sollte blos eine Herrschaft sein, mit dem Kaiser an der Spitze, die geistlichen Güter sollten säcularisirt und von ihnen die weltlichen Fürsten entschädigt werden; man wollte die Gerichte umgestalten und durch Zuziehung von Beisitzern aus allen Ständen populär machen, weil der Bauer nichts mehr haßte, als das römische Gerichtsverfahren. Die Geistlichen sollten nichts sein, als Seelsorger ihrer Gemeinden, Fürsten und Ritter sich der Schwachen nicht überheben, sondern ihnen brüderlich beistehen. Eine Münze, gleiches Maß und Gewicht solle überall gelten. Zur Durchführung dieser Pläne war ein Regierungsausschuß in Heilbronn niedergesetzt; ein ständiger Haufen Bewaffneter solle zu seiner Verfügung sein, die großen Massen vor der Hand zu ihren Verrichtungen nach Hause entlassen werden.

Es schien in der That, als solle das Reich ganz umgewandelt werden, denn die Bewegung breitete sich immer weiter aus. Hessen und die sächsischen Lande, Baiern, Theile von Westphalen, die österreichischen Vorlande, Tyrol wurden ergriffen. In Thüringen nahm der Aufstand nach Münzer's Rückkehr einen von andern Landschaften verschiedenen Charakter an, das religiöse und politische Element floß hier mehr zusammen. Münzer hatte in Mühlhausen Aufnahme gefunden, wo der geringere Bürger mit Beistand des Landvolks den Rath stürzte und ein neues Regiment errichtete. Durch seine kühnen, in geheimnißvolle Worte gekleideten Aussprüche und Predigten gelangte er zu hohem Ansehen und selbst in den Rath. In dieser Stellung leitete er die Unternehmungen der Bauern auf dem Eichsfelde und in Thüringen; der offen ausgesprochene Grundsatz des Propheten, der Feind müsse vertilgt werden, wurde schonungslos in Anwendung gebracht; zerstörte Abteien und Burgen schienen zu beweisen, daß eine neue Zeit nahe und die Gleichstellung der Menschen mit sich führe.

Luther, in seiner Ansicht, daß Geistliches und Weltliches zu trennen sei, daß das Evangelium zwar die Seele frei mache, aber nicht Leib und Gut, wandte sich von der Volksbewegung ab. Anfangs hatte er vermitteln wollen, hatte den Fürsten und Herren ihre unmenschliche Härte gegen die Bauern, diesen das Sündhafte ihrer Selbstwehr vorgeworfen; als dieses nichts half, schlug er sich ganz auf die obrigkeitliche Seite. Hundertmal, sagte er, solle ein frommer Christ den Tod leiden, ehe er ein Haar breit in die Sache der Bauern willige: die Obrigkeit solle kein Erbarmen haben; die Zeit des Zornes und des Schwertes sei gekommen; sie solle drein schlagen, weil sie eine Ader regen könne; das sei die göttliche Pflicht, die ihr obliege. Wer in diesem Dienste umkomme, der sei ein Märtyrer Christi.

Sein ehrenwerther Freund Melanchthon stand ihm in diesen Bestrebungen bei. Es war für die ganze Reformation entscheidend, daß Luther ängstlich jede Einmischung in Weltliches mied, wie schon vorher in Sickingen's Handel, und an der Ueberzeugung festhielt, Evangelium und Wahrheit bedürften der Gewalt nicht zu ihrer Verbreitung und Erhaltung, in geistlichen Dingen sei das Schwert unzulässig. Die Fürsten und Herren schöpften frischen Muth, als sie den hochangesehenen Mann so entschieden ihre Partei ergreifen sahen. Der Landgraf von Hessen, welcher schon Sickingen mit zu Falle gebracht, spielte auch bei Unterdrückung dieser zweiten Bewegung eine Hauptrolle. Nachdem er mit Hilfe seiner getreuen Ritterschaft die eigenen Grenzen geschützt hatte, erstickte er den Aufstand im Fuldaischen und Hersfeldischen, und zog dann seinen Vettern, den Herzögen von Sachsen, zu Hilfe. Gerade in diesen Tagen war zu Lochau am 5. Mai 1525 Kurfürst Friedrich der Weise, der Feind jeder Unterdrückung, der freudige Anerkenner der Menschenrechte, sanft verschieden und sein Bruder Johann hatte die Regierung angetreten. Dieser hatte nichts von seines Vorgängers mildem Wesen: den aufrührerischen Bauern war der Untergang bestimmt. Verstärkt durch den Zuzug der Herzöge Georg und Heinrich und des Landgrafen griff er Münzern an, der an der Höhe über Frankenhausen seine Schaaren aufgestellt hatte. Aber schon war die moralische Kraft aus diesen gewichen; Zweifel und Furcht hatten sich der Gemüther bemeistert; zugesagte Hilfe war ausgeblieben und Münzer selbst war kein Feldherr. Seine Hindeutungen auf ein Wunder konnten nicht den Mangel guter Anordnungen ersetzen. Die Niederlage der Bauern war furchtbar; fast ohne Vertheidigung wurden sie niedergemetzelt. Mühlhausen und die anderen Städte ergaben sich; Münzer wurde hingerichtet. Aehnlich verlief die

Sache im Elsaß; in Württemberg wüthete Truchseß von Waldburg, der nach seiner Vereinigung mit den Kurfürsten von Trier und Pfalz das Bundesheer nach Franken führte. Der Frauenberg bei Würzburg hatte einen Sturm seiner Belagerer abgehalten, die nach vergeblichen Versuchen, zu unterhandeln, in einzelnen Haufen von dem verbündeten Heere geschlachtet wurden. Würzburg mußte sich auf Gnade und Ungnade ergeben. Auch am Mittel- und Oberrhein erlag die Sache der Bauern. Es war dies der dritte Versuch, das Reich zu reformiren. Aber das Landvolk und die Städte waren ebenso unglücklich, wie Fürsten und Ritter. Erlangten doch die Bauern nur in wenigen Landschaften eine Erleichterung ihrer socialen Lage, wie in der Grafschaft Sulz, im Breisgau, in Oesterreich, Tyrol und Salzburg; sonst überall wurde ihnen das alte schwere Joch aufgebürdet, unter welchem dieser Stand solange erlegen und verkümmert ist. Die Bewegung des gemeinen Mannes hatten lutherische und altgläubige Fürsten gemeinsam bekämpft, als eine gemeinsame Gefahr der localen Landeshoheiten, aber schon bei der Verfolgung und Bestrafung des Aufruhrs trat die weitgehende Spaltung wieder zu Tage. In den fränkischen Bisthümern und in Schwaben benutzte man die gute Gelegenheit, mit den Rebellen auch zugleich die Anhänger der neuen Lehre zu vertilgen, welche öfters an dem Aufstande gar nicht betheiligt waren. Man hatte die Ansicht, das ganze Uebel habe seine Wurzel in Wittenberg, und das sicherste Mittel gegen Rückfälle sei gewaltsame Wiederherstellung des alten Glaubens. Auch in Mitteldeutschland hatte diese Ansicht Vertreter, namentlich den Herzog Georg von Sachsen, der sich eifrig bemühte, seinen Schwiegersohn, Philipp von Hessen, und seinen Vetter, den Kurfürsten Johann, zu derselben zu bekehren; ferner die Kurfürsten von Mainz und Brandenburg und den Herzog Heinrich von Braunschweig, welche mit Georg in Dessau entsprechende Verabredungen trafen. Letzterer trat bald sehr scharf in seinem Lande gegen die Reformation auf; in Leipzig ließ er zwei Bürger wegen des Verbrechens, lutherische Bücher zu besitzen, hinrichten. Allein trotz diesen gefährlichen Aussichten war die Reformation nicht ohne starke Stützen. So eifrig auch Landgraf Philipp das Ueberschreiten derselben auf weltlichen Boden bekämpfte, so entschieden hing er der Doctrin an. Kurfürst Johann von Sachsen verfolgte die Bahn seines Vorgängers mit einem Eifer und einer Beharrlichkeit, welche ihm den Beinamen des Standhaften einbrachten. Glieder des schwäbischen Bundes, der die Reformation zugleich mit dem Aufstande zu unterdrücken suchte, wie Augsburg und Nürnberg, gaben sich eine evangelische Organisation; selbst in dem ganz unterdrückten Württemberg mußte der Neigung des Volks nach dem reinen Evangelium nachgegeben werden. In Sachsen, Hessen und Brandenburg fing man an, sich der bischöflichen Jurisdiction zu entziehen. Eine ähnliche Tendenz: den Bischöfen die weltliche Gerichtsbarkeit abzunehmen, verfolgte Erzherzog Ferdinand; er säcularisirte das Stift Brixen und schlug es zu seinen Landen, ja der Erzbischof von Salzburg schwebte einige Zeit in größter Gefahr, seine weltliche Herrschaft einzubüßen. Ueberhaupt gewann die Ansicht immer mehr Raum, eine allgemeine Säcularisation der geistlichen Güter vorzunehmen, und zwar von Kaiser und Reich aus; dieselbe fand ihren Ausdruck in einem Entwurfe, der in diesem Jahre entstand und auf mehreren Reichstagen zur Besprechung kam. Eine starke Opposition von Seiten des noch kräftigen geistlichen Fürstenthums erhob sich dagegen, welche sich, unterstützt vom schwäbischen Bunde und Herzog Georg von Sachsen, zum Widerstande gegen diese Neuerungen und zur Wiedererlangung des schon Verlorenen auf dem nächsten Reichstage rüstete. Das führte denn die beiden Fürsten, welche auf Neuerungen am meisten bedacht gewesen waren, den Landgrafen von Hessen und den Kurfürsten von Sachsen, näher zusammen; zu Torgau Anfangs October 1525 und bald darauf auf dem Jagdschlosse Friedenwald am Sullinger Walde, wo der Landgraf und der Kurprinz Johann Friedrich persönlich zusammen kamen, einigte man sich, auf dem nächsten Reichstage gemeinschaftlich für das Evangelium einzustehen, und soviel als möglich Meinungsgenossen zu gewinnen. Der zu Anfang December nach Augsburg einberufene Reichstag konnte indessen wegen Unvollzähligkeit der Stände nicht abgehalten werden; die nächste Versammlung ward für den ersten Mai des folgenden Jahres nach Speier angesagt; der Reichstagsabschied war für die Lutherischen noch ebenso günstig, wie diejenigen von 1523 und 1524. Während Sachsen und Hessen, die in Augsburg außer den Nürnberger Abgeordneten keine Theilnehmer hatten finden können, ihre Sache noch entschiedener anzugreifen beschlossen, vereinigten sich der Kurfürst zu Mainz, Herzog Georg von Sachsen, Herzog Heinrich von Braunschweig und darauf auch der Bischof von Straßburg zu einer Vorstellung an den Kaiser, in welcher sie erklärten: bei dem beständigen Umsichgreifen „der verdammten lutherischen Lehre“ sei nichts als eine Wiederholung des Aufruhrs, ein Umsturz alles Bestehenden zu erwarten; sie selbst hätten immer Anfechtungen zur Annahme derselben zu erleiden, und da diese vergeblich seien, scheine man sie durch Aufwiegelung ihrer Unterthanen dazu nöthigen zu wollen; sie bäten deshalb um die Unterstützung des Kaisers. Heinrich von Braunschweig reiste von der Versammlung zu Augsburg nach Spanien, um die Vorstellung persönlich zu überbringen. Er, wie seine Gleichgesinnten, hatten die besten Hoffnungen; hatte doch der Kaiser im Mai des Jahres Abstellung alles Dessen versprochen, von dem sich eine Störung des heiligen Glaubens besorgen lasse.

Zehntes Kapitel.

Der dritte französische Feldzug.

Bourbon's Einfall in die Provence. — Franz in Italien. — Schlacht bei Pavia. — Gefangennahme Franz'. — Entfremdung zwischen Heinrich VIII., Clemens VII und Karl. — Verbindung italienischer Mächte zu Franz' Befreiung. — Vertrag von Madrid. — Verbindung zu Cognac gegen Karl. — Erweiterung des Torgauer Fürstenbundes. — Reichstag in Speier. — Günstiger Abschied für die Evangelischen.

Nachdem die Franzosen durch das Thal von Aosta zurückgeschlagen worden waren, erwachte in den Siegern sogleich der Gedanke, den Feind in seinem eigenen Lande aufzusuchen. Bourbon drang im Juli 1524 an der Spitze des kaiserlichen Heeres von 5000 Deutschen, 3000 Spaniern und einer Anzahl Italiener ungehindert vor, nachdem er den Titel eines Grafen von Provence angenommen und Heinrich VIII. den Lehnseid geschworen, besetzte Toulon und andere Städte dieser Provinz und ließ sich huldigen. Am 19. August langte er vor Marseille an und begann die Belagerung. Indessen kam es nicht zum Sturme, da Franz ein tüchtiges

Heer bei Avignon zusammengezogen hatte, und die Ansicht im Kriegsrath der Kaiserlichen überwog, er beabsichtige, Marseille preiszugeben, und nach Italien zu ziehen. Zufolge dessen ward am 28. September die Belagerung aufgehoben. In der That war der König auch nicht davon abzubringen, mit seinem Heere die Wiedereroberung der italienischen Besitzungen zu versuchen. Er schlug den Weg über die Oberalpen ein, und Franzosen und Kaiserliche überschritten den Tessino zu gleicher Zeit. Letztere konnten freilich nicht wagen, sich im offenen Felde dem Feinde gegenüberzustellen, man begnügte sich, die Citadellen von Mailand, Pavia, Lodi und Cremona zu besetzen. Der König wandte sich zuerst gegen Pavia, in der Hoffnung, wie man sagt, die Deutschen zum Abfalle zu bewegen; sie betrog ihn freilich. Er versuchte vergeblich, den Tessino abzuleiten und mußte sich im Januar 1525 begnügen, die Stadt eng einzuschließen, um sie auszuhungern. Ein großer Fehler war, daß er 6000 Mann unter dem Herzog von Albanien zur Eroberung Neapels marschiren ließ. Indessen führte Bourbon aus Deutschland achtzehn Fähnlein Landsknechte und eine Abtheilung Reiterei unter dem Grafen Salm herbei; der Vicekönig von Neapel übersandte eine Summe an den wackern Feldhauptmann Georg Frundsperg, dessen Sohn in Pavia mit eingeschlossen war. Auch dieser stellte elf Fähnlein ins Feld. Beide Haufen vereinigten sich mit dem italienischen Heere bei Lodi. Am 4. Februar langte diese Truppenmacht vor Pavia an und suchte den König aus seinem festen Lager hervorzulocken. Da dies nicht gelang, entschlossen sich die kaiserlichen Officiere zum Angriff, weil es gänzlich an Geld fehlte, die Soldaten auf die Dauer zu bezahlen, und an Lebensmitteln, um sie zu ernähren. Im französischen Lager dagegen herrschte das größte Wohlleben. Am 24. Februar begann der Kampf mit dem Versuche, die Franzosen in ihrem Lager zu überfallen; er misglückte; die kaiserlichen Truppen wurden geworfen, und Franz glaubte schon Sieger zu sein. Die Franzosen rückten unter beständigem Feuer ihrer Geschütze vor. Frundsperg mit anderen Hauptleuten bildete den linken Flügel des kaiserlichen Heeres, Pescara, der jene zurückgeworfenen Truppen an sich gezogen, mit Spaniern und Deutschen den rechten. Bei ihm hielt auch die durch 1500 Hakenschützen verstärkte Reiterei, welche bei dem ersten Versuche etwas in Unordnung gekommen war. Auf dem rechten Flügel begann das Treffen; König Franz an der Spitze seiner

Hommes d'armes schlug sich mit der kaiserlichen Reiterei; im Centrum griff Alençon mit Reiterei und achtundzwanzig Fähnlein Schweizer Pescara's deutsche und spanische Haufen an; gegen den linken Flügel der Deutschen, Frundsperg und seine Genossen, stürmten die schwarzen Fähnlein der Deutschen aus Geldern und Lothringen, die dem Könige von Frankreich dienten. Der wüthende Haß der kaiserlichen und französischen Deutschen führte hier die Entscheidung herbei. Die Letzteren wurden fast bis auf den letzten Mann niedergehauen; ihr vortreffliches Geschütz fiel den Kaiserlichen in die Hände. Im Centrum gaben die Hakenschützen, vor deren Schüssen der beste Panzer nicht schützte, und ein Angriff Pescara's auf die Schweizer, den Ausschlag; die Niederlage der schwarzen Fähnlein, das siegreiche Vordringen der kaiserlichen Reiterei, ein Angriff der Besatzung von Pavia im Rücken des Feindes, trieben die Franzosen und Schweizer unwiderstehlich zur Flucht. König Franz, der muthig auf dem rechten Flügel kämpfte, wurde in dieselbe hineingezogen und, da er nur langsam zurückwich, von den verfolgenden Deutschen eingeholt und gefangen genommen. Im Zeitraume von zwei Stunden ward eines der besten französischen Heere besonders durch deutsche Tapferkeit vernichtet; ganz Italien lag zu den Füßen des Siegers, der sogar seinen Gegner persönlich in die Gewalt bekommen hatte.

Alle Blicke richteten sich auf Karl V., der ruhig in Castilien lebte, kaum von einer Krankheit genesen, während seine Feldherren ihm einen solchen Sieg erfochten. Er empfing die Nachricht, als er sich in einem Zimmer des Schlosses zu Madrid mit seiner Umgebung eben von der gefährlichen Lage seines Heeres in Italien unterhielt. Er war wie betäubt und konnte einige Augenblicke nicht sprechen, darauf wiederholte er: Der König gefangen und in meiner Gewalt, die Schlacht für mich gewonnen! ging in ein Nebenzimmer, wo sein Bett stand und warf sich im Gebete vor einem Marienbilde nieder. Er ließ Processionen veranstalten und Gott bitten, ihm im Kampfe gegen die Ungläubigen gleiche Gnade zu verleihen.

Die erste Sorge war, den Glücksfall zu benutzen, um die schon zweimal mislungene Eroberung von Frankreich durchzusetzen, worauf Heinrich's VIII. durch eine zu Folge der Schlacht von Pavia abgeordnete Gesandtschaft drang. Derselbe hatte nichts Geringeres im Sinn, als sich selbst in den Besitz von Frankreich zu setzen, mit Zurückgabe der Theile an den Kaiser, welche früher von Burgund oder dem Reiche abgerissen seien. Allein Karl ging auf diesen verwegenen Plan nicht ein, schon weil dieser Siegesantheil mit der von England geleisteten Beihilfe in keinem Verhältnisse stand, und die geheimen Verhandlungen Wolsey's mit Frankreich in Madrid nicht unbekannt geblieben waren. Wie gefährlich wäre auch eine Vereinigung Englands und Frankreichs Karl's Plane gewesen, Oesterreichs Uebergewicht auf immer festzustellen! Dies hoffte er sicherer zu erreichen, wenn er Franz vermochte, seine italienischen Ansprüche fallen zu lassen, Burgund seinem Hause zurückzugeben und die Ansprüche des Reiches auf Provence und Dauphiné anzuerkennen. Die erstere sollte Bourbon erhalten. Heinrich empfand die Verwerfung seines Antrags übel und entfernte sich mehr und mehr vom Kaiser. In Rom nahm man die Siegesbotschaft mehr mit Schrecken als Freude auf. Ueberhaupt waren seit einiger Zeit Mishelligkeiten ernster Art zwischen Clemens VII. und dem Kaiser ausgebrochen. Als im Jahre 1524 die Franzosen aus Italien vertrieben waren, forderte der Papst Beistand wider den Herzog von Ferrara, der ihm nach dem Vertrage zwischen Leo X. und Karl zugesichert war. Allein die Kaiserlichen, im Begriff, in Frankreich einzufallen, gingen nicht darauf ein, um keinen Feind im Rücken zu haben. Nach dem mislungenen Versuche auf Marseille knüpfte er Unterhandlungen mit König Franz an. In Folge des Sieges von Pavia sah er sich freilich genöthigt, dem Kaiser eine beträchtliche Summe zu zahlen und den Bundesvertrag zu erneuern; allein die Neigung zum Abfalle war da, die noch durch die Besorgnisse vor einer Uebermacht des Kaisers verstärkt wurde. Seit Anfang März betrieb er eine Aussöhnung zwischen Frankreich und England, welche ihm bei der Stimmung der Betheiligten bald gelingen mußte. Aber Clemens war auch ein Träger der italienischen Unabhängigkeitsidee; er hatte mit der Schweiz über Truppenstellung verhandelt, den Herzog von Mailand und die Venetianer gewonnen; Frankreich wurde ein stattliches Heer zur Befreiung Franz' versprochen, sobald es seine mailändischen Ansprüche zu Gunsten Sforza's, seine neapolitanischen zu Gunsten des Papstes aufgebe. Eine Uneinigkeit zwischen den kaiserlichen Feldherren Lannoy und Pescara schien diese Entwürfe zu begünstigen. Die Verbündeten versuchten den Letzteren durch das Versprechen der neapolitanischen Krone zum Abfalle zu verlocken. Allein Pescara unterrichtete den Kaiser von dem ihm gemachten Antrage und ergriff, von diesem bevollmächtigt, energische Maßregeln. Der Herzog von Mailand mußte seine festen Plätze den kaiserlichen Truppen übergeben und ward in einen Proceß wegen Felonie verwickelt. Trotzdem war das italienische Bündniß noch nicht als gescheitert anzusehen. Die kaiserlichen Truppen, die in Italien auf Kosten der Bewohner lebten, wurden immer mehr verhaßt; Pescara starb, und was das Wichtigste war: die Verhandlungen des Kaisers mit seinem Gefangenen, der inzwischen nach Spanien geführt worden war, nahmen einen Gang, welcher die allgemeine Theilnahme und Mitwirkung in der Streitsache erwarten ließ. Statt sich mit einer Resignation Franz' auf seine italienischen Ansprüche zu begnügen, bestand Karl hartnäckig auf der Herausgabe von Burgund; Franz konnte und wollte nicht in eine Zerstückelung seines Reiches willigen. Bewies der Kaiser nicht die geringste Mäßigung und Großmuth, deren seine Natur nicht fähig war, so zeigte sich Franz als würdiger Nachfolger Ludwig's XI. Der Gefangenschaft überdrüssig, unterzeichnete er am 14. Januar 1526 die vom Kaiser gestellten Bedingungen, zufolge deren er alle seine italienischen Ansprüche, die Oberherrlichkeit über Flandern und Artois, seine Verbindungen mit den Gegnern des Kaisers aufzugeben versprach und sich mit der Schwester des Kaisers, Eleonore, Witwe des Königs Emanuel von Portugal, verlobte. Er beschwor den Vertrag mit einem heiligen Eide, nachdem er einige Augenblicke zuvor in seinem Zimmer eine Protestation unterzeichnet, in welcher er den einzugehenden Vertrag für null und nichtig erklärte. Nach Abschluß desselben herrschte zwischen den beiden Monarchen große Vertraulichkeit; aber schon zeigten sich deutliche Merkmale des Sturmes, welcher diesem trügerischen Sonnenschein folgen sollte. Franz wurde frei und stellte seine Söhne, den Dauphin und den nachmaligen König Heinrich II., als Geiseln. Der Papst sprach Franz sogleich von seinem Eide los und lud ihn zur Theilnahme an der italienischen Verbindung ein. Der König ging nicht sogleich darauf ein; vielmehr bot er dem Kaiser nochmals eine Entschädigungssumme für Burgund, nachdem ihm die Stände dieses Landes das Recht bestritten hatten, dasselbe von der Krone Frankreich abzutrennen. Karl, aufs Höchste erbittert, forderte ihn auf, in die Gefangenschaft zurückzukehren, wenn er die Friedensbedingungen nicht erfüllen könne; aber die Zeiten Friedrich's des Schönen und Ludwig's des Baiern waren vorüber. Franz schloß lieber den Bund mit den Italienern zu Cognac ab, 22. Mai 1526. Man wollte den Kaiser nöthigen, die französischen Prinzen gegen ein Lösegeld freizulassen, Mailand an Franz Sforza zurückzugeben und seinen Zug zur Kaiserkrönung mit nur soviel Truppen anzutreten, als Papst und Venedig gestatten würden. Auch Heinrich VIII. begünstigte die Ligue, wenn er auch nicht in dieselbe eintrat.

Dies waren die Folgen der Schlacht von Pavia, hervorgerufen durch die Besorgniß vor dem wachsenden Glücke des Kaisers. Dieser stellte dem Papste noch einmal die billigsten Bedingungen, aber vergebens. Waffengewalt sollte aufs Neue entscheiden, wer die höchste Gewalt innehabe. Noch standen Karl bisher unbenutzte Kräfte zu Gebote, welche zu gebrauchen er nunmehr keinen Anstand nahm.

Wie oben gezeigt wurde, hatten hauptsächlich die Vortheile einer Verbindung mit dem Papste Karl's katholische Stellung bestimmt und noch im Frühjahre 1526, wo er durch den Madrider Frieden die französischen Streitigkeiten für immer beseitigt hoffte, schien er sie beibehalten zu wollen; waren doch in dem Vertrage selbst mit Franz gemeinsame Unternehmungen gegen die Türken und Ketzer im Schoße der heiligen Kirche verabredet. Heinrich von Braunschweig, der eben zur Vermählung Karl's mit Isabella von Portugal nach Spanien kam, erhielt, da man noch an die Verwirklichung jener Friedensbedingungen glaubte, den günstigsten Bescheid. In einem Erlasse vom 23. März 1526 ermahnt er einige Fürsten und Herren im Reich, beim alten Glauben zu verharren und auch ihre Nachbarn zu Gleichem zu vermögen, und zeigt an, daß er in Kurzem nach Rom gehen werde, um dann die Ketzerei gründlich auszurotten; er stellt sich ganz auf den Standpunkt jenes anti-evangelischen Bündnisses Georg's von Sachsen, Heinrich's von Braunschweig und der andern Theilnehmer, welche er um ihrer Verdienste willen rühmt. Dieser Erfolg derselben und kecke Aeußerungen veranlaßten denn Philipp von Hessen und Kursachsen, den zu Torgau einseitig ratificirten Bund in Gotha fest abzuschließen, Ende Februar 1526; zugleich beschloß man ernstlich, Bundesgenossen, namentlich unter den Reichsstädten, zu gewinnen. Diese, sowie die Kurfürsten von Trier und von der Pfalz, gingen zwar nicht darauf ein; aber die Herzöge Ernst von Lüneburg, Philipp von Grubenhagen, Heinrich von Mecklenburg, Fürst Wolf von Anhalt, Graf Albrecht von Mansfeld unterzeichneten, erschreckt von dem Erlasse des Kaisers aus Sevilla, das Torgau-Gothaer Bündniß zu Magdeburg am 12. Juni 1526; auch Magdeburg selbst, obgleich keine Reichsstadt, ward in dasselbe aufgenommen, weil man an ihm einen geeigneten Mittelpunkt für Niederdeutschland gewann. Beide Parteien hatten sich consolidirt und ausgerüstet, als im Sommer 1526 der Reichstag in Speier zusammenkam. Die Proposition vom 25. Juni, in welcher die Stände aufgefordert wurden, über Mittel und Wege zu berathschlagen, „damit christlicher Glaube und wohlhergebrachte christliche Uebung und Ordnung bis zu einem freien Concilium gehandhabt werde," wurde von jeder Partei nach ihrem Sinne aufgefaßt. Im fürstlichen Collegium, wo die Berathungen begannen, beschloß man, in Sachen des Glaubens keine Determination zu machen und die wohlhergebrachten guten Gebräuche zu beobachten. Als man aber zur Hebung der Misbräuche kam, traten die Parteien hervor: die Geistlichen leugneten, daß dies Geschäft zur Competenz des Reichstags gehöre und wollten es für ein Concil aufgehoben wissen. Sie unterlagen in dieser Frage den Weltlichen, welche sich auf die Worte der Proposition und die Dringlichkeit einer solchen Maßregel stützten. Die Städte nahmen diesen Beschluß der Fürsten sogleich an, indem sie die guten Gebräuche als solche auslegten, welche dem Glauben an Christum nicht zuwider seien. Die Geistlichen widersetzten sich dieser Auffassung in einer Weise, die ihnen die allgemeine Abneigung des Reichstags zuzog. Diese Misstimmung gegen den Klerus wurde noch durch die gewinnende Erscheinung der verbündeten evangelischen Fürsten gesteigert; die Gutachten, welche die Ausschüsse zur Berathung über die abzustellenden Misbräuche abgaben, trugen das Gepräge dieser Stimmung. Namentlich war dasjenige des fürstlichen Ausschusses bemerkenswerth, indem hier noch einmal der Versuch einer Vermittelung zwischen Päpstlichen und Evangelischen gemacht wurde. Priesterehe und Abendmahl in zweifacher Gestalt wurden empfohlen, Fasten und Beichtzwang ermäßigt, die Privatmesse abgestellt, bei Taufe und Abendmahl lateinische und deutsche Sprache vereinigt; die Predigt solle nach der Bestimmung von 1523 Gottes Wort nach rechtem, wahrem Verstand, nach Auslegung der von der christlichen Kirche angenommenen Lehren geben. Schon war dieses Gutachten, welches auf jeden Fall eine Majorität gewonnen und so die böse Spaltung im Reiche geheilt haben würde, einem Ausschusse aus allen Ständen zur Berathung überwiesen, als die kaiserlichen Commissarien eine Instruction zum Vorschein brachten, welche mit der erst vorgelegten schlecht stimmte und sie verpflichtete, in keinen Beschluß des Reichstags zu willigen, der dem alten Herkommen in Lehre oder Gebräuchen entgegenlaufe, vielmehr das Wormser Edict aufs Neue einzuschärfen. Ein großer Schrecken verbreitete sich unter den Evangelischen: die Städte waren plötzlich dem sächsisch-hessischen Bunde geneigt, um in Zeiten der Gefahr Beistand zu finden. Nachdem sich die erste Aufregung gelegt hatte, entstand Zweifel über die Meinung des Kaisers, wie sie sich in der Instruction aussprach; denn man bemerkte das weit zurückgehende Datum derselben und wußte von der Verbindung zu Cognac, die nothwendig eine Aenderung der Haltung des Kaisers in religiösen Fragen herbeigeführt haben mußte. Auf den Antrag der Städte beschloß der große Ausschuß, eine Gesandtschaft nach Spanien zu schicken, die den Kaiser um Berufung eines Concils und bis dahin um Beanstandung aller drückenden Maßregeln bitten sollte. Das treulose Benehmen des Papstes machte Karl für solche Vorschläge sehr geneigt; am 27. Juli schickte er seinem Bruder einen Entwurf seines Staatsraths, der die Bestimmungen des Wormser Edictes aufhob und ein Concilium festsetzte. Ferdinand, wahrscheinlich aus Besorgniß, der Kaiser werde sich die päpstlichen Reichsstände zu Feinden machen, hielt ihn zurück; allein er war eben so wenig geneigt, auf allgemeine Durchführung des Wormser Edictes zu dringen. So fiel die endliche Bestimmung über die Sache den Landesmächten zu. Der Ausschuß beschloß: „jeder Stand möge sich so verhalten, wie er es gegen Gott und gegen den Kaiser zu verantworten gedenke," das heißt, er möge thun, was er selbst für rathsam finde. Durch diesen Beschluß wurde die religiöse Spaltung Deutschlands sanctionirt; Katholicismus und Lutherthum verdanken ihm ihre Existenz; ersterer würde sich nach förmlicher Aufhebung des Wormser Edictes nicht haben halten können; der andere wäre durch eine strenge Ausführung desselben erdrückt worden. Der Vereinigung des Papstes und Kaisers verdankte jenes seine Entstehung; es zerfiel in sich, sobald diese Verbindung sich löste.

Elftes Kapitel.

Römischer Feldzug und Krieg in Ungarn.

Vorgänge in Rom. — Bourbon's Zug gegen Rom. — Meutereien. — Eroberung der Stadt. — Bourbon's Fall. — Clemens' VII. Gefangennahme. — Niederlage der Ungarn und Tod Ludwig's II. bei Mohacz. — Johann Zapolya. — Erzherzog Ferdinand König von Böhmen und Ungarn.

In Italien hatten während der Verhandlungen in Deutschland die Feindseligkeiten schon begonnen. Die Kaiserlichen hatten zwar Zeit gehabt, die Empörung in Mailand zu dämpfen und sich des Castells zu bemächtigen, aber sie befanden sich in der aufrührerischen Stadt ohne Sold sehr schlecht. Im September waren die Verbündeten, nach Wegnahme von Lodi und Cremona, durch ein bedeutendes Corps Schweizer und französischer Hommes d'armes verstärkt, Meister im Felde. Ein kühner Streich der Colonna änderte die Sachlage. Sie zogen im Neapolitanischen Truppen zusammen; Clemens, argwöhnisch gemacht durch die Zusammenkünfte der Colonna mit dem Feinde, die unter seinen Augen stattfanden, stellte ebenfalls Soldaten auf. Nun boten ihm Jene einen Vertrag an; der Papst nahm ihn an und entließ unbesorgt einen großen Theil seiner Truppen. Darauf hatte man von der andern Seite gewartet. Am 19. September überfielen Colonna's Schaaren plötzlich Rom; ohne Widerstand ward der Vatican besetzt. Der Papst, der sich in die Engelsburg geflüchtet hatte, mußte einen Waffenstillstand eingehen, nicht nur für Neapel und die Colonna, sondern zugleich für Mailand und Genua, für alle seine Truppen zu Land und zur See. Clemens stand seinen Gegnern an Treulosigkeit nicht nach. Sobald er es im Stande war, griff er die Colonna und das neapolitanische Gebiet an, unterstützt durch französische und englische Subsidiengelder; den Waffenstillstand in Mailand und Genua hielt er eben so wenig. Doch dies war nur das Vorspiel der Gefahren, welchen Clemens entgegengehen sollte; eine größere erhob sich, denn der Kaiser griff jetzt zur Anwendung nie vorher gebrauchter Kräfte. Zugleich mit dem Entwurfe seines Staatsrathes über die Beseitigung des Wormser Edictes ließ er seinem Bruder die Aufforderung zugehen, entweder als sein zweites Selbst nach Italien aufzubrechen, oder ein starkes Heer hinzuschicken. Da Ferdinand durch die ungarischen Angelegenheiten gehindert wurde, dem ersten Wunsche zu entsprechen, wendete er sich an den Ritter Frundsperg, den Vater der Landsknechte, der dem Vertrauen entsprach. Um Geld zu schaffen, verpfändete Ferdinand Land und Leute, Schlösser und Städte; Frundsperg versetzte das Geschmeide seiner Frau; selbst die italienischen Generale schickten Geld, um schnell Hilfe für sich zu gewinnen, ohne die sie sich nicht mehr halten konnten. Schnell sammelten sich die Haufen, als in den oberländischen Reichsstädten die Trommel gerührt wurde: es ging ja gegen den Papst. Im November 1526 stand ein Heer von 11,000 Mann auf den Beinen, zu welchem in Trient die eben aus Cremona abgezogene Besatzung stieß; 4000 Freiwillige machten den Zug mit, „ein auserlesener Haufen, wie er bei Menschengedenken nicht in Italien gesehen worden.“ Ein kühner protestantischer Geist herrschte in Führer und Heer; er drohte dem Papste das Schlimmste. Frundsperg überschritt die Alpen auf einem engen, von dem Feinde unbesetzten Pfade über die Sarkaberge. Vom Feinde verhindert, sich mit dem Heere in Mailand zu vereinigen, ohne Geschütz, um eine der Nachbarstädte zu nehmen, mußte er den Uebergang über den Po versuchen, um eine Vereinigung mit Bourbon anzustreben. Am 12. Februar 1527 gelang dieselbe bei Firenzuola. Da Bourbon und der Herzog von Ferrara dieselbe Gesinnung gegen den Papst hegten, wie Frundsperg, beschloß man, Rom selbst anzugreifen. Am 22. Februar nahm das Heer, 20,000 Mann stark, seinen Weg dahin. Eine gefährliche Stimmung herrschte unter den Soldaten: religiöser Widerwille und politischer Haß gegen den Papst. Goldgier, erzeugt durch den gegenwärtigen Mangel und den Ruf von den in Rom zusammengehäuften Schätzen, führte endlich zu dem Plane, die

Stadt zu erobern und zu plündern. Ein im Ganzen unbedeutendes Ereigniß zeigte, welche Leidenschaften hier herrschten. Der Vicekönig von Neapel hatte Anfangs März einen Waffenstillstand mit dem Papste geschlossen, in welchem die an das Heer zu leistenden Geldzahlungen übergangen, oder nicht gehörig bestimmt, dagegen dessen Rückzug in die Lombardei verabredet war. Das bloße Gerücht von diesem Vertrage, der jedenfalls weder vom Kaiser ratificirt, noch von den Führern angenommen worden wäre, rief eine furchtbare Meuterei unter dem Heere hervor; Bourbon entkam mit Noth den Händen seiner Spanier; sein Zelt wurde geplündert; der alte Frundsperg wurde bei dem Versuche, seine frommen Landsknechte durch gütliches Zureden zu beruhigen, mit dem Tode bedroht und bekam einen Schlagfluß, der ihm Sprache und Besinnung raubte. Dieser Unfall brachte die Meuterer zu sich, sie baten Bourbon, sie weiter zu führen. Langsam zog das Heer vorwärts; ihm folgte der Feind in einiger Ferne, seinen Rückzug bedrohend, nicht sein Vorrücken hindernd. Noch immer wußte man nicht, wem der Schlag gelten solle. Als endlich der Papst anfing, Besorgnisse zu hegen, daß ihn sein Vertrag mit Lannoy schwerlich schützen werde, versuchte er durch Zahlung von 150,000 Scudi das Heer zum Rückzuge zu bewegen; allein die Summe genügte nicht, und die Feldherren wußten, daß sie für diesen Fall keine Macht über ihre Truppen hatten. Während dessen tauschten Karl und Clemens jene gangbare Münze des Jahrhunderts aus, Versicherungen friedlicher und wohlwollender Gesinnung, welche auf Täuschung berechnet waren und doch Keinen von Beiden täuschten; Jeder war entschlossen, sein Glück in den Waffen zu versuchen; namentlich war Karl mit dem Zuge nach Rom einverstanden. Am 4. und 5. Mai 1527 langte das Heer vor der Stadt an. Clemens schrieb den ungehinderten Marsch des Feindes dem mit Lannoy abgeschlossenen Waffenstillstande zu, der seine Verbündeten irre gemacht, und hoffte, es werde nach Aufhebung desselben zeitig genug Unterstützung aus Toscana herbeikommen. Er hielt sich bei einer Besatzung von 5000 Hakenschützen, von demselben Hauptmann befehligt, der Bourbon vor drei Jahren von Marseille abgehalten, für vollkommen sicher. In der Nacht zum 6. Mai wurde der Sturm vorbereitet; man beichtete und machte sein Testament; auch Bourbon that dieß; er gab überdem seinem Beichtvater noch Aufträge an den Kaiser; derselbe möge vor Allem die Deutschen befriedigen, ohne die er Italien nicht im Zaume halten könne, und sich dann in Rom krönen lassen.

Am 6. Mai, früh bei starkem Nebel, griffen die Kaiserlichen die Mauern des Vaticans an; oberhalb des Thors St. Spirito die Spanier, unterhalb desselben die Deutschen. Bei den Ersteren fiel Bourbon gleich zu Anfang durch den Schuß einer Hakenbüchse. Dieß gab kein Hinderniß ab. In kurzer Zeit waren die Verschanzungen genommen, die Mauern erstiegen, das Thor für den großen Haufen geöffnet. Der Papst hatte kaum Zeit, die Engelsburg zu erreichen. Nochmals wurde ihm der Vorschlag gemacht, 300,000 Scudi zu zahlen und als Pfand die Uebergabe der transtiberinischen Stadt verlangt. Clemens, in der eitlen Hoffnung, das Heer werde in den nächsten Stunden nachrücken, wies ihn zurück. Darauf wurde nach vierstündigem Zögern Trastevere und die eigentliche Stadt ohne den geringsten Widerstand eingenommen. Bis Mitternacht hielten die Truppen in guter Ordnung, die Spanier auf der Piazza Navona, die Deutschen auf Campofiore. Darauf begann die Plünderung der Stadt, in welche seit siebzig, achtzig Jahren, durch Aufbieten aller geistlichen Kunstgriffe, die reichsten Schätze aus der ganzen Welt zusammengeströmt waren. Das gab gute Beute für die spanischen und deutschen Kriegsknechte. An 20,000 Menschen zahlten in den nächsten Tagen die Schatzung; weder Privathaus noch Kirche war sicher; der Kaiserliche litt, wie der Anhänger des Papstes; das Grab St. Peter's wurde durchwühlt, der Leiche Julius' II. der Ring vom Finger gezogen. Am schlimmsten erwiesen sich die Neapolitaner, am besten noch die Deutschen. Auf ihrem Standplatze kam ein hohes Spielen in Gang; ein paar hundert Gulden wurden oft auf einen Wurf gesetzt. Als Cardinäle verkleidet, ritten die Soldaten, mit einem selbstgemachten Papste, in muthwilligem Aufzuge durch die Stadt und an der Engelsburg vorbei; da wurde denn gehalten; der zurechtgeputzte Nachfolger St. Peter's schwang ein Glas und gab den Cardinälen seinen Segen, und was dergleichen Scherze noch mehr waren. Lannoy war nach Rom zurückgekehrt und hatte wieder mit dem Papste unterhandelt; allein dieser war in der Hoffnung der bevorstehenden Entsetzung noch immer hartnäckig; erblickte er doch vom Castell aus den Vortrab des verbündeten Heeres unter dem Herzoge von Urbino. Allein dieser zog sich, aus Privathaß gegen das Haus Medici, welches ihn vor wenig Jahren von Land und Leuten verjagt hatte, zurück, ohne nur einen Versuch zur Befreiung der Stadt gemacht zu haben. Unter diesen Umständen mußte sich Clemens ergeben und Bedingungen eingehen, wie sie ihm gestellt wurden. Er versprach 400,000 Scudi ratenweise zu zahlen, als Unterpfand überließ er die festen Plätze Modena, Parma und Piacenza in der Lombardei, Ostia und Civitavecchia in der Nähe den Kaiserlichen zur Besetzung. Dieser Vertrag wurde am 5. Juni geschlossen, am folgenden Tage schon ward das Castell von Deutschen und Spaniern besetzt. Nach solchem Siege durfte sich der Kaiser der Hoffnung hingeben, auch mit dem letzten Feinde in Italien, den Venetianern, leichtes und schnelles Spiel zu haben. Am kaiserlichen Hofe wurde übrigens nicht nur jede Aeußerung der Freude unterlassen, sondern sogar Trauer angelegt und die Festlichkeiten bei Gelegenheit der Geburt des Prinzen Philipp eingestellt. Karl erklärte sogar, daß Bourbon Rom ohne seinen Befehl gestürmt habe; er habe von dessen Absichten überhaupt nichts gewußt. So suchte der Kaiser den Vorwurf der katholischen Welt, die erste Stadt der Christenheit auf barbarische Weise mishandelt zu haben, von sich abzuwälzen.

Wir haben schon oben erwähnt, daß Ferdinand der Aufforderung seines Bruders, das italienische Heer in Person anzuführen, nicht habe entsprechen können, weil die ungarischen Verhältnisse seine Gegenwart in diesem Lande nothwendig machten; dieselben nahmen einen für das Haus Oesterreich sehr günstigen Verlauf. Maximilian hatte schon durch eine Wechselheirath seiner Enkel mit den Kindern des Königs Wladislaw II. von Ungarn und Böhmen eine Erwerbung dieser Länder angebahnt; durch besondere Ereignisse wurde sie jetzt nahegerückt. Im Jahre 1516 gelangte Ludwig II., unter Vormundschaft des Kaisers und des Königs Sigismund von Polen, auf den Thron, der jedoch bei dem Uebermuthe des mächtigen Adels, namentlich Johann Zapolya's, Grafen von Zips und Woiwoden von Siebenbürgen, auf sehr schwankenden Stützen stand. Diesem traurigen Zustande des Reiches war die Wegnahme von Belgrad durch die Türken zuzuschreiben, sowie der Plan Soliman's, bestärkt durch ein Gesuch des Königs von Frankreich aus seinem Gefängnisse zu Madrid und durch die Betrachtung der europäischen Verhältnisse, jetzt nach fünf Jahren Ungarn zu erobern und dem Hause Oesterreich dabei einen empfindlichen Schlag zu versetzen. Der Sultan brach mit einem Heere von 100,000 Mann auf, welches durch beständige Zuzüge verstärkt wurde; der junge König von Ungarn zog am 24. Juli 1527 mit einem Gefolge von 3000 Mann ins Feld, welches durch die Truppen einiger Gespanschaften und Magnaten und kleine Hilfscorps vom Papst und dem Könige von Polen bis auf 20—24,000 Mann wuchs; das Türkenheer zog, an 300,000 Mann stark, die Donau herauf und überschritt dieselbe. Ohne Geschütz und Fußvolk, aber voll Selbstvertrauen, erwarteten am 29. August 1527 die Ungarn in der Ebene von Mohacz den Feind, der mit allen Mitteln der neuern Kriegskunst reichlich ausgerüstet war. Ihre Niederlage war entscheidend; die vornehmsten Edelleute fielen; der junge König kam auf der Flucht elend um. Aller Widerstand war gebrochen; der Sultan hielt seinen Einzug in Ofen und kehrte zurück, ohne es der Mühe werth zu achten, sich den Besitz seiner Eroberungen zu sichern. Die Kronen von Ungarn und Böhmen waren durch diesen einen Schlag erledigt, und Erzherzog Ferdinand säumte nicht, seine Ansprüche geltend zu machen, allein er fand mächtige Nebenbuhler, und die beiden Nationen hatten, bei der Wahlverfassung ihrer Reiche, die Hauptstimme. In Ungarn trat Johann Zapolya nach dem Abzuge der Türken mit einem mächtigen Heere als Kronbewerber auf, lebhaft unterstützt von König Franz. Derselbe wirkte auch in Böhmen, dessen Krone die Herzöge von Baiern an sich zu bringen strebten. Ferdinand benahm sich in dieser schwierigen Lage äußerst klug. Er versicherte sich der Geneigtheit der mächtigsten Großen und vermied sorgfältig jeden Schritt, der die Wahlfreiheit der Nation zu beeinträchtigen schien. Dabei gab ihm die antirömische Stellung seines Hauses, die Schonung, welche er in seinen Erblanden den neuen religiösen Ansichten bewiesen hatte, bei einem großen, utraquistisch gesinnten Theile des Volkes ein bedeutendes Uebergewicht über den streng katholischen, unduldsamen Herzog von Baiern. Bei der Wahl am 23. October 1526 erhielt er eine bedeutende Majorität; am 24. Februar 1527 wurde er in Prag gekrönt. In Ungarn fand er größere Hindernisse zu besiegen. Zapolya hatte die Hofpartei durch sein gewichtiges Auftreten für den Augenblick unterdrückt; die Hauptstadt des Reichs hatte sich in seinen Schutz begeben; er war von da nach Stuhlweißenburg auf den Reichstag gezogen und durch die Anstrengungen seiner Partei zum Könige gewählt und gekrönt worden, 11. November 1526. Auch in Croatien wurde er auf einem Landtage anerkannt. Er besetzte die durch die Niederlage bei Mohacz erledigten Stellen aus seinem Anhange und bemühte sich, seiner Herrschaft durch äußere Verbindungen, mit Venedig, Rom, München und Konstantinopel, Halt zu geben. Die Hofpartei raffte sich indessen zusammen und hielt auch im November einen Reichstag in Preßburg, auf welchem Ferdinand zum Könige erwählt wurde. Die Erwerbung der böhmischen Krone gewährte diesem die Mittel, mit einem starken Heere nach Ungarn einzurücken; bei demselben befanden sich die tüchtigsten und bewährtesten Führer aus dem italienischen Kriege. Bei seinem Erscheinen fielen mehrere Große von Zapolya ab und stießen mit ihren Vasallen zu ihm. Jener konnte das Feld nicht behaupten; er gab die Hauptstadt auf und ging in seine Grafschaft zurück. Am 20. August zog Ferdinand in Ofen ein. Die deutschen Truppen suchten Zapolya auf, schlugen ihn bei Tokay und nöthigten ihn, Ungarn zu verlassen. Am 3. November 1527 wurde Ferdinand zum Könige von Ungarn gekrönt; aber er fühlte sich in dem Besitze dieser Krone ebenso wenig sicher, wie in dem der von den Baiernherzögen stets angestrebten Böhmischen; denn schon rüstete sich Soliman, Ungarn für seinen Vasallen Zapolya wieder zu erobern.

Zwölftes Kapitel.

Der vierte französische Krieg.

Bündniß Englands und Frankreichs gegen Karl. — Vertrag Karl's mit Clemens VII. — Belagerung Neapels durch die Franzosen. — Misliche Lage Karl's. — Andreas Doria's Abfall von der französischen Partei zum Kaiser. — Günstige Stellung der Kaiserlichen in Oberitalien — Friedensschluß Karl's mit dem Papste zu Barcelona. — Friede zu Cambrai — Soliman's Einfall in Ungarn.

Die Einnahme und Plünderung Roms sowie die Gefangenhaltung des Papstes riefen großes Entsetzen in der Christenheit hervor und beschleunigten den Abschluß eines engen Bündnisses zwischen Franz I. und Heinrich VIII., 11. Juli 1527; man vereinigte sich zu einem gemeinsamen Handeln in Italien, indem man den frühern Plan, die Niederlande anzugreifen, aufgab. Die billigen Vorschläge des Kaisers wurden abgewiesen; ja die gegenseitige Erbitterung Franz' und Karl's verstieg sich bis zu einer förmlichen Herausforderung. Bereits im August 1527 rückte ein französisches Heer unter Lautrec nach Italien, nahm Pavia ein und überschritt im October den Po, um in den Kirchenstaat einzudringen. Der Kaiser war voller Besorgnisse, daß der Papst durch den Beistand der Verbündeten befreit werden möchte, zu einer Zeit, wo Heinrich VIII. den ernstlichen Entschluß gefaßt hatte, sich von seiner Gemahlin, Katharina von Aragon, der Tante des Kaisers, durch den Papst scheiden zu lassen. Konnte dieser eine bessere Gelegenheit finden, sich an dem Kaiser zu rächen, als wenn er seinen Befreier sich verbindlich machte? Die Abneigung Heinrich's vor seiner Gemahlin gab dem Papste ein bedeutendes Uebergewicht über seinen Besieger. Hauptsächlich aus dieser Rücksicht schloß der Kaiser am 26. November einen Vertrag mit dem Papste, in Folge dessen Clemens restituirt wurde; er soll sich damals durch mündliches Versprechen schon verbindlich gemacht haben, in die Ehescheidung des Königs von England nicht zu willigen. Sobald er frei war, forderten ihn die Franzosen auf, die Verbindung der Feinde Karl's zu bestätigen; aber der Papst war verstimmt und mistrauisch gegen beide Parteien, da Florenz seine Familie vertrieben und eine Republik unter französischem Schutze hergestellt und Venedig sich zweier päpstlichen Städte bemächtigt hatte: er zögerte mit seiner Erklärung. Das kaiserliche Heer in Rom, dessen Commando seit Bourbon's Tode der Prinz von Oranien führte, konnte den Franzosen den Eintritt ins Neapolitanische nicht wehren und beeilte sich, wenigstens die Hauptstadt zu schützen. Ende April 1528 begann Lautrec die Belagerung derselben und er hatte die beste Hoffnung auf ihre baldige Einnahme, da die Genueser unter Filippino Doria und die Venetianer die Uebermacht zur See behaupteten. Karl's Ansehen war so gesunken, daß dem Papste gerathen wurde, ihn abzusetzen und die Kurfürsten zu einer neuen Wahl zu vermögen. Der Abfall des einen Mannes, Andreas Doria's, reichte indessen hin, der Sache des Kaisers einen neuen Aufschwung zu geben. Dazu kam, daß eine Seuche unter dem französischen Belagerungsheere vor Neapel ausbrach, welcher Lautrec selbst erlag; glückliche Ausfälle der Belagerten erhöhten das Elend. Der Rest des Heeres dachte an den Rückzug, als er am 29. August 1528 angegriffen und vernichtet wurde. In Zeit von wenigen Wochen war das Verhältniß ganz umgeändert worden: die Kaiserlichen gewannen das Königreich bis auf einige feste Plätze wieder und waren Sieger. Der Papst, der sich zu seinem Glücke neutral gehalten, fing jetzt an, sich dem Kaiser zu nähern, ohne daß er jedoch seine Ränke gegen ihn eingestellt, seine Verbindungen mit Franz und Heinrich abgebrochen hätte; die deutschen Truppen, durch die Seuche ebenfalls sehr geschwächt, waren abgezogen und neue Verwickelungen und ernste Kämpfe drohten, da kurz darauf im Sommer 1528 ein neues französisches Heer in Italien einrückte und sich den größten Theil der Lombardei unterwarf, nachdem ein Versuch auf Genua misglückt war. Man hatte schon Hoffnung auf die Einnahme von Mailand. Jetzt zeigte sich, wie bedeutend der Verlust von Genua für die Franzosen war: der Kaiser schickte eine spanische Hilfstruppe dahin, die nach Mailand vordrang und dem kaiserlichen Feldherrn Antonio de Leiva eine willkommene Verstärkung gewährte. St. Pol, sein Gegner, sah ein, daß er unter diesen Umständen nicht viel werde ausrichten können, und beschloß, sich von Mailand zurückzuziehen; allein Leiva überfiel ihn in der Nacht, besiegte ihn und nahm ihn gefangen mit nach der Stadt zurück. In ganz Italien war jetzt der Kaiser Herr, und es war Niemand im Stande, ihm entgegenzutreten. Alle Parteien waren zum Frieden geneigt, besonders aber der Kaiser, aus Gründen, die sogleich entwickelt werden sollen. Zuerst kam gleichzeitig mit den erwähnten Mailänder Ereignissen der Abschluß mit dem Papste in Barcelona zu Stande, 29. Juni 1529. Der Papst belehnte den Kaiser mit Neapel, ohne den herkömmlichen Tribut zu beanspruchen und ließ die Sache Sforza's in Mailand fallen; ferner gestattete er den kaiserlichen Truppen freien Durchzug von Neapel nach Oberitalien. Der Kaiser versprach Wiedereinsetzung der Mediceer in Florenz und Rückgabe der von Ferrara und Venedig entrissenen Landschaften. Dem künftigen Herzoge von Florenz verlobte er seine natürliche Tochter. Der Papst verband sich, in Heinrich's VIII. Ehescheidung nicht zu willigen; der Kaiser gelobte Unterdrückung der lutherischen Ketzereien; er vergaß es, daß nur diese ihm den Sieg über den Papst verschafft hatten.

Der Friede mit Frankreich wurde durch Franz' Mutter, Luise von Savoyen, und Karl's Tante, Margarethe, zu Cambrai am 5. August 1529 abgeschlossen. Franz bezahlte zwei Millionen Scudi, wofür Karl seine Ansprüche an Burgund aufgab, leistete auf alle Rechte und Verbindungen in Italien Verzicht und entsagte seiner Lehnsherrlichkeit über Flandern und Artois. Auch gegen diesen Vertrag protestirte Franz, wie früher gegen den Madrider Frieden. Heinrich's VIII. Antheil an dem Kriege war zu unbedeutend gewesen, als daß der Kaiser einen besondern Friedenstractat mit dem Könige hätte abschließen sollen; derselbe wurde mit in den französischen eingeschlossen, und dennoch brachte dieser Vertrag bedeutende Veränderungen für England hervor. Nach der Vereinigung des Papstes mit dem Kaiser hatte die Ehescheidungsangelegenheit, nach fast zweijährigem Hinhalten, eine für Heinrich sehr unangenehme Wendung genommen; Wolsey, der seine Existenz an die Erfüllung des königlichen Wunsches gekettet hatte, fiel; allein die Verhältnisse, welche er angeknüpft hatte, wirkten fort.

Karl machten die Verhältnisse in Ungarn und Deutschland zum Frieden geneigt. Sobald Ferdinand sein neues Königreich verlassen hatte, brach Zwiespalt unter seinen eigenen Anhängern aus; eine allgemeine Gährung und Verwirrung herrschte, die Johann Zapolya von seinem Zufluchtsorte Tarnow aus zu erhalten und zu steigern nicht unterließ. Es gelang ihm, viele Große durch das Versprechen türkischen Beistandes zu gewinnen. Denn schon zu Anfang des Jahres 1528 hatte er mit Soliman einen dahin zielenden Vertrag abgeschlossen. Am 4. Mai 1529 setzte sich der Sultan mit einem gewaltigen Heere in Bewegung; er fand keinen Widerstand, da die österreichische Regierung kein Geld hatte, um ein Heer zu unterhalten, oder die Festungen zu besetzen. Zapolya war gleich Anfangs bei Mohacz zum Padischah gestoßen; er wurde allgemein als König begrüßt, zumal als selbst die heilige Krone in seine Hände gefallen war; die wenigen von deutschen Truppen besetzten Festen konnten sich nicht halten. Es war vorauszusehen, daß der Sultan seinen Siegerlauf nicht auf Ungarn beschränken werde.

Dreizehntes Kapitel.

Fortschreiten der Reformation in Deutschland und in der Schweiz.

Kirchenvisitation in Sachsen, Hessen, Niederdeutschland und Schlesien. — Säcularisation Preußens. — Packische Händel. — Reise Karl's nach Italien. — Kaiserkrönung in Bologna. — Reise nach Deutschland. — Reichstag in Speier. — Protestation der Evangelischen. — Reformation in der Schweiz. — Ulrich Zwingli. — Luther hindert die Einigung unter den Evangelischen. — Colloquium in Marburg. — Vereitelte Einigungsversuche zwischen Zürichern und Wittenbergern.

Aber auch in Deutschland war seit dem Speirer Reichstage 1526 Vieles geschehen, was den Kaiser ernstlich beunruhigte; seine Stellung hatte sich freilich jetzt ganz anders gestaltet wie damals: aus dem offenen Gegner des Papstes war er dessen Verbündeter geworden. In Folge des damals aufgestellten Grundsatzes, jeder Reichsstand möge sich so verhalten, wie er es vor Gott und dem Kaiser verantworten könne, schritten die evangelisch Gesinnten zu einer völligen Trennung von der alten Kirche.

Einen eigenthümlichen Gang nahm die Sache in Hessen, indem hier Ideen zu einer Kirchenverfassung sich geltend machten, wie sie späterhin in Schottland und Amerika verwirklicht wurden. Daß eine solche demokratische Gestaltung der Kirche nicht allgemein durchdrang, hatte mehrere Gründe. Einmal fehlte die unentbehrliche Grundlage dazu: die Bildung und der lebhafte Gemeinsinn der Gemeindemitglieder; dann aber hatte die evangelische Kirche schon bei ihrer Entstehung einen Charakter erhalten, der jener demokratischen Verfassung widerstrebte; sie war unter Einwirkung der Fürstenmacht zu Stande gekommen, während die schottische und amerikanische ihr Dasein der Opposition gegen die Staatsgewalt verdankten. So nahm die Kirchenangelegenheit in Sachsen ihren natürlichen und entsprechenden Verlauf: sie entwickelte sich von oben her. Der Kurfürst ordnete eine Kirchenvisitation an; es ward eine von Melanchthon verfaßte Instruction an die Pfarrer vertheilt, in welcher sie angewiesen wurden, sich aller Angriffe auf Papst und Bischöfe zu enthalten und nur das Evangelium zu lehren. Man sagte sich nicht völlig von dem alten Ritus los, sondern schaffte nur Dasjenige ab, was in offenbarem, nicht auszugleichendem Widerspruche mit der Schrift stand. Damals erhielt jene Innerlichkeit und Gottesdurchdrungenheit in allen menschlichen Verhältnissen, welche das specifische Wesen des Lutherthums bildet, recht eigentlich ihre Geltung und Ausprägung. Luther's Katechismus vom Jahre 1529 bildet den Höhepunkt dieser Bestrebungen. Freilich artete jene Innerlichkeit des deutschen Wesens sehr leicht in gänzliche Vernachlässigung der Realität, jene Gottesdurchdrungenheit in eine Misachtung alles Irdischen aus. Gerade diese Eigenthümlichkeiten des deutschen Geistes haben unsere Nation zugleich groß gemacht und geschwächt. Um die Existenz der Kirchendiener zu sichern und Schulen herzustellen, verfügte man über die Güter verlassener Klöster; solche, die noch besetzt waren, erfuhren keine Beeinträchtigung.

Die sächsischen Anordnungen wurden in Hessen genau nachgeahmt; nur daß nach Versorgung der Mönche und Nonnen die Klostergüter eingezogen und theilweise zur Stiftung der Universität Marburg und anderer nützlicher Anstalten verwendet wurden. In den fränkischen Fürstenthümern ward von dem Markgrafen Georg von Brandenburg nach seines Bruders Casimir Tode Sachsens Beispiel befolgt; gemeinsam mit Nürnberg stellte man eine Kirchenvisitation an. Auf ähnliche Weise ordneten sich die kirchlichen Verhältnisse in Niederdeutschland und Schlesien.

Merkwürdig war, was 1525 in Preußen geschah. Am Ende des vierten Kapitels haben wir bereits eine Andeutung gegeben. Albrecht von Brandenburg blieb, nach seinem vergeblichen Hilfgesuch auf dem Wormser Reichstage, bei den eigenthümlichen Verhältnissen des Ordenslandes nichts übrig, als entweder sich den Bedingungen des Thorner Friedens von 1466 zu fügen, zu Folge dessen die größere Hälfte des Ordensgebiets an Polen abgetreten, für die kleinere dessen Lehnsherrlichkeit anerkannt wurde, oder zu abdiciren. Dies konnte für seine Person geschehen im Sinne des Ordens, oder sich auf das ganze Land zu Gunsten König Sigismund's beziehen. In dieser verwirrten Lage, während die Stände den Rittern, diese Polen opponirten, wurde Luther's Lehre von den Ordensgliedern und den Laien mit größtem Eifer angenommen; der Hochmeister selbst vertiefte sich immer mehr in sie; die Ueberzeugung stieg in ihm auf, seine Stellung im Leben sei eine verfehlte; Luther's rathende Worte mochten ihn tief getroffen haben. Auf der andern Seite durfte er sein Amt nicht leichthin aufgeben; die Landschaft mahnte ihn dringend an seine fürstlichen Pflichten. Durch Vermittelung zweier nahen Verwandten knüpfte er neue Verhandlungen mit Polen an, wo der Reichstag eben beschlossen hatte, der Hochmeister solle entweder huldigen, oder mit dem Orden aus Preußen vertrieben werden. Man kam schnell zum Ziele. Sigismund von Polen belehnte am 10. April 1525, mit Genehmigung des Reichstags, sowie andererseits des Ordens, den Hochmeister als erblichen Herzog von Preußen. Der Orden säcularisirte sich selbst.

Durch die Anordnungen der evangelischen Fürsten in Kirchensachen wurden nun freilich viele alte Gerechtsame, geistliche Jurisdictionen verletzt und beeinträchtigt; zahllose Beschwerden liefen am kaiserlichen Hofe ein; es entstand eine allgemeine Spannung. Vermehrt wurde dieselbe durch die Folgen einer hinterlistigen Täuschung, welche Philipp von Hessen und nach ihm seine Glaubensgenossen erfuhren. Er wurde nämlich von dem Kanzleiverweser des Herzogs Georg von Sachsen durch Vorlegung gefälschter Documente veranlaßt, das Dasein eines mächtigen antilutherischen Bundes anzunehmen; mancherlei Anzeichen schienen das zu bestätigen. Die Sache erregte begreiflicher Weise große Bestürzung unter den

Evangelischen; ein enger Bund zwischen Hessen und Kursachsen war die unmittelbare Folge; Truppen wurden zusammengezogen; Otto von Pack, dem man die Kunde von den Absichten der Altgläubigen verdankte, wurde sogar vom Landgrafen nach Ungarn an Zapolya gesandt, um eine Verbindung einzuleiten. Auf Luther's Mahnungen, der seinem Grundsatze nach die Sache des Evangeliums nicht durch Blutvergießen beflecken wollte, zog man vor, das Bündniß bekannt zu machen und die betheiligten Fürsten zur Verantwortung aufzufordern. Nun stellte sich der Betrug klar heraus. Aber ein Schatten fiel auf die evangelische Partei, die sich so grob hatte täuschen, sich in Philipp sogar zum Landfriedensbruche verleiten lassen. Die Misstimmung wurde vermehrt durch die Verfolgungen der Evangelischgesinnten in Oesterreich, Tyrol, Baiern, in Schwaben und am Rhein; auch Georg von Sachsen zeigte sich noch streng; Kurfürst Joachim von Brandenburg brachte seine eigene Gemahlin Elisabeth, Nichte des Kurfürsten von Sachsen, so weit, daß sie um des Evangeliums willen von Gatten, Land und Leuten floh. Jeder Fortschritt der Lutherischen hatte ein Rückschreiten der Altgläubigen zur Folge.

Den Kaiser bewogen alle diese Verhältnisse, sich persönlich nach Deutschland zu begeben, wo der Macht seines Hauses durch Ketzer und Ungläubige bedeutender Abbruch drohte. Am 27. Juli 1529 langte er in Genua an und entwickelte die Pracht eines Siegers; doch benahm er sich, in Hinblick auf die deutschen und ungarischen Verhältnisse, wider Erwarten mild gegen seine Feinde. Der Herzog von Mailand fand Gnade und wurde durch die Vermählung mit einer Nichte des Kaisers, einer Tochter Christian's II. von Dänemark, an das Interesse Oesterreichs gekettet; auch mit dem Herzoge von Ferrara und den Venetianern wurde auf billige Bedingungen hin unterhandelt; nur die Florentiner hatten Grund zur Klage, da bei ihnen die mediceische Herrschaft wieder hergestellt wurde. Nach Abstellung des Friedens von Bologna, wo eine persönliche Zusammenkunft Karl's und des Papstes stattgefunden, und nach seiner Krönung zum König und Kaiser, bei welcher Gelegenheit er durch den Einsturz einer Treppe fast das Leben verloren hätte, verließ Karl Italien im Februar 1530, um sich nach Deutschland zu begeben.

Hier war denn, auf die Mahnung des Papstes, sich der Religion kräftig anzunehmen, ein Reichstag nach Speier auf den 1. Februar 1529 ausgeschrieben worden. Die Stände versammelten sich sehr zahlreich; die geistlichen Fürsten waren stark vertreten. Schon in der Proposition zeigte sich, daß eine Wendung der Dinge eingetreten war. Indem nach geschehener Einwilligung des Papstes ein Concilium mit Bestimmtheit in Aussicht gestellt und dabei die Frage berührt wurde, wie man es bis zu dessen Eintreten halten wollte, schlug man vor, jenen Artikel des Reichstagsabschiedes von 1526, durch welchen alle Neuerungen veranlaßt worden seien, zu widerrufen und dafür eine andere, die geistliche Obrigkeit begünstigende Bestimmung zu geben. Der Begutachtungsausschuß, in welchem die Altgläubigen die Majorität hatten, billigte den Vorschlag, welchem er einige die Evangelischen noch mehr fesselnde Bestimmungen beifügte. In der Ueberzeugung, daß dadurch das Werk der Reformation völlig in Frage gestellt werde und tiefe Eingriffe in die Verhältnisse der einzelnen Gebiete geschähen, vereinigten sich Hessen, Kursachsen, Lüneburg, Anhalt, Markgrafschaft Brandenburg, nach vergeblichen Versuchen um Zurücknahme des Beschlusses, zu einer Protestation, die ihnen den Namen Protestanten verschaffte und besonderes Gewicht dadurch bekam, daß bedeutende Reichsstädte dieselbe unterschrieben. Es waren: Straßburg, Nürnberg, Ulm, Kostnitz, Reutlingen, Windsheim, Lindau, Memmingen, Kempten, Heilbronn, Jsny, Weißenburg, Nördlingen und St. Gallen. Man stützte sich in dem Actenstücke besonders auf den Grundsatz, daß die einseitige Aufhebung eines feierlich beschlossenen und zu voller Rechtsgiltigkeit gelangten Reichstagsabschiedes für sie durchaus unverbindlich sei. Zum ersten Male trennte sich ein Reichstag in völliger Uneinigkeit. Die Evangelischen geriethen in eine gefährliche Lage. Ihr ganzes Verfahren war bisher gesetzlich gewesen; jetzt wurde nicht nur ihre aus dem Gefühle der Loyalität erwachsene Zuversicht erschüttert, sondern ihre ganze Existenz in Frage gestellt. Man that sogleich Schritte, um diese sicherzustellen. Schon am 22. April 1529 schlossen Sachsen und Hessen mit den Städten Nürnberg, Ulm und Straßburg ein Vertheidigungsbündniß für den Fall, daß man um des Glaubens willen vom schwäbischen Bunde, von Seiten des Kammergerichtes, oder selbst der Reichsregierung angegriffen werde. Eine solche Verbindung eröffnete den Lutherischen die Aussicht auf die Unterstützung der Schweiz, Venedigs, ja selbst Frankreichs; denn Landgraf Philipp unterhielt lebhaften Verkehr mit Zürich; Straßburg und Kostnitz traten in Bürgerrecht mit Zürich und Bern. Es zeigten sich Keime zu einer religiös-politischen Opposition, welche dem Kaiser und seiner Politik ein entschiedenes Gegengewicht stellen konnte. Allein die Sache scheiterte an Luther's und seiner Anhänger in solchen Dingen sehr starrem Sinne, der nicht das Mindeste von einem Grundsatze opfern wollte; „zu lebendiger Zeit“ erwachte „unnützes Erinnern und vergeblicher Streit.“ Um im Folgenden verständlich zu werden, müssen wir etwas zurückgreifen.

Die Reformation in der Schweiz war aus ähnlichen Verhältnissen hervorgegangen, wie in Wittenberg. Von dem Ankämpfen gegen den Ablaß war Ulrich Zwingli ebenso zu einer völligen Opposition gegen die Kirche fortgeschritten, wie Luther. Aber bald mußte die Bewegung dort einen von der sächsischen ganz verschiedenen Charakter annehmen, weil einmal die politischen Verhältnisse in beiden Ländern ganz entgegengesetzt, und daher auch das persönliche Wirken der Leiter verschieden war. Während Luther in der einsamen Klosterzelle nach Erkenntniß und Wahrheit rang und schmachtete, nahm ein vielbewegtes Leben bei seinem Zeitgenossen Zwingli den Läuterungsproceß vor. Nachdem derselbe auf den Universitäten zu Wien und Basel die classischen Studien eifrig betrieben, wurde er, zweiundzwanzig Jahre alt, im Jahre 1506 Pfarrer in Glarus. Auch da noch setzte er die Beschäftigung mit den Alten fort und studirte auch das griechische neue Testament in der Ausgabe von Erasmus. Diese Lectüre erzeugte zuerst eine Abneigung gegen das Kirchenwesen in ihm. Als Pfarrer zu Einsiedeln machte er mehrere Feldzüge der Eidgenossen nach Italien mit; der Schlacht von Marignano wohnte er bei, und er gewann während dieser Zeit einen klaren Einblick in die trüben Verhältnisse seiner Heimat, die namentlich durch das Factions- und Werbewesen entstanden; er selbst wurde ein entschiedener Franzosenfeind. Im Jahre 1519 wurde er zum Leutpriester am großen Münster nach Zürich berufen, und hier eröffnete sich ihm ein seinen Kräften entsprechender Wirkungskreis, als Luther's Auftreten auf die Schweiz einwirkte. Er ergriff sogleich dessen Partei gegen den Papst und wirkte, trotz aller Anfechtungen, durch seine freimüthigen, allgemein verständlichen Predigten in entschieden evangelischem Sinne. Allein in diesem Streben wich er schon sehr von Luther ab. Nicht wie dieser tiefsinnig über die Grundideen des Christenthums grübelnd, und sich in gewaltigem Seelenkampf vom Alten losreißend, um eine neue Doctrin aufzustellen, sah Zwingli, als echter Sohn eines Freistaats, sein Lebensziel darin, den sittlichen und politischen Zustand seines Vaterlandes durch das Mittel des Evangeliums zu bessern.

Der Rath in Zürich trat schon 1522 entschieden auf seine Seite, und gebot den Geistlichen, nichts vorzunehmen oder zu lehren, was sie nicht aus dem Worte Gottes beweisen könnten. Wie ganz anders entwickelten sich die kirchlichen Verhältnisse bei dieser Selbstregierung der Gemeinde, welche der Rath eben repräsentirte, als in Wittenberg und Deutschland, wo die letzte Entscheidung auf die schwankende Abstimmung eines Reichstags ankam! Und es ist bemerkenswerth: wohin auch die Schweizer Lehre in der Folge drang, nirgend verleugnete sie ihren Ursprung aus der alten Stätte bürgerlicher Freiheit. Mit der Aufklärung in religiösen Dingen brachte sie zugleich praktische Ideen über Gestaltung des Lebens in Gemeinde und Staat, wie sie sich in der Schweiz herangebildet hatten. Es ist wohl fraglich, ob die Niederländer jemals versucht hätten, ihre Unabhängigkeit zu erkämpfen, wenn Luther's Lehre mit ihrer leidenden Auffassung des Lebens unter ihnen geherrscht hätte. Indem die Wittenberger Doctrin im Kampfe um ihre Existenz eines Anhaltepunktes bedurfte (die Verbindung mit den aristokratischen und demokratischen Elementen hatte sie, wie wir wissen, verschmäht), ließ sie den römischen Grundsatz der Unterordnung des Staates unter die Kirche nicht nur ganz fallen, sondern fügte sich selbst gänzlich der fürstlichen Autorität, welche sie durch diesen Schritt ungemein stärkte. Man darf wohl sagen, daß das Lutherthum Schöpfer des eigentlichen monarchischen Principes ist, das heißt der modernen, nüchternen, aller Romantik entkleideten Verjüngung des Monarchismus in seiner starren Ausschließlichkeit, denn vom monarchischen Princip, das ist vom Monarchismus in seiner heutigen absoluten Bedeutung, kann vor der Reformation nicht die Rede sein. Während der Zwinglianismus und Calvinismus Freistaaten hervorrief, schuf das Lutherthum neue absolute Dynastien, wie Preußen und Dänemark.

Die bisher bestandene Einigkeit zwischen den Züricher und Wittenberger Reformatoren wurde durch die unerquickliche Abendmahlsstreitigkeit seit dem Herbst 1524 gestört. Die Sache ist zu allgemein bekannt und selbst für unsere Tage zu unwichtig, als daß wir näher darauf einzugehen brauchten. Auch für die damalige Zeit gewann der Streit eigentlich nur wegen seiner traurigen Folge Bedeutung, und weil sich in ihm die Verschiedenheit der Zwinglischen und Lutherschen Reformthätigkeit klar zeigt. In Zürich verwarf man Alles, was sich nicht durch die Schrift beweisen ließ; in Wittenberg behielt man vom Alten Alles bei, was nicht unbedingt gegen das Evangelium verstieß.

Zwingli's gleichzeitiges Auftreten gegen die Pensions- und Werbemisbräuche machte Viele seinen kirchlichen Bestrebungen feind: die Tagsatzungen von 1523 und 1524 faßten Beschlüsse gegen sein Wirken; aber dafür drang seine Lehre immer tiefer ins Volk, und Bern und Basel nahmen dieselbe an; Glarus, Appenzell, Graubündten, St. Gallen, Mühlhausen folgten bald. Auch außerhalb der Eidgenossenschaft gewann sie Haltung. Straßburg, Lindau, Memmingen bekannten sich zu Zwingli; in andern Städten Schwabens fand seine Lehre beredte Verkündiger.

Luther, der die Verbindung mit den Anhängern Zwingli's auf dem Reichstage zu Speier von vornherein verdammte und, wie bekannt, ein Feind jeder Einmischung des Politischen in Glaubenssachen war, bot Alles auf, um den Kurfürsten von einem Bündnisse mit Leuten abzuziehen, „welche wider Gott und das Sacrament streben. Da gehe man mit Leib und Seele der Verdammniß entgegen.“ Seine Bemühungen waren mit Erfolg gekrönt; eine Versammlung von Abgeordneten der protestirenden Mächte, welche den Bund hatten fest begründen sollen, führte zu keinem Ziele.

Landgraf Philipp, der dies schmerzlich empfand, suchte die Uneinigkeit zwischen den beiden Parteien zu heben, indem er sie auf Michaelis 1529 zu einer Besprechung nach Marburg einlud. Die angestrebte Vereinigung scheiterte an der Hartnäckigkeit, mit welcher bei den Verhandlungen über das Abendmahl Luther die wörtliche Auffassung des „Ist“ in der Einsetzungsformel, Zwingli die figürliche Bedeutung verfocht.

Und gerade zu einer Zeit bildete sich diese Spaltung unter den Evangelischen aus, wo sich der Kaiser ihnen entschieden feindselig bewies; führte er doch die Gesandten, welche ihm die Protestation nach Italien überbracht hatten, eine Zeitlang als Gefangene mit sich, bis es ihnen gelang, zu entspringen. Nach jener ersten, durch Luther erfolglos gemachten Versammlung fanden sich im October 1529 die oberdeutschen Abgeordneten in Schwabach ein; allein es kam wiederum nicht zum Abschlusse eines Bündnisses, weil man lutherischer Seits dazu Glaubenseinheit für nöthig hielt; ebensowenig verständigte man sich im December zu Schmalkalden, troß den wohlbegründeten Erinnerungen des Landgrafen von Hessen an das Benehmen des Kaisers. Die ganze protestantische Combination ging an dem starren Glaubenseifer und tiefem Zweifel über die Rechtmäßigkeit des Widerstandes gegen den Kaiser zu Grunde.

Vierzehntes Kapitel.

Politische Verbindung der Protestanten.

Reichstag zu Augsburg. — Augsburgische Confession. — Den Protestanten ungünstiger Reichstagsabschied. — Schmalkaldischer Bund — Ferdinand römischer König. — Erweiterung und Constituirung des Schmalkaldischen Bundes.

Solcher Uneinigkeit, solcher Ungewißheit über ihr Recht auf Seiten der Protestanten stand nun der Kaiser als natürlicher Vertheidiger des Katholicismus mit seiner ganzen Macht gegenüber. Er hatte weiter keine Gegner zu bekämpfen, als diese; denn Soliman hatte sich nach einer fruchtlosen Belagerung Wiens von Ende September bis Mitte Octobers zurückgezogen, nachdem er den Ungarn Zapolya als König zurückgelassen hatte. Vorher jedoch mußten noch Versuche gemacht werden, die Protestanten auf friedlichem Wege zu gewinnen; denn Karl hatte noch andere Pläne, zu deren Ausführung er ihres Beistandes bedurfte. Sein Bruder Ferdinand hatte sich ihm in den bisherigen Kämpfen als ein so treuer Bundesgenosse und Helfer erwiesen, daß er ihm versprochen, seine Wahl zum römischen König durchzusetzen. Der Einfall der Türken hatte den Beweis geliefert, daß selbst Deutschland in der höchsten Gefahr schwebe, wenn nicht entschiedene Maßregeln gegen den Erbfeind ergriffen würden; natürlich mußten dieselben zugleich den Ländern und der Herrschaft des Hauses Oesterreich zu Gute kommen. Um alle diese wichtigen und dringenden Angelegenheiten zu berathen, hatte der Kaiser für den Juni 1530 einen Reichstag nach Augsburg ausgeschrieben.

Unter den günstigsten Erwartungen von Katholiken und Protestanten hielt der Kaiser am 15. Juni seinen prachtvollen Einzug in diese Stadt; er war von Innsbruck, wo er einige Zeit Hof gehalten hatte, über München gezogen. Unmittelbar nach seiner Ankunft, noch unter dem Eindrucke derselben, ließ er den Kurfürsten von Sachsen, den Markgrafen Georg von Brandenburg, den Landgrafen Philipp und den Herzog von Lüneburg durch seinen Bruder Ferdinand in einem Zimmer der kaiserlichen Pfalz auffordern, die Predigt abzustellen. Da der Landgraf widersprach, wiederholte der Kaiser seine Forderung etwas hitzig. „Herr," sagte der alte Markgraf Georg entschlossen, „ehe ich von Gottes Wort abstände, wollte ich lieber auf dieser Stelle niederknien und mir den Kopf abschlagen lassen!" Bestürzt über einen Widerstand, der selbst vor solchem Ausgange nicht bebte, erwiderte der Kaiser in seinem gebrochenen Niederdeutsch: „Lieber Fürst, nicht Kopf ab!" Die protestantischen Predigten hörten erst dann auf, als auch der Gegenpartei Schweigen auferlegt war. Auch der Theilnahme an der Frohnleichnamsprocession weigerten sich die evangelischen Fürsten. In der Proposition, die bei Eröffnung der Verhandlungen am 20. Juni verlesen wurde, beanspruchte der Kaiser zunächst angemessene Rüstungen gegen die Türken, erklärte aber zugleich seinen Entschluß, die religiösen Wirren gütlich zu lösen und forderte, wie dies bereits beim Ausschreiben des Reichstages geschehen war, Jeden auf, „seine Meinung, Gutbedünken, Opinion" schriftlich einzureichen. Demzufolge reichten die Protestanten ein Glaubensbekenntniß ein, welches Melanchthon mit Zugrundlegung der zu Schwabach aufgestellten Glaubensartikel und mit möglichst engem Anschluß an die Dogmen der alten Kirche ausgearbeitet hatte. Am 15. Juni 1530 wurde diese sogenannte Augsburgische Confession in der Capitelstube des bischöflichen Hauses, wo der Kaiser wohnte, der Reichsversammlung in deutscher und lateinischer Abfassung überreicht; letztere behielt er für sich; erstere übergab er dem Reichserzkanzler. Unterschrieben war das Actenstück vom Kurfürsten und Kurprinzen von Sachsen, dem Markgrafen Georg von Brandenburg, den Herzögen Franz und Ernst von Lüneburg, dem Landgrafen Philipp, der jedoch erst einer Anmahnung Luther's dazu bedurfte, dem Fürsten Wolfgang von Anhalt und den Abgeordneten der Städte Nürnberg und Reutlingen.

Eine Gegenerklärung von katholischer Seite, wie die Protestanten erwarteten und der Kaiser wünschte, kam nicht zum Vorschein, da die altgläubige Majorität verschmähte, als Partei da aufzutreten, wo sie den Richter zu spielen gesonnen war. Der Kaiser mußte sich fügen. Vor Allem ward eine Widerlegung des protestantischen Glaubensbekenntnisses in Angriff genommen; Leonhard Eck, Luther's alter Widersacher, arbeitete mit daran. Am 3. August kam man mit derselben zu Stande, und der Kaiser, welcher sich ganz der katholischen Majorität anschloß, verlangte nun in aller Strenge, die Evangelischen sollten nun wieder zur alten Kirche zurücktreten, welche doch nichts von ihrem Systeme aufgegeben hatte. Bei aller Verehrung, welche Kurfürst Johann und seine Gesinnungsgenossen für die Autorität des Kaisers hatten, konnten sie sich dazu nicht entschließen. Sicher bestärkte sie Luther, der, in Koburg zurückgeblieben, die Verhältnisse von einem freien Gesichtspunkte aus betrachtete, in dieser Standhaftigkeit. Er traute dem herzlichen Einverständnisse, das nach so schweren Kränkungen zwischen dem Kaiser, dem Papst und dem Könige von Frankreich herrschte, gar nicht, und war er sich der drohenden Lage seiner Anhänger wohl bewußt, so überhob ihn sein Gottesvertrauen aller Zaghaftigkeit. Ein herrlicher Ausdruck dieser Stimmung, die er auch bei seinen Freunden zu wecken suchte, ist das Lied: „Eine feste Burg ist unser Gott,“ welches jenen stürmischen Tagen seine Entstehung verdankt.

So entschlossen die Majorität des Reichstags zur Anwendung von Gewaltmaßregeln sein mochte, so war man sich doch bewußt, welche Gefahren für sie selbst bei einem Conflicte erwüchsen. Einmal war man in Glaubenssachen seiner eigenen Unterthanen durchaus nicht sicher, und wer stand dafür, daß die Türken nicht versuchten, den besten Gewinn von einem innern Kriege in Deutschland zu ziehen? Man entschloß sich zu einem Vermittelungsversuche; daß die zu diesem Zwecke anberaumten Conferenzen zu keinem Erfolge führten, lag nicht an den Protestanten, die das Mögliche zugestanden, um eine Einigung herbeizuführen, sondern einzig an dem unheilvollen Einflusse der päpstlichen Curie auf die katholischen Wortführer, die immer mehr verlangte, je mehr man gegnerischerseits zugab. Der

Kaiser nahm persönlich die Angelegenheit noch einmal in die Hand; allein wie vermochte er, der gar kein Verständniß von der Natur der religiösen Bewegung hatte, den Protestanten geeignete Vorschläge zu machen? War er doch nichts als ein Organ der Majorität. Seine wiederholten Drohungen waren ebenso wirkungslos, da Fürsten und Städte um ihrer Ueberzeugung willen zum Aeußersten entschlossen waren. Der Kaiser hatte den Gedanken, sie unmittelbar anzugreifen, die Majorität stimmte für einen Aufschub der Waffengewalt und für Erlaß eines neuen Religionsmandats auf Grund des Wormser Edictes; weigere man sich evangelischerseits der Annahme, dann sei das Verfahren gegen die Widerspenstigen einzuleiten. In diesem Sinne wurde der Reichstagsabschied denn auch ausgefertigt.

Johann von Sachsen fühlte sich nicht nur in seiner religiösen Ueberzeugung und in seiner Eigenschaft als Reichsstand gekränkt, er erfuhr auch Beeinträchtigungen als Kurfürst, indem man ihn bei der bevorstehenden Wahl Ferdinand's zum römischen Könige als Ketzer seines Wahlrechts berauben wollte. Zwar geschah dies, namentlich auf den Widerspruch der Pfalz, nicht, allein seine Theilnahme sollte mindestens nach der Bestimmung eines päpstlichen Breve der Giltigkeit der Wahl keinen Eintrag thun. Sich gegen derlei Gewaltthaten zu schützen, vereinigten sich der Kurfürst, der Herzog von Lüneburg, der Landgraf von Hessen, der Fürst von Anhalt, der Markgraf von Brandenburg, die Grafen von Mansfeld und mehrere Städte am 22. December 1530 in Schmalkalden zu gemeinschaftlichem Schutz und Beistand, wenn einer von ihnen in Sachen des Glaubens rechtlich belangt werde; man erkennt daraus, daß aus den Religionsstreite ein Rechtsstreit geworden war. Der Vorschlag eines allgemeinen Widerstandes gegen die Königswahl Ferdinand's scheiterte an Nürnbergs und des Markgrafen Widerspruch, die nicht zu weit gehen wollten; auch schlossen sie sich von einem Bündnisse der andern Stände aus, welches den Zweck hatte, Demjenigen von ihnen, der um des göttlichen Wortes willen angegriffen werde, zu Hilfe zu eilen, weil es eigentlich gegen den Kaiser gerichtet war, dessen Neigung zu gewaltsamen Maßregeln gegen die Protestanten bekannt war. Der Reichstagsabschied hatte die treuherzige Scheu vor dem kaiserlichen Namen doch etwas gemindert. Die Vortheile einer festen, widerstandsfähigen Verbindung traten sehr bald hervor. Am 5. Januar 1531 wurde Ferdinand in Köln von fünf Kurfürsten zum römischen Könige erwählt, und einige Tage darauf in Aachen gekrönt; der Protest Sachsens, vom Kurprinzen überbracht, wurde natürlich nicht beachtet. Ferdinand wurde in seiner Wahlcapitulation auf den Augsburger Reichstagsabschied als das für die katholischen Interessen wichtigste Reichsgesetz, verpflichtet. Der Kaiser trat nun seinem Bruder die Reichsverwaltung zum größten Theile ab, indem er sich nur einige Vorrechte zurückbehielt. Indessen das ganze Wahlverfahren hatte große Misstimmung in Deutschland erzeugt, und die am meisten katholisch gesinnten Fürsten, die Herzöge von Baiern, die ihre Bewerbungen um die Krone keinen Augenblick ausgesetzt hatten, vereinigten sich mit den Protestanten in der Nichtanerkennung Ferdinand's. Auf einer zweiten Versammlung derselben zu Schmalkalden wurde der Bund auf sechs Jahre abgeschlossen und bestimmt, eine Anzahl Reiter in Sold zu nehmen, bis man sich über eine Kriegsverfassung geeinigt haben würde. Eine bedeutende Verstärkung erhielt die evangelische Partei durch den Zutritt der oberdeutschen Städte, die nach der katholischen Reaction in der Schweiz ihren Stützpunkt dort verloren hatten, und durch entschiedene Einführung der Reformation in den niederdeutschen Städten, wie Magdeburg, Braunschweig, Goßlar, Einbeck, Hamburg, Bremen, Lübeck, wo zugleich mehr oder weniger bedeutende Veränderungen in der politischen Verfassung eintraten. Die bedeutendsten dieser Städte traten dem Schmalkalder Bunde bei, dessen Verfassung zu Nordhausen im November und zu Frankfurt im December 1531 festgestellt wurde. Zu Bundeshauptleuten ernannte man den Landgrafen von Hessen und den Kurfürsten von Sachsen. Es wurden neun Stimmen errichtet, von denen vier zwischen den Städten getheilt wurden; die neunte sollte den übrigen Fürsten und Herren gemeinschaftlich sein. Die Kosten, um ein Heer von 10,000 Mann zu Fuß und 2000 zu Pferde herzustellen, wurden für den Monat auf 70,000 Gulden angeschlagen, den Fürsten und Herren die eine Hälfte, die andere den Städten auferlegt. In Kurzem gewann der Bund eine große politische Bedeutung, da alle dem Hause Oesterreich widerstrebenden Elemente sich ihm näherten: der Herzog von Geldern, Jülich, dem man soeben Ravenstein entzogen hatte, der König von Dänemark, der einen Angriff von Karl's Schwager, dem abgesetzten Christiern, befürchtete, endlich selbst Baiern mit seinem Anhange. Es kam bald die Zeit, wo der Kaiser dem Bunde Schritte entgegen thun sollte.

Funfzehntes Kapitel.

Die Eroberung von Peru.

Erste Expedition Pizarro's und seiner Theilnehmer. — Pizarro's Misgeschick. — Entdeckung von Peru. — Pizarro's Reise nach Spanien. — Thronfolgekrieg in Peru. — Treulosigkeit Pizarro's. — Eroberung von Peru und Chile. — Spanische Colonisation. — Empörung. — Krieg zwischen Pizarro und Almagro. — Hinrichtung des Letzteren. — Verschwörung gegen Pizarro. — Sein Untergang. — Spanisches Colonienwesen.

In dieser Zeit erfuhr der Kaiser ohne sein Zuthun eine bedeutende Erweiterung seiner Macht auf der andern Hemisphäre. Die Eroberung Mexiko's und die Heldenthaten Ferdinand Cortez' verstärkten die Sucht nach Abenteuern und den Golddurst, der ohnedies die westindischen Spanier verzehrte, bis zum höchsten Grade. Von diesen Beweggründen getrieben, segelte Francisco Pizarro, Bastard eines Edelmanns, ein gänzlich ungebildeter, aber kühner und kluger Mensch, der an allen Kriegen und Abenteuern in der neuen Welt mit Auszeichnung Theil genommen, im November 1524 von Panama in einem Schiffe mit hundertundzwölf Mann ab, um in den Ländern an der Südseeküste Eroberungen und Beute zu machen; Diego Almagro und Hernando Luque waren die Theilhaber des Unternehmens. Ersterer führte Verstärkungen herbei, nachdem das kleine Heer durch Krankheit und Entbehrungen sehr zusammengeschmolzen war. Pizarro und er drangen gegen die Küste von Quito vor, wo sie auf die Anzeichen eines wohlgeordneten Reiches stießen, aber auch die Ueberzeugung gewannen, daß ihre Macht zur Eroberung desselben ungenügend sei. Pizarro zog sich deshalb auf eine benachbarte Insel zurück, bis Almagro neue Mannschaften von Panama herbeigeholt haben würde.

Der Befehlshaber dieses Platzes sah aber das ganze Unternehmen mit sehr ungünstigen Augen an, und erließ den Befehl an Pizarro, mit seinen Leuten zurückzukehren. Dieser war entschlossen, nicht zu gehorchen, und setzte bei seinen Soldaten dieselbe Gesinnung voraus. Allein er täuschte sich. Alle, verließen ihn bis auf dreizehn, mit welchen er sich auf die entferntere Insel Gorgona begab, um hier abzuwarten, welchen Erfolg die Bemühungen seiner Freunde haben würden. Nach fünf Monaten endlich langten dieselben mit einigen Mannschaften an; man entdeckte die Küste von Peru; nachdem er sie untersucht und einige Proben von dem Reichthum und den Erzeugnissen des Landes gesammelt hatte, kehrte Pizarro gegen Ende des Jahres 1527 nach Panama zurück. Da der Statthalter auch jetzt noch jede Unterstützung des Unternehmens verweigerte, reiste Pizarro nach Spanien und erregte durch glänzende Schilderungen vom Reichthume des Landes die Aufmerksamkeit des Kaisers. Er erhielt die Würde eines Statthalters und Generalcapitains in den zu erobernden Ländern und die Erlaubniß, die nöthige Kriegsmacht auf seine Kosten herzustellen. Obschon von Cortez, der nach Spanien zurückgekehrt war, unterstützt, reichten dennoch seine Mittel dazu nicht hin. Ueberdies zürnte ihm Almagro mit Recht, da Pizarro am kaiserlichen Hofe treulos dessen Verdienste übergangen hatte. Indessen wurde die Eintracht wiederhergestellt, und im Februar 1531 landete Pizarro mit hundertundachtzig Mann, worunter sechsunddreißig Berittene, an der peruanischen Küste. Er zog an derselben hin; allein die Feindseligkeiten, welche die Spanier an den Einwohnern ausübten, gereichten ihnen selbst zum Nachtheil, da man sie Mangel leiden ließ. Sie erreichten endlich eine goldreiche Provinz, von wo aus Pizarro Schätze nach Panama und Nicaragua schickte, um neue Abenteurer herbeizulocken. Er eroberte die Insel Puna im Meerbusen von Guyaquil, die Stadt Tumbez, wo Verstärkungen eintrafen, und legte südlich von ihr die erste spanische Colonie in Peru, St. Michael, an. Ein Krieg zwischen den beiden Söhnen des verstorbenen Inka von Peru, Huaskar und Atahualpa, begünstigte Pizarro's Pläne, da Beide seinen Beistand anriefen. Mit hundertundzwei Mann Fußvolk und zweiundsechzig Reitern wagte er, in das Innere des Landes, nach Caxamalca zu ziehen, wo Atahualpa mit seinem Heere lagerte. Mit ebenso viel Treulosigkeit als Verwegenheit bemächtigte er sich der Person desselben und setzte die Peruaner dadurch so in Schrecken und Bestürzung, daß sie nicht einmal den Versuch wagten, ihren Herrscher zu befreien. Während für diesen das Lösegeld gesammelt wurde, durchzogen die Spanier ohne Gefährde in Truppen das Land nach allen Richtungen hin. Die Gerüchte von dem Eldorado zogen neue Schaaren golddürstiger Abenteurer unter Almagro's Anführung herbei. Selbst die kühnsten Erwartungen wurden durch den Antheil der Beute, welchen jeder Einzelne erhielt, übertroffen; allein die Habgier wuchs mit dem Besitze. Obschon der Inka das versprochene Lösegeld bezahlt hatte, ließ ihn Pizarro dennoch nicht frei, um noch mehr Schätze von ihm zu erpressen. Eifersüchtig und besorgt, Jener möge aus dem Besitze des Gefangenen noch größere Vortheile für sich allein ziehen, bestand Almagro darauf, den Inka zu tödten, der unter den unhaltbarsten Beschuldigungen zum Feuertode verurtheilt wurde. Nachdem sich der unglückliche Fürst aus Furcht hatte taufen lassen, wurde er öffentlich erdrosselt. Durch neue Haufen verstärkt, konnte Pizarro nun einen Angriff auf die alte Hauptstadt des Reiches, Cuzco, wagen, die er einnahm; zur selben Zeit eroberte einer seiner Unterbefehlshaber Quito. Der Kaiser erweiterte auf die Nachricht dieser Siege Pizarro's Statthalterschaft noch um siebzig Stunden längs der Küste nach Süden; Almagro wurde zum Statthalter des südlich davon gelegenen Gebietes ernannt. Letzterer eroberte Chile, während Pizarro sich mit der Organisation seiner Statthalterschaft beschäftigte. Im Jahre 1534 gründete er die neue Hauptstadt Ciudad de los Reyes, später Lima, und zeigte im Ganzen viel Gewandtheit und Umsicht in den Regierungsgeschäften. Kurz darauf erregte jedoch die barbarische Grausamkeit gegen die Eingeborenen, welche als Mitmenschen anzusehen die Spanier sich nicht entschließen konnten, eine furchtbare Empörung derselben. Pizarro wurde in seiner neuen Stadt, seine drei Brüder in Cuzco eingeschlossen, wo einer davon bei der Belagerung das Leben verlor. Als Almagro von der Noth seiner Landsleute hörte, eilte er, um sich wegen der mannigfachen erlittenen Kränkungen zu rächen, aus Chile herbei, schlug die Peruaner vor Cuzco und nahm die beiden Pizarro gefangen. Francisco, der sich in Lima behauptete und seine Brüder noch von den Peruanern bedrängt glaubte, schickte eine Abtheilung von fünfhundert Mann zu ihrem Beistande. Diese wurden von Almagro geschlagen, der aber nun so unbesonnen war, sich mit Francisco in Unterhandlungen einzulassen und seine Brüder freizulassen. Kaum war dies geschehen, als Pizarro diese mit einer Schaar von siebenhundert Mann gegen Almagro nach Cuzco sandte. Im April 1538 lieferten sich beide Parteien eine Schlacht, in welcher Almagro vollkommen besiegt wurde. Er selbst gerieth in die Gefangenschaft seines Feindes, der ihn zum Tode verurtheilen und hinrichten ließ. Pizarro herrschte nun nach Willkür und unumschränkt, belohnte seine Anhänger durch Verleihung großer Länderstrecken, während er Almagro's Freunde unberücksichtigt ließ. Diese verschworen sich daher mit dem Sohne ihres ehemaligen Hauptes gegen Pizarro's Leben, und führten ihren blutigen Vorsatz am 26. Juni 1541 aus. Nach langer Gegenwehr fiel Francisco mit seinem Stiefbruder unter ihren Streichen.

Einige Bemerkungen über die spanischen Colonieen dürften wohl hier an geeigneter Stelle sein. Golddurst, religiöser Fanatismus und Ruhmsucht waren die drei mächtigen Hebel, durch welche die Spanier zu ihren Eroberungen in Amerika in Bewegung gesetzt wurden. Diese Leidenschaften waren auch bei der Colonisation der Länder maßgebend. Die neuen Erwerbungen schienen nur gemacht, um einer Anzahl von verwegenen Abenteurern Schätze und Ehrenstellen, um der Kirche einen neuen Zuwachs gläubiger Seelen zu verschaffen. Aus einem Lande abstammend, in welchem Despotie, Feudalwesen und Hierarchie in seltener Vereinigung die höchste Blüthe erreicht hatten, konnten die spanischen Colonisten füglich nicht anders, als die Verfassung des Mutterlandes, welche Spanien zu Macht und Ansehen hingeführt hatte, auf ihre neue Heimath übertragen. Schon der Zustand der eroberten Länder führte darauf. Man hatte ausgebildete Staaten vorgefunden, und es bedurfte wiederum einer festen staatlichen Gliederung, um sich den Ureinwohnern gegenüber zu behaupten. So sehen wir in der neuen Welt Reiche entstehen, welche in jeder Beziehung Nachbildungen des Mutterlandes sind; das ganze mittelalterliche Unwesen, wie es sich durch die Kreuzzüge gegen die Mauren allein in Spanien erhalten hatte: der Feudalismus mit Leibeigenschaft, die Hierarchie mit geistiger Knechtschaft, der spanische Despotismus mit seiner erdrückenden Gewalt suchten und fanden einen neuen Sitz. Dieser Zuwachs des Despotismus und Katholicismus, der für alle Verluste in Europa entschädigen konnte, schien in seiner Rückwirknng auf Europa sehr gefährlich. Allein er brachte nur dem Mutterlande selbst und den Colonien Verderben. Spanien, durch die Kämpfe gegen die Bekenner des Islam und durch deren Vertreibung ohnehin in seiner Bevölkerung geschwächt, siechte noch mehr durch die massenhafte Auswanderung der Arbeitskräfte, für welche der fabelhafte Reichthum der Silberflotten einen schlechten Ersatz bot. In den Colonien selbst war ein frisches geistiges und gewerbliches Aufleben von vorn herein durch die Stupidität der Mönche und Pfaffen und die rohe Anmaßlichkeit der Edelleute unmöglich gemacht. Das Bürgerthum mit seinen Segnungen fand keinen Boden in dem spanischen Antheile der neuen Welt. Es sollte sich von germanischen Anfängen aus, unter entgegengesetzten günstigen Umständen, in Nordamerika auf einem Raume entwickeln, der vorher noch keine Cultur gehabt und in welchen man vom europäischem Wesen wenig mehr hineintrug, als die protestantische Geistesfrische, Genügsamkeit und Energie.

Sechszehntes Kapitel.

Machtäußerungen der protestantischen Partei.

Neue Rüstungen Soliman's. — Reichstag in Regensburg. — Religionsfriede von Nürnberg. — Tod des Kurfürsten Johann von Sachsen. — Osmanischer Krieg. — Enge Verbindung des Papstes mit Frankreich. — Zusammenkunft Karl's mit Clemens in Bologna. — Zusammenkunft Clemens' und Franz' in Marseille. — Franz' Verbindung mit deutschen Fürsten. — Herzog Ulrich von Württemberg wird wieder eingesetzt. — Ausbreitung des Lutherthums. — Die Wiedertäufer in Münster. — Ereignisse in Lübeck. — Wullenweber.

Nach dem vergeblichen Versuche der Türken auf Wien im Herbste 1529 war es Ferdinand nicht gelungen, Zapolya Ungarn wieder zu entreißen. Da dieser sich rühmte, keinen Tribut an die Pforte zu zahlen, so hoffte man in Wien, diese durch eine Geldbewilligung zu gewinnen:

Ferdinand machte in Konstantinopel einen dahin gehenden Antrag, der jedoch zurückgewiesen wurde. War doch Soliman genau von dem Vorhaben eines Türkenkrieges, aber auch von der Uneinigkeit in der Christenwelt unterrichtet! Er gab deutlich genug zu verstehen, daß er sich durch das Fehlschlagen eines Versuchs nicht werde vom weitern Verfolgen seines Lieblingsplanes, die Welt zu erobern, abschrecken lassen. Die Gefahr wuchs, Ferdinand bestürmte seinen Bruder in ängstlichen Schreiben, die Rüstungen nicht zu verschieben; die Politik der Beiden mußte unter diesen Einwirkungen eine andere werden. Ferdinand rieth Karln, sich friedlich mit den Protestanten zu verständigen, um ihre Hilfe gegen die Türken zu gewinnen; nochmals demüthigte er sich vor der Pforte, allein vergeblich. Schon am 26. April 1532, setzte sich Soliman zu Wasser und zu Land in Bewegung, um seinen Nebenbuhler Karl zu bekämpfen. Das Heer wurde auf dritthalbhunderttausend Mann geschätzt.

Am 17. April 1531 hatten die Verhandlungen des Reichstags in Regensburg begonnen. Der Kaiser beanspruchte Anfangs eine größere Mannschaft, als in Augsburg bewilligt worden war; da die Gesandten für eine solche Erhöhung der Contingente keine Instruction hatten, begnügte er sich mit dem vorher bewilligten Satz von 40,000 Mann zu Fuß und 8000 Reitern. Zum Sammelplatz ward jetzt Wien bestimmt; am 15. August sollten die Mannschaften beisammensein. Nun galt es die Protestanten zu gewinnen, mit denen man schon seit einiger Zeit in Unterhandlungen getreten war; vor dem Losbruche der Türken waren sie freilich lau genug geführt worden. Die Protestanten forderten die Verkündigung eines allgemeinen Friedens und Einstellung des rechtlichen Verfahrens gegen sie von Seiten des Kammergerichtes. Die katholische Majorität der Stände und der päpstliche Legat widersetzten sich dem zweiten Verlangen, und der Kaiser konnte sich nur dadurch aus der Verlegenheit reißen, daß er dasselbe, nicht wie den allgemeinen Frieden in einem öffentlichen Erlasse, sondern in einer abgesonderten Versicherung von Nürnberg aus zugestand, im August 1532. Kurz darauf starb Johann der Beständige am Schlagflusse. Die katholische Majorität war sehr entrüstet über die Concessionen, welche den Protestanten gemacht worden waren, und nahm eine feindselige Haltung gegen den Kaiser an; der Bund zwischen Beiden hatte nicht lange Bestand, und nur durch eine

Vereinigung Hessens und Baierns, welche die Einberufung eines allgemeinen Concils zum Zweck hatte, konnte Karl vermocht werden, in dem Reichstagsabschied von Regensburg zu versprechen, wenn das allgemeine Concil nicht binnen sechs Monaten vom Papste ausgeschrieben und binnen eines Jahres nicht wirklich gehalten werde, eine Reichsversammlung zu berufen, welche die Mittel zur Abstellung aller Misverhältnisse berathen solle. Da er einsah, wie leicht er auf solche Weise zu Beschlüssen über religiöse Dinge gedrängt werden könne, welche in Widerspruch mit seiner Ueberzeugung standen, so berief er nachher acht Jahre lang keinen Reichstag zusammen.

Soliman hatte am 20. Juli auf zwölf Schiffbrücken die Drau in der Gegend von Essek überschritten und zog Ungarn herauf. Zagen überfiel die Anhänger Ferdinand's, die sich dem Feinde preisgegeben sahen, denn erst jetzt begannen ernstliche Rüstungen in Deutschland. Aber sie wurden auch in allen Kreisen mit großem Eifer und dem besten Willen betrieben; der Kaiser selbst, obwol wegen einer Verletzung am Beine, die er sich auf der Wolfsjagd zugezogen, sehr leidend, war voll guten Muthes. Er selbst hatte 12,000 Landsknechte geworben, die er bei Augsburg mustern ließ. Italienische Truppen trafen unter dem Herzoge von Ferrara und Hippolyt Medici, dem Neffen des Papstes, ein. Die ganze Macht, deren Kern die Reichstruppen bildeten und die sich auf dem Tulnerfelde in der Nähe von Wien zusammenzog, wird auf 76—86,000 Mann geschätzt. Der Sultan, der erwartet hatte, der Kaiser werde wegen der Spaltungen in der Christenheit kein bedeutendes Heer aufbringen können, wagte jetzt doch keinen Angriff im offenen Felde und wandte sich nach Steiermark, um Graz einzunehmen. Seine leichten Truppen, 15,000 Mann stark, welche er nach Oesterreich geschickt hatte, wurden aufgerieben; Graz fiel nicht sogleich in seine Hände; es mochten von der See her, wo Doria im ionischen Meere die Oberhand behauptete, ungünstige Nachrichten eingetroffen sein: kurz Soliman entschloß sich zum Rückzuge. Ferdinand versuchte, das deutsche Heer zur Wiedereroberung Ungarns zu bewegen, aber man begnügte sich mit dem errungenen Vortheile, den Feind von den Grenzen des Reiches zurückgeschreckt zu haben; überdies war die frühere Neigung der Protestanten zum König Ferdinand wegen seines neuerdings gezeigten katholischen Eifers erkaltet, und im Interesse aller

Reichsstände lag es, den römischen König nicht zu mächtig werden zu lassen.

Schon bei Gelegenheit des Friedensschlusses von Cambrai ist die Ungeneigtheit des Königs Franz erwähnt worden, die Bedingungen desselben einzuhalten. Zu Folge desselben war er verbunden, Oesterreich in seinen Unternehmungen gegen die Türken zu unterstützen; er erbot sich, Aegypten auf eigene Hand anzugreifen; da der Kaiser nicht darein willigte, zog er sich ganz von dem Unternehmen zurück. Ebensowenig wollte er sich an einem Kriege gegen die Schweiz und an der Einberufung eines allgemeinen Concils betheiligen, weil er wußte, wie peinlich die letzte Angelegenheit für Clemens sei, und er, durch eine Verbindung mit dem Papste am geeignetsten die Friedensbedingungen von Cambrai umstoßen zu können meinte. Zu dem Zwecke schlug er eine Vermählung seines zweiten Sohnes, Heinrich's von Orleans, mit der Nichte des Papstes Katharina von Medici vor. Dieser ging mit Freuden darauf ein, und der betreffende Vertrag wurde am 9. Juni 1531 abgeschlossen. In demselben wurde die Bildung eines Fürstenthums in Oberitalien festgestellt, mit welchem Mailand und Genua vereinigt werden sollten; Clemens solle zur Wiedereroberung dieser beiden Gebiete behilflich sein. In Bezug auf den letzten Punkt erfolgte noch keine bestimmte Zusage; die ganze Verabredung wurde überhaupt geheim gehalten. Sonderbare Vorschläge und Verbindungen des Papstes, die an die Zeiten der Ligue von Cambrai erinnerten, wurden durch den Einfall der Türken vereitelt. Am 5. December 1532 kam nun der Kaiser auf der Rückreise nach Spanien wiederum nach Bologna zu einer Besprechung mit Clemens; lag ihm doch vor allen Dingen daran, die Angelegenheit des allgemeinen Concils ins Reine zu bringen. Er kannte die Gesinnung des Papstes darüber recht wohl, allein er rechnete auf den Eindruck seiner persönlichen Gegenwart und auf die Wirkung, welche die Drohungen der Reichsstände, die Schlichtung der Religionsstreitigkeiten selbst in die Hand zu nehmen, hervorbringen mußten. Der Papst fürchtete aber nichts in der Welt so sehr, als ein Concil, und so erklärte denn in seinem Sinne das Cardinalscollegium, vor Berufung desselben müßte versucht werden, die Uneinigkeit zwischen den christlichen Fürsten zu heben. Der Kaiser war sehr unzufrieden, da er sich bei dem widerwärtigen Handel von Clemens in Stich gelassen sah. Nicht viel besser war der Erfolg seiner Unterhandlungen wegen der italienischen Verhältnisse. Er befürchtete einen Angriff des Königs Franz auf Genua und beabsichtigte zu dessen Abwehr eine Verbindung der italienischen Mächte. Dieselbe wurde zwar geschlossen, aber sie trug den Keim der Auflösung von vorn herein in sich; die Venetianer entzogen sich derselben durch die Erklärung, daß ihre Beziehungen zu der Pforte sie hinderten, einem Bunde zu Andreas Doria's Vortheile beizutreten. Hinsichtlich der Streitigkeiten des Papstes mit Ferdinand konnte derselbe nur mit Mühe zu einem achtzehnmonatlichen Waffenstillstande bewegt werden. Im October 1533 führte der Papst seine Nichte Katharina von Medici persönlich nach Frankreich und hatte in Marseille eine Zusammenkunft mit Franz. Der Anspruch, welchen Heinrich von Orleans, Katharina's Gemahl, auf Urbino erhob, sowie das Ansinnen des Königs Franz an den Kaiser, das Herzogthum Mailand herauszugeben und Sforza durch ein Jahrgeld abzufinden, waren Folgen der zu Marseille gepflogenen Verabredungen. Franz beschränkte sich aber nicht auf Italien, um feindselig gegen das Haus Oesterreich zu wirken. Schon bei der Vereinigung der opponirenden Fürsten im Jahre 1532 hatte er sich für den Fall eines Kriegs zur Zahlung von 100,000 Kronen verbindlich gemacht; bei der Wahlopposition gegen Ferdinand war er sehr thätig gewesen. Das Jahr 1533 gab ihm neue Gelegenheit, sich in deutsche Verhältnisse zu mischen. Der Sohn des vertriebenen Herzogs Ulrich von Württemberg war vom kaiserlichen Hofe entflohen und betrieb, von seinen Oheimen, den Herzögen von Baiern, unterstützt, beim schwäbischen Bunde lebhaft die Restauration seiner Familie. Im Interesse für die württembergische Angelegenheit begegneten und fanden sich König Franz und Philipp von Hessen, ein persönlicher Freund Ulrich's von Württemberg. Franz schloß 1534 einen noch engern Bund wegen der Wahlangelegenheit mit deutschen Fürsten und bewilligte dem Landgrafen, dem es blos an Geld zur Wiedereinsetzung seines Freundes fehlte, bei einer persönlichen Zusammenkunft hinlängliche Mittel. Darauf reiste Philipp selbst an die Höfe von Trier und Pfalz, um die Kurfürsten, welche Ferdinand gewählt hatten, zu beruhigen. Baiern versprach, nach Wiedereinsetzung des württembergischen Hauses, sich mit der Wahl zufrieden zu geben. Von Seite der betheiligten Kurfürsten stand nun dem Unternehmen kein Hinderniß mehr entgegen. König Ferdinand sah sich von aller Welt verlassen. Mit einem kriegslustigen Heere von 20,000 Mann zu Fuß und 4000 zu Pferd zog der Landgraf gegen den um die Hälfte schwächern Feind zu Felde. Bei Laufen am Neckar kam es am 12. Mai 1534 zum Treffen; der Mangel der Reiterei auf österreichischer Seite verschaffte dem Landgrafen einen bedeutenden Vortheil, und er verfolgte denselben am nächsten Tage so entschieden, daß er den Feind vollständig auseinandersprengte. Das Land fiel dem Sieger zu, und Herzog Ulrich ward wieder eingesetzt. Kein Zeitpunkt konnte für Franz zur Ausführung seiner Pläne gegen Oesterreich günstiger sein, als da ein siegreiches Heer an der österreichischen Grenze stand, der Papst sich mehr als kaltsinnig gegen Ferdinand's Hilfsgesuche gezeigt und der barbarische Seeheld Barbarossa die neapolitanische Küste weit und breit geplündert und Tunis erobert hatte. Er meinte, sicher werde der Kaiser unter so manichfachen Bedrängnissen seine Forderung auf Genua, Montferrat und Mailand zugestehen. Allein dieser schickte eine bedeutende Summe, um Truppen anzuwerben, und die deutschen Fürsten hatten weder die Kraft, den Krieg auf die Länge hin durchführen zu können, noch den Willen, Frankreichs wegen die Spannung aufs äußerste zu treiben. Es kam zwischen ihnen und dem römischen Könige ein Friede zu Stande, in welchem Ferdinand Württemberg zwar nicht völlig abtrat, es aber als Afterlehen an Herzog Ulrich mit Sitz und Stimme im Reiche gab. Der Kurfürst von Sachsen mit seinen Anhängern erkannte Ferdinand nun feierlich als römischen König an. Die Restauration des württembergischen Fürstenhauses war hinsichtlich der Religion von großer Wichtigkeit. Denn indem Ulrich sein Land, das er mit Hilfe lutherischer Fürsten wieder bekam, reformirte, gewann das Lutherthum in Gegenden Boden, welche durch die Maßregeln des schwäbischen Bundes katholisch erhalten worden waren: fast in allen Oberlanden, in denen theilweise die religiöse Bewegung früher gewaltsam unterdrückt worden war, erhob sie sich aufs Neue. Auch in den anhaltischen Landen, in Pommern und in Westphalen errang, unter nicht unbedeutenden innern Kämpfen, die Reformation den Sieg. Höchst merkwürdig gestaltete sich die Sache in Münster. Die Gemeinde, der religiösen Neuerung günstig, hatte die Majorität im Rathe gewonnen und den lutherschen Prädicanten die Kanzeln eingeräumt: Klerisei und Minorität des Rathes verließen die Stadt, welche nun von dem neuen Bischofe, von Ritterschaft und Capitel bedrängt wurde. Ein kühner Schlag schaffte den Bürgern für einige Zeit Erleichterung. Der Bischof war zur Weihnachtszeit 1532 mit den Landständen zu Telgte, eine Meile von Münster, versammelt. In der Nacht zum zweiten Feiertag überfielen die von Münster, ein stattlicher Haufe mit Geschütz, die Versammlung und nahmen den größern Theil der Stände gefangen: durch die Rücksicht auf sie wurde der Bischof von ernstlichen Maßregeln zurückgehalten. Unter hessischer Vermittelung kam im Februar 1533 ein für die Stadt vortheilhafter Friede zu Stande: der Bischof kehrte dahin zurück und Alles schien geordnet. Allein auch in Münster tauchten bald jene Ideen auf, welche bei dem damaligen Zustande der bürgerlichen Gesellschaft die Verbesserung der Religion und Kirche begleiteten, die selbst in Wittenberg zum Vorscheine gekommen waren und hier nur durch Luther's kräftiges Auftreten hatten unterdrückt werden können: jene wiedertäuferischen Lehrmeinungen, die auf völlige Gleichstellung der Menschen und auf Gütergemeinschaft hinausliefen. Erweckt und verbreitet wurden dieselben durch niederländische Emissäre, unter denen Jan Bokold, auch Bockelsohn und Beukelsohn genannt, von Leiden bald eine hervorragende Stellung einnahm. In Kurzem gewann die wiedertäuferische Partei das Uebergewicht und schonungslos vertrieb sie ihre nicht wiedergetauften Mitbürger Ende Februar 1534 aus der Stadt. Der Bischof, von den Nachbarstaaten Cleve und Köln unterstützt, strengte sich nun ernstlich an, den Sectirern die Stadt zu entreißen; im April und Mai wurde sie von allen Seiten eingeschlossen. In ihr waren die vorherangedeuteten Ideen des Anabaptismus verwirklicht. Da sich aber die Einrichtung eines städtischen Gemeinwesens nicht mit diesem kriegerisch-religiösen Wesen vertrug, wie es sich unter den gegebenen Verhältnissen ausgebildet hatte, so gewann der feurige, schöne Jan Bokold bald den Rang eines priesterlichen Königs. Alle Ausschweifungen, zu denen ein erhitztes Gehirn verführt, wurden begangen. Der wahnsinnige Prophet führte die Vielweiberei ein und wähnte alles Ernstes, er werde in nicht langer Zeit von dem Stuhle David's, den einzunehmen er sich rühmte, die ganze Welt beherrschen. Religiöse Aufzüge wechselten mit anstößigen Hochzeitsfesten und gräulichen Hinrichtungen, die der tolle König zuweilen selbst vollzog. Am 30. August 1534 versuchte der Bischof einen Sturm auf die Stadt, der an dem Muthe der Wiedertäufer und an ihren guten Vertheidigungsanstalten vollkommen scheiterte: er mußte sich begnügen, die Stadt mit einigen Blockhäusern zu umgeben. Bisher hatte er die Sache auf eigene Hand und mit Unterstützung seiner Freunde führen müssen; jetzt endlich nahmen sich die zunächstgelegenen Kreise, der kurrheinische, der westphälisch-niederrheinische und der oberrheinische seiner an; allein auch sie hielten sich nicht für stark genug, Münster zu erobern und riefen die Hilfe des Reiches an. Diese trat denn insoweit ein, daß man die Blokade bis zur Aushungerung der Stadt fortsetzen konnte. Die Eingeschlossenen hofften auf Ersatz und Beistand aus den Niederlanden; in der That entstand unter den dortigen Wiedertäufern eine starke Bewegung, welche jedoch durch die bewaffnete Macht erdrückt wurde. In der Johannisnacht 1535 ging die Stadt endlich durch Verrath über. Sie wurde ihrer Freiheiten beraubt, der Katholicismus hergestellt, die Wiedertäufer ausgerottet und ihre Propheten auf eine gräuliche Weise hingerichtet.

Nicht minder anziehend sind die Vorgänge in Lübeck; ebenfalls aus der Reformation erwachsen, tragen sie doch einen ganz verschiedenen Charakter. Entstand in Münster als natürliche Opposition gegen das hierarchisch-aristokratische Regiment eine Bewegung von theokratisch-socialistischer Natur, so zeigte sich die Bewegung in der kaufmännisch-kriegerischen, patrizisch-aristokratisch regierten Reichs- und Hansestadt als rein demokratische. Wir haben schon oben die politischen Veränderungen angedeutet, die in Lübeck und andern niederdeutschen Städten mit Einführung der Reformation vorsichgingen. Im fünfzehnten Jahrhunderte verfiel die Macht der Hansa, welche auf der Vereinigung aller deutschen Seestädte von Navarra bis Brügge und auf der Abhängigkeit der skandinavischen Königreiche beruhte, durch den Abfall der niederländischen Städte vom Bunde und durch das Streben der nordischen Herrscher, die Vortheile des Handels und der Industrie ihren eigenen Ländern zu gewähren; namentlich verfolgte der letzte Unionskönig Christiern II., Schwager Karl's V., dieses Ziel. Er verletzte die alten Verträge mit der Hansa, auf seine Verbindung mit den niederländischen Seestädten bauend, und der Kampf begann, in welchem bekanntlich der König erlag und vertrieben wurde, nachdem Lübeck Gustav Wasa als König in Schweden eingesetzt hatte. Christiern machte fortwährend Versuche, sich wieder in den Besitz des Thrones zu setzen, allein es lag ganz in Lübecks Interesse, die neuen Herrscher von Schweden und Dänemark zu schützen. Noch enger wurde diese Vereinigung, als Christiern, wohl seinen Schwägern zu Gefallen zum Katholicismus zurücktrat, den er früher aufgegeben. Jetzt bekam sein neuester Restaurationsversuch im October 1531 eine religiöse Färbung, und Lübeck wie König Friedrich von Dänemark suchten den Beistand des schmalkaldischen Bundes. Dieser machte sich unnöthig; die Lübecker allein griffen Christiern in Norwegen an und brachten ihn in Verbindung mit der dänischen Macht im Mai 1532 so weit, daß er sich gefangen gab. Die Niederländer waren seine Bundesgenossen, und der Kampf zwischen ihnen und Lübeck entbrannte im Jahre 1533, nachdem daselbst die demokratische Faction die Oberhand erhalten und ihr Haupt Georg Wullenweber zum Bürgermeister gemacht hatte. Die Entwaffnung ihres natürlichen Feindes Christiern, das ihnen unangenehme Emporkommen der Volkspartei, endlich der Druck, welchen die hanseatische Handelspolitik auf sie und ihre Länder ausübte, entfremdete die Könige von Schweden und Dänemark dem Interesse Lübecks. Letzterer starb, und den Lübeckern eröffnete sich die Aussicht auf Verbindungen mit den demokratischen Factionen der dänischen und schwedischen Hauptstädte, ja selbst mit Heinrich VIII. In dem Grafen Christoph von Oldenburg fand sich ein Anführer zu dem Kampfe gegen die Aristokratie; man wandte vor, den Feind derselben, König Christiern, zu befreien, welcher doch durch die Bemühungen der Lübecker erst ins Verderben gerathen war. Am 19. Juni 1534 ging Graf Christoph zur See, und sogleich brach der Aufstand gegen Geistlichkeit und Adel aus. Kopenhagen ergab sich am 15. Juli; überall wurde dem vertriebenen König Christiern aufs neue gehuldigt. Auch in den sogenannten wendischen Städten gewann die demokratische Partei das Uebergewicht und betheiligte sich an den gemeinsamen Unternehmungen durch Hilfeleistungen an Geld oder Schiffen. Dabei unterhielten die Lübecker ihre Verbindung mit England sorgfältig und gestanden in einem Vertrage vom 2. August 1534 dem Könige die freie Verfügung über die dänische Krone zu, wogegen er ihnen ihre alten Privilegien sicherte. Der ganze Handel machte begreiflicher Weise ungeheures Aufsehen und die niederländische Regierung sowohl, wie der kaiserliche Hof wurden ernstlich besorgt. Aber schon hatten die Lübecker einen nicht zu verachtenden Feind in der Nähe gefunden. Es war dies Herzog Christian von Holstein, der Sohn des verstorbenen Königs Friedrich von Dänemark. Man hatte ihm die dänische Krone zuerst angetragen, und da er sie ausgeschlagen, weil er sie nicht der Gewalt verdanken wollte, ihn selbst angegriffen. Vom Landgrafen von Hessen unterstützt, erschien er im September 1534 vor der Stadt und versuchte, sie durch Sperrung der Trave vom Meere abzuschneiden; es gelang ihm, und Wullenweber schloß mit ihm über die holsteinischen Angelegenheiten Frieden; für die dänischen behielt man sich eine weitere Entscheidung durch Waffengewalt vor. Christian war indessen von den hartbedrängten dänischen Ständen zum Könige erwählt worden und zog nach Jütland, welches er im December 1534 in seine Gewalt bekam. Von seinen Schwägern, dem Könige von Schweden und den Herzögen von Preußen und Pommern, zu Land und See und mit Geld unterstützt, gewann er bald das Uebergewicht gegen die Lübecker, obgleich diese den Herzog Albrecht von Mecklenburg auf ihre Seite gezogen hatten. Lübecks Land und Seemacht unterlag im Juni 1535. Jetzt griff auch die Reichsgewalt in die innern Verhältnisse der Stadt ein. Während Wullenweber's Abwesenheit wurde die alte Verfassung wieder hergestellt; als jener zurückkehrte, mußte er sich fügen. Doch ein Mann wie Wullenweber gab seine Sache nicht so leicht auf. Im Lande Hadeln standen einige Haufen Landsknechte, die in Christoph's von Oldenburg Namen geworben waren; zu denen begab er sich. Auf der Reise ward er aber von seinem bittersten Feinde, dem Erzbischofe von Bremen, aufgefangen und von diesem, der seine priesterlichen Hände nicht mit Blut beflecken wollte, zur Hinrichtung an seinen Bruder, den Herzog Heinrich von Braunschweig, ausgeliefert. Mit Wullenweber's und seines Freundes Meier Tode erlosch die Bewegung in Lübeck. Die politische Reform in Deutschland sollte einmal weder im Ganzen, noch im Einzelnen gelingen.

Siebzehntes Kapitel.

Karl's Zug nach Tunis und der fünfte französische Krieg.

Chaireddin Barbarossa. — Die Expedition nach Tunis. — Neue Feindseligkeiten Franz' I. — Seine Eroberung Savoyens. — Karl's Einfall in Frankreich. — Franz in offener Verbindung mit den Osmanen. — Heinrich's VIII. Emancipation vom Papstthum.

Karl hätte sicher Rache wegen der Wiederherstellung Württembergs an den betheiligten Fürsten genommen, wenn nicht ein bereits erwähntes Ereigniß seine Aufmerksamkeit und Thätigkeit nach einer andern Seite hin gezogen hätte. Es war dies die Eroberung von Tunis durch den Korsarenhäuptling Chaireddin Barbarossa. Söhne eines Töpfers zu Lesbos, hatten er und sein älterer Bruder Urutsch sich zu Herren des Meeres gemacht und im Jahre 1516 Algier eingenommen. Nach dem Tode des Letztern fand Chaireddin, im beständigen Kampfe mit christlichen Mächten und einheimischen Fürsten begriffen, für rathsam, sich unter den Schutz des Großherrn zu begeben, der gegen diesen Zuwachs seiner Herrschaft nicht unempfindlich war und den mächtigen Seeräuber zum Begler-Beg des Meeres ernannte. In dieser neuen Eigenschaft setzte Barbarossa, auf dem Wege von Konstantinopel, im Jahre 1534 Neapel durch seine plötzliche Annäherung in Schrecken. Er unternahm jedoch keinen ernstlichen Angriff auf die Stadt, sondern begnügte sich, die Schiffswerfte an der Küste zu zerstören, einige unbedeutende Castelle zu nehmen und das Land ein paar Meilen weit zu verwüsten. Darauf zog er ab. Nachdem er die Küsten Sardiniens geplündert, griff er plötzlich Tunis an. Dieser Staat war ebenfalls bis jetzt unabhängig von der Pforte; Thronstreitigkeiten, welche unter der Familie der Benihafs ausgebrochen waren, sollten jetzt dazu dienen, dieses Verhältniß zu ändern. Chaireddin nahm den Schein an, als beabsichtige er, an die Stelle des grausamen Muley Hassan den vertriebenen älteren Fürsten Reschid, der seine Hilfe angesprochen und arglistig nach Konstantinopel gelockt worden war, auf den Thron zu setzen. Getäuscht durch dieses Vorgeben, erhoben sich die Bewohner von Tunis, zwangen den verhaßten Muley Hassan zur Flucht und öffneten Chaireddin die Thore. Dieser nahm die Stadt und die Citadelle Goletta im Namen Soliman's in Besitz und betrieb seine Seeunternehmungen gegen die christlichen Staaten in einem noch größern Umfange, als bisher. Die spanischen und italienischen Küsten litten furchtbar von seinen Einfällen, und der Kaiser, durch die beständigen Klagen seiner Unterthanen beunruhigt, entschloß sich, alle andern Pläne vor der Hand aufzugeben und einzig hier auf Abhilfe zu denken. Bestärkt wurde er in diesem Vorsatze, als Muley Hassan ihn um Beistand ersuchte. Die Gelegenheit, sich als großmüthigen Beschützer eines unglücklichen Fürsten und als Glaubenskämpfer zu zeigen, war zu verlockend, als daß der Kaiser sie hätte ungenutzt vorbeigehen lassen sollen. Die ganze Unternehmung erhielt einen starken religiösen Anstrich. Vor der Abfahrt von Barcelona machte der Kaiser unserer Frau von Montferrat einen Besuch und nahm an einer Procession unbedeckten Hauptes, wie die Andern, Theil; die Fahne auf dem Admiralschiffe zeigte Jesus am Kreuze; der sollte auch Anführer sein, wie Karl sagte, der Kaiser nur sein Fahnenträger; der Großadmiral, Andreas Doria, hatte zu dem Zuge gegen die Ungläubigen einen geweihten Degen erhalten.

Die spanische und italienische Flotte vereinigten sich an der sardinischen Küste bei Cagliari; am 14. Juni 1535 brachen sie von da nach Tunis auf und landeten ohne Hinderniß im Golf. Barbarossa scheint dem Gerücht von den Rüstungen des Kaisers keinen Glauben geschenkt zu haben, denn er war durchaus nicht vorbereitet, den Angriff des Kaisers auf das Schloß und Arsenal Goletta zurückzuweisen. Desto mehr Schwierigkeiten bot die Stadt selbst; zwar machte Muley Hassan, der sich im Lager der Christen befand, dem Kaiser Hoffnung, sein Anhang in der Stadt werde bald das Uebergewicht erhalten und die Eroberung erleichtern; allein Chaireddin hatte, unter dem Vorgeben, der Kaiser beabsichtige, den Islam zu vertilgen, die benachbarten arabischen Fürsten zu seinem Beistande gewonnen und hielt durch diesen Zuwachs seiner Macht die Stadt vollkommen im Zaum; wider ihren Willen mußten die Tunesen, 9000 Mann stark, ihrem Unterdrücker beistehen.

Am 20. Juli brach der Kaiser nach Tunis auf, in der Absicht, die Nacht in einiger Entfernung von der Stadt bei einer antiken Wasserleitung, wo sich Baumpflanzungen und ein Brunnen vorfanden, zuzubringen. Als er jedoch mit dem erschöpften Heere nach Mittag bei dem Orte anlangte, fand er ihn zu seinem Schrecken bereits vom Feinde besetzt. Dieser mochte über 50,000 Mann stark sein; die Kaiserlichen zählten etwa 26,000 Mann. Beide Parteien waren mit etwas Geschütz versehen; das der Kaiserlichen hatten deutsche Landsknechte, deren sich 8000 Mann beim Zuge befanden, mühselig auf den Armen herbeigeschleppt. Schon beim ersten Feuer waren die Christen im Vortheil, und als ein Angriff der afrikanischen Reiterei von dem spanisch-deutschen Vortrabe zurückgeschlagen wurde, begannen die Tunesen die Flucht, welchen bald die Mauren folgten, sodaß endlich auch der Kern von Chaireddin's Heer, die Türken und Renegaten, mit theilweisem Verlust des Geschützes den Rückweg antreten mußten. So leicht der Sieg gewesen war, so unbedeutend war seine Frucht. Der Kaiser nahm den Brunnen ein, aber das Wasser reichte für das allgemeine Bedürfniß nicht zu, und mit seinem ganz erschöpften Heere, ohne Belagerungsgeräthe, sollte er am folgenden Tage eine wohlbefestigte Stadt bezwingen; er bereute für einen Augenblick das ganze Unternehmen. Allein das Glück war ihm günstig. In der Verwirrung, die der Verlust der Schlacht in Tunis herbeiführte, war es einigen tausend Christensclaven gelungen, sich zu befreien und das Schloß einzunehmen; dadurch sah sich Chaireddin genöthigt, ferneren Widerstand aufzugeben. Der Kaiser zog in Tunis ein und überließ dann die Stadt der Wuth und Beutegier seiner Soldaten. Als Tausende der Einwohner erschlagen, noch mehrere zu Sclaven gemacht waren, hielt man dem heiligen Jacob zu Ehren ein feierliches Hochamt in dem Franziscanerkloster. Muley Hassan erhielt die Herrschaft über Tunis und das Innere des Landes zurück und trat dafür dem Kaiser Goletta und die Küstengegend ab. Große Hoffnungen knüpften sich an diesen Sieg über die Ungläubigen; alte Prophezeiungen von einem Kaiser, der die ganze Welt zur Anbetung des Kreuzes zwingen werde, tauchten auf; man glaubte denselben in Karl zu sehen; dieser selbst war sehr geneigt, den Zug nach Tunis nur als Vorspiel eines Hauptunternehmens gegen die Türken anzusehen. Allein die politischen Verhältnisse vergönnten ihm nicht, diesen Lieblingsplan seines Hauses in Ausführung zu bringen. Schon nahte von Westen her ein Sturm, der lange loszubrechen gedroht hatte. Als der Kaiser von seinem Feldzuge über Sicilien zurückkehrte, starb der Herzog von Mailand, Franz Sforza, und der König von Frankreich, der sich einen Ruhm daraus machte, Karl während des afrikanischen Feldzugs nicht angegriffen zu haben, verfehlte nicht, seine Ansprüche jetzt entschieden geltend zu machen. Von kaiserlicher Seite aus war man geneigt, dem dritten Sohn Franz', dem Herzoge von Angouleme, Mailand mit der Hand der verwittweten Herzogin, der Nichte des Kaisers, zu übergeben; allein der König, welcher offenbar keinen Frieden wollte und, eifersüchtig auf Karl's neuen Ruhm, um jeden Preis die verlorene Stellung in Italien wiederzugewinnen trachtete, verwarf alle billigen Vorschläge und überbot sich in hochgespannten Forderungen. Mailand wollte er für seinen zweiten Sohn, den Herzog von Orleans, der durch seine Vermählung mit der Nichte Clemens' VII., Katharina von Medici, bereits Ansprüche in Italien erworben; er selbst wollte auf der Stelle in den Nießbrauch des Herzogthums Mailand eintreten. Ferner trat Franz in diesem Augenblicke ernsthaft mit einem Anspruche hervor, den er schon seit längerer Zeit erhoben hatte; er verlangte nämlich das Herzogthum Savoyen als Eigenthum, indem er behauptete, dem jetzigen Herzoge, als Sprossen der zweiten Ehe seines mütterlichen Großvaters Philipp, gebühre nicht das Land, sondern ihm, dem Erben Luisens, der Tochter erster Ehe. Der Grund dieser Forderung lag in der Politik des regierenden Herzogs, der sich im Gegensatze zu seinen Vorgängern dem Hause Oesterreich anschloß. Ein Krieg, in welchen derselbe im Januar 1536, Genfs wegen, mit mehreren Gliedern der Eidgenossenschaft gerathen war, gab dem Könige von Frankreich gute Gelegenheit, das besiegte und erschöpfte Savoyen einzunehmen; schon am 3. April hielt er seinen Einzug in Turin. Diese Kunde, sowie die Nachricht, daß Soliman aus Persien nach Konstantinopel zurückgekehrt und Barbarossa bei ihm angekommen sei, erreichte den Kaiser auf dem Wege nach Rom. Alle hohen Gedanken, die aus dem Siege in Tunis erstanden waren, mußten unter diesen Umständen schwinden; jetzt galt es nur, einem schlagfertigen Feinde entgegenzutreten. Franz nahm in der That eine so bedeutende Stellung ein, wie er sie je besessen. Er hatte einige deutsche Fürsten und die nordischen Mächte auf seiner Seite; durch die Besetzung Savoyens und Piemonts gewann er neuen Einfluß in Italien, ja er schloß soeben einen Vertrag mit Soliman. Man unterhandelte zwar, allein auf der kaiserlichen Seite überzeugte man sich immer mehr von der Ungeneigtheit des Königs zum Frieden und beschloß, nochmals denselben in seinem Lande anzugreifen. Im Juni 1536 hatte Karl ein Heer von 50,000 Mann beisammen und bereits im Juli griff er Frankreich mit zwei Heeren an, im Norden durch den Grafen von Nassau, im Süden commandirte er selbst. Seine Hoffnung, den König zu einer Feldschlacht zu bewegen, wurde vereitelt; Franz zog vor, durch zwei feste Lager die Ufer der Rhone und der Durance zu decken; außerdem führte sein Feldherr Montmorency den Vertheidigungskrieg mit größtmöglicher Vorsicht. Aufs Neue wurden Friedensunterhandlungen angeknüpft, allein der König, durch die Vortheile seiner Stellung noch trotziger gemacht, weigerte sich des geringsten Zugeständnisses. Selbst der um diese Zeit eintretende Tod des Dauphin's, durch welchen der Herzog von Orleans die Thronfolge erhielt und die Absicht des Kaisers auf den Herzog von Angouleme begünstigt wurde, änderte nichts. Im kaiserlichen Lager trat bald Mangel ein; Seuchen rafften eine Menge Volks hinweg; selbst Antonio de Leyva erlag. Ein Versuch des Kaisers, Marseille zu überraschen, schlug fehl; wie Bourbon im Jahre 1524, mußte er sich ohne Erfolg zurückziehen. Ebenso fruchtlos war der Einfall des niederländischen Heeres in Frankreich gewesen. Der König, berauscht von seinem Glücke, beanspruchte die früher aufgegebene Lehnsherrlichkeit über Artois und Flandern, und schickte sich an, in diese Länder einzufallen; mit den Türken trat er von nun an in offenen Bund, schon im Jahre 1536 waren die osmanische und französische Flotte vereinigt; für das folgende Jahr verabredete Franz mit seinem neuen Bundesgenossen einen gemeinsamen Angriff auf den Kaiser. Diese Verbindung des allerchristlichsten Königs mit den Ungläubigen ist aber bedeutungsvoll. Schon früher zwar hatten sich abendländische, meist benachbarte Staaten, mit den Osmanen verbunden, aber nur in Zeiten der größten Noth und im tiefsten Geheimnisse. Man faßte einen solchen Schritt als Verrath an der mittelalterlichen christlichen Staatenfamilie auf. Jetzt zum ersten Male geschah er ohne Scheu, offen und ohne zwingende Nothwendigkeit, von einem Fürsten, der auf der andern Seite dem Katholicismus treu blieb, gleichsam als besorge er, daß schon dieser politische Abfall zu bedeutend sei; und war er es weniger, als der religiöse der Protestanten? Frankreich trat von nun an als rein politische Macht auf und ging andern Reichen hierin voran; der christliche Staat diente bald nur noch als Vorwand.

Noch ein anderer Staat emancipirte sich um dieselbe Zeit vom Mittelalter, aber nicht wie Frankreich blos einseitig vom abendländischen Kaiserthum, sondern auch von der Papstmacht; es war dies England. Heinrich VIII. war mit seinem Ehescheidungsprocesse fast sechs Jahre vom päpstlichen Stuhle hingehalten worden, als ihm endlich die Geduld ausging. Er sah am Ende ein, daß er vom Papste, den das kirchliche Interesse stets an den Kaiser band, so groß auch seine persönliche Abneigung sein mochte, für sich nichts zu hoffen habe, und beschloß, seinen eigenen Weg zu gehen. Es galt vor Allem, eine Autorität in seinem Processe zu schaffen, die sich mit der päpstlichen messen konnte; denn Heinrich wollte nicht nur von seiner ersten Gemahlin geschieden sein, sondern auch eine neue Ehe mit der Aussicht legaler Nachkommenschaft schließen. Er schaffte sich dieselbe mit großer Klugheit. Der Protestantismus hatte in England große Fortschritte gemacht und drohte hier, wie überall, eine Spaltung hervorzurufen; Heinrich unterdrückte ihn mit unerbittlicher Strenge und gewann durch diesen katholischen Eifer den hartbedrängten Klerus ganz für sich, der nicht verfehlte, für den König gegen den Papst Partei zu nehmen. Heinrich verfolgte den Vortheil, der ihm aus dieser Stimmung erwuchs und sah sich, vom Parlamente unterstützt, bald als Herr und Gebieter der englischen Geistlichkeit. Im März 1533 legte er ihr denn seine Ehescheidungssache vor; günstige Gutachten waren von den bedeutendsten Universitäten beigebracht worden. Nach zehn Tagen kam der Beschluß der Versammlung zu Stande, daß der Papst kein Recht gehabt habe, Heinrich wegen der Vermählung mit der Braut seines verstorbenen Bruders Arthur von Wales Dispens zu geben. Die Ehe mit Katharina von Aragon ward für null und nichtig erklärt, die Verbindung des Königs mit Anna Boleyn sanctionirt. Der päpstliche Stuhl konnte natürlich eine solche Misachtung seiner Autorität nicht ruhig hingehen lassen. Das Consistorium der Cardinäle erließ am 23. März 1533 die Sentenz, daß die zwischen Heinrich und Katharina geschlossene Ehe aufrechtzuerhalten sei und der König, wenn er bis Ende September seine einzig legitime Gemahlin in ihre Rechte nicht wieder eingesetzt habe, excommunicirt werden solle. Diese Maßregel hatte weiter keine Folge, als daß Macht und Ansehen des Königs auf Kosten der päpstlichen Autorität wuchsen. Man kam nämlich zu der sehr natürlichen Frage, woher das päpstliche Primat in England stamme und fand bald die Antwort, daß es auf Zugeständnissen früherer Könige beruhe, welche der Nachfolger zu jeder Zeit zurückzunehmen berechtigt sei. Die Universitäten von Oxford und Cambridge und die geistlichen Autoritäten gaben Erklärungen in diesem Sinne; von den Kanzeln ward der Satz verkündigt, daß Rom und England ferner keine Gemeinschaft hätten, und mit Begeisterung aufgenommen. Nach und nach, aber consequent, wurden die Bande zwischen der englischen Kirche und dem päpstlichen Stuhle gelöst. Die Appellationen nach Rom hob das Parlament im Jahre 1533 auf; im folgenden Jahre verbot es, Dispense dort nachzusuchen; dieselben wurden den beiden Erzbischöfen für ihre betreffenden Sprengel zugewiesen. Bischöfe wurden fernerhin von den Capiteln unter dem Einflusse des Königs gewählt, welchem sie für ihre amtliche Wirksamkeit verantwortlich waren. Durch Parlamentsbeschluß ward er ausdrücklich zum Oberhaupte der englischen Kirche gemacht. Damit war denn die Trennung derselben von der allgemein christlichen ausgesprochen. Doch nicht ohne Blutvergießen ward sie vollzogen. Moore und Bischof Fisher starben als Märtyrer für die Idee der Einheit der abendländischen Kirche. Wie in Deutschland fühlte man das Bedürfniß, die heiligen Schriften, welche mit ihren Ueberlieferungen und Lehren eine mächtige Unterstützung im Kampfe gegen Rom gewährt hatten, durch eine Uebersetzung in die Landessprache allgemein zu machen und auf diese Weise der Reformation in der Ueberzeugung des Volkes eine dauernde Grundlage zu geben. Zu Anfang des Jahres 1535 erschien das Werk, auf die Uebersetzung des vom Könige hart bedrängten, in den Tod getriebenen William Tyndall gegründet. Bald darauf veröffentlichte man ein Gebetbuch, dessen Inhalt schon in entschiedenem Widerspruche mit den römischen Lehren steht. In der nächsten Zeit beschäftigte man sich damit, die Glaubensartikel der neuen Kirche aufzustellen. Der Einfluß der Wittenberger Lehren ist in einzelnen Punkten unverkennbar, wenn auch die hierarchische Gesinnung der Geistlichkeit, welche den Laien gegenüber ganz die frühere Stellung behaupten wollte, ein näheres Anschließen an dieselbe verhinderte. Die gänzliche Aufhebung der Klöster, deren sämmtliches Vermögen an den König fiel, erhöhte dessen Einnahme um mehr als das Doppelte und gab ihm die Macht, den Bullen des Papstes und jedem Versuche von Seiten des Kaisers oder eines andern katholischen Fürsten, dieselben in Ausführung zu bringen, Trotz zu bieten. Mit dem gewonnenen Gelde baute er Festungen, setzte England und Irland in Vertheidigungszustand und unterhielt eine schlagfertige Flotte in neu eingerichteten Häfen.

Achtzehntes Kapitel.

Consolidirung der protestantischen und katholischen Partei.

Gutes Einvernehmen zwischen Ferdinand und den Protestanten. — Erweiterung des Schmalkalder Bundes. — Einigung der Protestanten unter sich. — Paul III. beruft ein Concilium. — Irrungen zwischen dem Hofe und den Protestanten durch Dr. Held. — Bund katholischer Fürsten. — Türkisch-französischer Krieg. — Waffenstillstand zu Nizza. — Zusammenkunft des Kaisers und des Königs von Frankreich an der französischen Küste. — Unterhandlungen Karl's mit den Protestanten in Frankfurt.

Die Bedrückungen und Quälereien der nicht verbündeten protestantischen Stände von Seiten des Kammergerichts, sowie einzelner altgläubiger Fürsten, dauerten indessen fort und machten, bei diesem widerwärtigen Zustande von Feindseligkeiten und Unsicherheit, in denselben das Verlangen rege, in den Schmalkalder Bund einzutreten und der Wohlthat des Nürnberger Friedens theilhaft zu werden. Da aber in diesem Vertrage die Theilhaber namentlich aufgeführt waren, so fragte es sich, ob die Sicherheit sich auch auf die neu eintretenden Glieder erstrecke, oder ob nicht die Aelteren durch deren Aufnahme in die Gemeinschaft ihren Vortheil einbüßten? Die Entscheidung konnte nur bei demjenigen liegen, der ihn gewährt hatte.

Wiederum war es Franz I., der die Sache der deutschen Protestanten förderte. Er suchte im Jahre 1535 die evangelischen Stände auf seine Seite zu bringen, um das Gegengewicht gegen das Haus Oesterreich herzustellen. Dem Kaiser und Ferdinand mußte aber alles daran gelegen sein, eine Vereinigung ihrer Gegner zu hintertreiben, deren üble Folgen sie im vorigen Jahre erst gemerkt hatten. Dazu kam, daß in Ferdinand's deutschen Erblanden, ja selbst an seinem Hofe, sich mächtige Sympathien für das Lutherthum regten. So näherte man sich, da man sich gegenseitig nöthig hatte. Landgraf Philipp und Herzog Ulrich von Würtemberg wurden in Wien gut aufgenommen; Letzterer erhielt sein Land, zwar als österreichisches Afterlehn, aber unter leidlichen Bedingungen zurück. Auch Kurfürst Johann Friedrich erfuhr im November 1535 eine gute Aufnahme in Wien und empfing die Belehnung mit der Kur. Er versäumte nicht, die Sache seiner Glaubensgenossen zur Sprache zu bringen, indem gerade Augsburg, welches sich Zwingli's Lehre zuneigte, von den Herzögen von Baiern ernstlich bedroht wurde. Es konnte aber den Oesterreichern an der Machterweiterung eines Hauses, dessen Ergebenheit sehr zweifelhaft war, nichts liegen, ebenso wenig an der Ausbreitung der vielgefürchteten Schweizerlehren. Der Kurfürst, befragt, was zu thun sei, äußerte, die Augsburger würden sich wohl entschließen, die augsburgische Confession anzunehmen, wenn man sie in den Nürnberger Frieden und in den Cadanschen Vertrag, durch welchen Ulrich von Württemberg restituirt wurde, mit aufnehme. Da man, ohne Baiern aufs Tiefste zu beleidigen, Augsburg allein diesen Vortheil nicht gewähren konnte, so mußte man ihn auf alle evangelischen Stände ausdehnen. Ferdinand versprach, dem Kammergerichte Einhalt des Rechtsverfahrens gegen die Protestanten zu gebieten, und ließ dabei die namentliche Aufführung weg. Nach Erlangung dieses wichtigen Zugeständnisses eilte Johann Friedrich nach Schmalkalden, wo die Mitglieder des Bundes bereits versammelt waren. Auch ein französischer Gesandter hatte sich mit Aufträgen seines Königs eingefunden. Man wies dieselben nicht geradezu ab, stellte aber eine Bedingung zum Abschlusse eines Bündnisses, welche dessen Zweck von vorn herein aufhob. Darauf beschloß man, den Bund auf zehn Jahre zu erneuen und Alle in denselben aufzunehmen, welche einzutreten begehrten und die augsburgische Confession anerkannten. So wurden denn im Frühjahre 1536 Herzog Ulrich von Württemberg, die Herzoge von Pommern, die Fürsten von Anhalt, die Städte Augsburg, Frankfurt, Hamburg, Hannover und Kempten aufgenommen. In dieser Zeit kam das bisher stets vereitelte Werk der Einigung zwischen den oberländischen und Wittenberger Theologen zu Stande, indem die Ersteren die augsburgische Confession annahmen und dafür von Luther als Brüder im Glauben anerkannt wurden; auf beiden Seiten gestand man zu und erkannte an.

Dergestalt politisch und kirchlich geeinigt und gestärkt, im besten Einverständniß mit Kaiser und König, zufolge dessen Johann Friedrich sogar Hilfstruppen zum niederländischen Heere hatte stoßen lassen, schien die Sache der Evangelischen nie so gut gestanden zu haben. Selbst das Mislingen des kaiserlichen Planes, dem Pfalzgrafen Friedrich die Krone Dänemarks zu verschaffen, schlug zu ihrem Vortheile aus, da der neue lutherisch gesinnte König Christian seinen deutschen Glaubensgenossen einen mächtigen Rückhalt gewährte. Um so auffallender war es, daß gerade jetzt Schritte gethan wurden, um sie wieder in den Schooß der alten Kirche zurückzuführen.

Am 25. September 1534 starb Clemens, und Alexander Farnese bestieg unter dem Namen Paul III. den päpstlichen Stuhl. Da er wohl wußte, wie unabweislich das Verlangen nach einem allgemeinen Concil und nach Reformen in der Kirche selbst bei allen guten Katholiken, namentlich am kaiserlichen Hofe, war, so erklärte er von vornherein seine Bereitwilligkeit, ein solches zu berufen. Mit Recht schlug der kluge Mann die Nachtheile höher an, welche aus der steten Verweigerung dieses Verlangens erwachsen waren, als die, welche jemals bei schlauer Leitung und Ueberwachung einer solchen Versammlung für das Papstthum hätten entstehen können. Bereits 1535 erschien ein Nuntius in Deutschland, um Mantua als Versammlungsort vorzuschlagen; im Frühjahr 1536 wurde das Concilium für dieselbe Zeit des folgenden Jahres ausgeschrieben. So vorsichtig man in der Ankündigung desselben alle verletzenden Ausdrücke vermieden hatte, so konnten die Protestanten der ganzen Sachlage nach kein Zutrauen fassen. Und bald genug ließ denn auch der Papst die Maske fallen. In einer Bulle sprach er offen aus, das Concilium habe den Zweck, die lutherische Ketzerei auszurotten. Es verstand sich von selbst, daß man eine Versammlung, der solche Tendenzen untergelegt wurden, auf protestantischer Seite nicht als das gewünschte allgemeine freie christliche Concil anerkennen konnte. Die Frage war nur, in welcher Form die Verwerfung geschehen solle. Auf einer Bundesversammlung zu Schmalkalden im Februar 1537 beschloß man denn, die Einladungsschreiben des Papstes nicht einmal anzunehmen und in einer Eingabe an den Kaiser nicht allein dieses Verfahren zu begründen, sondern auch um ein wahrhaft freies Concilium, welches keinen Parteizwecken diene, auf deutschem Boden zu bitten. Es tauchte sogar die kühne Idee auf, durch Luther oder die Stände ein Concil nach Augsburg oder einer andern bedeutenden Stadt zusammenzuberufen, welches, auf dem Grunde der heiligen Schrift fußend, der päpstlichen Versammlung sich entgegensetzen solle. Freilich war der Gedanke zu kühn für die Verbündeten, als daß er hätte ausgeführt werden können. Die Verhandlungen über das Concilium von Seiten des Papstes stockten überhaupt bald wieder, da sie ohnehin nicht mit Ernst betrieben worden waren, und auch Frankreich und England aus verschiedenen Gründen Widerspruch erhoben hatten. Dagegen wurden die Verbündeten von einer Seite her beunruhigt, von welcher sie es am wenigsten erwarten durften. Es erschien nämlich in Schmalkalden der kaiserliche Vicekanzler, Dr. Matthias Held, der es sich zur Aufgabe stellte, das Verfahren des Kammergerichts zu rechtfertigen und die verbündeten Stände, mit gänzlichem Ignoriren des Friedens von Cadan und der Wiener Verabredungen, zum leidenden Gehorsam gegen dasselbe zurückzuführen. Die Protestanten geriethen natürlich in die größte Aufregung; mußten sie nicht das bisherige Benehmen des Kaisers und des Königs für schändliche Verstellung, alle freundlichen Zusicherungen für Täuschung halten? Allein Held hatte, aus persönlichem Widerwillen gegen die Schmalkalder Verbündeten, seiner Instruction gerade entgegen gehandelt, wohl in dem Gedanken, daß bei der schwankenden Stellung des Kaisers der von ihm eingeschlagene Weg bald wieder verfolgt werden müsse. Der Haß und Argwohn zwischen den altgläubigen und evangelischen Fürsten erwachte aufs neue in seiner ganzen Stärke und führte die widerwärtigsten Händel herbei. Hauptsächlich durch Dr. Held's Bemühungen kam in Nürnberg am 10. Juni 1538 ein Bund der eifrigsten katholischen Fürsten zu Stande, zu welchem auch der Kaiser und König traten, da das durch Held herbeigeführte Misverständniß nicht gelöst werden konnte, ohne sich jene zu Feinden zu machen. Beide Parteien standen sich schroff gegenüber, jeden Augenblick bereit, mit Waffengewalt ihr Recht und ihre Ansprüche geltend zu machen. Doch noch einmal verhinderte das Einwirken allgemeiner Verhältnisse den Ausbruch der Feindseligkeiten.

Im Frühjahre 1537 hatten der König von Frankreich und sein Verbündeter, Soliman, den verabredeten Angriff auf die Länder des Kaisers unternommen. Ein türkisches Heer landete in Apulien und verwüstete es auf eine gräuliche Weise; festen Fuß konnte es nirgends fassen. Die Franzosen machten Fortschritte in Piemont. Dagegen fielen die Kaiserlichen von den Niederlanden aus wiederum nicht ohne Erfolg in Frankreich ein. In Oberitalien hielten sich beide Feinde das Gegengewicht. Durch die Bemühungen des Connetable von Montmorency und der Königin Maria von Ungarn, der Schwester des Kaisers, kam endlich eine Waffenruhe zu Stande. Franz hatte seinen Zweck, eine würdige Stellung in Italien zu gewinnen, erreicht, und wurde selbst über die Fortschritte seines Verbündeten Soliman unruhig, welcher sich für seine erfolglosen Angriffe auf das Gebiet des Kaisers an den venetianischen Besitzungen im Archipelagus entschädigte. Während dessen erlitten auch die Oesterreicher in Ungarn eine furchtbare Niederlage durch die Türken, sodaß selbst Zapolya, dessen Stern in Konstantinopel erblichen war, für sich zu fürchten begann. Er sowohl, wie Venedig, dieses unter Vermittelung des Papstes, schlossen Verträge mit Karl und Ferdinand, unter Bedingungen, welche für das Haus Oesterreich sehr günstig waren. In Frankreich machte der Bund gegen die Türken großes Aufsehen, und Franz fühlte zum ersten Male die Nachtheile seiner unchristlichen Politik, da sie ihn verhinderte, dem brennenden Eifer der Nation, die Ungläubigen zu bekämpfen, genugzuthun. Der König lieh deshalb den Vermittelungsversuchen Paul's geneigtes Ohr, und begann im Mai 1538 zu Nizza eine Unterhandlung mit dem Kaiser, die einen zehnjährigen Waffenstillstand herbeiführte; eine persönliche Zusammenkunft in Aiguesmortes an der französischen Küste befestigte das gute Einverständniß. Weltliche und kirchliche Verhältnisse bildeten den Gegenstand der Besprechungen zwischen den beiden Herrschern. Der Papst verschob das bereits angekündigte Concilium, bis die religiösen Streitigkeiten in Deutschland beigelegt sein würden, und Karl versprach, sein Möglichstes zu thun, um die Spaltung in der Kirche gütlich aufzuheben. Die wichtigste Folge der Zusammenkunft war wohl die, daß Franz den Unternehmungen des Kaisers gegen die Osmanen im Jahre 1538 kein Hinderniß in den Weg legte; allein die Erfolge waren dennoch gering. Als Karl für das nächste Jahr energische Zurüstungen treffen wollte, hatte er durch Held's Machinationen schon alles Vertrauen der Protestanten verloren, auf deren Unterstützung er stark gerechnet hatte. Zum Glück bildete sich zwischen den beiden schlagfertigen Parteien eine vermittelnde. Es ward ein Tag in Frankfurt a. M. angesetzt, auf welchem über Aufrechthaltung des Vertrages zwischen dem Hause Oesterreich und Zapolya und die zu gewährende Reichsunterstützung verhandelt werden sollte. Der junge Kurfürst von Brandenburg, Joachim II., Zapolya's Schwager, und Ludwig von der Pfalz, nahmen die Angelegenheit in die Hand. Der Kaiser, der Held seine Ungnade hatte zu Theil werden lassen, schickte den Erzbischof von Lunden nach Frankfurt im Februar 1539, mit der Instruction, unter möglichst günstigen Bedingungen einen Vergleich mit den Protestanten abzuschließen. Diese hatten den Vortheil, aufgesucht worden zu sein, und richteten demnach ihre Forderungen ein. Sie verlangten einen „beständigen, wahrhaftigen, undisputirlichen Frieden," sowohl für sich, als für Die, welche künftig ihren Glauben annehmen würden, und eine theilweise Besetzung des Kammergerichts mit Leuten ihrer Confession. Ferner solle, zur Vermeidung künftiger Streitigkeiten, kein Theil sich um die Kirchengüter in fremden Gebieten kümmern. Der König von Dänemark, der Herzog von Preußen, die Städte Riga und Reval, und der Herzog von Liegnitz sollten in den Frieden mit einbegriffen werden. Der Erzbischof von Lunden, der gleich von vornherein die Bedingungen des Nürnberger Uebereinkommens zu Grunde gelegt hatte, wies diese Forderungen entschieden zurück, und die Verhandlungen geriethen eine Zeit lang ins Stocken. Die Protestanten zeigten sich unter diesen Umständen sehr ungeneigt, etwas gegen die Türken zu thun, über deren Fortschritte und neue großartige Zurüstungen beunruhigende Nachrichten einliefen. Der kaiserliche Commissair sah sich zur Nachgiebigkeit genöthigt. Er bewilligte Beanstandung des Rechtsverfahrens auf achtzehn Monate für die gegenwärtigen Anhänger der Augsburgischen Confession. Die Protestanten gingen unter der Bedingung darauf ein, daß auch in den katholischen Bund Niemand aufgenommen werde. Der Erzbischof gestand dies einstweilen auf sechs Monate zu, bis des Kaisers Willensmeinung über den Punkt eingeholt worden sei. Schließlich einigte man sich, auf einer im nächsten Sommer zu haltenden Versammlung der Stände einen Ausschuß von Theologen und Laien auf eine „löbliche christliche Vereinigung handeln" zu lassen. Kaiserliche und königliche Commissaire sollten Theil nehmen; was der Ausschuß beschließe, solle den Ständen vorgelegt und vom Kaiser ratificirt werden. Die Anwesenheit eines Nuntius verbaten sich die Protestanten. Dies waren die Resultate der Frankfurter Versammlung, günstig genug für die Evangelischen. Das Kammergericht mit seinen widerwärtigen Vexationen und Executionen war unschädlich gemacht; statt eines Concils unter päpstlichem Einflusse sollte einer einheimischen Versammlung die Beilegung der Irrungen übergeben werden. Ferner hatte der katholische Fürstenbund in dem Kaiser sein Haupt verloren; derselbe nahm wieder seine vorige unabhängigere Stellung ein. Kurz, der Schmalkalder Bund hatte Frucht getragen.

Neunzehntes Kapitel.

Neue Machterweiterung der Protestanten.

Tod des Herzogs Georg von Sachsen. — Reformation in den albertinischen Landen und in Kurbrandenburg. — Aufstand in Gent. — Clevesche Händel. — Die Unterhandlungen mit Frankreich zerschlagen sich. — Verhandlungen in Worms. — Reichstag in Regensburg. — Colloquium zwischen protestantischen und katholischen Theologen. — Karl's Annäherung an die Protestanten. — Declaration.

Zu diesem moralischen Siege des Lutherthums kam sogleich eine beträchtliche territoriale Ausbreitung. Am 17. April 1539 starb Herzog Georg von Sachsen, mit dem Kummer, sein Land und die Vertheidigung des katholischen Glaubens nicht einem Sohne zurücklassen zu können. Bis hierher hatte er das Eindringen der Ketzerei in sein Gebiet energisch verhindert; mit seinem Ableben, das wußte er, brach das Werk so vieler Jahre zusammen. Denn zum Erben hatte er seinen evangelisch gesinnten Bruder Heinrich, der die bei weitem kleinere Portion der albertinischen Länder, Freiberg und Wolkenstein, besaß. Georg hatte nach dem Ableben seines vierten Sohnes und kurz vor seinem eigenen Ende, aus Haß gegen seine abtrünnigen Verwandten, den unerhörten Beschluß gefaßt, sein Land an den Kaiser und an Ferdinand zu vererben, und einen betreffenden Entwurf seinen Ständen vorgelegt; allein er war gestorben, ehe derselbe rechtskräftig geworden war. Ferdinand, der davon gehört hatte, wollte deshalb Heinrich nur unter der Bedingung in seinem neuen Besitze anerkennen, wenn er sich verbindlich mache, den Nürnberger Bund zu halten, welchen Georg für sich und seine Landschaft eingegangen sei. Die Schmalkalder Verbündeten versicherten den Bedrohten ihres Beistandes, und die Sache hatte ihr Bewenden. Mit Zuziehung der Stände und unterstützt von den Wittenberger Professoren, reformirte Heinrich das Land. Der Widerstand der Bischöfe und Geistlichen war vergebens. Auch Brandenburg wurde für die neue Lehre gewonnen. Ebenso wie Georg von Sachsen, war Kurfürst Joachim I. bemüht, über die Dauer seines Lebens hinaus sein Gebiet katholisch zu erhalten. Er hinterließ zwei Söhne, die er bei der Erbtheilung feierlich verpflichtete, an den Reichstagsabschieden von Augsburg und Regensburg und am Halle'schen Bündnisse nicht allein selbst festzuhalten, sondern auch fernerhin ihrer Nachkommenschaft die gleiche Verpflichtung aufzuerlegen. Bei der Theilung der Länder glaubte sich der jüngere Bruder, Markgraf Johann, der schon lange lutherisch gesinnt war, von Mitgliedern des Halle'schen Bundes, welche die Auseinandersetzung der Brüder besorgten, übervortheilt. Er trat aus dem Bunde aus und schloß sich den Schmalkalder Verbündeten an. Die katholische Partei, besonders Heinrich von Braunschweig, suchte sich nun des älteren Bruders umsomehr zu versichern. Allein auch Kurfürst Joachim II. zeigte sich dem Lutherthum geneigt; mochte doch schon das Beispiel seiner Mutter, die um ihrer Ueberzeugung willen Gatten und Kinder verlassen, früh auf ihn eingewirkt haben. Es lag jedoch nicht in seiner Weise, die alten Bande gewaltsam zu zerreißen; er ließ die Reformation in seinem Lande geschehen. Die Sache selbst nahm eigentlich der Bischof von Brandenburg, Matthias von Jagow, im Frühjahre 1539 in die Hand, der, ohne die Wittenberger Einrichtungen sclavisch nachzuahmen, doch den reformatorischen Geist zur Geltung brachte. Selbst Ferdinand und der Kaiser erkannten die neue Kirchenordnung an. Das Beispiel der brandenburgischen Brüder wirkte auch auf die Schwester, die Herzogin von Braunschweig-Calenberg. Nach dem Tode ihres Gemahls wurde sie Regentin und erhielt die Vormundschaft über ihren Sohn. Unterstützt von der Stimmung des Landes, reformirte sie dasselbe nach dem Vorbilde Joachim's. Auch der Erzbischof von Mainz, Albrecht von Brandenburg, erlaubte seinen norddeutschen Unterthanen, was er ihnen zu verbieten nicht im Stande war. Nachdem die Stände der Stifte Magdeburg und Halberstadt auf dem Landtage zu Kalbe im Jahre 1541 die theilweise Tilgung der erzbischöflichen Schulden übernommen hatten, erlangten sie vom Erzbischofe Zulassung evangelischer Prediger. Nur seine Residenz Halle wollte Albrecht katholisch erhalten; allein es entstanden aufrührerische Bewegungen unter der Bürgerschaft, und der Erzbischof mußte erleben, daß selbst seine getreueste Stadt zu seinen Gegnern überging. Erbittert verlegte er seine Residenz nach Mainz.

Herzog Magnus von Mecklenburg, Bischof von Schwerin, war in Norddeutschland der einzige geistliche Fürst, der die Reformation in seinem Lande veranlaßte und bewerkstelligte. Auch die Aebtissin von Quedlinburg ließ nach dem Tode Georg's von Sachsen Stift und Stadt durch den Superintendenten von Stolberg reformiren.

Nur Heinrich von Braunschweig blieb dem alten Glauben treu; er war das einzig überlebende Glied des Halle'schen und Nürnberger katholischen Bündnisses. Außer ihm war fast ganz Norddeutschland für den Protestantismus gewonnen.

Die Nachricht von den Verhandlungen in Frankfurt am Main bewirkte einen großen Schrecken am päpstlichen Hofe. Noch vor Kurzem hatte Paul den Kirchenbann gegen den König von England ausgesprochen und den Kaiser mit der Execution beauftragt; jetzt mußte er ernstlich fürchten, daß derselbe das Beispiel seines Oheims befolgen werde. Er protestirte gegen den Frankfurter Vertrag, billigte den einseitigen Waffenstillstand, den die Venetianer mit den Osmanen abgeschlossen, billigte Franz' Versuche, vermöge seiner Verbindung mit ihnen auch die anderen Mächte des Bundes zu den Unterhandlungen herbeizuziehen: das Interesse der Christenheit war sogleich vergessen, als das päpstliche Primat in Gefahr kam. Hatte der Papst des Türkenkrieges wegen die Eintracht zwischen dem Kaiser und dem Könige von Frankreich angestrebt, so dachte er jetzt daran, ihre gemeinsamen Kräfte auf Bekämpfung der Ketzerei hinzulenken. Auf Karl machten die Vorstellungen Paul's großen Eindruck, und er bestätigte jetzt den Nürnberger Bund, der freilich den Protestanten keine Gefahr mehr brachte; zu weiteren Schritten konnte er aber nicht vermocht werden. Er besorgte eine Vereinigung Englands und der deutschen Protestanten. Die Unterhandlungen mit Frankreich betrieb er indessen eifrig, aber wohl weniger, um dem Papste gefällig zu sein, als aus eigenem Interesse. In den Niederlanden herrschte schon lange großes Misvergnügen darüber, daß man die Kräfte des Landes für fremde Zwecke hinopfern müsse und den einheimischen Fürsten so selten bei sich sehe. Eine Kriegssteuer, welche in Folge des letzten französischen Kriegs ausgeschrieben und von den andern drei Ständen der Grafschaft Flandern bewilligt worden war, wurde von der Stadt Gent verweigert. Die Bürger forderten Privilegien zurück, die ihnen in Folge früherer Unruhen entrissen worden waren, und gingen bald zur offenen Empörung über. Wie gefährlich für die Regentin und den Kaiser wäre der Aufstand geworden, wenn ihnen Franz wirklich die Unterstützung geleistet hätte, um die sie baten! So aber waren diesem die Hände durch die Verhandlungen mit Karl gebunden. Diese wurden bald sehr intimer Natur, wie man denn in dem gegenseitigen Verhalten der beiden Fürsten einen beständigen wunderbaren Wechsel von tödtlicher Feindschaft und Kampflust zum vertrauten persönlichen Verhältnisse bemerkt. Auch jetzt wurden wieder mannichfache Heirathsprojecte zwischen den beiden Herrscherfamilien in Vorschlag gebracht. Karl zog aus diesem guten Einverständniß den Vortheil, durch Frankreich den Weg in die Niederlande nehmen zu können. Es gelang ihm schnell, mit Hilfe der Regierungspartei, den Aufstand und die Pöbelherrschaft in Gent zu unterdrücken. Er änderte die Verfassung der Stadt und sicherte für die Zukunft der Regierung eine bedeutende Einwirkung auf ihre Angelegenheiten. Zu diesem Zwecke ließ er eine Festung in Gent anlegen.

Der Enkel des Papstes, Alexander Farnese, eilte in die Niederlande, um die Verhandlungen zwischen dem Kaiser und Frankreich, deren Abschluß man in Rom schon bei des Ersteren Reise durch Frankreich erwartet hatte, zu Ende zu führen. Allein in der Gesinnung Karl's war eine große Veränderung eingetreten. König Ferdinand hatte sich nämlich gleichfalls in den Niederlanden eingefunden und machte seinem Bruder die dringendsten Gegenvorstellungen über die Zugeständnisse an Frankreich, die dem burgundischen Hause lediglich zum Verderben gereichen müßten. Noch andere Rücksichten kamen zur Erwägung. Der Herzog Karl von Geldern, der Erbfeind der Burgunder, hatte sein Land dem Könige von Frankreich zugedacht; allein die Stände, welche weder französisch, noch burgundisch werden wollten, widersetzten sich und schlossen mit dem Herzog Johann von Cleve im Januar 1538 einen Vertrag ab, zu Folge dessen sein Sohn Wilhelm Besitz von Zütphen und Geldern ergreifen solle. Dies geschah schon im Juni nach Karl's von Geldern Tode. Im Februar 1539 erbte Wilhelm die Länder seines Vaters, und wurde einer der mächtigsten Reichsfürsten. Karl und Ferdinand waren äußerst entrüstet über den Verlust von Provinzen, welche sie als ihr Eigenthum anzusehen immer gewohnt waren, und ließen Drohungen gegen Wilhelm von Cleve fallen. Allein die Angelegenheit wurde noch schwieriger. Einmal drang Johann Friedrich von Sachsen, der Wilhelm's Schwester, Sibylle, zur Gemahlin hatte, fortwährend auf Bestätigung seiner jülichschen Heirathsverträge, und er war das Haupt des Schmalkadischen Bundes. War nicht als sicher anzunehmen, daß Herzog Wilhelm, vom Kaiser bedrängt, Schutz in demselben suchen werde? Ferner vermählte sich Heinrich VIII., dem in seiner drohenden Lage viel daran gelegen war, mit einem dem Kaiser benachbarten und feindlichen Hause in Verbindung zu kommen, mit Anna von Cleve. Trat er doch selbst durch diese Heirath in eine indirecte Verbindung mit dem Schmalkaldischen Bunde. Er verfehlte nicht, den Gliedern desselben alles Ungünstige, was er vom kaiserlichen Hofe her über sie vernahm, mitzutheilen, und es entstand bedeutende Aufregung unter den Protestanten. Aber auch bei den katholischen Reichsständen äußerte sich große Verstimmung gegen den Kaiser; man meinte, er wolle mit Hilfe Frankreichs die deutsche Freiheit unterdrücken; die Versuche der niederländischen Regierung, ihre Oberherrlichkeit über Utrecht, Lüttich, Köln und andere Stifter auszudehnen, erregten allgemeinen Widerwillen; man fühlte sich nicht geneigt, auch Geldern an Burgund kommen zu lassen. Ein Kurfürstentag in Gelnhausen nach alter Weise ward beschlossen, dem eine allgemeine Fürstenversammlung folgen sollte, um über die deutschen Angelegenheiten zu berathen.

Daß unter diesen Umständen ein Abschluß mit Frankreich dem Kaiser große Verlegenheiten bereiten mußte, war klar. Dennoch machte er dem Könige nochmals einen sehr annehmbaren Vorschlag. Er wollte seine Tochter dem Herzoge von Orleans vermählen und dem Paare die Niederlande, die Grafschaft Burgund und die zu erobernden Landschaften Geldern und Zütphen übergeben. Dagegen sollte der König die alten Verträge von Madrid und Cambrai bestätigen, Savoyen herausgeben und den Kaiser in seinen Unternehmungen gegen die Türken und den Herzog von Cleve unterstützen. Aber Franz ging darauf nicht ein; Mailand und Savoyen waren ihm lieber, als die Niederlande. Die Verhandlungen zerschlugen sich an den wiederum wach gewordenen italienischen Streitigkeiten. Als das französische Bündniß zurücktrat, schwand auch die Gefahr von Seiten der Kurfürsten und Reichsstände. Der Kaiser wandte sich den Protestanten wieder zu, und gab ihren zu Frankfurt begründeten Ansprüchen nach, indem er eine Versammlung nach Speier ausschrieb, „um die Dinge dahin zu richten, daß der langwierige Zwiespalt der Religion einmal zu christlicher Vergleichung gebracht werde.“ Farnese gerieth über die ganz veränderte Sachlage fast in Verzweiflung; aber es blieb dem römischen Hofe nichts übrig, als sich in die Verhältnisse zu schicken und sie möglichst zu benutzen.

Obgleich die Protestanten auf der vom Kaiser ausgeschriebenen Versammlung, die, statt zu Speier, im Juni 1540 in Hagenau zusammentrat, eigentlich nur die Einhaltung des Rechtsverfahrens durchsetzten, so war doch die Unhaltbarkeit des gegenwärtigen Zustandes der katholischen Religion selbst von ihren eifrigsten Anhängern in dem Maße anerkannt, daß man sich zu dem Beschlusse einigte, von beiden Parteien friedfertige und verständige Männer in gleicher Zahl zu versammeln, um sich freundlich, christlich und der heiligen Schrift gemäß über alle streitigen Punkte zu besprechen und sie wo möglich zur Vergleichung zu bringen. Den Vorschlag Ferdinand's, die Beschlüsse der letzten Augsburger Versammlung zu Grunde zu legen, lehnten die Protestanten ab; vielmehr drangen sie mit ihrem Antrage durch, ihre Confession und deren Apologie als Grundlage der Besprechungen anzunehmen. So sollte denn der allgemeine Wunsch, der seit Anfang der Reformation gehegt worden war: die religiösen Streitigkeiten innerhalb der Nation zu beseitigen, seine Erfüllung haben.

Im November 1540 begannen die Verhandlungen in Worms. Die Protestanten hegten die zuversichtliche Hoffnung, im freien Austausche der Meinungen ihren Ansichten allgemeine Geltung verschaffen zu können. Ueberdem zeigten sich ihnen die kaiserlichen Commissäre, Naves und Granvella, geneigt. Unter den geistlichen und weltlichen Fürsten that sich ein guter Wille, den Frieden zu fördern, kund. Die Protestanten legten besonders Gewicht auf den Gedanken, daß sie nicht Abtrünnige seien, sondern die wahren eigentlichen Katholiken, indem sie nicht allein an den prophetischen und apostolischen Schriften, sondern auch an den alten Synoden festhielten. Ein Unglück für sie war es, daß man in Hagenau die Zulassung eines päpstlichen Nuntius dem Kaiser anheimgestellt und dieser einen solchen an der Versammlung Theil nehmen ließ. Morone, so hieß er, war sich der Gefahr, welche der päpstlichen Autorität in Deutschland drohte, vollkommen bewußt, wenn eine von Kaiser und Reich berufene Versammlung Beschlüsse im Sinne der Neuerung gefaßt hätte. Man behauptet ein Einverständniß zwischen ihm und den bairischen Herzögen, welches durch „wunderbare Verträge" über die Bisthümer befestigt worden sei. Auch der Abgeordnete von Mainz hing ihm an. Den gewonnenen Einfluß benutzte er zu einem Versuche, die mündlichen Verhandlungen zu hintertreiben und statt deren schriftliche einzuführen. Das Ganze würde zu einem Austausche von Streitschriften geworden sein. Allein er drang damit nicht durch. Nach den widerwärtigsten Zänkereien zwischen ihm und Granvella über die Form des Gesprächs begannen endlich die Verhandlungen am 14. Januar 1541 unter den drückendsten Einschränkungen. Allein noch ehe man mit dem ersten Artikel zu Ende war, löste Granvella im Auftrage des Kaisers die Versammlung auf und lud sie zur Fortsetzung der Verhandlungen auf den bevorstehenden Reichstag in Regensburg ein. Wiederum war es den römischen Künsten gelungen, das nationale Werk zu hindern und den drohenden Sturm zu beschwören.

Am 5. April 1541 wurde der Reichstag in Regensburg eröffnet. Gleich in seiner Proposition stellte der Kaiser die Beilegung der religiösen Streitigkeiten als den wichtigsten Gegenstand der Berathungen hin und erbot sich, einige friedliebende Männer zu ernennen, um sich über die streitigen Punkte zu besprechen. Trotz des Widerstandes einiger katholischen Fürsten, setzte er seinen Willen hierin durch. Außer Eck und Melanchthon, den gewöhnlichen Verfechtern ihrer Partei, ernannte er Gropper und Julius Pflug von der einen, Butzer und Pistorius aus Hessen von der andern Seite zu Collocutoren. Die speculativen Fragen, deren Mittelpunkt die Lehre von der Rechtfertigung bildet, wurden auf eine für beide Seiten genügende Art erledigt, da die tiefere Auffassung von der Rechtfertigung auch in Italien Anklang gefunden hatte; der päpstliche Legat Contarini selbst theilte sie. Ueberhaupt trug ein Vereinigungsentwurf Butzer's, der sich schon früher das Verdienst erworben, die Streitigkeiten unter den Evangelischen beizulegen, viel zum gegenseitigen Einverständnisse bei. Allein schon im nächsten Artikel, von der Kirche, ging man in der Auffassung über die Geltung der Concilien auseinander. Nun kam die Lehre vom Abendmahle. Die Katholiken blieben beim Begriffe der Wandlung, auf der allerdings alle Ceremonien beruhten; die Protestanten verwarfen die Transsubstantiation gänzlich. Eine Vereinigung war hier bei der Hartnäckigkeit des Legaten, am Althergebrachten festzuhalten, unmöglich. Indessen gab man die Hoffnung auf eine solche nicht auf, nachdem man sich über Wichtigeres verständigt hatte. Das Collegium der Kurfürsten gab in seiner Majorität das Gutachten ab, es möge bei den verglichenen Artikeln bis zu einem Concilium oder zu einer Nationalversammlung sein Verbleiben haben. Die Städte stimmten dem bei. Die protestantischen Stände empfahlen in einer amtlichen Eingabe vom 14. Juli die Annahme der verglichenen Artikel „zu einem guten christlichen Anfange der Concordia"; nur um Aufhebung des Augsburger Abschiedes baten sie, der die Eintracht störe. Allein die Sache scheiterte an dem Starrsinne des Fürstenrathes, in welchem sich der Einfluß der bairischen Herzöge, sowie französische und päpstliche Einwirkungen stark geltend machten. Der Papst, der König von Frankreich und die deutschen Fürsten fürchteten, bei einer Vereinigung von Deutschland möge der Kaiser mächtiger werden, als gut sei. In dem Gutachten des Fürstenrathes ward die Annahme der verglichenen Artikel entschieden verworfen. Der Kaiser wagte nicht, an denselben festzuhalten, da ihm die Katholiken ohnedies sträfliche Lauheit für ihre Religion vorwarfen. Statt sich, wie festgesetzt war, unter einander zu verständigen, überließen die Stände wieder dem Legaten die Entscheidung. Der Reichstagsabschied verwies die Verhandlungen der Collocutoren auf ein Concil. Damit wurde die Hoffnung einer nationalen Einigung auf Grund der religiösen abermals zunichte. Die beiden Parteien standen sich wieder schroff gegenüber, und dem Kaiser blieb nichts weiter übrig, als mit beiden zu unterhandeln. Diesem mußte für seine Person Alles daran liegen, sich vor den Einwirkungen auswärtiger Feinde sicherzustellen. Deshalb machte er einerseits den Protestanten in einer besondern Declaration wichtige Zugeständnisse: die Processe wurden suspendirt; die Verpflichtung der Kammergerichtsbeisitzer auf den Abschied von Augsburg sollte ungiltig sein; auch Protestanten sollten in das Kammergericht aufgenommen werden können; Klöster und Stifte sollten zwar nicht zerstört, aber doch zu christlicher Reformation angehalten werden können. Aber andrerseits erneuerte er den Nürnberger Bund, dessen Tendenz gegen die Protestanten ging, und vermochte den Papst, als Glied in denselben einzutreten. Die Sorge, sich nach allen Seiten hin sicherzustellen, führte ihn auch zu einem Bündnisse mit dem Landgrafen von Hessen, 13. Juni. Dieser versprach, gegen eine Amnestie wegen aller frühern Unternehmungen, fortan sich zur politischen Partei des Kaisers zu halten, jede Verbindung des Schmalkaldischen Bundes mit Frankreich oder England zu verhindern, den Herzog von Cleve nicht in den Bund aufzunehmen, noch sonst zu unterstützen. Man machte sogar den Versuch, die alte Verbindung zwischen den Häusern Oesterreich und Sachsen wieder herzustellen. Allein Johann Friedrich ging nicht darauf ein, da er wohl die Absicht derartiger Anträge merkte, ihn von seinem Schwager, dem Herzog von Cleve, abzuziehen, den man, trotz Hessen, in den Schmalkaldischen Bund aufgenommen haben würde, wenn nicht die Zusicherungen des Kaisers so befriedigend ausgefallen wären. Besser glückte es dem Kaiser mit dem Kurfürsten Joachim von Brandenburg. Dieser versprach, ihn in der clevisch-geldrischen Angelegenheit zu unterstützen und nicht in den Schmalkaldischen Bund einzutreten. Er erhielt dafür die Erlaubniß, seine Kirchenordnung beibehalten zu dürfen, bis zu einem Concil, oder bis die Reichsstände etwas Besseres aufgestellt hätten.

Zwanzigstes Kapitel.

Neuer französisch-türkischer Krieg.

Soliman in Ungarn. — Unterredung Karl's mit dem Papste in Lucca. — Expedition nach Algier. — Feldzug in Ungarn. — Ermordung französischer Gesandten. — Krieg in den Niederlanden und Navarra. — Französisch-osmanischer Krieg. — Irrungen unter den Protestanten. — Braunschweigischer Krieg. — Reichstag in Nürnberg.

Karl wußte wohl, warum er so eifrig nach allen Seiten hin sich möglichst vor Angriffen zu sichern suchte. Noch während des Reichstages in Regensburg trafen beunruhigende Nachrichten aus Ungarn ein. Wir haben oben des Vertrages erwähnt, den Johann Zapolya aus Furcht vor den Osmanen mit Ferdinand schloß. Nach demselben sollte auch der Theil Ungarns, in dessen Besitze er sei, nach seinem Tode mit Uebergehung eigener Nachkommenschaft an den römischen König fallen. Dieser war aber nicht im Stande gewesen, den Erwartungen auf Beistand zu entsprechen, unter welchen Johann den Vertrag abgeschlossen hatte. Soliman war dagegen auf die Nachricht von demselben in die ärgsten Drohungen ausgebrochen. Der König-Woiwode war in der übelsten Lage von der Welt. Ein Einfall der Türken stand jeden Tag zu erwarten; das Land war erschöpft, das Volk und der Adel unzufrieden mit der Regierung, welche nichts that, um das drohende Unheil abzuwenden; schon entstand in Siebenbürgen ein Aufruhr mächtiger Woiwoden. Während Johann, im Kampfe mit ihnen begriffen, umkam, wurde ihm ein Sohn geboren. Ferdinand säumte nicht, seine zwiefachen Ansprüche geltend zu machen und wurde auch von einem Theile der Magnaten anerkannt. Andere bezeigten dazu keine Neiguug, am wenigsten Diejenigen, unter deren Obhut Zapolya's Sohn war. Seine Ansprüche auf die einzig zweckmäßige Art, nämlich mit einem starken Heere, geltend zu machen, dazu waren Ferdinand's Mittel zu gering und die Eifersucht und der Zwiespalt unter den deutschen Reichsständen zu groß. Während sein Feldoberster Rogendorf, ein alter unentschlossener Mann, Anstand nahm, Ofen zu beschießen, welches die Gegner seines Gebieters besetzt hielten, wurde sein Heer von dem Vortrabe des Sultans, der Aufnahme in Ofen gefunden hatte, vernichtet. Am 25. August 1541 langte Soliman selbst vor Ofen an. Die Partei Zapolya's hatte sich geschmeichelt, er werde dessen Witwe und Sohne die Regierung lassen, aber der Sultan, der den König-Woiwoden immer nur als seinen Statthalter angesehen und über dessen Verhandlungen mit Ferdinand höchst erbittert war, setzte eine völlig osmanische Regierung mit einem Pascha an der Spitze ein. Die Königin-Witwe und der Prinz Stephan erhielten Siebenbürgen, wo die österreichische Faction ganz unterdrückt war. Ferdinand wiederholte seinen Antrag an den Sultan, ihm die ungarische Krone, gegen einen jährlichen Tribut an die Pforte, zu überlassen; allein wie früher wies man ihn auch jetzt ab. Ob der Kaiser die Gefahr in Ungarn nicht mehr für so dringend ansah, als sie wirklich wär, oder ob er die italienischen und französischen Angelegenheiten plötzlich für noch dringender erachtete:

genug er reiste nach Beendigung des Reichstages nach Italien, um die dortigen Verhältnisse zu ordnen und mit dem Papste wegen eines Concils zu verhandeln. Er hatte mit ihm eine Unterredung in Lucca. Dieselbe führte jedoch zu keinem Resultate; ebenso vergeblich war die Mühe des Papstes, die Streitigkeiten zwischen dem Kaiser und dem Könige von Frankreich beizulegen, welche jeden Tag den Ausbruch des Kampfes drohten. Karl beschäftigte vorzugsweise der Plan, die Küste von Afrika von Seeräubern zu reinigen, an dessen Ausführung er schon vor fünf Jahren durch den französischen Krieg verhindert worden war. Diesmal hatte er besonders Algier im Auge, wo sich ein Gefährte Chaireddin's, Hassan Aga, festgesetzt hatte und die Spanier nicht weniger als jener in Tunis beunruhigte. Der Kaiser genügte durch eine Expedition gegen diesen Raubstaat nicht weniger den Wünschen seiner Unterthanen, als er selbst sich neuen Ruhm zu erwerben hoffte. Erst vor Algier vereinigte er seine deutschen und italienischen Streitkräfte mit den spanischen. Am 24. October 1541 landete er einen Theil seiner Truppen und forderte Hassan zur Uebergabe auf. Dieser verweigerte sie. Während die Christen am folgenden Tage mit dem Landen des Kriegsmaterials beschäftigt waren, erhob sich ein Sturm, der die Schiffe zerstreute, und ein kalter Regen mit Hagel, der Vorbote der ungünstigen Jahreszeit, trat ein. Zugleich erfolgte ein Angriff der maurischen Reiterei, der unter diesen Umständen unwiderstehlich war. Der Kaiser mußte sich zurückziehen und an die Rückkehr nach Europa denken. Es dauerte bis zum 1. December, ehe er Carthagena unter vielen Gefahren und in traurigen Umständen erreichte.

Ferdinand mußte sich, nach Verwerfung seines demüthigen Antrages von Seiten des Sultans, an die Reichsstände wenden, welche im Jahre 1542 in Speier zusammenkamen. Die Gefahr, welche für sie selbst aus der Nachbarschaft der Osmanen erwuchs, ließ sie ungewöhnlich geneigt erscheinen, auf die Vorstellungen des römischen Königs einzugehen. Sie bewilligten unverzüglich die Aufstellung eines Heeres von 40,000 Mann zu Fuß und 8000 Mann zu Pferd, welches unter Anführung Joachim's von Brandenburg den Erbfeind aus Ungarn verjagen solle. Freilich verstanden sich die Protestanten nicht eher zu etwas, als bis König Ferdinand die Regensburger Zusicherungen seines Bruders für weitere fün

Jahre bestätigt hatte. Es war nämlich das Gerücht zu ihnen gedrungen, der Kaiser habe bei seiner Zusammenkunft mit dem Papste diese seine Declaration abgeleugnet. Die Vorkehrungen zu dem Feldzuge wurden, wie gewöhnlich, sehr schlecht betrieben; statt der bewilligten Zahl rückten 25—26,000 Mann zu Fuß und 5000 Mann zu Pferd ins Feld. Zu Folge der schlechten Anstalten rissen ansteckende Krankheiten unter dem Heere ein, welches Ende September nach Pesth vorrückte. Da man aber von Seiten der Ungarn die erwartete Unterstützung nicht erhielt, zog sich Joachim, getäuscht und mismuthig, zurück.

Wir kennen die Neigung Franz', den alten Streit um Mailand wieder aufzunehmen. Ein unglücklicher Zufall, der sich in dieser Zeit ereignete, gab ihm den erwünschten Vorwand. Zwei französische Bevollmächtigte, deren einer nach Venedig, der andere nach Konstantinopel bestimmt war, wurden auf der Reise durch die Lombardei von der spanischen Garnison in Pavia überfallen und ermordet. Man beschuldigte den Marchese Guasto, Oberbefehlshaber in Mailand, allgemein des Frevels. König Franz nahm denselben hoch auf, beschwerte sich bei allen Höfen und ließ merken, daß er ihn ahnden werde. Während der algierschen Expedition hielt er sich ruhig. Unmittelbar nach derselben begannen die Feindseligkeiten. Der König schickte fünf Heere ins Feld und fand in dem Sultan, in den Königen von Dänemark, Schweden und Schottland, in dem Herzog von Cleve Bundesgenossen. Der Dauphin griff mit dem einen Heere die Grafschaft Roussillon an und belagerte Perpignan; allein er richtete wenig aus, da Karl, der sich in Spanien befand, seine ganze Sorge auf die Vertheidigung der Grenze richtete. Ein zweites Heer unter dem Herzoge von Orleans eroberte mit reißender Schnelligkeit Luxemburg, verlor es aber ebenso rasch wieder. Am meisten richtete noch der Feldhauptmann Roßheim aus, der mit geldrischen, dänischen und französischen Haufen Brabant in Schrecken setzte, wenn er auch nicht im Stande war, bedeutende Eroberungen zu machen. Das Frühjahr 1543 schien größere Gefahr für Karl zu bringen. Während Roßheim seine Raubzüge wieder anfing, griff Franz die Niederlande selbst an, die vorher durch kleine Expeditionen des französischen Adels, sowie durch die Versuche einer dänischen Flotille beunruhigt worden waren. Er eroberte Landrecy und befestigte es stark. Auch Soliman brach am 23. April von Adrianopel auf, und eine türkische Flotte wurde in Marseille von einem Heere unter dem Herzoge von Enghien erwartet, um einen gemeinsamen Angriff auf den noch unerobertenTheil von Piemont, namentlich auf das feste Nizza zu machen.

Karl hatte den Schrecken, welchen der Einfall auf die Spanier machte, geschickt benutzt, um die Cortes zu ungewöhnlich starken Opfern zu bewegen; er hatte sich außerdem durch Verpfändung der molukkischen Inseln an den König von Portugal bedeutende Summen verschafft, und von den Ständen von Aragon war ihm bei der Anerkennung seines Sohnes Philipp als Nachfolger das übliche Geschenk bewilligt worden. Mit diesen Mitteln in der Hand eilte er noch vor Ankunft der türkischen Flotte nach Italien. Der Papst ließ ihm eine neue Zusammenkunft in Bologna antragen, aber Karl schlug sie ab. Das Verhältniß zwischen den Beiden war nicht sehr herzlich, seitdem sich die von Paul so eifrig betriebene Verbindung des Kaisers mit Franz zerschlagen hatte. Der Erstere glaubte noch besondern Grund zur Unzufriedenheit zu haben. Bei der Zusammenkunft in Lucca hatte der Kaiser um Berufung eines Concils gebeten, und in der bezüglichen Bulle hatte Paul die Verzögerung desselben in einer für Karl kränkenden Weise den beiden streitenden Fürsten zugeschrieben. Als Franz' Verbindung mit den Ungläubigen offen an den Tag trat, hatte er, trotz der Vorstellungen des Kaisers, einen Legaten nach Frankreich abgeordnet und eine neutrale Stellung eingenommen. Unter diesen Umständen konnte der Vorschlag des Papstes, ihm für seinen Enkel Ottavio Farnese das Herzogthum Mailand gegen eine bedeutende Summe abzutreten, keinen Anklang finden, auch wenn nicht politische Rücksichten die Abtretung eines so wichtigen Besitzes verhindert hätten. Bei Florenz war dies nicht der Fall; gegen eine beträchtliche Zahlung zog der Kaiser die spanischen Besatzungen aus den Festungen. Da sich Karl auf diese Weise überall von Gegnern umgeben sah, mußte er den Beistand Derer, welche er im Jahre 1540 hatte bekriegen wollen, nämlich Englands und der deutschen Protestanten, nachsuchen.

Unter diesen waren mittlerweile Entfremdungen und Irrungen eingetreten. Der unbesonnene Schritt des Landgrafen von Hessen, bei Lebzeiten seiner Gemahlin und ohne kirchliche Auflösung des Ehebundes, noch eine zweite Ehe einzugehen, im März 1540, zu welchem Luther und Melanchthon, freilich nach langem Sträuben, ihre Einwilligung gegeben hatten, machte nicht nur auf die Katholiken, sondern auch auf die Protestanten den übelsten Eindruck. Um sich vor den rechtlichen Folgen sicherzustellen, beantragte Philipp beim Kurfürsten von Sachsen, ihr gegenseitiges Vertheidigungsbündniß auch auf den Fall gelten zu lassen, daß er seines neuen Verhältnisses wegen angegriffen würde; allein dieser ging nicht darauf ein und Philipp näherte sich dem Kaiser, mit welchem er schon früher durch Vermittelung der Königin Maria von Ungarn in Verbindung getreten war.

Ein andrer Handel drohte noch ärgern Zwiespalt herbeizuführen. Im Jahre 1541 war Herzog Heinrich von Sachsen gestorben und hatte sein Land unter seine zwei Söhne, Moritz und August, vertheilt. Der Kurfürst vermittelte, daß Ersterer die Regierung ungetheilt überkam. Bald aber kamen Beide in Zwist. Als im Jahre 1542 eine Türkensteuer ausgeschrieben wurde, erschien der Bischof von Meißen, über dessen Sprengel beide Linien des sächsischen Hauses gemeinschaftlich die Hoheit hatten, nicht auf der Ständeversammlung des ernestinischen Landes und verweigerte, sein Benehmen zu rechtfertigen. Der Kurfürst ließ darauf das Amt Wurzen, welches zum Bisthum Meißen gehörte, und über das die ernestinische Linie schon seit längerer Zeit die Landeshoheit allein ausgeübt hatte, militairisch besetzen und die Steuer von den versammelten Ständen des Amts einfordern. Herzog Moritz nahm diese Maßregel sehr übel auf und zog mit einer bedeutenden Schaar seiner Vasallen zu Felde. Der Kurfürst stellte ihm nicht minder zahlreiche Truppen entgegen, und man schien von beiden Seiten ernstlich entschlossen, die Sache mit dem Schwerte durchzufechten. Den Bemühungen Luther's und des Landgrafen von Hessen gelang es endlich, eine friedliche Abkunft zwischen den fehdelustigen Vettern zu Stande zu bringen.

Herzog Heinrich von Braunschweig, der Stadt Goslar schon lange aufsässig, hatte Klagen wider sie beim Kammergerichte anhängig gemacht, weil sie einige Klöster hatte niederreißen lassen. Trotz aller Vertheidigung war die Acht über sie verhängt worden, welche Heinrich vollziehen wollte. Die Protestanten nahmen sich indessen der Stadt an und setzten durch, daß der Kaiser die Acht in Regensburg 1541 suspendirte und König Ferdinand im folgenden Jahre bei Erneuerung der Declaration die Suspension der Acht mit einschloss. Herzog Heinrich nahm nicht die mindeste Rücksicht darauf. Tollkühn, denn er konnte auf keinen Beistand von irgend einer Seite rechnen, begann er die Feindseligkeiten gegen Goslar und Braunschweig. Vergebens erliess König Ferdinand eine Mahnung an ihn; der Schmalkaldische Bund beauftragte seine beiden Hauptleute, die geeigneten Massregeln zu treffen, um den befreundeten Städten zu helfen. Die hessischen und sächsischen Haufen vereinigten sich bei Gandersheim; auch Braunschweig und Goslar stellten ihre Mannschaften, sodass ein Heer von etwa 20,000 Mann beisammen war. Heinrich war einer solchen Macht durchaus nicht gewachsen. Er besetzte die Festen, besonders Wolfenbüttel und verliess mit seinem Sohne das Land, um Hilfe herbeizuholen. Während er aber überall, wohin er kam, Vorwürfe statt einer Unterstützung erhielt, fiel sein Land in die Hände seiner Feinde, die es dem Kaiser in Sequester überliessen. Allein es genügte den Protestanten nicht, die Vollstreckung der Acht gegen ihre Glaubensgenossen gehindert zu haben; das Kammergericht selbst in seiner gegenwärtigen Besetzung, von dem derlei Urtheile immer zu erwarten standen, war ihnen zuwider. Nachdem Philipp von Hessen und Kurfürst Johann Friedrich bereits am 4. December 1542 sich gegen die Competenz desselben verwahrt hatten, beschwerten sich die Protestanten auf dem zu Nürnberg am 31. Januar 1543 eröffneten Reichstage wiederum und verlangten die Auflösung und neue Besetzung des Kammergerichts. Obgleich sie hiermit in der Minorität blieben, war doch der Abschied für sie günstig; überhaupt nahmen sie eine Achtung gebietende Stellung ein.

Einundzwanzigstes Kapitel.

Der Krieg Karl's und Heinrich's VIII. gegen Frankreich.

Cleve'scher Krieg. — Verbindung Karl's mit Heinrich VIII. — Gemeinschaftlicher Krieg gegen Frankreich. — Reichstag zu Speier. — Gutes Vernehmen zwischen Karl und den Protestanten. — Karl's französischer Krieg im Bunde mit England. — Friede zu Crespy. — Händel in Köln. — Der Herzog von Braunschweig in Gefangenschaft. — Reichstag in Regensburg.

Die Karl und seinem Hause drohende Gefahr war im Laufe des Sommers 1543 eingetreten. Soliman wandte sich gegen den letzten christlichen Besitz in Ungarn; die Franzosen eroberten Hennegau und Luxemburg; Roßheim mit seinen clevisch-dänischen Schaaren verwüstete Brabant; die vereinigte türkisch-französische Flotte beherrschte das mittelländische Meer und eroberte am 20. August Nizza. Ungeachtet die mannichfachsten Beziehungen zwischen den mit Frankreich verbündeten Königen von Dänemark und Schweden und dem Schmalkaldischen Bunde bestanden, neigten die Glieder desselben sich doch mehr dem Kaiser zu. Einmal trug dessen gespanntes Verhältniß mit dem Papste dazu bei, dann auch die besondere Verbindung Philipp's, die ihm die Verpflichtung auflegte, nichts gegen den Kaiser zu unternehmen. Und dann machte sich doch das Mitleiden mit der unglücklichen Lage Ungarns geltend. Ferner erregte der Herzog von Cleve, dessen intimes Verhältniß zu Frankreich ohnehin Vielen misfiel, durch den Trotz, mit welchem er jeden Vermittlungsversuch des Kaisers zurückwies, den Unwillen seiner nächsten Freunde. Er war der Feind, der Karl in seinen niederländischen Besitzungen am meisten beunruhigte, da er den Dänen und Franzosen bei ihren Einfällen und Märschen stets die Brücke schlug. Mit einem Heere von 35,000 Mann, worunter 8000 kriegsgeübte italienische und spanische Soldaten, zog Karl rheinab, Mitte August 1543. Der Herzog, der sich auf Frankreichs Beistand verlassen, sah sich betrogen und that nach Eroberung seiner Feste Düren im Lager des Kaisers vor Venlo fußfällig Abbitte. Durch einen Vertrag leistete er auf Geldern und

Zütphen, sowie auf seine Verbindungen mit Dänemark und Frankreich Verzicht. Nach Demüthigung dieses Gegners, der nun in seine frühere Unbedeutendheit zurücksank, beschloß Karl, sich gegen seinen mächtigsten Feind, den König von Frankreich, zu wenden. Es gelang ihm, Heinrich VIII. zu gewinnen, der durch die Trennung seiner Ehe mit Anna von Cleve seine Sinnesänderung schon angedeutet hatte. Verschiedene Ursachen hatten dieselbe herbeigeführt. Schon das enge Verhältniß, in welches sein Neffe, König Jakob V. von Schottland, durch seine zwiefache Vermählung mit französischen Prinzessinnen, zu Franz I. trat, war ihm zuwider gewesen. Er schlug darauf, um seinen Einfluß auf den Nachbarstaat zu sichern, vor, Jakob solle der Suprematie des Papstes ebenfalls entsagen und die englische Kirchenordnung in seinem Reiche einführen; auch hier war ihm der französische Einfluß hindernd entgegengetreten. Verletzt darüber, fing er unter leicht aufgefundenen Gründen Krieg mit Schottland an. Der Kaiser indessen versäumte nichts, um Heinrich's veränderte Gesinnung zu seinem Vortheile zu benutzen; mit dem Tode der Königin Katharina war der Grund ihres Haders weggefallen. Heinrich stellte das Andenken derselben wieder her und erkannte ihre Tochter Maria als erbberechtigt an. So kam denn im Jahre 1545 zwischen den beiden Fürsten ein Bündniß zu Stande, mit ähnlichen Tendenzen, wie zur Zeit der englisch-burgundischen Kriege. Noch in demselben Jahre leisteten die Engländer Beistand, allein es kam zu keiner Entscheidung, und es gelang dem Kaiser nicht, Landrecy wieder einzunehmen. Wollte er für das nächste Jahr bedeutende Vortheile gewinnen, so mußte er sich entschließen, die Ansprüche seiner Nichten, der Kinder Christian's II., und des pfälzischen Hauses, auf die dänische Krone fallen zu lassen und die holsteinische Dynastie anzuerkennen. Dazu nöthigte ihn besonders die Rücksicht auf die Niederlande, die durch die Maßregel der Dänen, den Sund vor ihnen zu schließen, in ihrem Handel großen Schaden erlitten. Noch mußte Karl, was für ihn das Wichtigste war, versuchen, die deutschen Reichsstände zu einem Kriege gegen Frankreich zu bewegen.

Auf dem Reichstage zu Speier 1544 forderte er nicht geradezu zum Kriege gegen Franz auf, sondern er beanspruchte eine Reichshilfe gegen die Türken. Dabei wies er aber nach, daß man dieselben nur wirksam züchtigen könne, wenn man vorerst ihren Bundesgenossen mit Krieg überziehe. Der Unwille, den sich Franz I. durch seine Verbindung mit den Ungläubigen bei Katholiken und Protestanten zugezogen hatte, unterstützte das Verlangen des Kaisers ungemein. Man war der Ansicht, der Kampf mit den Franzosen sei einem Türkenkriege ganz gleichzustellen. Bei dieser Stimmung wurde die Forderung des Kaisers auf 24,000 Mann zu Fuß und 4000 Mann zu Pferd für die Zeit von acht Monaten bewilligt. Bevor man zu weiteren Berathungen über die zu gewährende Hilfe überging, verlangten die Protestanten vor Allem allgemeine Anerkennung der kaiserlichen Declaration von 1541. Erreichten sie dies auch nicht vollständig, so gestand doch die Majorität zu, daß sie dem Kaiser kein Maß setzen wolle, wenn er aus seiner Machtvollkommenheit Ordnung gebe. In Bezug auf das Kammergericht gestand man ihnen zu, daß am nächsten Reichstage von den berechtigten Ständen auch protestantische Beisitzer präsentirt werden könnten, und daß das gemeine Recht und die früheren Reichstagsabschiede auf Religionssachen keine Anwendung mehr finden sollten. Für den nächsten Reichstag wurde allen Ständen bewilligt, Reformentwürfe über die religiösen Angelegenheiten beizubringen, welche bei Gelegenheit eines für Religionssachen zu berufenden Reichstages untergelegt werden sollten. Vor der Hand wies er jedoch wieder auf ein allgemeines freies christliches Concilium hin. Es herrschte die beste Stimmung zwischen den Protestanten und dem Kaiser. Dieser begann wieder Unterhandlungen mit Kursachsen wegen einer Familienverbindung. Der Landgraf von Hessen stand in hohen Gnaden bei ihm.

Im Juni 1544 rückte der Kaiser mit einem stattlichen Heere, meist aus Deutschen bestehend, ins Feld. Wie sehr hatten sich die Verhältnisse geändert! Vor vier Jahren wollte er im Bunde mit Frankreich und dem Papste England und die Protestanten angreifen, jetzt zog er im Bunde mit England und den Protestanten gegen Frankreich, auf dessen Seite der Papst stand. Noch während des Reichstages in Speier hatten die Franzosen, unter dem kühnen und tapfern Herzog von Enghien, den kaiserlichen Feldherrn Marchese Guasto bei Cerisoles am 11. April aufs Haupt geschlagen. Dagegen hatten sie im Mai Luxemburg wieder verloren, und Karl sah sich dadurch in den Stand gesetzt, in Frankreich einzurücken. Er nahm die festen Plätze Ligny und Commercy, und wandte sich dann gegen St. Dizier, einen wichtigen Punkt an der Marne, der, erst vor Kurzem neu befestigt, durch eine tapfere Besatzung unter dem Grafen von Sauxerre vertheidigt wurde. Nach einem vergeblichen Sturme und einer mehrwöchentlichen regelmäßigen Belagerung ergab sich die Feste am 17. August. Der König von England, der schon einen Monat früher in Frankreich gelandet war, befolgte das Beispiel, welches ihm der Kaiser gab und machte, statt auf Paris loszugehen, wie ursprünglich festgesetzt war, Eroberungen auf seine eigene Hand. Ohne die mindeste Rücksicht auf Karl's Vorstellungen zu nehmen, bestürmte er Boulogne, dessen Eroberung leicht schien und für ihn sehr vortheilhaft war. Der Rückzug bot, bei dem rücksichtslosen Benehmen seines Verbündeten eben so viel Gefahren für den Kaiser, als das Vorrücken; er entschloß sich daher, das angefangene Unternehmen allein durchzuführen. Nach der Wegnahme von Vitry wandte er sich gegen das damals befestigte Chalons; die Franzosen hatten zur Deckung des Punktes ein dem kaiserlichen an Zahl gleiches Heer auf dem linken Ufer der Marne aufgestellt. Der Kaiser ließ zum Scheine Zelte aufschlagen, zog aber die Marne abwärts die Straße nach Paris, und zwar so unbemerkt, daß er beinahe den Feind jenseits des Flusses überrascht hätte. Epernay und Chateau Thierry fielen Anfangs September in seine Hände, und ein ungeheurer Schrecken bemächtigte sich der Stadt Paris, da sie den Feind in so unmittelbarer Nähe sah. König Franz, seit der Niederlage von Pavia mistrauisch geworden, war zu keiner Schlacht zu bewegen. Er besetzte die zunächst liegenden Orte Meaux, Lagny und la Ferte, und traf Vertheidigungsanstalten in Paris selbst. Karl befand sich in nicht geringerer Verlegenheit als Franz. Einmal war ein hartnäckiger Widerstand in den der Hauptstadt zunächst gelegenen Plätzen vorauszusehen, welchen er mit seinen meuterischen und schwierigen Truppen zu besiegen nicht hoffen durfte. Ferner hatte er ein frisches feindliches Heer hinter sich, welches der Einnahme und Plünderung von Paris nicht ruhig würde zugesehen haben. Unter diesen Umständen schloß er die Unterhandlungen, die schon vor St. Dizier eingeleitet worden waren, in seinem Hauptquartiere zu Soissons; am 14. September wurde der Friede zu Crespy geschlossen. Alle Eroberungen, die seit dem

Waffenstillstande von Nizza gemacht worden waren, wurden zurückgegeben. Der Kaiser versprach dem Herzoge von Orleans, drittem Sohne des Königs, die Hand seiner ältesten Tochter, oder der zweiten Tochter Ferdinand's; Erstere solle die Niederlande, die Zweite Mailand als Mitgift erhalten; auch gab er seine Ansprüche auf Burgund auf. Franz dagegen machte sich verbindlich, dem Herzoge von Savoyen den eroberten Theil seines Landes bis auf Pignerol und Montmelian zurückzugeben, ferner allen Ansprüchen auf Neapel und auf die Oberherrlichkeit von Flandern und Artois zu entsagen und den vertriebenen König von Navarra ferner nicht mehr zu unterstützen. Schließlich sagte er dem Kaiser seine Unterstützung gegen die Türken und bei seinen Schritten, die zur Wiedervereinigung des Glaubens dienten, zu. Der letzte Punkt, der durch einen geheimen Artikel erläutert wurde, erregte große Aufregung. Dieser Artikel ist nicht bekannt geworden; wahrscheinlich enthielt er Verabredungen über die Protestanten. Allein für jetzt ließ die Politik des Kaisers auf nichts dergleichen schließen. Vielmehr schien sich dieselbe gegen den Papst richten zu wollen, der wegen der Nachgiebigkeit des Kaisers gegen die Protestanten und wegen seiner Verbindung mit dem ketzerischen Könige von England sehr entrüstet war, und seine Gesinnung sehr deutlich hatte merken lassen. So sehr eine Einigung Frankreichs und des Kaisers vordem im Interesse Paul's gelegen hatte, so ängstlich machte sie ihn jetzt, da eine sichtliche Entfremdung zwischen Franz und ihm eingetreten war. Er beeilte sich daher, das Concil zu berufen, um nur die Sache nicht in die Hände der beiden Fürsten fallen zu lassen. Der Kaiser aber erließ nach Beendigung des Feldzuges gegen die Franzosen, welchen man ja als Einleitung zum eigentlichen Türkenkrige angesehen hatte, an die Reichsstände eine Aufforderung, den gemeinen Pfennig zum Türkenkriege zu sammeln. Doch sollte es jetzt dazu nicht kommen.

Während des guten Einvernehmens zwischen dem Kaiser und den Häuptern des Schmalkaldischen Bundes war die Reformation in Regensburg und in der Pfalz, zum großen Verdrusse der Herzöge von Baiern, und in Niederösterreich durchgedrungen. Auch an der westlichen Grenze des Reiches, in Metz, zeigten sich reformatorische Bewegungen, die aber für jetzt unterdrückt wurden. Am merkwürdigsten war indeß der Reformationsversuch des Erzbischofs von Köln, des Grafen Hermann von

Wied. Auf den Regensburger Reichstagsabschied vom Jahre 1541 sich stützend, der die Prälaten verpflichtete, ihre Untergebenen christlich zu reformiren, berief er Butzer zu diesem Zwecke zu sich. Allein das Domcapitel und der Rath der Stadt Köln widersetzten sich der Neuerung entschieden, während die weltlichen Stände auf der Seite des Kurfürsten standen und ihn in seinem Unternehmen bestärkten. Sie genehmigten den von Butzer unter Mitwirkung Melanchthon's ausgearbeiteten Reformationsentwurf. Trotz der Abneigung des Domcapitels und des Kölner Stadtrathes griff lutherische Lehre und lutherischer Cultus immer weiter um sich. Der Kaiser sah dieser Veränderung mit sehr ungünstigen Augen zu, da der Uebertritt des Erzbischofs von Köln einen bedeutenden Eindruck auf die der Reformation geneigten Niederlande machte, welche er um jeden Preis vor der Ansteckung bewahren wollte. Er hatte dort aus diesem Grunde die alten Bücherverbote erneuert, die strengste Censur eingeführt und strenge Maßregeln gegen der Ketzerei verdächtige Personen angeordnet. Das Alles mußte sich nutzlos erweisen, wenn in der Nachbarschaft ein hochangesehener Erzbischof selbst reformirte. Er sah es daher gern, als Domcapitel, Universität und Geistlichkeit von Köln seinen und des Papstes Schutz gegen den Erzbischof anriefen und ihm hiermit die Gelegenheit gaben, sich in die seine Interessen so nah berührende Angelegenheit zu mischen. Die römische Curie leitete einen Prozeß gegen den Kurfürsten ein; Capitel und Klerus verklagten ihn beim Kaiser als Uebertreter des Wormser Edicts und des Augsburger Reichstagsabschiedes. Mit Einwilligung seiner weltlichen Stände erließ der also Bedrängte ein Hilfegesuch an den Schmalkaldischen Bund, der gerade in Frankfurt am Main versammelt war: Vor allem möge er den Kaiser angehen, von dem Verfahren gegen Köln abzustehen und den ganzen Handel als Religionssache anzusehen. Diesem Begehren wurde entsprochen; die Schmalkaldischen Verbündeten machten die Vorstellung des Erzbischofs an den Kaiser zu der ihrigen und bereiteten sich, im Falle ihr neuer Freund einen Angriff erleiden sollte, auf eine schnelle und kräftige Unterstützung vor. Der Kaiser war über die Einmischung des Bundes in eine Angelegenheit, die ihm persönlich so naheging, auf's Höchste erbittert und ein tiefer Grimm gegen die Häupter desselben wurzelte seit der Zeit bei ihm. Und ein anderes Ereigniß, bei welchem Jene eine seinen kaiserlichen Stolz verletzende Rolle spielten, sollte diese feindseligen Gefühle noch verstärken.

Herzog Heinrich von Braunschweig hatte Mittel gefunden, mit einem stattlichen Söldnerhaufen im September 1545 sich wiederum seines Landes zu bemächtigen. Mit der kühnsten Zuversicht zog er den beiden sächsischen Fürsten Johann Friedrich und Moritz und dem Landgrafen von Hessen entgegen. Allein beim Anblicke der feindlichen Uebermacht brachen seine Söldner in offene Meuterei aus und nöthigten ihn, bei seinen Feinden Schutz vor ihrer Wuth zu suchen. Er ward als Kriegsgefangener behandelt und nach Ziegenhain geschafft. Das Ansehen des Bundes stieg ungemein; es war bald größer, als das des Kaisers. Nach dem Vortritte Kölns unterhandelte auch der Kurfürst von der Pfalz über seine Aufnahme, und den nach Albrecht's von Brandenburg Tode neugewählten Erzbischof von Mainz schien nur die mangelnde kaiserliche und päpstliche Bestätigung von gleichem Schritte zurückzuhalten. So kam es, daß das Kurfürstencollegium sich noch einmal für den Erzbischof von Köln beim Kaiser verwandte und ernstlich daran dachte, sich den alten Einfluß und das Uebergewicht über den Fürstenrath zu sichern.

Dem Papste konnte bei Berufung eines Concils kein anderer Gedanke vorschweben, als die Leitung desselben in seine Hand zu nehmen. Allein der Kaiser war keineswegs gewillt, ihm dieselbe zu überlassen. Er wollte wirklich eine Reform der Kirche an Haupt und Gliedern, und kannte die Rechte und Pflichten, die ihm aus der kaiserlichen Würde erwuchsen, recht gut. Aber sein Verhältniß als Beherrscher südeuropäischer Länder schrieb ihm doch wieder strenges Festhalten an der römisch-katholischen Kirche vor. In diesem Sinne instruirte er seine Commissaire zum Reichstage von Worms 1545. Mit geringen Modificationen, wie sie die veränderten Umstände erforderten, hielt er an dem Speierschen Uebereinkommen fest. Nichts wünschte er sehnlicher, als die Gutachten der katholischen und protestantischen Stände über die nöthige Reformation, welche er keineswegs dem Concil allein überlassen wollte, zu vernehmen. In Worms stießen aber seine Räthe gerade mit dieser Ansicht bei den Katholiken sehr an, und die Protestanten lehnten sich entschieden gegen das Concil auf, welches weder allgemein, noch frei, noch christlich sein, sondern ganz unter dem Einflusse des Papstes stehen würde. Der Kaiser konnte von seinem

Standpunkte aus nicht auf diese Einreden achten; es war ihm endlich gelungen, den Papst zu dem lang gewünschten Concil zu vermögen; er hatte alle möglichen Vorkehrungen getroffen, um den Einfluß des römischen Hofes auf denselben zu brechen, und nun widersetzten sich Diejenigen, um deren willen das Concil hauptsächlich berufen war. Auch wenn er keinen andern Grund zum Misvergnügen über sie gehabt hätte, so mußte er sie zur Theilnahme zwingen. Der Krieg schien unvermeidlich.

Zweiundzwanzigstes Kapitel.

Hervortreten der katholisch-imperialistischen Tendenzen Karl's.

Friede mit der Pforte. — Bündniß Karl's mit Paul III. — Reichstag in Regensburg. — Karl gewinnt Anhänger unter den Protestanten. — Verhältnisse des Schmalkaldischen Bundes.

Während der Kaiser auf dem Reichstage beständig auf die Unterstützung der Stände zum Türkenkriege drang, schloß er und sein Bruder Ferdinand unter französischer Vermittelung einen Waffenstillstand auf achtzehn Monate, und ein nicht sehr ehrenvolles Abkommen mit der Pforte. Für den Besitz der ungarischen Grenzplätze, auf welche der Sultan stets Anspruch gemacht hatte, verstanden sie sich zu einem jährlichen Tribut von 10,000 Ducaten. Karl opferte alle Vortheile, welche ihm die Parteiungen zwischen der Sultanin Roxelane und dem Thronerben Mustapha, sowie die Zwistigkeiten der Pforte mit Persien in einem Kampfe boten; er schlug die Neigung der Stände, ihn bei seinem Unternehmen kräftig wie nie zu unterstützen, für nichts an, nur um freie Hand gegen die Protestanten zu bekommen. Das Glück begünstigte ihn von einer andern Seite her. Noch bevor der Herzog von Orleans nach den Friedensbedingungen von Crespy Ferdinand's Tochter zur Gemahlin und Mailand als Lehen erhalten hatte, starb er im September 1545, und der Kaiser sah sich durch diesen Fall der doppelten Verlegenheit überhoben, Mailand preiszugeben, oder den Frieden zu brechen. König Franz schlug zwar für den erledigten Punkt eine andere Ausgleichung vor, allein der Kaiser vermied, darauf einzugehen. Jener, noch immer mit Heinrich VIII. im Kampf um Boulogne verwickelt, konnte ebenso wenig, als sein Gegner, den Angelegenheiten Karl's Aufmerksamkeit schenken. Auf diese Weise vor jeder auswärtigen Einmischung gesichert, führte er die Unterhandlungen mit dem Papste, welche bereits in Worms geführt worden waren, zum Abschlusse. Paul war vor Allem daran gelegen, das für ihn furchtbare Einverständniß des Kaisers mit den deutschen Ständen zu stören, und jenen von jeder Einwirkung auf das Concil fernzuhalten, welches am 13. December 1545 feierlichst eröffnet wurde. Der Papst versprach 12,000 Mann zu Fuß und 500 Mann zu Pferde sechs Monate im Felde zu erhalten, und eine bedeutende Summe Geld zu zahlen. Dieses Uebereinkommen ward zu Anfang des Jahres 1546 getroffen.

Während eine gewaltsame Entscheidung immer näher rückte, veranstaltete der Kaiser noch ein Colloquium zwischen katholischen und protestantischen Theologen. Es mußte um so gewisser scheitern, da man absichtlich auf katholischer Seite ganz papistisch gesinnte Colloquenten ausgesucht hatte, die vor allem jene Punkte, besonders den Artikel von der Rechtfertigung, angriffen, über welche man sich im Jahre 1541 vereinigt hatte.

Der Reichstag wurde für das Jahr 1546 in Regensburg abgehalten. Dem Kaiser lag vor Allem daran, jeden aufkeimenden Verdacht der Protestanten zu zerstreuen. Auf eine Verwendung der Kurfürsten für ihren kölnischen Collegen, versprach er, in dieser Sache wie in andern nur mit zeitigem, gutem Rathe der Kurfürsten, Fürsten und Stände verfahren zu wollen. Die kaiserlichen Räthe gaben die beruhigendsten Zusicherungen. Dasselbe that der Kaiser, als er auf dem Wege nach Regensburg mit dem Landgrafen Philipp zu Speier, am 28. März, zusammentraf. Er schien sich noch immer zu scheuen, das letzte entscheidende Wort auszusprechen, obgleich er von seinem Beichtvater und den Spaniern an seinem Hofe unabläßig zum Kriege gedrängt wurde. Vor Allem kam es doch darauf an, wie sich sein Verhältniß zu den katholischen und protestantischen Fürsten herausstellen werde. Es gelang ihm, den mächtigsten unter jenen, den Herzog Wilhelm von Baiern, der nach dem Tode seines Bruders allein regierte, durch nicht geringe Zugeständnisse zu gewinnen. Er versprach, die Kurwürde auf Baiern zu übertragen, wenn der Kurfürst Friedrich von der Pfalz, sein naher Anverwandter, sich nicht gehorsam beweise, und das Concilium von Trient anerkenne. Ferner erhielt der Erbe von Baiern die Zusage auf die Hand der ältesten Tochter Ferdinand's mit der Zusicherung der Nachfolge in Böhmen, wenn die berechtigte Nachkommenschaft des Königs aussterben sollte. Herzog Wilhelm versprach dagegen als heimlicher Bundesgenosse 50,000 Gulden zu zahlen, und Kriegsbedürfnisse zu schaffen, unter der Bedingung, beim Friedensschlusse für seine Leistungen entschädigt zu werden. Das Meisterstück der kaiserlichen Politik war aber, daß Karl unter den Protestanten selbst Verbündete erwarb. Die Herzogin von Kalenberg, mit ihrem Sohne Erich, der Markgraf Hans von Küstrin und der Markgraf Albrecht von Culmbach, mit dem Herzoge Heinrich von Braunschweig verwandt und befreundet und über sein Schicksal besorgt, erschienen auf dem Reichstage in Regensburg und näherten sich dem Kaiser, um von ihm Heinrich's Restituirung zu erlangen. Bei weitem wichtiger war jedoch der Uebertritt des Herzogs Moritz von Sachsen, der schon seit dem Jahre 1541, wo ihn sein Schwiegervater, Philipp von Hessen, zu der mit Karl geschlossenen Verbindung heranzog, die Theilnahme des Kaisers gewonnen hatte. In dem Türkenkriege 1542 hatte er sich ausgezeichnet, sodaß ihm in dem Kriege gegen den Herzog von Cleve eine Befehlshaberstelle angetragen wurde. Schon damals scheint ihm Granvella Aussicht auf Uebertragung der Kur, von der schon zu Georg's Zeiten die Rede gewesen war, eröffnet zu haben. Die Unterhandlungen führten aber zu keinem Resultate; das gute Einverständniß zwischen dem Kaiser und dem Herzoge blieb. Obgleich derselbe dem Schmalkaldischen Bunde nicht angehörte, versprach er doch im Frühjahre 1545 bei einem Besuche in Kassel, Gut und Blut an die Vertheidigung des evangelischen Glaubens zu setzen; im Herbste betheiligte er sich, wie wir wissen, an dem Unternehmen gegen den Herzog von Braunschweig, und zu Anfang des Jahres 1546 an dem Verwendungsgesuche für den Erzbischof von Köln. Ein Unglück war aber, daß die Neckereien und Feindseligkeiten zwischen ihm und dem Kurfürsten von Sachsen fortgingen, ein noch größeres, daß Luther, der einzige Mann, der vermöge seines Ansehens auf beiden Seiten schon früher, bei Gelegenheit des Wurzener Handels, Friede gestiftet, und der auch jetzt durchgedrungen sein würde, gerade im entscheidenden Augenblicke starb. Desto mehr machte sich nun der Einfluß Christoph's von Carlowitz, des Herzogs Rath, der als ein alter Diener Georg's den vollen Haß gegen die Ernestiner hegte, bei dem jungen Fürsten geltend. Auf dem Reichstage von Worms, wohin er von seinem Herrn gesandt war, trennte er dessen Sache von der allgemeinen protestantischen, und leitete im Frühjahre 1546 zu Mastricht ein näheres Verständniß mit dem Kaiser ein. Auf dem Reichstage in Regensburg kam es durch ein grosses Opfer, welches man dem Herzoge brachte, zu Stande. Er, der protestantische Fürst, erhielt die Schutzherrlichkeit über die Stifter Magdeburg und Halberstadt. Moritz erschien selbst in Regensburg und trat unter der Bedingung, Abgeordnete auf das Trienter Concil zu schicken, in kaiserliche Dienste. Albrecht von Culmbach, der Markgraf von Küstrin und Andere folgten seinem Beispiele. Dieser Glücksfall, sowie weitere günstige Zugeständnisse des römischen Hofes und Zusicherungen reicher Geldunterstützungen von Seiten des Prinzen Philipp und des spanischen Staatsrathes, die während des Monats Mai einliefen, brachten den Entschluß des Kaisers zum Kriege endlich zur Reife. Nie zuvor hatte seine Macht so hoch gestanden. Von keinem auswärtigen Feinde beunruhigt, im Bündnisse mit dem Papste und den mächtigsten Reichsfürsten, stand er im Begriff, den letzten Widerstand gegen die Verwirklichung der Idee des römischen Kaiserthums auf katholischer Grundlage niederzuwerfen. Er, wie sein Bruder, waren sich der Vortheile ihrer Stellung bewußt; sie beriethen in Regensburg darüber, wie sie die Kaiserwürde in ihrem Hause erblich machen könnten. Unter diesen Verhältnissen mußte es Karl freilich sonderbar genug vorkommen, als die Protestanten auf dem am 5. Juni eröffneten Reichstage bei Gelegenheit der Berathungen über die Religionssache, welche zu Folge der Proposition von den Ständen angestellt wurden, gegen das Trienter Concil Verwahrung einlegten und auf den alten Vorschlag eines Nationalconcils zurückkamen, bis zu dessen Zustandekommen man die Beschlüsse von 1544 festhalten, und ihnen und Denen, die zu ihrem Glauben übertreten würden, Frieden zugestehen möge. Der Kaiser verlor über diese Treuherzigkeit und Einfalt die Fassung und lachte, als ihm diese Antwort am 13. Juni überreicht wurde. Bis jetzt hatte man sich über seine Rüstungen in der gröbsten Täuschung erhalten; der

Ausbruch kaiserlicher Lustigkeit bei einer so ernsten Sache riß den Nebel von den Augen des Kurfürsten, und ließ ihn die Gefahr erkennen, in welcher die Protestanten schwebten. Ihre Gesandten fragten nun, gegen wen die kaiserlichen Rüstungen gerichtet seien, und erhielten den Bescheid, der Kaiser denke noch wie zuvor auf Vergleichung zwischen den Ständen; wer ihm darin folge, der solle seinen allergnädigsten Willen spüren; sollte ihm aber Jemand den Gehorsam verweigern, gegen Den werde er sein Ansehen gebrauchen. Der Kurfürst von Sachsen und der Landgraf Philipp hielten es gar nicht für möglich, daß sie damit gemeint sein könnten, und glaubten erst an ihr drohendes Geschick, als der Kaiser auf die nochmalige Anfrage des Kurfürsten von der Pfalz antwortete: die ungehorsamen Fürsten seien Diejenigen, welche unter dem Scheine der Religion gegen ihn Praktiken trieben, die Rechtspflege des Reiches nicht leiden wollten, und geistliche Güter zu Misbrauch einzögen. Es blieb den beiden Fürsten nichts übrig, als auf Vertheidigung zu denken. Der Schmalkaldische Bund sollte seine Probe bestehen. Vor allem war ein großer Misstand bei demselben, daß mehrere protestantische Fürsten von Bedeutung demselben nicht angehörten, wie der Kurfürst von Brandenburg, der nur unter der Bedingung der Nichttheilnahme die kaiserliche Bestätigung seiner Kirchenreformation erhalten hatte, Herzog Moritz von Sachsen, der König von Dänemark, der Markgraf von Küstrin, und daß die fränkischen Städte immer eine abgesonderte Stellung zu den anderen Bundesgliedern eingenommen hatten. Ueberhaupt fehlte es nicht an Misverständnissen. Die Fürsten klagten darüber, daß bei ihren wichtigsten Angelegenheiten der Bund sie im Stich lasse; ein Umstand, der den Kurfürsten von der Pfalz vom förmlichen Eintritte zurückhielt, da ihm der Schutz des Bundes gegen Baierns Angriffe auf seine Kur verweigert wurde. Die Städte im Gegentheile beschwerten sich, daß der Bund bei Unternehmungen in Anspruch genommen werde, die seiner Tendenz ganz fremd seien. Auch an dem Verhältnisse der Glieder zu einander und zum Allgemeinen gab es mancherlei auszusetzen, und es geschahen verschiedene auf eine neue Organisation bezügliche Vorschläge. Dieselben wurden um so dringender gestellt, je näher der Bund seinem Ende zuging. In Frankfurt am Main hatte man im December 1545, im folgenden Jahre in Worms und Regensburg über die Einsetzung eines ständigen Bundesrathes, der die laufenden Geschäfte besorgen und die Streitigkeiten der Mitglieder schlichten sollte, über eine Feststellung der Stimmverhältnisse nach den geleisteten Beiträgen, und über eine Umgestaltung der Hauptmannschaft beständig Berathungen gepflogen, war aber zu keinem definitiven Beschlusse gekommen. Mitten unter diesen Verhandlungen drohte dem Bunde mit einem Male furchtbare Gefahr von Seiten eines schonungslosen Feindes, der stark auf die in seinem Innern herrschende Unentschlossenheit rechnete. Allein der Kaiser täuschte sich doch, wenn er meinte, die Städte würden auch dieses Mal einen Krieg gegen die beiden Fürsten als eine dem Bunde fremde Angelegenheit betrachten und behandeln. Sie sahen recht wohl ein, daß es der Sache des Evangeliums überhaupt gelte. Die entschiedenste Stimmung gab sich unter den Mitgliedern kund; die Bundesgesandten schwuren mit aufgehobenen Händen, Gut und Blut für Freiheit und Religion einzusetzen. Die beiden Bundeshauptleute, Johann Friedrich und Philipp, kamen zu einer Berathung in Ichtershausen zusammen und beschlossen, da man nicht wissen konnte, wohin der Kaiser seinen Angriff zuerst richten werde, mit vereinten Kräften den Punkt zu vertheidigen, wo derselbe erfolgen werde. Sie wollten dabei keine Rücksicht auf ihre eigenen Länder nehmen, um nicht Gefahr zu laufen, getrennt von einander ohne Mühe vom Kaiser unterdrückt zu werden. Der Oberbefehl solle, wie bei dem ersten braunschweigischen Kriege, unter Beiden getheilt sein; bei Meinungsverschiedenheit sollte ein Kriegsrath die Entscheidung geben. Auf den 20. Juli 1546 setzten sie die Vereinigung ihrer Truppen, 16,000 Mann zu Fuß und 5000 Mann zu Pferde, jenseits des Thüringer Waldes fest. Die oberländischen Bundesglieder, Württemberg, Augsburg, Ulm, Konstanz waren nicht weniger eifrig und rasch in ihren Rüstungen. Innerhalb einer Woche stellten sie ein Heer von 12,000 Mann auf, über welches Sebastian Schärtlin, ein kriegserfahrener Feldhauptmann aus der Schule Maximilian's, der auch bei der Eroberung Roms thätig gewesen war, den Oberbefehl erhielt. Noch waren die Rüstungen des Kaisers nicht beendigt, als er schon ins Feld rückte. Es war dieser Vortheil um so höher anzuschlagen, da die Hilfsgesuche der Protestanten bei der Republik Venedig, bei der Eidgenossenschaft und bei den Königen Englands und Frankreichs ohne Erfolg blieben. Es galt nur, ihn zu benutzen.

Dreiundzwanzigstes Kapitel.

Der Schmalkaldische Krieg.

Kriegsereignisse an der Donau. — Besetzung Kursachsens durch Herzog Moritz. — Trennung des Bundesheeres an der Donau. — Die oberdeutschen Bundesstädte ergeben sich. — Beendigung der kölnischen Händel.

Schärtlin faßte den sehr guten Plan, die Haufen, welche der Kaiser bei Nesselwang und Füßen zusammenziehen ließ, zu zerstreuen und sich den Weg nach Regensburg zu bahnen, wo der Kaiser mit einigen hundert Soldaten unter einer aufgeregten, kaum zu zähmenden protestantischen Bevölkerung weilte. Diesen rettete aus der augenscheinlichen Gefahr der Gefangenschaft nur sein heimliches Bündniß mit Baiern. Herzog Wilhelm erklärte jede Ueberschreitung seiner Grenzen für einen Kriegsfall und der protestantische Kriegsrath, aus Besorgniß, er möge ihr Feind werden, was er doch schon war, erließ die Weisung an Schärtlin, das bairische Gebiet nicht zu betreten. Dadurch sah sich dieser nun freilich verhindert, nach der Einnahme von Füßen seinen Plan auszuführen. Er faßte nun einen andern, nicht weniger vortheihaften. Er wollte nach Tyrol ziehen und die Grenze von Deutschland gegen die Truppen absperren, die dem Kaiser aus Italien zuzogen. Jedoch auch die Ausführung dieses Gedankens vereitelte die Bedenklichkeit der Kriegsräthe. König Ferdinand hatte sich noch nicht offen als ihr Feind erklärt, und sie fürchteten, durch die Besetzung seines Gebietes ihn dazu zu machen. Der schlimmste Feind der Protestanten war ihre eigene Verblendung. Im höchsten Grade erbittert, mußte Schärtlin seine Truppen zurückziehen und den Rückweg nach Augsburg antreten. Während des Zuges der Verbündeten nach Tyrol feierte der Kaiser in aller Ruhe die Vermählung zweier seiner Nichten mit dem Sohne des Herzogs von Baiern und dem Herzog von Cleve. Unmittelbar nach den Festlichkeiten erließ er, am 20. Juli 1546, die Achtserklärung gegen Johann Friedrich und Philipp. Dieselbe wurde durch die Packischen Händel und durch die Württembergische und Braunschweigische Angelegenheit begründet; Dinge, die doch längst beigelegt waren. Ueberhaupt war die Aechtung ein Staatsstreich; nach deutschem Rechtsbrauch mußte Prozeß und Urtheilsspruch vorhergehen. Karl fand jetzt nicht für nöthig, darauf Rücksicht zu nehmen. Die beiden Fürsten wurden für Aufrührer und ihrer reichsständischen Rechte für verlustig erklärt; ihre Unterthanen wurden von den Pflichten gegen sie losgesprochen. Jetzt zogen sich auch die kaiserlichen Truppen zusammen. Aus Ungarn kamen zwölf Fähnlein Spanier, die in Ungarn gedient; durch Böhmen führten Markgraf Albrecht und der Deutschmeister 500 in Niederdeutschland geworbene Reiter. Im Anfang August brach der Kaiser von Regensburg auf, vereinigte sich mit den in jenen Gegenden geworbenen drei Regimentern und zog den durch Tyrol heranrückenden neapolitanischen und päpstlichen Truppen entgegen. Am 12. August vereinigte man sich bei Landshut. Karl's Heer, dessen Fußvolk er gegen seine Wahlcapitulation zur größern Hälfte aus Ausländern gebildet hatte, bestand, ohne die niederländischen Haufen, welche soeben den Rhein heraufzogen, aus 34,000 Mann zu Fuß und 5000 Mann zu Pferde. Es war in seinen vorwiegend romanischen Elementen ein recht geeignetes Werkzeug zur Durchführung der Idee des Kaisers, das Deutschthum dem Romanenthume unterzuordnen. Er wendete sich nach Regensburg zurück, wo er sein Geschütz zurückgelassen; denn soeben rückten die Verbündeten heran, die nach ihrer Vereinigung bei Donauwörth ein Heer von 35,000 Mann zu Fuß und 6000 Mann zu Pferde bildeten. Ein glücklicher Zufall spielte ihnen interessante Schriftsachen der feindlichen Partei in die Hände, z. B. ein Ausschreiben des Papstes an die katholischen Stände der Schweiz, worin er erklärte, die Verstocktheit der Protestanten und ihr Widerstand gegen das Concil treibe ihn zum Kriege; ferner den Vertrag des Kaisers mit dem Papste; endlich ein Ablaßversprechen für diejenigen, welche auf eine bestimmte Weise und Zeit für Ausrottung der Ketzerei beten würden. Dadurch wurden die Bedenken der Protestanten über die Rechtmäßigkeit ihres Kampfes gegen den Kaiser gehoben; sie sahen in demselben weiter nichts, als ein gefügiges Werkzeug zur Durchführung der schnöden Absichten der päpstlichen Curie. Der Kurfürst und Philipp erließen eine Widerlegung der in der Reichsacht wider sie erhobenen Beschuldigungen, die auf jeden einzelnen Punkt genau einging und nachwies, wie nicht sie der Vorwurf der Meineidigkeit und Pflichtvergessenheit treffe, sondern den Kaiser, dem man deshalb zu widerstehen vollkommen berechtigt sei. Leider stand aber die Verfahrungsweise der Protestanten nicht in Einklang mit dieser kühnen, entschlossenen Sprache. Vor Allem waren sie über das Verhältniß zwischen Papst und Kaiser in einer Täuschung befangen. Des Letztern Zweck war doch hauptsächlich, die Protestanten dem Concil zu unterwerfen, nicht dem Papste, und die kaiserliche Autorität aufrechtzuerhalten; an einer Unterordnung unter den Papst war ihm nichts gelegen. Daß dem so sei, bewiesen die Dienste, die ihm in dem Kriege von eifrigen Protestanten geleistet wurden. So sehr nun auch die Verbündeten den Punkt der Vertheidigung ihres Glaubens hervorhoben, so lag doch, im Fall sie siegten, die Veränderung der Reichsgewalt im Hintergrunde; man hatte ja Karl als Oberhaupt anzuerkennen verweigert. Die Folgerungen waren bis jetzt von ihnen noch nicht gezogen worden, aber sie ließen sich nicht wegleugnen. Ein verhängnißvoller Umstand für die Verbündeten war, daß der Kurfürst, der seiner Leibesbeschaffenheit wegen sonst an kriegerischen Unternehmungen nicht Theil zu nehmen pflegte, jetzt mit zu Felde zog. Indem nun der Oberbefehl bei ihm und dem Landgrafen zugleich war, und bei eingetretener Meinungsverschiedenheit der Ausschlag bei dem aus den Hauptleuten der verschiedenen Bundesstädte zusammengesetzten Kriegsrathe ruhte, wurde die zur raschen und glücklichen Führung eines Feldzuges nothwendige Einheit des Willens aufgehoben. Ein beständiges Berathen über die kleinste Operation trat an die Stelle des entschlossenen Befehls.

Nach ihrer Vereinigung bei Donauwörth beschlossen die Verbündeten, den Kaiser in Regensburg aufzusuchen und ihm eine Schlacht anzubieten. Sie überschritten den Fluß und sprachen sogar davon, ihm bis nach München oder Landshut entgegenzugehen. Die Furcht indessen, er möge sie von ihren Ländern abschneiden, trieb sie wieder auf das linke Ufer der Donau zurück, um sich hier dem Kaiser, der nach Regensburg zurückzog, entgegenzustellen. Wiederum verhinderte sie die Rücksicht auf den Herzog von Baiern, sich des festen Ingolstadt zu bemächtigen. Während sie nun am Flusse hinabzogen, rückte der Kaiser, der sich hütete, den Feind in Regensburg zu erwarten, auf dem andern

Ufer herauf, ging am 24. August über die Donau und nahm die Stellung bei Ingolstadt ein, welche die Verbündeten verlassen hatten. Diese eilten zurück und schlugen ihr Lager dem Kaiser gegenüber bei Nassenfels auf. Der Landgraf schaffte am 30. August Geschütz auf einen das feindliche Lager beherrschenden Punkt und beschoß es; doch konnte er den Kaiser nicht zwingen, sein verschanztes Lager zu verlassen. Er bestand darauf, dasselbe anzugreifen; allein der Kurfürst und die Kriegsräthe, welche jetzt das Verhältniß Baierns zum Kaiser durchschauten, besorgten eine Beschießung ihrer angreifenden Truppen von Ingolstadt aus, welche ihnen, noch ehe es zum Kampfe mit dem Feinde gekommen wäre, zum Verderben ausschlagen mußte. Während dessen gewannen die niederländischen Truppen unter Büren, durch die Fahrlässigkeit Reiffenberg's, Befehlshabers der bündischen Truppen in jener Gegend, das rechte Rheinufer, und rückten mit 10,000 Mann zu Fuß und 7000 Mann zu Pferde durch Franken zur Vereinigung mit dem Kaiser herbei, die sie trotz des Versuches des Feindes, sie vorher aufzureiben, am 17. September bewerkstelligten. Dadurch erhielt der Kaiser das Uebergewicht, während es außerdem auf Seite der Protestanten gewesen sein würde; denn bereits war Christoph von Oldenburg mit einer bedeutenden Truppe von Landsknechten und 1000 Mann zu Pferde bis nach Frankfurt gekommen, als Büren über den Rhein setzte. Dann konnte er ihm freilich nichts anhaben.

Sobald der Kaiser diese beträchtliche Verstärkung bei sich sah, änderte er seine Kriegsweise und schritt zum Angriffe. Als er sich nach der Einnahme von Neuburg der Donau gänzlich bemeistert hatte, beschloß er, den Krieg nach Württemberg zu verlegen. In dieser Absicht gedachte er, sich der Stadt Nördlingen zu bemächtigen, um von da aus einzudringen und erließ eine Aufforderung zur Uebergabe an die Stadt. Sie verweigerte dieselbe und forderte den Beistand der Verbündeten. Karl erhob sich, um sie zu zwingen, und unbemerkt von einander nahten sich das kaiserliche und das protestantische Heer. Der Kaiser wandte sich darauf gegen Ulm, stieß aber auch hier zu seinem Verdrusse auf den Feind. Um nicht bei einem Sturme auf die Stadt zwischen zwei Feuer zu kommen, hielt er sich in seinem Lager zwischen Sontheim und Brenz. Die Protestanten verschanzten sich bei Giengen. Kleine Plänkeleien, ein misglückter Versuch des Kaisers, sich zur Nachtzeit der Stadt zu bemächtigen, waren die Ereignisse vor Ulm; zu etwas Entscheidendem kam es nicht. Obgleich der Kaiser die Uebermacht hatte, wagte er ebensowenig, wie früher die Protestanten, das feindliche Lager anzugreifen. Ueberdieß machten sich die Einflüsse des deutschen Klima's (man war im Anfange des Novembers) auf sein Heer, das, wie schon erwähnt, zum größern Theile aus Südländern bestand, auf eine bedenkliche Weise geltend; es entstanden tödtliche Seuchen in seinem Lager, und die Zahl der von ihnen Hingerafften und der in den Scharmützeln Gebliebenen wurde auf 15,000 berechnet. Ueberdem ging die Capitulation mit dem Papste zu Ende; der Abzug seiner Truppen stand vor der Thüre. Die Protestanten hofften, den Kaiser durch diese Umstände nachgiebiger gestimmt zu finden und machten Friedensanträge unter der Hauptbedingung, daß es keinem Stande verwehrt sein solle, sich zur Augsburger Confession zu bekennen. Allein der Kaiser war durch ihre Proclamation im Gefühle seiner Würde zu sehr verletzt, um darauf einzugehen; er verlangte unbedingte Unterwerfung. Er würde in seiner gegenwärtigen Lage nicht eine so stolze Sprache geführt haben, hätte er nicht einen Rückhalt gehabt. In der That griff zur gelegenen Zeit sein mächtigster Bundesgenosse, Moritz von Sachsen, in den Gang der Ereignisse ein. Bis zur Achtserklärung hatte er eine neutrale Stellung einzunehmen sich gestellt; nach derselben war er von der Kurfürstin zum Schutze ihres Landes angerufen worden, und er warf die Maske nicht eher ab, als bis er die Befürchtungen seiner Landstände, der Kaiser habe es auf die evangelische Religion abgesehen, durch eine Erklärung desselben gehoben hatte, im October 1546. Aber auch dann noch stellte sich seinem Vorhaben, die Execution der Acht zu übernehmen, der lebhafteste Widerstand entgegen, den er nur durch die Vorstellung brechen konnte, daß bei einer Weigerung von seiner Seite König Ferdinand die Acht ausführen würde. Darauf eilte er nach Prag, um mit Ferdinand, der die böhmischen Stände gleichfalls willfährig gemacht hatte, Abrede über die Theilung der kurfürstlichen Lande zu nehmen. Auch die Kur wurde jetzt schon auf Moritz übertragen; der Kaiser unterzeichnete die Urkunde am 27. October in seinem Lager zu Sontheim. Nun gab Moritz alle Rücksichten auf. Er stieß mit seinen Truppen zu den böhmischen, die am 30. October die Grenze überschritten. Ein eilig zusammengeraffter Haufe thüringischen und voigtländischen Landvolkes wurde bei Adorf zerstreut; eine Stadt nach der andern ergab sich und leistete Moritz, gegen das Versprechen, sie bei ihrem Glauben schützen zu wollen, den Huldigungseid. Wie abgeneigt man auch im protestantischen Lager war, sich zu trennen, und obschon man die Nachtheile eines solchen Schrittes wohl erkannte, mußte er doch gethan werden. Der Kurfürst konnte nicht zusehen, wie man ihm sein Land entriß und verwüstete; überdem machten sich die Einwirkungen der rauhen Jahreszeit auch im protestantischen Lager geltend und vor Allem fehlte es an Geld, um die Landsknechte zu bezahlen. Unterhandlungen mit dem Könige von Frankreich wegen einer Anleihe zerschlugen sich. Am 23. November zog man in einem üblen Zustande von Giengen ab; der Kaiser, selbst darüber erstaunt, daß er das Feld behauptete, verfolgte den Feind eine Strecke, ohne ihn einzuholen. Die Verbündeten hatten bei ihrem Abzuge den Widerstand keineswegs aufgegeben. Sie gedachten im Oberlande irgend ein Stift durch ein Winterlager von 6000 Mann zu Fuß und entsprechender Reiterei zu besetzen, Kursachsen wieder zu erobern und im nächsten Frühjahre den Feldzug mit frischen Kräften zu beginnen. Die finanzielle Verlegenheit war gehoben und man hatte sich zur Deckung der Kriegskosten über Erhebung eines gemeinen Pfennigs verständigt. Zu ihrem Nachtheile ließen die Verbündeten den Plan fallen, ein Winterlager in Franken zu errichten. Der Landgraf zog nach Hessen und der Kurfürst rückte durch Württemberg, den Neckar entlang nach der Bergstraße, in das Stift Mainz, und durch Fulda in seine Lande. Der Kaiser benutzte die Nachlässigkeit der Bundeshauptleute und die Verstimmung, die sich bei den schwäbischen Städten über die Anforderungen, die sie von Bundeswegen erfuhren, kundgab. Am 23. December unterwarf sich Ulm, die mächtigste Bundesstadt im Oberlande, gegen die Zusicherung, in ihrem Glauben unbeirrt zu bleiben. Sie entsagte dem Schmalkaldischen Bündnisse, gab der Kirche und den Geistlichen zurück, was man ihnen entrissen hatte, entließ ihr Kriegsvolk, gelobte Gehorsam gegen das im Reiche herzustellende Kammergericht, und zahlte eine Geldstrafe von 100,000 Gulden. Der Kaiser gewann seine bedeutenden Siege, als der Krieg beendigt war. Heilbronn, Eßlingen, Reutlingen folgten dem Beispiele Ulms bald. Dadurch sah sich denn auch der alte Herzog von Württemberg zur Unterwerfung und Demüthigung gezwungen. Er mußte seine Festungen an österreichische Besatzungen auf unbestimmte Zeit übergeben und 300,000 Gulden Buße zahlen. Am 29. Januar 1547 unterwarf sich Augsburg, in welchem zuletzt doch der kaufmännische Geist eines Fugger und Baumgärtner die begeisterte Opferfreudigkeit der Bürger und die kriegerische Gesinnung, die vom ergrauten Schärtlin unterhalten ward, überflügelte. Die Stadt mußte 150,000 Gulden zahlen, zwölf Stück Geschütz und eine kaiserliche Besatzung aufnehmen, und sich mit der mündlichen Versicherung Granvella's begnügen, daß es mit der Religion beim Alten bleiben solle. Ein nicht geringerer Schlag für die Sache des Bundes war der Abfall von Frankfurt, das sich am 29. December dem Grafen von Büren; gegen die Zusicherung, bei seiner Religion geschützt zu bleiben, ergab, als er mit seinen niederländischen Truppen auf dem Heimwege begriffen war.

Unter so glücklichen Umständen säumte der Kaiser nicht, die kölnische Angelegenheit zu beendigen, welche zum Ausbruche des Krieges besonders beigetragen hatte. Die päpstliche Excommunication war zwar schon im April 1546 erfolgt, allein der Kaiser hatte sich damals, es war die Zeit vor dem Regensburger Reichstage, nicht geneigt bewiesen, sie rechtlich in Vollzug zu bringen; vielmehr hatte er sich begnügt, den Erzbischof nochmals zu warnen. Er hätte befürchten müssen, ihn durch ein hartes Verfahren in die Arme der Schmalkaldischen Verbündeten zu treiben. Der alte Kurfürst ließ sich in der That berücken. Er zog sich in dem schmeichelhaften Wahne, eine huldreiche Berücksichtigung von Seiten des Kaisers zu erfahren, von der Entscheidung zurück, ohne zu bedenken, daß seine Sache mit der protestantischen stehen und fallen müsse. Die Verbündeten hatten das Feld aufgegeben, und der Kurfürst sollte dieß sogleich an sich merken. Der Kaiser schickte aus dem Lager bei Sontheim seinen Commissair Viglius von Zuichen, mit dem Grafen Hochstraaten, Statthalter von Geldern, nach Köln, um die Excommunication in Vollzug zu bringen. Die Stände, welche immer auf der Seite des Kurfürsten gestanden hatten, wurden auf den 24. Januar 1547 einberufen;

um aber jede Einwirkung des Erzbischofs auf sie zu hindern, verbot man ihm, selbst zu erscheinen, wie er geneigt war, statt sich durch Abgeordnete vertreten zu lassen. Der Coadjutor hatte schon früher seine Dienstergebenheit gegen Kaiser und Papst bewiesen; trotz allem Widerspruche setzten ihn die kaiserlichen Commissaire und das Domcapitel als Erzbischof ein. Hermann von Wied, ein achtzigjähriger Greis, war gern geneigt, sich zu fügen, wenn ihm die Erhaltung der Reformation und die Wiedereinsetzung der evangelisch gesinnten Domherren zugesichert würde. Allein an Erfüllung solcher Bedingungen war nicht mehr zu denken. Der neue Erzbischof nahm mit gewaffneter Hand vom Stifte Besitz und führte den katholischen Ritus wieder ein; Wied resignirte, von den Ständen nicht unterstützt, 25. Februar 1547.

Alle oberländischen Städte, mit Ausnahme von Konstanz, hatten sich der Gnade des Kaisers übergeben; selbst Straßburg, die vierte mächtige Reichsstadt, hatte sich zu dem schweren Schritte verstehen müssen. Schon äußerten sich auch in Niederdeutschland Rückwirkungen seines Sieges. So mächtig er in dem Augenblicke dastand, so weit war er davon entfernt, die Forderungen des Papstes auf Ausrottung der Ketzerei erfüllen zu können. Nur mit Hilfe der Protestanten, denen er bedeutende Zugeständnisse hinsichtlich ihrer Religion hatte machen müssen, war es ihm möglich gewesen, ihre Glaubensgenossen niederzuwerfen und die Bundesstädte hatten sich nur um den Preis freier Religionsübung gebeugt. Dieß mußte nothwendig zu einer Art Entfremdung zwischen Karl und dem römischen Stuhle führen, die durch das Misvergnügen des Erstern an dem Gange der Verhandlungen beim Tridentiner Concil gesteigert wurde. Wir werfen einen Blick auf dieselben, ehe wir die Geschichte des Schmalkaldischen Krieges weiter erzählen.

Vierundzwanzigstes Kapitel.

Untergang der Schmalkaldischen Verbündeten.

Das Concil von Trient 1546. — Rebellion in Böhmen. — Günstige Stellung Johann Friedrich's in Sachsen. — Krieg an der Elbe — Gefangennahme des Kurfürsten.

Im Frühjahre 1546 hatte sich das Concil in Trient versammelt. Dasselbe genügte jedoch in keiner Weise den Erwartungen und Vorstellungen, welche mit dem Gedanken einer allgemeinen Kirchenversammlung verbunden waren, indem es zumeist nur aus Spaniern und Italienern bestand. Die Deutschen, um deren willen das Concil gehalten wurde, hielt die Sorge um ihre Existenz während des Krieges zurück; Franzosen und Polen hatten sich nur in geringer Zahl eingefunden. Außerdem hatte der Papst durch eine Verordnung, die den Prälaten die Abordnung von Stellvertretern erschwerte, das Erscheinen Vieler absichtlich unmöglich gemacht. Die den Prälaten zur Seite stehenden Theologen gehörten den Mönchsorden an, und die scholastische, dominicanische Theologie, deren Verwerfung ein Hauptgedanke der Reformation war, machte sich bereit, über diese zu Gericht zu sitzen. Wir wissen, mit welchen Hintergedanken der Kaiser und der Papst sich über die Berufung des Concils geeinigt hatten; Jeder von Beiden wollte die Leitung desselben in die Hand nehmen. Es war vorauszusehen, daß einem klugen Papste dieselbe schwerlich vorenthalten werden konnte. Die päpstlichen Legaten spielten denn auch bald die Meister in der Versammlung; sie hatten das Recht, Vorschläge einzubringen und trugen Sorge, daß dieselben Berücksichtigung fanden. Die Theologen, welche abgesondert von den Prälaten ihre Berathungen hielten, zeigten sich ganz fügsam, da sie die Bestätigung ihrer scholastischen Lehren vom Papste und Concile wünschten. Die Legaten ließen dafür über kein Decret beschließen, welches nicht erst von jenen in Betracht gezogen war. Daß die Protestanten einem solchen Concile, das weder frei, noch allgemein, noch christlich, sondern das

Gegentheil von allen schien, sich nicht unterordnen wollten, war ihnen von ihrem Standpunkte aus gar nicht zu verdenken.

Die gefaßten Beschlüsse entsprachen natürlich dem Charakter der Versammlung. Die Frage über den Unterschied zwischen den kanonischen und apokryphischen Schriften wurde dahin erledigt, daß man die Entscheidung des Concils von Florenz vom Jahre 1441 für maßgebend ansah und jeden Zweifel an der Echtheit der in die Sammlung der heiligen Schriften aufgenommenen Bücher mit einem Fluche belegte. Ferner wurde die lateinische Uebersetzung derselben, die Vulgata, für authentisch erklärt, um der Sprachwissenschaft jede Einwirkung auf Glaubenssachen abzuschneiden. Eine mündliche Ueberlieferung wurde angenommen, die sich vom Munde Christi und seiner Jünger bis zum heutigen Tage fortgepflanzt und der dieselbe Autorität beizulegen sei, wie der heiligen Schrift. Diese zu erklären, habe nur die Kirche das Recht. Damit wurde der Begriff der Unfehlbarkeit derselben, aber auch die entschiedene Verwerfung der evangelischen Lehren ausgesprochen, welche eben auf die Urquellen des Christenthums zurückgingen und die Prüfung der Zuthaten späterer Zeiten vorbehielten.

In dieser Stimmung ging man zur Besprechung der Glaubensartikel über, bei der man den entschiedenen katholischen Standpunkt einnahm, wie er in den letzten Colloquien mit den Protestanten hervorgetreten war. Der Kaiser, der den üblen Eindruck auf diese befürchtete, wünschte diese Verhandlungen verschoben zu sehen, allein er konnte sie nicht hindern.

Die protestantischen Lehren von der Sünde und von der Rechtfertigung wurden verworfen. Der tiefinnerlichen, auf seelisches Bedürfniß gestützten Auffassung gegenüber, machte sich die sinnliche und praktische geltend, die den Aussprüchen der Schrift alte Beschlüsse der Kirchenversammlungen und den festgesetzten Brauch entgegenstellte. Der Kaiser war mit diesem Verfahren durchaus nicht einverstanden, da ihm eine gänzliche Verwerfung der protestantischen Dogmen die Möglichkeit abschnitt, die Evangelischen zur Kirche zurückzuführen; mit Gewalt allein konnte er dies nicht ausrichten. Er setzte durch, daß diese Beschlüsse vor der Hand geheim blieben, um nicht eine gefährliche Aufregung hervorzurufen. Dem Papste war die Einmischung des Kaisers und die Leitung des Concils nach dessen Absichten ungemein lästig; es gefiel ihm schon nicht, daß das Concil in einer Stadt war, die unter einer deutschen Regierung stand. Dies war aber ein Punkt, auf welchen Karl streng halten mußte, da er durch den Aufenthalt der Versammlung in Trient dem Anspruche der Nation auf ein in Deutschland abzuhaltendes Concil einigermaßen entsprach. Schon im Sommer war der Antrag auf Verlegung desselben gestellt worden; im Herbste wurde er wiederholt. Beide Male widersetzte sich der Kaiser entschieden und machte auf die üblen Folgen aufmerksam, welche dieser Schritt nothwendig nachsichziehen müsse. Die Katholiken würden in Verzweiflung gerathen, die Protestanten frischen Muth fassen, die Fürsten, welche sich dem Concile unterworfen hätten, eine günstige Gelegenheit erhalten, vorwurfslos von ihrer Verpflichtung zurückzutreten; er selbst würde die Anklage über sich ergehen lassen müssen, seine beim Reichstage gegebenen Zusagen nicht erfüllt zu haben. Indessen machten diese Vorstellungen beim römischen Stuhle wenig Eindruck, besonders da beim Concil jetzt Fragen zur Verhandlung kamen, die in die Reformpläne des Kaisers einschlugen, dem Papste aber sehr widerwärtig sein mußten. Sie betrafen die Nothwendigkeit der Residenz der Bischöfe und deren Verhältniß zum Oberhaupte der Kirche; namentlich unter den Spaniern tauchten sehr drohende Ansichten auf. Dazu kamen die Zusicherungen, die der Kaiser den sich unterwerfenden protestantischen Städten wegen der Religion machte, wie er überhaupt den päpstlichen Nuntius ganz unberücksichtigt ließ und deutlich die Absicht verrieth, nächstens in den Gang der Tridentiner Verhandlungen entschieden einzugreifen. Alles Das drängte den Papst zu einem entschiedenen Schritte. Er veranlaßte vor Allem, ohne Rücksicht auf den Kaiser zu nehmen, die Bekanntmachung der gefaßten Beschlüsse, 13. Januar 1547, durch die eine Vereinigung mit den Protestanten für immer vereitelt wurde, und rief, da die Capitulation zwischen ihm und dem Kaiser abgelaufen war, seine Truppen vom Heere desselben ab. Das waren zwei feindselige Schritte auf einmal, die der ohnedies von schwerer Krankheit angegriffene Kaiser tief genug empfand und über welche er sich bitter und laut beklagte. Die Spannung zwischen Beiden wurde immer größer. Der Papst ging wieder Verbindungen mit Franz I. ein, der schon lange Karl's Siege in Deutschland mit eifersüchtigen Augen betrachtete. Ueberall in Italien tauchten die alten dem Kaiser feindlichen Elemente auf. In Genua verschwor sich der junge Graf Fiesco mit andern Feinden des Hauses Doria gegen die unter kaiserlichem Schutze bestehende republikanische Verfassung und nur sein zufälliger Tod vereitelte das schon halb geglückte Unternehmen. Auch in Siena, Toscana und Neapel herrschte ungeheure Gährung, die in der letzteren Stadt in offenen Aufruhr ausbrach. Die Fäden aller dieser Bewegungen liefen in Rom zusammen. In Venedig war die Besorgniß vor der anwachsenden Macht des Kaisers so groß, daß der päpstliche Nuntius einen Bund gegen denselben vorschlagen durfte. Indessen hatte alles Dieses keinen Erfolg; noch stand Karl's Ansehen zu fest. Das setzte aber Paul doch durch: er verlegte unter dem Vorwande, in Trient herrsche eine ansteckende Krankheit, das Concil nach Bologna, einer päpstlichen Stadt. Eine Minderheit der Prälaten, die sich nicht so geradezu dem Papste untergeben wollte, blieb. Der Kaiser konnte vor der Hand nichts thun, als eine Drohung ergehen lassen; der Krieg in Deutschland nahm seine Aufmerksamkeit und Thätigkeit jetzt vorzugsweise in Anspruch.

Johann Friedrich war im December 1546 mit etwa 20,000 Mann in Thüringen erschienen und hatte nicht nur sein eigenes Land wiedererobert, sondern auch die Städte und Schlösser seines Gegners Moritz, außer Dresden und Leipzig, eingenommen. Er wandte sich zuerst nach dem Stifte Magdeburg, von welchem, nebst Halberstadt, sein Vetter so eben Besitz ergreifen wollte, und nahm in Halle die Huldigung von Rath und Bürgerschaft, sowie der Vasallen beider Stifter entgegen; der Erzbischof Johann Albert resignirte gegen eine Jahresrente von 10,000 Gulden. Der Kurfürst behauptete wieder eine starke Stellung, da er die Sympathien des Volkes für sich hatte. Die niederdeutschen Städte, welche Anfangs willens gewesen waren, sich ebenfalls dem Kaiser zu unterwerfen, ermannten sich und verbündeten sich aufs Neue mit dem Kurfürsten zur Vertheidigung des Glaubens. Bremen behauptete sich mannhaft gegen einen Angriff der Kaiserlichen; die andern Städte, Hamburg, Lüneburg und Braunschweig, stellten eine Schaar, unter dem Grafen Christoph von Oldenburg, zum Schutze der bedrohten Bundesstadt ins Feld. In den böhmischen Landen, namentlich in der Hauptstadt, erhob sich eine drohende Bewegung, als König Ferdinand den Krieg gegen den

Kurfürsten zu rüsten befahl. Auf dem Sammelplatze der Vasallen zu Leitmeritz kündigte die Mehrzahl den Gehorsam auf und zog schaarenweise nach Prag, um der Vereinigung der dortigen Gemeinden beizutreten. Da der König verweigert hatte, einen Reichstag zu berufen, so constituirten sich die Versammelten als solchen und stellten ein Heer ins Feld, um das Eindringen „des fremden unchristlichen hispanischen Volkes" zu hindern. Unter diesen Umständen konnte der argbedrängte Moritz auf keinen großen Beistand von Ferdinand rechnen, dessen Hauptsorge war, sich selbst zu halten. Der Kaiser schickte ihm indessen zehn Fähnlein und 12,000 Reiter unter Albrecht von Kulmbach. Am 2. März 1547 gedachte dieser sich mit Moritz zu vereinigen und den Kurfürsten, der bei Altenburg lagerte, anzugreifen. Johann Friedrich, von der ihm geneigten Bevölkerung mit Nachrichten wohl bedient, überfiel den Markgrafen in Rochlitz, wo er sein Hauptquartier hatte und den Fastnachtsvergnügungen oblag, an dem bestimmten Tage und nahm ihn mit seinen Truppen gefangen. Letztere wurden, gegen das Versprechen, binnen 6 Monaten nicht gegen den Kurfürsten zu dienen, entlassen. Während Moritz' Sache sich durch dieses Ereigniß sehr verschlimmerte, sodaß sein Vetter ihn schon als einen Verjagten bezeichnete, stieg das Ansehen des Kurfürsten ungemein. Aus den Lausitzen zogen ihm böhmische Vasallen, die Ferdinand aufgeboten hatte, zu, und die böhmischen Stände schickten Gesandte ins sächsische Lager, um über Abschließung eines Bündnisses und Erneuerung der alten Erbverträge zwischen Kursachsen und der Krone Böhmen zu unterhandeln. Aber Johann Friedrich war nicht der Mann, der entschlossen und thatkräftig die günstige Stimmung seiner Glaubensgenossen zu entscheidendem Handeln hätte steigern können, der rücksichtslos niedergeworfen hätte, was der allgemeinen Herrschaft seiner Ueberzeugung Widerstand leistete. Der Kaiser sah desto besser ein, wie viel auf dem Spiele stand, da Franz I. soeben den Protestanten Subsidien versprochen hatte und die Räthe der englischen Krone nach dem Tode Heinrich's VIII., 28. Januar, sich zu gleicher Unterstützung, wie die Franzosen, verpflichteten. Besonders die Unruhe über den Zustand in Böhmen trieb ihn, trotz seiner Krankheit, zum Aufbruche von Ulm. In Nürnberg, wohin er am 24. März kam und wo sich sein Heer gesammelt hatte, machte der Herzog von Cleve noch einen Versuch, seinen Schwager, den Kurfürsten, mit dem Kaiser zu versöhnen; allein er mußte damit scheitern, weil Jeder der Beiden Bedingungen aufstellte, die für den Andern unerfüllbar waren. Der Tod des Königs Franz, der gerade jetzt erfolgte (31. März), erfüllte den Kaiser mit Zuversicht; bei dem eintretenden Regierungswechsel hatte er sicher nichts von Frankreich zu besorgen. Er gelangte ohne Hindernisse nach Eger, wo Ferdinand und Moritz sich mit ihm vereinigten, und beschloß, von da aus seine Operation zu beginnen. Verlockt durch die Vortheile, die ihm die Verbindung mit Böhmen zu gewähren schien, hatte der Kurfürst die Unvorsichtigkeit begangen, seine Macht zu zersplittern, indem er einen Theil seiner Truppen an die böhmische Grenze schickte, um die Verbindung zu unterhalten, und mit der Hauptmacht sich an der mittlern Elbe bei Meißen aufstellte, wo er das böhmische Heer am bequemsten an sich zu ziehen dachte. Allein seine Verbündeten, die aus Scheu vor dem kaiserlichen Namen sich dem Ueberschreiten ihrer Grenze durch Karl nicht widersetzt hatten, wagten noch weniger, als offene Bundesgenossen sich mit seinem Feinde zu vereinigen. Der Kaiser überschritt mit einem Heere von 17,000 Mann zu Fuß und 10,000 Mann zu Pferde, 13. April, die sächsische Grenze und schnitt den Kurfürsten, indem er seinen Weg über Adorf und Plauen nach Altenburg nahm, von Thüringen ab. Nirgends fand er Widerstand. Johann Friedrich, der mit 4000 Mann zu Fuß und 2000 zu Pferde bei Meißen noch immer auf den böhmischen Zuzug rechnete, sah endlich ein, daß er getäuscht war, und zog nach dem festen Wittenberg. Während er seinen Marsch auf dem rechten Ufer der Elbe nahm, rückte der Feind auf dem linken vorwärts. Der Kaiser gedachte Anfangs die Brücke bei Meißen, welche der Kurfürst abgebrochen, wieder herzustellen und ihn dort aufzusuchen oder ihm nachzufolgen. Dieser hatte indessen bei Mühlberg eine Stellung eingenommen, welche man für sehr fest hielt, um hier die nach Böhmen gesandten Truppen an sich zu ziehen. Dies mußte der Kaiser, um jeden Preis zu verhindern suchen, denn er durfte nicht hoffen, den Feind nochmals so schwach anzutreffen. Sobald man ihm sagte, daß der Uebergang über den Fluß bei Mühlberg nicht unmöglich sei, war er entschlossen, ihn zu versuchen, und brach von seinem Quartiere zwischen Oschatz und Lommatzsch, wo er zehn Tage geruht hatte, auf. Der Kurfürst war eben im Abzuge nach Wittenberg begriffen, als Herzog Moritz und der Herzog von Alba am Ufer anlangten.

Sie bemächtigten sich seiner Schiffbrücke, die dem nachrückenden Kaiser zum Uebersetzen der schweren Reiterei und des Fußvolkes vortrefflich zu statten kam. Die kurfürstliche Reiterei machte einen Versuch, das Ufer zu vertheidigen. Da sie indessen in den Uebergesetzten weiter nichts sah, als Begleiter des Herzogs Moritz, so setzte sie ihren Abzug fort. Gleich darauf erschien der Kaiser, den die Hoffnung, seinen Gegner zu vernichten, fast genesen machte und überschritt nach Moritz, Alba und dem Könige Ferdinand in einer bequemen sichern Furt die Elbe. Während des Ueberganges der schweren Reiterei und des Fußvolks verfolgten die Husaren und die italienischen leichten Reiter den Feind. Der Kurfürst, der ihre Angriffe schon mehrmals abgewehrt, hätte leicht mit seiner Reiterei Wittenberg erreichen können; allein er wollte sein Fußvolk nicht verlassen und machte endlich in der Nähe von Koßdorf Halt. Auch er glaubte nur von Herzog Moritz verfolgt zu werden und hatte keine Ahnung, daß ihm sein böses Schicksal in der Person des Kaisers nahe sei. Dieser ließ den Angriff sogleich beginnen. Der Kurfürst hatte seine Macht an einen Wald gelehnt, der beide Flügel deckte. Diese bildeten fünf Reiterhaufen, welche theils vor dem aus Fußvolke gebildeten Centrum vorgeschoben waren, theils in dessen Rücken hielten. Der Angriff erfolgte um vier Uhr Nachmittags, 24. April, an einem Sonntage, zuerst von der kaiserlichen Reiterei. Die Kurfürstlichen hätten denselben wohl ausgehalten, wäre ihnen nicht gerade der Kaiser mit der heranrückenden Hauptmacht zu Gesichte gekommen. So verloren sie den Muth; die ungünstige Stellung der Flügel an dem Walde, in welchen die Feinde eindrangen und ihre Reiterei in Verwirrung brachten, vollendete die Niederlage. Die Reiterei floh, und das Fußvolk, welches keine Rettung vor sich sah, warf das Gewehr weg und folgte. Johann Friedrich selbst gerieth in Zweikampf mit einem Husaren; einem herannahenden Vasallen des Herzogs Moritz ergab er sich. Während seinen flüchtigen Völkern nachgesetzt wurde, führte man ihn, der noch vor Kurzem der mächtigste Mann im Reiche gewesen war, gefangen vor den Kaiser. Der sah ihn wohl mit Befriedigung schon von weitem herankommen. Er winkte ihm zu, sitzen zu bleiben, als der Kurfürst demüthig vom Pferde absteigen wollte. Erkennt Ihr mich nun für einen römischen Kaiser? rief er ihm zu. Johann Friedrich antwortete: Ich bin auf diesen Tag ein armer Gefangener,

Ew. Majestät wolle sich gegen mich als einen geborenen Fürsten halten. — Ich will mich so gegen Euch halten, wie Ihr Euch gegen mich gehalten, war die Erwiderung des Kaisers. Dann redete König Ferdinand den Gefangenen leidenschaftlich an: Ihr suchtet mich und meine Kinder von Land und Leuten zu verjagen; Ihr seid mir ein feiner Mann!

Nach einer Rast von zwei Tagen brach der Kaiser nach Wittenberg auf, um mit der Eroberung dieser wichtigen Festung den Krieg zu beendigen. Der Kurfürst, dem er im frischen Grimme sogar das Leben hatte absprechen lassen, wurde im Triumphe mit fortgeführt, ohne daß man ihm durch die ärgsten Demüthigungen seine großartige Seelenruhe hätte nehmen können. Allein die Aussicht, das feste und wohlverproviantirte Wittenberg zu erobern, war schlecht. Die Bürger und die Besatzung, durch einen Haufen verstärkt, der sich mit dem Kurprinzen aus der Schlacht gerettet, waren durch das Unglück ihres Herren nicht gebeugt: hatten sie doch noch seine Familie zu vertheidigen. Ferner waren die Spanier lässig; sie hatten keine Lust, für den Herzog Moritz Eroberungen zu machen. Es erwachten wohl gar Besorgnisse in der Umgebung des Kaisers, daß man den gewonnenen Kriegsruhm vor den festen Mauern Wittenbergs einzubüßen Gefahr laufe. Es galt vielmehr, den ersten Schrecken gegen den noch übrigen Feind, Philipp von Hessen, zu benutzen und gegen ihn freie Hand zu bekommen. Der Bischof von Arras erhielt Auftrag, mit dem Kurfürsten zu unterhandeln. Die erste Bedingung, sich den Beschlüssen des Tridentiner Concils und der Autorität des Kaisers in Religionssachen zu unterwerfen, ging Johann Friedrich durchaus nicht ein; in die Abtretung der Kur und seiner Lehen willigte er endlich. Moritz, dem Beides bestimmt war, verpflichtete sich, dafür den Söhnen des Kurfürsten ein Einkommen von 50,000 Gulden zu lassen. Dieser überlieferte seine Festungen, nicht ohne Bedenken von Seiten der Wittenberger. Eine kaiserliche deutsche Besatzung zog in ihre Stadt ein; nun konnte sich der Kaiser gegen seinen zweiten mächtigen Feind, den Landgrafen von Hessen, wenden.

Fünfundzwanzigstes Kapitel.

Sieg der kaiserlichen Tendenzen.

Verhaftung Philipp's von Hessen. — Unterwerfung Böhmens. — Krieg in Niederdeutschland. — Reichstag in Augsburg. — Misstimmung zwischen Kaiser und Papst. — Beschlüsse über die innern Verhältnisse des Reichs. — Moritz Kurfürst von Sachsen. — Interim.

Während des Feldzuges hatte Moritz fortwährend in Unterhandlungen mit seinem Schwiegervater gestanden, ja er hatte noch, als der Kaiser bereits vor Wittenberg lagerte, eine Zusammenkunft mit ihm in Leipzig gehabt. Sie war freilich von keinem Erfolge gewesen, da der Kaiser Ergebung auf Gnade und Ungnade und Ueberlieferung der Festungen verlangte. Philipp wollte aber höchstens die eine und andere vom Kaiser besetzen lassen und vor Allem wissen, wessen er sich bei der Unterwerfung zu versehen habe. Auf die Vorstellungen der vermittelnden Fürsten, des Herzogs Moritz und Joachim's von Brandenburg, gab, wie die amtliche Relation berichtet, der Kaiser die Zusicherung, die Ungnade des Landgrafen solle sich nicht auf Leibesstrafe, noch auf ewiges Gefängniß, wie dies beim Kurfürsten geschehen war, erstrecken. Von der andern Seite wird behauptet, es habe statt „ewiges,“ „einiges“ geheißen, und in der That schickten die vermittelnden Fürsten dem Landgrafen den Entwurf einer Capitulation zu, worin sie sich verbürgten, daß er, außer den darin getroffenen Bestimmungen, weder Gefängniß, noch sonst Beeinträchtigungen zu gewärtigen habe. Ob die beiden Fürsten zu diesen weitumfassenden Zugeständnissen durch Irrthum oder durch Täuschung verleitet worden sind, liegt im Dunkel. Folgendes bestärkte sie noch: der Kaiser billige die Capitulation, nach welcher der Landgraf sich auf Gnade und Ungnade zu ergeben und einen Fußfall zu thun hätte, ohne der frühern Uebereinkunft zu gedenken. Die beiden Fürsten glaubten diese um so mehr beseitigt, da in der Capitulation Artikel enthalten waren, welche Philipp nur auf freiem Fuße erfüllen konnte, und diese Capitulation hatte der Kaiser wiederholt bestätigt. Allein der Kaiser gab keineswegs seine vorher gestellten Bedingungen auf. Ihm war vor Allem daran gelegen, seinen Feind in die Gewalt zu bekommen, und er hatte das vorher offen ausgesprochen. Er hielt zurück, obgleich ihm der Irrthum der beiden Vermittler nicht unbekannt sein konnte. Der Landgraf erschien denn, auf die nach Verhältniß günstigen Bedingungen, unter dem Geleite der beiden Fürsten im Lager zu Halle. Am 19. Juni, Nachmittags vier Uhr, leistete er vor dem Kaiser knieend Abbitte; die Ceremonie ging im sogenannten neuen Bau vor sich. Der kaiserliche und der hessische Kanzler tauschten die Förmlichkeiten aus; der Landgraf erhob sich ungeheißen, da der Kaiser zögerte, ihm zu winken; dieser reichte ihm auch die Hand nicht, wie das sonst bei Aussöhnungen Sitte war. Dies konnte auffallen, erregte aber keinen Verdacht. Der Landgraf wurde mit dem Kurfürsten von Brandenburg und Moritz vom Herzoge von Alba zum Abendessen eingeladen. Nach demselben erklärte Derselbe, den Landgrafen bei sich behalten zu müssen. Vergebens waren die Vorstellungen der beiden Fürsten beim Herzoge und andern Tags beim Kaiser. Er setzte ihnen das Uebereinkommen entgegen, nach welchem der Landgraf blos nicht für ewig eingekerkert werden sollte. Philipp blieb Gefangener, trotz der Verzweiflung der beiden Fürsten, die endlich hoffnungslos und grollend das kaiserliche Hoflager verließen. Karl führte seine beiden Gefangenen, froh über den glücklichen Ausgang eines so gefährlichen Kampfes, mit sich fort.

Es galt nun zunächst Böhmen zu unterwerfen und zu züchtigen. Sogleich nach dem glücklichen Ausgange des Kampfes gegen Johann Friedrich wandte sich Ferdinand mit der Reiterei und dem Geschütze, welches ihm sein Bruder lieh, dahin; Herzog August, Moritz' Bruder, verstärkte ihn mit 1000 Reitern und zwanzig Fähnlein Fußvolk. Außerdem erwartete er noch Unterstützung von anderen Fürsten. Am 3. Juni kam er nach Leitmeritz, und erließ ein Mandat, welches Denen Verzeihung zusicherte, die sogleich zu ihm übertreten würden. Zweihundert Edelleute und einige Städte leisteten den Aufforderungen Folge. Vor Allem lag dem König nach der Auflösung des feindlichen Bündnisses daran, die Hauptstadt Prag zu gewinnen. Nachdem schon das Schloß, die Kleinseite und die Brücke in seiner Gewalt war, erließ die Stadt noch ein Ausschreiben in die Kreise um Unterstützung, 6. Juli. Ein Haufen Kreistruppen wurde jedoch vom Könige, dem acht Fähnlein unter Marignano zuzogen, geschlagen. Bei dem allgemeinen Abfalle konnte sich Prag gegen diese Uebermacht nicht länger halten. Am 8. Juli demüthigten sich die Bürgermeister, Räthe und Vertreter der Gemeinden auf dem Hradschin. König Ferdinand zeigte sich als kein gnädiger Herr. Die Stadt mußte ihren Bündnissen entsagen, ihr Geschütz ausliefern; sie verlor alle ihre Privilegien, Herrschaften und Zollgerechtigkeiten. Ueberdies behielt sich der König vor, Einzelne noch besonders wegen ihrer Betheiligung am Aufruhre an Leib und Leben zu strafen. Ebenso verhielt er sich gegen die anderen Städte; die noch nicht übergetretenen Edelleute mußten sich auf Gnade und Ungnade ergeben, und verloren ihre Güter. Ein Landtag im August 1547 bestätigte die neue Gestaltung der Dinge. Der König wurde unumschränkter Herr. Die Böhmen mußten den Mangel an Entschiedenheit und rechtzeitigem energischen Handeln schwer büßen.

Während allerwärts die Glieder des Schmalkaldischen Bundes daniederlagen, hielten sie sich noch in Niederdeutschland. Es ist bereits oben erwähnt worden, wie wacker sich Bremen, mit Hilfe der befreundeten Städte Hamburg, Lüneburg und Braunschweig, nach dem Feldzuge an der Donau gegen kaiserliche Truppen wehrte. Am 20. April nahte sich aber eine ernstliche Gefahr. Herzog Erich von Kalenberg erschien, vereinigt mit den bereits abgezogenen kaiserlichen Schaaren, und forderte die Stadt zur Uebergabe auf. Seine Macht wurde auf 29,000 Mann geschätzt, und er erwartete noch Verstärkung. Die Stadt ließ indessen den Muth nicht sinken; sie war gut befestigt und mit Nahrungsmitteln hinlänglich versehen. Indessen hatten sich, wie ebenfalls erwähnt wurde, die niederdeutschen Städte vereinigt und unter Christoph von Oldenburg und Albrecht von Mansfeld ein Heer ins Feld gestellt, welches nach der Niederlage Johann Friedrich's durch versprengte sächsische Haufen verstärkt wurde. Dieses verwüstete zuerst Erich's Gebiet und zog dann die Weser hinab, ihn selbst anzugreifen. Um nicht zwischen zwei Feinde zu gerathen, zog der Herzog von Bremen ab, und wandte sich nach der Grafschaft Hoya. Im Mai stießen die Heere unvermuthet bei Drakenborg aufeinander. Erich hatte eine feste Stellung auf dem Kröppelsberge eingenommen, und hegte die feste Zuversicht auf Sieg. Allein die protestantischen Truppen faßten, in dem Gedanken, daß das Heil ihrer Sache auf ihnen allein noch beruhe, einen begeisterten Muth, und schlugen den Herzog völlig aufs Haupt. Dieser entkam mit einem Theile seines Heeres durch eine Furt der Weser, nachdem er vierthalbtausend Todte auf dem Schlachtfelde gelassen. Dritthalbtausend Gefangene, die Rüstwagen und sämmtliches Geschütz fielen in die Hände der Sieger. Diese wandten sich darauf nach Bremen. Der Kaiser hatte Anfangs auch die niederdeutschen Gegenden unterwerfen wollen, wozu ihn sein Bruder Ferdinand dringend aufforderte. Aber einestheils hielt ihn nach dem Abzuge des Königs der Mangel an Reiterei von seinem Vorhaben zurück, und dann der Hinblick auf die allgemeinen Verhältnisse, die er nach der Niederlage seiner Hauptgegner zu keiner günstigern Zeit nach seinen Wünschen ordnen zu können hoffte. Hatte er doch in Deutschland wenigstens keinen Widerstand mehr zu besorgen. Darin bestärkte ihn noch überdies der Gedanke, daß es einigen niederdeutschen Landschaften und Städten schwerlich gelingen würde, sich dem Zwange zu entziehen, den er vermöge seiner neuen Machtstellung auf die übrigen Stände des Reichs ausüben konnte.

Vorerst faßte er die religiöse Angelegenheit und sein Verhältniß zum Papste ins Auge. Paul hatte es doch nicht gewagt, dem Willen des Kaisers insoweit zu trotzen, daß er den nach Bologna übergesiedelten Prälaten und Theologen die Bedeutung und Rechte eines Concils zugestand; und Karl hatte, als er am 1. September 1547 den Reichstag in Augsburg eröffnete, die günstigste Aussicht, die Religionssache in seinem Sinne durchzuführen. Was von protestantischen Elementen auf demselben gegenwärtig war, stand entweder in unmittelbarer Abhängigkeit von ihm, oder hatte sich auf Bedingungen unterworfen, die jede Opposition unmöglich machten, oder war endlich viel zu eingeschüchtert, um daran zu denken. Die Forderung des Kaisers auf Anerkennung des Tridentiner Concils wurde demnach ohne Anstand vom Reichstage erfüllt; indessen wurde besonderer Nachdruck darauf gelegt, daß dasselbe gerade in Trient abgehalten werden müsse. Gewiß noch freudiger stimmten die Stände dem Misfallen bei, welches der Kaiser über die Veröffentlichung der Decrete jener Versammlung äußerte. Von Seiten der Protestanten traten sehr entschiedene Ansichten an den Tag. Dem Kaiser war das nicht gerade zuwider, da Alles auf die Vergrößerung der kaiserlichen Autorität dem Papste gegenüber hinauslief. Am 9. November sandte er Madrucci, Cardinal von Trient, an denselben, um die Rückverlegung des Concils nun auch im Namen des Reiches zu verlangen. Aber Paul, der einen mächtigen Kaiser weit mehr fürchtete, als alle Protestanten, der mit Vergnügen den Widerstand der Schmalkaldischen Verbündeten und mit Unruhe ihre Niederlage bemerkt und Alles aufgeboten hatte, um eine Ligue gegen Karl zu Stande zu bringen, war durch die Ermordung seines Sohnes in eine Stimmung versetzt worden, die ihn zu jedem Verständnisse mit dem Kaiser unfähig machte. Pier Luigi Farnese, Herr von Parma und Piacenza, hatte wie ein Tyrann gehaust und fand das Ende eines solchen; er fiel als Opfer einer Verschwörung. Der kaiserliche Statthalter in Mailand, den man der Mitwissenschaft beschuldigte, besetzte Piacenza sogleich im Namen des Reiches, da Farnese ohnedies an allen Intriguen und Verbindungen seines Vaters gegen den Kaiser stets den lebendigsten Antheil genommen hatte. Die Wuth des Papstes war unbeschreiblich, und man beschuldigte ihn sogar, an eine Verbindung mit dem Sultan gedacht zu haben. Unter diesen Umständen hatte sich der Cardinal Madrucci mit seinen Forderungen in Betreff des Concils keiner besondern Aufnahme zu erfreuen. Indessen mußte Paul, aus Rücksicht vor der Welt, an sich halten. Er übergab die Sache einem Ausschusse von Cardinälen, der sich dahin äußerte: sie sei der Versammlung in Bologna zur Entscheidung vorzulegen. Die dortigen Prälaten, die sonach in eigener Angelegenheit zu entscheiden hatten, stellten Bedingungen für die Rückkehr nach Trient, die einer Verweigerung sehr ähnlich waren. Dem Kaiser kam das nicht unerwartet; er schickte zwei Procuratoren nach Bologna, und ließ feierlich gegen die dortige Versammlung protestiren, 16. Januar 1548.

Schon nach dem Feldzuge an der Donau hatte Karl den Gedanken gefaßt, seine Lieblingsidee, den schwäbischen Bund, mit einigen Modificationen wieder ins Leben zu rufen. Doch erst nach Beendigung des sächsischen Feldzuges konnte er den Versuch machen. Im Mai 1547 wurde ein Bundestag in Ulm anberaumt, wo kaiserliche Commissaire zur Theilnahme an dem Bunde einluden. Derselbe sollte alle Stände des Reiches umfassen, und die Reichsconstitution, die an einer Masse alter Förmlichkeiten, namentlich aber an zu großer Selbstständigkeit der Stände litt, eigentlich überflüssig machen. Der Kaiser gedachte sich durch den Beitritt seiner Niederlande und Oesterreichs das Uebergewicht zu sichern. Der Plan scheiterte indessen an dem lebhaften Widerstande der Städte wie der Fürsten, nachdem er vom Kaiser an den Reichstag gebracht worden war. Erstere erschracken vor den beständigen Kriegen, die sie für das kaiserliche Haus würden führen müssen, und vor den ungeheuren Kosten. Die Fürsten erkannten wohl die Gefahren, die im Falle der Verwirklichung des Planes ihrer Herrschaft drohte. Der Kaiser tröstete sich um so eher, da er die Haupttendenzen, welche ihm bei Errichtung des Bundes vorschwebten, auf dem gewohnten Wege der Reichstagsverhandlungen durchzusetzen hoffte. Das Fürstencollegium bewies sich ihm auch sehr willfährig, nachdem er jenen Plan hatte fallen lassen. Die Beraubungen der Geistlichen wurden mit unter die Störungen des Landfriedens aufgenommen. Die Fürsten setzten Besetzung des Kammergerichtes durch Katholiken durch, und überließen die Ernennung der Beisitzer desselben für dieses Mal dem Kaiser. Eine neue Ordnung für diesen Gerichtshof wurde abgefaßt. Das gute Einverständniß zwischen dem Kaiser und den Fürsten hatte die Folge, daß der Wunsch des Ersteren, eine nähere Vereinigung der Niederlande mit dem Reiche herzustellen, wie es schon in dem Bundesentwurfe versucht worden war, von jenen unterstützt wurde. Gegen den Schutz des Reiches für seine niederländischen Besitzungen machte sich Karl verbindlich, den Anschlag eines Kurfürsten zwiefach zu bezahlen. Am 26. Juni kam der Vertrag nach einigen Bedenklichkeiten des Reichstags zu Stande. Die Fügsamkeit desselben veranlaßte den Kaiser, mit einem andern bedeutungsvollen Vorschlage herauszutreten. Er beantragte nämlich die Bildung einer Reichskriegskasse, indem er auf die Nachtheile der bisherigen Einrichtung hinwies, die sich in frühern Kriegszeiten zum Nachtheile des Reiches sattsam herausgestellt hätten, und die Vortheile hervorhob, welche für das deutsche Kriegswesen erwüchsen, wenn die nöthigen Mittel zur Rüstung und Aufstellung eines Heeres nicht erst mit großem Zeitverluste von den einzelnen Ständen aufgebracht werden müßten. Auch dieser Vorschlag erhielt, wenn auch nach einigem Widerstande, die Genehmigung des Reichstags, obschon er sich keineswegs die der Reichsfreiheit drohende Gefahr verhehlte, wenn ein so mächtiger Fürst auch beständig über bedeutende Mittel gebieten könne. Dafür schlug Karl den Ständen ihr Gesuch um Entfernung der ausländischen Truppen ab, so unterthänig es auch abgefaßt war. Was kümmerte ihn eine Verletzung der Reichsverfassung? Er war Sieger und hatte die Entscheidung über Angelegenheiten, welche die mächtigsten Fürstenhäuser nahe angingen, in seiner Gewalt. An seinem Geburtstage, 24. Februar, belohnte er seinen Getreuen, Moritz, mit der Kur. Am 8. April wurde in seiner Gegenwart Adolf von Schaumburg zum Erzbischof von Köln geweiht; zwei Kurfürsten, die ihm ihre Würde zu verdanken hatten. Und sogar über eine dritte Kur hatte er in dem Augenblicke zu entscheiden. Der Herzog von Baiern verlangte nämlich, als Lohn für seine Unterstützung des Kaisers, die pfälzische Kur, die ihm allerdings zugesichert worden war, wenn sich der Kurfürst nicht füge. Dieser hatte sich aber treu erwiesen, und der Kaiser wies die baierische Forderung zurück. König Ferdinand, die günstigen Zeitumstände benutzend, erhob Ansprüche auf Württemberg, weil der Herzog durch seine Theilnahme am Schmalkaldischen Kriege den Cadanschen Vertrag gebrochen habe. Nur das unverwirkte Recht des jungen Herzogs Christoph konnte Dem entgegengesetzt werden. Einen schon seit zwanzig Jahren schwebenden Proceß zwischen Hessen und Nassau entschied der Kaiser zu Gunsten des letztern. Auch die preußische Angelegenheit kam wieder in Anregung; ein Ausschuß ward zu ihrer Erledigung niedergesetzt, der das Gutachten abgab, es müsse bei der längst ausgesprochenen Acht bleiben; der Kaiser möge aber noch einmal den Weg der Güte versuchen. Der Kurfürst von Brandenburg hatte dasselbe mit unterschrieben. Eine Minorität, Baiern an der Spitze, drang auf Execution. Der Kaiser ließ aber die Angelegenheit ruhen, um sich das Haus Brandenburg, das sie so nahe anging, aufs Neue zu verpflichten.

Seine ganze Stellung war zu günstig, als daß er nicht hätte die religiösen Angelegenheiten entscheiden sollen. Von dem Concil war nichts zu erwarten, als ein vollständiges Zurückgehen auf den frühern Zustand; dieses war aber auf die deutschen Verhältnisse unanwendbar. Man griff daher einen frühern Gedanken der lutherischen Partei auf: innerhalb des Reiches, ohne Theilnahme des Papstes, eine Vereinbarung beider Parteien zu treffen. Der Umstand, daß der Fürstenrath die Entscheidung in Religionssachen gleich zu Anfang des Reichstags dem Kaiser bis zum Schlusse des Concils in die Hand gegeben hatte, begünstigte diese Absicht ungemein. Soeben erfolgte nun der Bruch mit dem Papste, der die Sache nur beschleunigte. Der Kaiser ernannte eine Versammlung von Männern beider Religionsparteien, welche sich indessen nach einigen Tagen auflöste, da jeder Versuch einer Einigung von vorn herein scheiterte. Es mußte daher auf andere Weise versucht werden. Der Bischof von Naumburg, Julius Pflugk, der eine freisinnigere Richtung des Katholicismus verfolgte, Michael Helding, Vertreter des altkatholischen Princips, und der protestantische Hofprediger des Kurfürsten von Brandenburg, Johann Agricola, erhielten den Auftrag, die Ideen des Kaisers zu verwirklichen. Diese waren weniger religiöser, als kirchlich-politischer Natur. Es kam ihm darauf an, die Hierarchie zu erhalten, auf welcher das römische Kaiserthum beruhte. Die Hauptpunkte waren: Priesterehe, Abendmahl, Rechtfertigungslehre, Messe. Ueber die beiden ersten kam man schnell hinweg, da hier die Neuerung zu allgemein war, als daß das Concil nicht sollte Rücksichten nehmen müssen. Bei der Lehre von der Rechtfertigung, in welcher man zu Trient eine der lutherischen Auffassung widersprechende beschlossen hatte, suchten die Bevollmächtigten einen Mittelweg einzuschlagen, da der Kaiser die Tridentiner Decrete noch *nicht* anerkannt hatte und den Protestanten die Beistimmung ermöglichen wollte. Bei dem Artikel über die Messe konnte man sich ihrer Auffassung umsomehr accommodiren, da hierüber beim Concil noch keine Verhandlungen stattgefunden hatten. Dasselbe geschah beim Artikel über die Kirche; der Papst wird als Oberhaupt anerkannt, doch auch den Bischöfen ihr Recht gewahrt; die Kirche legt die Bibel aus, setzt Lehren daraus fest und bestimmt die Ceremonien. Die sieben Sacramente werden beibehalten, ebenso die Anrufung der Heiligen, das Halten der Fasten, und die Ordnung und Pracht des Cultus. Es war eben die alte Kirche mit einigen geringen Modificationen, die den Protestanten den Rücktritt leichter machen sollten, und mit etwas mehr Unabhängigkeit vom Papste. Der Kaiser legte den Entwurf, welcher so recht eigentlich ein Bild seiner Reformideen gab, und der den Namen Interim führt, weil seine Bestimmungen zeitweise bis zum Schlusse des Concils maßgebend sein sollten, zuerst den protestantischen Fürsten vor. Die Kurfürsten von Brandenburg und von der Pfalz sahen durch denselben die Möglichkeit gegeben, daß sich gewisse protestantische Ideen im ganzen Reiche geltend machten, da das Interim für Katholiken und Protestanten bestimmt war. Sie nahmen dasselbe an. Der

Kurfürst Moritz hatte sich, auf Zusagen des Kaisers gestützt, bei seiner Landschaft für Beibehaltung ihrer Religion verbürgt. Er gerieth in große Verlegenheit und erklärte endlich auf das Drängen des Kaisers, er könne sich zwar in dieser Sache für seine Unterthanen nicht verpflichten, aber er denke, sie würden wohl einsehen, daß er nicht ändern könne, was alle anderen Fürsten und Stände beschlossen hätten. Der Kaiser nahm das für eine Einwilligung an und versicherte sich der protestantischen Fürsten, von denen jedoch Einige sich dem Entwurfe sehr abgeneigt zeigten. Allein sie waren zu ohnmächtig, um irgend einen Einfluß auf den Gang der Angelegenheit üben zu können. Sie wurde nun vor die Katholiken gebracht. Herzog Wilhelm von Baiern, der wegen Verweigerung der Kur und anderer Ansprüche dem Kaiser zürnte, schickte den Entwurf, dessen Tendenz doch hauptsächlich gegen den römischen Stuhl ging, an den Papst und fragte, ob er eine Genehmigung desselben billige. Die Antwort fiel natürlich verneinend aus, und die Erklärung des Fürstencollegs war im Sinne des Papstes abgefaßt. Erzürnt gab sie der Kaiser zurück, allein er konnte seinen Willen nicht durchsetzen und mußte darin nachgeben, daß das Interim für die Altgläubigen keine Geltung haben solle. Am 15. Mai 1548 wurde den versammelten Reichsständen das Interim zur Annahme vorgelegt. Die mächtigen protestantischen Fürsten staunten, daß das Interim nur für ihre Glaubensgenossen gelten solle, und leisteten einigen Widerstand, aber der Kaiser setzte seinen Willen durch. Einem päpstlichen Nuntius, der soeben angekommen war und jedenfalls Einspruch gegen die Bekanntmachung des Interims erhoben hätte, gab er erst nach der Versammlung Audienz. Obgleich es ihm nicht gelungen war, die Katholiken zur Annahme des Interims zu bewegen, gab Karl den Gedanken doch nicht auf, gewisse allgemein gewünschte Reformen in der katholischen Kirche durchzusetzen, die auf eine zeitgemäße Wiederbelebung der erstarrten hierarchischen Formen hinzielten; er legte in dieser Beziehung einen Entwurf vor, der manche ansprechende Umänderung vorschlug. Vor Allem kam es jetzt darauf an, die Einführung des Interims durchzusetzen.

Sechsundzwanzigstes Kapitel.

Karl auf dem Höhepunkt seiner Macht.

Einführung des Interims. — Umsturz der städtischen Verfassungen. — Julius III. — Successionsentwurf. — Das Concil von Trient — Krieg im Mittelmeere. — Verlust von Tripolis. — Krieg in Siebenbürgen. — Parmesanischer Krieg.

Durch das Scheitern des ursprünglichen Plans, dem Interim allgemeine Geltung zu verschaffen, geriethen die Protestanten offenbar in einen Nachtheil; sie allein sollten jetzt Opfer bringen, während sie außerdem den Trost gehabt hätten, für ihre Verluste durch die allgemeine Herrschaft der im Interim enthaltenen reformatorischen Ideen entschädigt zu werden. Es kamen noch äußere Umstände dazu, den Widerwillen der Protestanten zu steigern, namentlich der reichsstädtischen. Die religiöse Entwickelung war bei ihnen in voller Freiheit vor sich gegangen; reine Ueberzeugung hatte sie die Lehre Luther's annehmen lassen, die mit den Institutionen ihres bürgerlichen Lebens im Verlaufe der Jahre innig verwachsen war. Jetzt sollten sie auf einmal in der wichtigsten Angelegenheit, welche sie bisher mit vollkommener Selbstherrschaft behandelt hatten, einen drückenden Zwang erleiden, und Lehren und Gebräuche hoch und heilig achten, die man sie gelehrt hatte, als päpistisch und verdammlich zu verachten. Indessen man mußte sich fügen. Der Reichstag hatte das Interim angenommen, der Widerspruch einiger kleinen Fürsten war zum Schweigen gebracht worden. Was konnten die Städte unter diesen Umständen anders thun, als nachgeben? Nürnberg fügte sich zuerst, Augsburg und die andern folgten nach einigem Sträuben. Es war ein schmerzlicher Schritt der Nothwendigkeit für die wackern Leute, ihre Ueberzeugung der rohen Gewalt opfern zu müssen, blos um die Vaterstadt vor dem Verderben zu retten, welches die kaiserliche Ungnade mit sich führte. Der Kaiser, der recht wohl merkte, daß diese Art von Gehorsam seinen Plänen nicht dienlich sei, und daß es vor Allem darauf ankomme, die Verfassung der Städte zu ändern, wenn er einem Wechsel der Religion Dauer verschaffen wolle, scheute sich nicht vor Gewaltthaten; er zeigte sich in seiner wahren Gestalt. Mit Augsburg, wo er sich aufhielt, machte er den Anfang. Er stellte das Regiment der Geschlechter wieder her, indem er die Zünfte aufhob, den bisherigen Rath absetzte und einen neuen, aus Patriziern gebildeten, verordnete, der mit Anrufung der Heiligen auf das Interim vereidigt wurde. Aehnliches geschah in Ulm. Kostnitz, das die Schuld der anderen Städte: protestantisch zu sein und eine demokratische Verfassung zu haben, theilte, und welches stets Anfechtungen vom Hause Oesterreich erleiden mußte, wurde plötzlich, während seine Abgeordneten noch mit dem Kaiser verhandelten, in die Acht erklärt (6. August 1548) und zugleich von spanischen Truppen angefallen. Allein die Stadt erwehrte sich des Feindes, besonders durch die heldenmüthige Aufopferung eines Bürgers. Schon hatten die Spanier die Vorstadt erobert und zeigten sich auf der Rheinbrücke, sodaß man besorgte, sie möchten mit den Flüchtigen zugleich in die Stadt eindringen. Da erfaßte jener Bürger, ein neuer Horatius Cocles, zwei Spanier, mit denen er kämpfte, und stürzte sich mit lautem Aufruf zu Gott in den Rhein. Seine Mitbürger gewannen dadurch Zeit, das Thor zu verschließen, und sich in wehrhaften Zustand zu setzen. Die Stadt unterwarf sich endlich im October mit Verlust ihrer reichsstädtischen Freiheit; die Annahme des Interims half ihr nichts; die katholische Religion wurde wieder hergestellt.

Der nächste Sturm richtete sich gegen die Prediger, die das Interim anzunehmen verweigerten. Man zählte im Oberlande an vierhundert verjagte. Auch in Brandenburg und in den sächsischen Landen beider Linien erhoben die Geistlichen Widerspruch gegen die kaiserliche Glaubensnorm. Die Fürsten waren in der größten Bedrängniß. Am lebhaftesten war der Widerstand von Seiten der niederdeutschen Städte, welche sich der kaiserlichen Autorität überhaupt noch nicht unterworfen hatten, besonders von Magdeburg, das ohnehin in der Acht lag. Von großem Einflusse auf das Benehmen der Protestanten war die würdige Haltung des gefangenen Johann Friedrich, den weder Vorstellungen noch Drohungen des Kaisers zur Annahme des Interims bewegen konnten. Man erschwerte seinen Zustand durch Wegnahme seiner lutherischen Erbauungsbücher; er blieb dennoch fest. Landgraf Philipp bewies sich weniger standhaft. Sein unruhiger, leidenschaftlicher Geist ertrug die Gefangenschaft mit der größten Ungeduld. Da ihm jede Aussicht auf Befreiung genommen war, erbot sich Philipp, unter der Bedingung seiner Freilassung, zur Annahme des Interims, wurde aber zu seiner Beschämung vom Kaiser abgewiesen, der wohl wußte, wie gering in Religionssachen die Autorität des Landgrafen bei seinen Glaubensgenossen war. Die Schwäche Melanchthon's, der sich durch die bedingsweise Freundlichkeit seines neuen Gebieters zur Annahme des Interims verleiten ließ, warf dagegen wieder den Samen der Zwietracht und des Zweifels unter die evangelische Partei. In Hessen, Pommern, Cleve, im Lippe'schen wurde die kaiserliche Religionsordnung angenommen, die äußere Einheit in der Kirche wieder hergestellt. Berauscht von diesem Erfolge, dachte Karl daran, die nordischen Königreiche und England für seine Maßregeln zu gewinnen.

Vergeblich waren die Bemühungen Paul's III., die Angelegenheit von Piacenza mit dem Concil in Verbindung zu bringen und von einander abhängig zu machen; der Kaiser sonderte beide Verhandlungen scharf und nöthigte endlich den Papst zur Anerkennung des Interims und der darin enthaltenen Zugeständnisse an die Protestanten. Im September 1549 gab denn Paul auch darin nach, daß er die Versammlung in Bologna, welche ohnehin nie Lebenskraft gehabt hatte, auflöste und die Religionsangelegenheit in einer zu Rom abzuhaltenden Versammlung zu fördern versprach. Sein am 10. November erfolgter Tod vereitelte die Ausführung dieses Gedankens. Nach langen Verhandlungen im Conclave gelangte der Cardinal di Monte durch die kaiserliche Partei auf den römischen Stuhl, 7. Februar 1550; er nahm den Namen Julius III. an. Er erkannte seine Verbindlichkeit gegen den Kaiser an und versprach, ihm in der Angelegenheit des Concils gefällig zu sein. Nichts konnte Karl erwünschter sein, als daß der Papst freiwillig auf seine Ideen einging, der sich als Cardinal und Beauftragter seines Vorgängers denselben hatte widersetzen müssen. Bei der Eröffnung des Reichstages in Augsburg, am 26. Juli 1550, theilte Karl diese Entschließung des römischen Stuhls, das Concil in Trient fortzusetzen, den Versammelten mit. Ueber das Verhältniß der Protestanten zu demselben hielt er sich in einer absichtlichen Unbestimmtheit; er bewahrte nach beiden Seiten hin seine Freiheit; dasselbe sollte durch künftige Verhandlungen festgestellt werden. Es genügte ihm, sein Ansehen durch die Autorität des Concils gehoben und verstärkt zu sehen.

Wir haben oben erwähnt, daß der Kaiser schon auf dem Reichstage in Regensburg 1546 sich über die Mittel berieth, die Kaiserkrone dem habsburgisch-burgundischen Hause zu erhalten. Zu Folge der neuen Ereignisse modificirte Karl diese Gedanken; er dachte seit 1548 ernstlich daran, seinen Sohn zum Nachfolger zu machen, er war aber, aus Besorgniß, die ohnehin bestehende Eifersucht gegen seine Familie noch zu steigern, nicht damit hervorgetreten. Jetzt schien die Zeit günstig. Vor Allem mußten die Deutschen doch Philipp kennen lernen. Die Anerkennung seiner Erbansprüche in den Niederlanden gab einen genügenden Vorwand zur Reise, einmal den Spaniern gegenüber, die mit der Entfernung ihres Regenten unzufrieden waren und sich nur durch die Ankunft des Erzherzogs Maximilian, des Neffen und Schwiegersohns des Kaisers, trösten ließen, dann auch bei den Deutschen, die sich bei dieser Gelegenheit ein Urtheil über den jungen Fürsten bilden sollten. Philipp that Alles, um dasselbe so günstig wie möglich zu gestalten, und er wurde in manchen Kreisen als künftiger Gebieter angesehen und behandelt. Kurfürst Moritz hatte den Prinzen in Trient eingeholt und war in ein sehr vertrautes Verhältniß mit ihm getreten. König Ferdinand erfuhr ziemlich spät von der Sache, noch dazu durch das übertriebene Gerücht, sein Bruder gedenke, ihn zur Abdankung zu zwingen und seinen Sohn Philipp zum römischen Könige wählen zu lassen. Seine Schwester Maria, die er um Auskunft bat, beruhigte ihn in der letzteren Beziehung und eröffnete ihm nach einiger Zeit, der Plan des Kaisers sei, die Würde der Brüder auf ihre Söhne zu vererben, sodaß Philipp römischer Kaiser, Ferdinand's Sohn römischer König werden sollte. Ein solcher Plan verstieß eines Theils gewaltig gegen deutsche Gewohnheit und die Verfassung des Reichs, und verletzte andererseits die Hoffnungen zu sehr, welche Ferdinand an den Besitz der römischen Königskrone geknüpft hatte, als daß er hätte darauf eingehen können. Auf dem Reichstage traf er mit dem Kaiser zusammen; allein nie war zwischen ihnen oder ihren Räthen davon die Rede. Der Grund war: man wollte die Königin Maria, welche größeren Einfluß auf ihren jüngeren Bruder ausübte, aus den Niederlanden herbeikommen lassen. Ferdinand, der diese Ränke durchschaute, bestand auf der Rückkehr seines Sohnes Maximilian aus Spanien, in dessen Abwesenheit er sich auf nichts einlassen könne. Als dieser erschien, traf auch Maria aus den Niederlanden wieder ein, und nun begannen im December 1550 diese wichtigen Verhandlungen. Das Resultat derselben war ein am 9. März 1551 zwischen dem König Ferdinand und dem Infanten Philipp abgeschlossener Vertrag, worin der Erstere versprach: die Kurfürsten „nach den glücklichen Tagen des Kaisers" und nach seiner (Ferdinand's) Kaiserkrönung zu veranlassen, daß sie Philipp zum römischen Könige wählten und nach Ferdinand's Hinscheiden und Philipp's Kaiserwahl dem Erzherzog Maximilian die römische Königswürde übertrügen. Sollten sich, wie voraus zu sehen war, die Kurfürsten weigern, auf einen so verwickelten und weit hinausreichenden Plan einzugehen, so versprach Philipp, zu seiner Zeit dem Erzherzog und Kronprinzen Maximilian zum Königthum zu verhelfen und ihm die Verwaltung des Reiches zu übertragen, wie Karl seinem Bruder gethan habe.

Drohungen vom französischen Hofe, der über das gute Einverständniß des Kaisers und Papstes unruhig wurde, eine Nationalkirchenversammlung zu berufen, beschleunigten den Eifer des Letztern für die Herstellung des Concils. Ende April 1551 wurde den bei der Translocation desselben nach Bologna zurückgebliebenen kaiserlich gesinnten Prälaten die Genugthuung, daß das Concil in Trient fortgesetzt wurde; die Verhandlungen begannen mit dem 1. September. Die Erzbischöfe von Mainz, Trier und Köln, nebst vielen hohen Würdenträgern der deutsch-römischen Kirche, fanden sich ein. Das Erscheinen der Vertreter des Protestantismus wurde durch zwei Bekenntnißschriften vorbereitet, deren Eine Melanchthon zum Verfasser hatte, und ihre erste Maßregel in der Angelegenheit mußte sein, daß sie den Decreten der frühern Versammlung die Anerkennung verweigerten und zugleich auf eine Abänderung des Verfahrens drangen, damit nicht die Päpstlichen Richter in eigener Sache würden. Der kaiserliche Bevollmächtigte, Licentiat Vargas, trat mit diesen Anforderungen ganz auf ihre Seite. Unter solchen Verhältnissen mußte die katholische Partei die Erscheinung der Protestanten auf dem Concil nicht gern sehen. Am 24. Januar 1552 traten die Ersten im Concil auf: es waren weltliche Procuratoren; die würtembergischen überreichten ihr Glaubensbekenntniß und verlangten nochmals Berathung über die schon verhandelten Artikel und Aufstellung unparteiischer, dem Papste nicht verpflichteter Richter. Dasselbe Verlangen sprachen am Nachmittage die sächsischen Abgeordneten aus; außerdem wollten sie die heilige Schrift als maßgebend für die zu fassenden Beschlüsse betrachtet wissen. Ihre Rede machte großes Aufsehen und versetzte den römischen Hof und seine Anhänger in nicht geringes Schrecken, da man nicht mit Unrecht dem Kaiser gleiche Gesinnung zuschrieb. Es war für Diesen die Stunde gekommmen, die Reformation an Haupt und Gliedern vorzunehmen. Aber, wie ihm das schon früher mehrere Male begegnet war, während er nahe daran war, das Ziel zu erreichen, zogen ihn die allgemeinen Angelegenheiten von der Verfolgung desselben ab.

Als Entschädigung für den Verlust von Rhodus hatte Karl bei Gelegenheit seiner Kaiserkrönung den Johannitern Malta, Gozzo und Tripolis unter den günstigsten Bedingungen eingeräumt, sodaß die Belehnung sich wenig von einer völligen Abtretung unterschied. An der afrikanischen Besitzung war den Rittern im Anfange wenig gelegen, doch änderte sich ihre Stimmung nach der Eroberung von Tunis, da sie jetzt hoffen durften, sich in der Nähe einer kaiserlichen Stadt zu behaupten. Im Jahre 1541 begannen sie auch, sich in Malta eigentlich festzusetzen, nachdem das verunglückte Unternehmen des Kaisers auf Algier nicht die üblen Folgen gehabt hatte, die sie befürchteten. Für den Kaiser war diese Ansiedelung insofern vortheilhaft, als ihm die Vertheidigung dieser Grenzpunkte seiner Staaten nun nicht mehr allein oblag. Seit dem Jahre 1541 machte sich Chaireddin's Nachfolger, Thorgud Thorgudscha-Beg, besonders furchtbar an der Nordküste von Afrika. Er bemächtigte sich der Stadt Mediah und beunruhigte von hier aus bald die Küsten von Valencia, wo er unter den dortigen Morisken Anhang hatte, bald das Ufer des Gebietes von Genua. Im Frühjahr 1550 unternahm eine spanisch-italienische Flotte eine Expedition gegen ihn, welche aber ihren eigentlichen Zweck insofern nicht erfüllte, als sie zwar sein Raubnest am 10. September zerstörte, ihn selbst aber mit seiner Seemacht verfehlte. Endlich hatte Andreas Doria das Glück, ihn in dem Golfe von Dscherbe einzuschließen, allein der kühne Corsar entkam dennoch und hatte schon wieder Schrecken an den benachbarten Küsten verbreitet, ehe der Genueser erfuhr, daß er ihm entwischt war. Soliman, der es für eine Beschimpfung hielt, wenn eine Stadt, die seine Oberhoheit anerkannt hatte, in der Gewalt des Feindes war, schickte im Juli 1551 eine große Flotte unter Sinan und Thorgud in die sicilischen Gewässer. Sinan forderte von den beiden Vicekönigen von Neapel Mediah zurück und griff nach der Verweigerung die Besitzungen der Johanniter an, die in einem ähnlichen Verhältnisse zum Kaiser standen, wie die Corsaren zum Sultan. Von Malta stand er ab, da es zu wohl befestigt war. Tripolis dagegen konnte sich nicht halten, besonders da Andreas Doria fehlte, der den Prinzen Philipp aus Spanien führte und den Erzherzog Maximilian aus Deutschland dahin abholte. Es ergab sich am 14. August 1551. Für den Kaiser war der Verlust empfindlicher, als für den Orden; statt eines festen Bollwerkes gegen die Angriffe der Ungläubigen hatte er nun einen Vorposten derselben so nahe an seinem Gebiete. Um so empfindlicher war der Schlag, da Tripolis ein spanisches Besitzthum aus der Zeit Ferdinand's des Katholischen war.

Wir wissen, daß nach Johann Zapolya's Tode der Sultan Ungarn für sich genommen und dessen Witwe und hinterlassenem Sohne Siebenbürgen eingeräumt hatte. Auch hier leitete Georg Martinuzzi, der Minister des Königs-Woiwoden, die Regierung fast unumschränkt. Der Königin-Witwe war dieses Verhältniß unerträglich, und sie wandte sich mit einem Hilfegesuch an den Großherrn, der den gewaltigen und klugen Priester ohnehin haßte. Der Pascha von Ofen fiel in Siebenbürgen ein, wurde aber zurückgeschlagen; doch merkte Martinuzzi aus diesem Versuche, wie aus andern Anzeichen, welches Schicksal ihm von Konstantinopel her drohe. Er stand nicht an, denjenigen Schritt zu thun, der ihm allein zu seiner Rettung übrig blieb. Er wandte sich an den König Ferdinand und erbot sich, den alten Vertrag in Ausführung zu bringen und ihm die heilige Krone und Siebenbürgen zu überliefern. Nach längern Verhandlungen, die, von österreichischer Seite aus nicht ohne Mistrauen geführt wurden, kam man überein: die Königin mußte sich fügen und Siebenbürgen gegen einige Herrschaften in Schlesien abtreten. Martinuzzi wurde zum Woiwoden und Cardinal ernannt und regierte ebenso uneingeschränkt, wie früher, das Land im Namen Ferdinand's. Der Sultan schickte zur Geltendmachung seiner Ansprüche noch im Herbste des Jahres 1551 ein starkes Heer ab. In Siebenbürgen wurde die Mannschaft aufgeboten und die österreichischen Truppen nahmen den Türken wieder einige Eroberungen ab; allein einen bedeutenden Vortheil konnte man nicht über sie erlangen. Daraus entstand eine Misstimmung zwischen den Befehlshabern und Martinuzzi. Die Ersteren beschuldigten den Woiwoden der Absicht, Siebenbürgen für sich zu gewinnen und Ferdinand, der ähnliche Andeutungen von Konstantinopel her erhalten hatte, soll seine Einwilligung zur Ermordung des Cardinals gegeben haben. Es wurde nichts mit dieser That gewonnen. Die Angelegenheiten Siebenbürgens verwirrten sich nur um so mehr, da die feste ordnende Hand fehlte.

Schon seit längerer Zeit herrschte ein gespanntes Verhältniß zwischen dem französischen und kaiserlichen Hofe. Der Krieg mit England über Boulogne hatte aber Heinrich verhindert, seine feindselige Gesinnung gegen den Kaiser zu bethätigen. Der Friede war geschlossen, die Vereinigung Schottlands mit England verhindert, der König konnte nun seine ganze Macht gegen Karl richten. Es fehlte nicht an Veranlassungen dazu. Nach der Ermordung seines Sohnes hatte Paul III. Parma zurückgenommen; Julius III. gab es dem Enkel seines Vorgängers, Ottavio Farnese, wie er versprochen, bei seiner Thronbesteigung zurück. Dieser hoffte von seinem Schwiegervater, dem Kaiser, sogar Piacenza zurückzuerhalten. Allein Karl war keineswegs dazu geneigt, sondern erhob im Gegentheile Ansprüche auf Parma, da ihm die Vermählung des jüngsten Farnese, Horatio, mit der Tochter des Königs von Frankreich sehr zuwider war. Vom Papste, der die Forderung des Kaisers billigte, war nichts zu hoffen; die Farnesen wandten sich daher um Beistand an Heinrich II. Bei seiner Geneigtheit kam ein Vertrag zu Stande, in welchem sich der König verbindlich machte, eine zur Vertheidigung Parma's hinlängliche Mannschaft aufzustellen. Ottavio dagegen solle die Fahnen von Frankreich fliegen lassen und ohne Beistimmung seines Verbündeten kein Abkommen mit dem Kaiser treffen. Dieser war im höchsten Grade über die neue Einmischung der Franzosen in Italien erbittert, die noch dazu von seinem Schwiegersohne veranlaßt wurde. Nicht weniger Julius III., der nicht anstand, den Kampf gegen seinen rebellischen Vasallen, im Bunde mit dem Kaiser, aufzunehmen. Im September 1551 entbrannte der Streit mit der alten Erbitterung in Piemont, und was das merkwürdigste war, Franzosen und Kaiserliche kämpften, ohne Krieg miteinander zu haben, jene als Verbündete des päpstlichen Vasallen, diese als Beistand des Papstes. Daß man bei der gegenseitigen feindseligen Stimmung zwischen dem Könige von Frankreich und dem Kaiser bald ohne Zwischenparteien aneinander gerathen werde, darüber herrschte kein Zweifel. Während des Kampfes schickte Heinrich einen Gesandten an den kaiserlichen Hof, der nach Aufzählung aller Beschwerden und Klagepunkte die Erklärung seines Herren abgab: da die Freundschaft des Kaisers nur in Worten bestehe und sich bei jeder Verhandlung in das Gegentheil verkehre, so sei er entschlossen, dies nicht mehr mit anzusehen, sondern seine Angelegenheiten selbst in Acht zu nehmen, wie es Gott erlauben werde.

So brach die alte Feindschaft wieder aus. Im Osten und Süden von Europa erhob sich aufs Neue der blutige Streit zwischen Kreuz und Halbmond; im Westen drohte wiederum die französische Macht, an deren Spitze ein junger kriegslustiger Fürst stand, der, bis jetzt von keiner Niederlage gebeugt, vor Verlangen glühte, die alte Scharte an dem Erbfeinde Frankreichs auszuwetzen. Wir sahen, daß Karl nur unter der Bedingung des Friedenszustandes mit seinen alten Feinden zu der Macht in Deutschland gelangen konnte, wie er sie die Jahre über entwickelt hatte. Kaum geräth er wieder in Verwickelungen mit diesen, so übt das seine Rückwirkung auf Deutschland aus.

Siebenundzwanzigstes Kapitel.

Opposition gegen den Kaiser.

Krieg gegen Braunschweig. — Reichskrieg gegen Magdeburg. — Allgemeine Erbitterung gegen den Kaiser. — Verbindung der Protestanten mit Frankreich. — Magdeburg ergiebt sich an Moritz von Sachsen.

Im Jahre 1547 waren die niederdeutschen Städte nach ihrem Siege über den Herzog Erich von Kalenberg ununterworfen geblieben; der Kaiser hatte darauf kein Gewicht gelegt, in der Meinung, ein dauernder Widerstand würde ihnen bei dem Verhalten der übrigen Stände nicht möglich sein.

In der That wurde Albrecht von Mansfeld, der sich in den Stiftern Bremen und Verden eine neue Grafschaft zusammenerobern zu wollen schien, nachdem er die seinige eingebüßt, von der Ritterschaft jener Gegend genöthigt, seinen neuen Besitz gegen Entschädigung aufzugeben. Herzog Heinrich von Braunschweig, dem die Siege des Kaisers den Rückweg in sein Erbland geöffnet, suchte Alles auf den alten Fuß zu setzen. Nachdem er die protestantischen Geistlichen und Edelleute vertrieben, führte er einen wahren Raubkrieg gegen die Stadt Braunschweig; er überfiel ihre Waarenzüge, sengte und brannte ihre Saaten, zerstörte ihre Dörfer; allein die Bürger begegneten ihm muthig und ihre Mannschaften gewannen manchen Vortheil über ihn, sodaß er endlich im September 1550 sein Lager bei der Stadt verließ.

Magdeburg stand in demselben kriegerischen Verhältnisse zu dem benachbarten Adel, welchen der Kaiser aufgereizt hatte. Ernstlicher wurde die Sache, als der junge Herzog Georg von Mecklenburg, der Heinrich von Braunschweig unterstützt hatte, mit einem Theile seiner Truppen, auf dem Wege in seine Heimat im Magdeburgischen erschien und sich einige Feindseligkeiten erlaubte. Die Bürger zogen ihm entgegen, erlitten aber am 22. September 1550 eine Niederlage. Nun wandte sich Georg gegen die Stadt selbst. Die benachbarten Fürsten sahen die Einmischung des Fremden ungern und erschienen im Lager Georg's. Es waren die Kurfürsten von Sachsen und Brandenburg und Markgraf Albrecht mit den vornehmsten Domherren und einigen Mitgliedern der Ritterschaft. Da die Stadt die Uebergabe verweigerte und Truppen in Sold nahm, entschloß man sich zur Belagerung und rief die Hilfe von Kaiser und Reich an, die damals in Augsburg versammelt waren. Die Fürsten wünschten lebhaft, daß der Kaiser in Person das Unternehmen ausführen möge; allein er bezeigte keine Neigung, einen Krieg in Deutschland auf seine Kosten zu führen und stimmte bei, daß Kurfürst Moritz die Sache im Namen und auf Kosten des Reiches durchsetzen möge. Dieser hegte ohnehin eine Privatfeindschaft gegen die Stadt. Am 28. November bemächtigte er sich der Neustadt und befestigte sich darin. Darauf wendete er sich mit allem Nachdrucke gegen die Altstadt. Trotz der günstigsten Vorschläge, die er that, waren die Bürger entschlossen auszuhalten. Sie besorgten mit Recht, der Kaiser werde sie nach der Uebergabe doch später zwingen, wozu er wolle. Die empörendsten Vorfälle in den oberländischen Städten rechtfertigten ihre Furcht. Die Stadt war übrigens in gutem Vertheidigungsstande, auf mehrere Jahre mit Lebensmitteln versehen und von einem fast fanatischen Geiste beseelt, den die zahlreichen nach Verweigerung des Interims hier aufgenommenen Theologen nährten. Aufgestellte Wachposten hatten Visionen; allgemein unter den Bürgern war der Glaube, der Feind sehe bei ihren Ausfällen einen Helden auf weißem Roß vor ihnen herziehen. Am 19. December gelang den Magdeburgern ein Anschlag auf die stiftischen Truppen; sie nahmen mehrere Hundert bei einem Gelage gefangen; das Stiftsbanner selbst fiel in ihre Hände. Georg von Mecklenburg wollte diesen Schimpf in Abwesenheit des Kurfürsten Moritz, der einen neu gesammelten Heerhaufen einholte, rächen, fiel aber bei dem Versuche am 20. December 1551 in die Hände der Belagerten. Moritz dämpfte die Freude über diesen Glücksfall, indem er mit den neuen Truppen heranzog und ein fünftes Lager aufschlug. Man war in Magdeburg keineswegs blind gegen die drohende Gefahr. Aber es traten Veränderungen ein, die sie minderten.

Diese waren vorerst innerer, geistiger Natur. Die Gewaltthaten, die der Kaiser in Augsburg, Ulm und Regensburg begehen ließ, der

Uebermuth der spanischen Besatzungen in den Städten, die wegwerfende Art und Weise, mit welcher Karl die wiederholten Klagen der Reichsstände wegen Ueberschreitungen seiner Wahlcapitulation aufnahm, hatten eine tiefe Entrüstung, einen nationalen Widerwillen hervorgerufen. Kein Kaiser hatte bis jetzt gewagt, den höchsten Fürsten des Reichs so beleidigend zu begegnen, wie Karl, und seine spanischen Höflinge verhöhnten ganz offen, was den Deutschen am Heiligsten galt: ihren Glauben und den Ruhm ihrer Nation und ihrer Verfassung. Ueberdies nahm der Kaiser nicht die geringste Rücksicht auf das Herkömmliche, wie sich bei der Belehnung seines Sohnes mit den Niederlanden soeben gezeigt hatte. Am meisten trug jedoch die fortwährende Gefangenschaft des Landgrafen von Hessen dazu bei, eine gereizte Stimmung unter den Fürsten zu erhalten. Sie sahen in ihm nur den mishandelten Reichsfürsten. Philipp war während des ersten Augsburger Reichstages in Nördlingen, Heilbronn und Hall in Haft gehalten worden; darauf hatte man ihn nach den Niederlanden geführt und in Oudenarde bewacht; seit dem Sommer 1550 saß er in Mecheln. Obgleich er regierender Fürst war, erfuhr er doch von den ihn bewachenden Spaniern oft die schmachvollste Behandlung, sodaß er, ohnedies durch einen abscheulichen Betrug zum Gefangenen geworden, oft in Verzweiflung gerieth und sich zu einem Nachgeben verleiten ließ, wie in der Sache des Interims, das er nachher bereute. Vergeblich war die wiederholte Verwendung der Kurfürsten. Ein mislungener Fluchtversuch des Landgrafen machte seinen Zustand noch schlimmer; er befürchtete nicht mit Unrecht, nach Spanien geführt zu werden. Im October 1551 bildete sich in Augsburg, auf Anregung der Kurfürsten von Brandenburg und Sachsen, die nicht nur eine moralische, sondern auch die vertragsmäßige Verpflichtung hatten, die Befreiung des Landgrafen beim Kaiser zu befürworten, eine Verbindung deutscher Fürsten zur Verfolgung dieses Zieles. Mecklenburg, Holstein, die pfalzgräflichen Höfe, Württemberg, Baden, Baiern, das durch einen Regierungswechsel eine andere Richtung bekam, ja selbst der Bruder des Kaisers, König Ferdinand, trat in dieselbe ein. Der Haß gegen den Kaiser, als den Unterdrücker der deutschen Freiheit, griff mehr und mehr um sich; Karl nahm ihn selbst in Tyrol wahr, wohin er von Augsburg 1551 ging. In nicht geringerem Grade machte sich dieses feindselige Gefühl bei Fürst und Volk gegen den Kurfürsten Moritz laut; er galt als ein Verräther an der heiligen Sache des Evangeliums, der deutschen Freiheit und an seiner Familie, als ein Werkzeug zur Unterdrückung Deutschlands in der Hand des Kaisers. Seine eigenen Vasallen wurden in der Treue gegen ihn wankend und richteten ihre Blicke auf seinen Bruder August; das Volk war ihm ohnedies wegen seiner Haltung in der Religionsangelegenheit abgeneigt.

Dazu kam noch der Hinblick auf das Concil in Trient, von welchem im günstigsten Falle nichts weiter zu erwarten war, als eine Anerkennung und Feststellung des Interims. und die Beharrlichkeit, mit welcher der kaiserliche Hof trotz des allgemeinen, deutlich zu Tage gelegten Widerwillens die Successionsangelegenheit betrieb. Hier stieß er nun bei der nächsten Stelle auf einen entschiedenen Widerstand. Ferdinand zwar hatte nachgegeben; allein weder dessen Sohn, noch die königlichen Räthe waren zu gewinnen. Es trat eine gewisse Kälte ein, da namentlich die Theilnahme Ferdinand's an der Fürbitte für Philipp von Hessen den Kaiser unangenehm berührt hatte. Auch das brandenburgische Haus zog sich zurück. Albrecht von Culmbach fühlte sich durch die Hinrichtung eines Obersten verletzt, der gegen Karl's Verbot in französischen Dienst getreten war: Johann von Küstrin hatte von Anfang Aergerniß am Interim genommen. Als der Streit zwischen seinen Neffen, den Herzögen von Mecklenburg, bei Georg's Theilnahme an der Belagerung von Magdeburg nicht zum Ausbruche gekommen war, veranlaßte er Johann Albrecht, die gegen seinen Bruder geworbenen Truppen der bedrohten Stadt zu Hilfe zu schicken. Die Unterstützung war aber zu gering; auch wagte man doch nicht, geradezu gegen den Kaiser aufzutreten. Entscheidende Schritte zur Wahrung der protestantischen und reichsfürstlichen Interessen zu thun, war Sache des Kurfürsten Moritz; von seiner Haltung hing Alles ab.

Dieser sah ein, daß es jetzt nothwendig sei, gegen den Kaiser aufzutreten, und er faßte seinen Entschluß. Er bestärkte heimlich den Erzherzog Maximilian in seiner Opposition gegen den kaiserlichen Successionsentwurf und knüpfte Unterhandlungen mit dem jungen Landgrafen von Hessen an. Indessen mistraute man sich einander doch noch zu sehr, als daß eine Vereinigung deutscher Fürsten mit scharf bestimmter Tendenz hätte zu Stande kommen können. Dies geschah erst, als jene mecklenburgischen Truppen, wie erwähnt, zur Unterstützung Magdeburgs heranzogen. Moritz schlug sie und nahm ihren Anführer Heideck gefangen. Ungeachtet derselbe vom Kaiser nicht zu Gnaden angenommen worden war, machte ihn der Kurfürst zu seinem Vertrauten und hatte durch Heideck's Vermittelung eine Zusammenkunft mit dem Markgrafen Johann, die zu einem Vertrage zwischen den beiden Fürsten führte. Moritz versprach Anerkennung der Augsburgischen Confession und Erhaltung derselben mit aller seiner Macht. Der Markgraf verpflichtete sich zu einer Unterstützung des Unternehmens mit 2500 Reitern. Vor Allem hielt er eine Versöhnung der beiden sächsischen Linien für nöthig und ein offenes Anschließen an die Protestanten von Seiten des Kurfürsten. Dann hoffte er, den Herzog von Preußen, die Herzöge von Mecklenburg, Lüneburg, Pommern und Holstein zum Eintritt in den Bund zu bewegen. Derselbe sollte defensiver Natur sein und der Erhaltung des evangelischen Glaubens und der deutschen Freiheit dienen. Bei der Unzulänglichkeit der Mittel, über welche die Fürsten verfügen konnten, lag der Gedanke nahe, den Beistand des französischen und englischen Hofes zu suchen, die beide eine feindselige Stellung zum Kaiser einnahmen. Bei einer neuen Zusammenkunft Moritz' und Johann's in Torgau, im Mai 1551, zu der sich Johann Albrecht von Mecklenburg und Landgraf Wilhelm, Philipp's ältester Sohn, einfanden, beschloß man, Gesandte an die beiden Mächte abzuordnen. In dem Gesuche an England hob man besonders den religiösen Punkt hervor, in demjenigen an Frankreich den politischen. Heinrich II. nahm den Antrag, der seinen eigenen Wünschen entgegenkam, mit Freuden an. Nur verlangte er ein Offensivbündniß und die Ermächtigung, die Städte Metz, Toul, Verdun und Cambrai als Reichsvicar in Besitz nehmen zu dürfen. Ein drittes Verlangen, daß man ihm gestatte, die geistlichen Fürsten in seinen Schutz zu nehmen, ließ er bei dem entschiedenen Widerwillen der Fürsten fallen. Die andern Bedingungen gingen die Verbündeten ein, und es ist ihnen ein gerechter Vorwurf daraus erwachsen. Freilich war die Wahl schwer für sie.

Scheuten sie sich hier, ein Stück vom deutschen Reiche zu opfern, so drohte ihnen auf der andern Seite Unterdrückung ihrer reichsfürstlichen Rechte und ihres Glaubens. Moritz war kalt, klug und ehrgeizig. Er hatte sein Ziel, die Kur, erreicht; mehr konnte ihm der Kaiser nicht gewähren. Dafür stand er in einer Abhängigkeit von diesem, die nicht allein drückend war, sondern ihn in den Augen von Europa herabsetzte. Der Abfall vom Kaiser hingegen eröffnete ihm eine neue Bahn des Ruhmes: als Verfechter der evangelischen Religion und der deutschen Freiheit aufzutreten. Da der junge König von England sich bedenklich zeigte, mit dem Kaiser zu brechen, kam man um so eher mit Frankreich überein. Diese Macht versprach für die Dauer des Krieges monatlich 60,000 Thaler, für die drei Monate bis zum Beginn und zur Vorbereitung desselben 240,000. Der Vertrag wurde am 15. Januar 1552 abgeschlossen.

Während aller dieser Verhandlungen setzte der Kurfürst die Belagerung von Magdeburg zum Schein fort. Erst Ende August 1551, als man die Zusage von Frankreich hatte, fing er an, in Unterhandlung mit der Stadt zu treten. Er behielt die frühern Bedingungen der Uebergabe auf Gnade und Ungnade, Vollziehung der letzten Reichstagsabschiede und der künftigen zum Besten des Reiches getroffenen Anordnungen wohl bei, gab aber so eigenthümliche Erklärungen darüber, daß die Magdeburger ihm gern die Thore öffneten. Am 9. November 1551 hielt der Kurfürst seinen Einzug und nahm die Huldigung entgegen. Er entließ die Truppen nicht, da sie noch Soldrückstände hatten, und gewann während der Zeit, durch Vermittelung des frei gewordenen Georg von Mecklenburg, die Hauptleute. Im Februar theilte er den Landständen in Torgau seinen Entschluß mit, den Landgrafen von Hessen zu befreien; ihre Abmahnungen waren natürlich vergeblich. Auch die hessischen Stände wurden von ihren Fürsten in Kenntniß gesetzt; sie versprachen die lebhafteste Unterstützung. Heinrich II. erklärte zu derselben Zeit dem Parlamente seine Absicht, den alten Feind zu züchtigen, und wurde durch eine Beisteuer des Klerus, der eine Beschränkung seiner Gerichtsbarkeit damit abkaufte, in seinem Unternehmen wesentlich unterstützt. Schärtlin und Andere führten deutsche Landsknechte herbei; aus Italien kamen die Truppen, die den Krieg in Piemont ruhmreich geführt hatten; in Frankreich selbst wurde mächtig gerüstet. Der König nahm sich vor, von der Champagne her an den Oberrhein zu rücken, um den neuen Erwerb zu besetzen und die schwachen Fürsten vor der Uebermacht des Kaisers zu schützen.

Achtundzwanzigstes Kapitel.

Sturz des Kaisers.

Krieg der Protestanten gegen den Kaiser. — Dessen Noth und Flucht von Insbruck. — Unterhandlungen zu Linz und Passau. — Passauer Vertrag. — Markgraf Albrecht von Culmbach erkennt ihn nicht an. — Befreiung Johann Friedrich's und Philipp's von Hessen.

Anfang März 1552 sammelten sich die hessischen Truppen bei Kirchhain, erzwangen in dem mainzischen Amöneburg die Auslieferung des daselbst aufbewahrten schweren Geschützes und zogen dann unter Anführung des Landgrafen Wilhelm nach Frankfurt, um die Stadt zu überraschen, in welcher man auf protestantische Sympathien gerechnet hatte. Der Versuch schlug fehl und man rückte nach Fulda zu, um sich mit dem Kurfürsten zu vereinigen. Dieser hatte ebenfalls einen Haufen gesammelt, den er über den Thüringerwald nach Franken führte, wo Markgraf Albrecht einen dritten aufgebracht hatte. In Rothenburg an der Tauber geschah die Vereinigung, und sogleich nahm man den Weg nach Augsburg. Die Härte, mit welcher der Kaiser besonders diese Stadt behandelt hatte, trug ihnen die Frucht. Die Gemeinde, welche der Rath nach der Aufforderung zur Uebergabe berufen hatte, erklärte sich für den befreundeten Feind vor den Thoren; die Besatzung verließ die Stadt am 4. April. Zwei Stunden darauf rückten die Verbündeten ein.

Die Franzosen waren indessen ins Feld gezogen und ihre erste Unternehmung war, die Herzogin von Lothringen, eine Nichte des Kaisers, von der Regierung des Landes zu entfernen und sie zur Auslieferung ihres

Sohnes zu zwingen. Mit Einwilligung der Stände wurde die Verfassung des Landes geändert. Der Connetable Montmorency nahm vermittelst der katholischen, französisch gesinnten Partei, die die Evangelische unterdrückt hatte, Metz ohne Widerstand ein. Auch hier wurde die Verfassung umgestoßen.

Der Kaiser lebte während der Zeit in Insbruck, um in dieser Nähe recht wirksam auf den Gang des Concils einwirken zu können. Außerdem beschäftigte ihn der Successionsentwurf fortwährend. Er faßte nicht den geringsten Verdacht, obschon er zum Oeftern gewarnt wurde, und gegen Ende des Jahres 1551 Moritz' Abfall und die Verbindung gegen den Kaiser allgemein bekannt waren. Karl glaubte zu seinem Unglück nicht daran. Er unterlag der größten Täuschung hinsichtlich Moritz', der noch am 27. März den Kaiser um Loslassung des Landgrafen bat, während er schon seine Kriegshaufen zusammenzog. Wußte doch selbst sein vertrauter Rath Carlowitz bis zum letzten Augenblicke nichts von seinem Vorhaben. Endlich konnte der Kaiser sich doch nicht länger verhehlen, daß sein ehemaliger Günstling feindliche Absichten gegen ihn habe; doch meinte er immer noch, man wolle nur den Landgrafen Philipp befreien. Er gab auf die dahin zielende Bitte die Antwort, er wolle den Leib des Landgrafen theilen lassen und beide Parteien auf diese Weise befriedigen. Die Manifeste Moritz' und Albrecht's von Culmbach klärten ihn vollkommen über ihr Vorhaben auf. Außer der Befreiung des Landgrafen waren die Erhaltung der protestantischen Religion und der deutschen Reichsverfassung als Tendenzen des Krieges gegen den Kaiser angegeben, der durch Aufstellung des Interims, durch die Nöthigung der Protestanten, sich dem Concile unterzuordnen, durch die Einführung fremder Truppen in's Reich und die Eingriffe in die Verfassungen der Städte die deutsche Freiheit beeinträchtigt habe. Zu dem Schmerze Karl's, sich von seinem Günstlinge und Schüler überlistet zu sehen, kam der Kummer über seine wirklich verzweifelte Lage. Er ging, in der Hoffnung, bei den Katholiken Unterstützung gegen die protestantische Bewegung zu finden, zuerst die geistlichen Kurfürsten an, welche sich auf die Kunde der eingetretenen Ereignisse anschickten, Trient zu verlassen. Allein sie gaben ausweichende Antworten; Mainz verlangte sogar von ihm Hilfe. Ebenso erfolglos waren seine Versuche bei den alten Verbündeten und bei seinen Verwandten. Ferdinand erklärte, alle seine Kräfte gegen die Türken anwenden zu müssen. Die Augsburger Wechslerhäuser verweigerten eine Unterstützung, so günstige Bedingungen er auch stellte. Jetzt schlug in der That Untreue ihren Herrn: er mußte für seine Politik büßen. Die ihm treu und redlich gegen Papst, Türken und Franzosen beigestanden hatten, sodaß er der mächtige Kaiser des Abendlandes geworden war, hatte er arglistig niedergeworfen. Jetzt stürmte der Erbfeind wieder heran, im Bunde mit Denen, die sich einst zu Werkzeugen seiner Ränke und Pläne hergegeben. In Ungarn hausten drei türkische Heerhaufen; eine Flotte erschien drohend vor Malta; die Franzosen zogen im Elsaß und am Oberrhein umher, während die verbündeten Protestanten auf Augsburg losgingen.

Karl wollte sich Anfangs in die Arme seines Bruders werfen; doch welche Hilfe konnte ihm der gewähren? Ferdinand selbst widerrieth es ihm. Nach Italien getraute er sich mit seiner geringen Umgebung nicht; der Krieg war dort nicht glücklich für ihn geführt worden, und das Volk in großer Aufregung. Auch hätte er von dort einen Besuch in Spanien nicht versagen können; eine Seereise setzte ihn aber der Gefahr aus, in die Hände der Franzosen oder Türken zu fallen. Er entschloß sich endlich, nach den Niederlanden zu fliehen. Am 6. April brach er mit zwei Kammerherren und drei Dienern heimlich von Insbruck auf; er hoffte durch die Ehrenberger Clause nach Ulm entkommen zu können. Am 7. erreichte er dieselbe, die geheimsten Waldwege aufsuchend, erfuhr aber, daß Moritz an diesem Tage Füßen besetzen wollte. Unfehlbar würde er ihm bei weiterem Vorgehen in die Hände gefallen sein. Es blieb nichts übrig, als nach Insbruck zurückzukehren und den Fortschritt des Feindes durch Unterhandlungen und irgend ein Abkommen zu hemmen. Durch Vermittelung Ferdinand's, der mit Moritz in gutem Vernehmen geblieben war und am 18. April eine persönliche Zusammenkunft mit ihm in Linz hatte, kam ein Waffenstillstand zu Wege, dem eine allgemeinere Verhandlung in Passau folgen sollte. Derselbe sollte mit dem 26. Mai beginnen. Der Kaiser benutzte die kurze Frist, um bei Frankfurt, Ulm und Reitti, unweit der Ehrenberger Clause, Truppen für sich sammeln zu lassen. Allein die verbündeten Fürsten kannten seine Weise; sie standen nicht an, noch während des Stillstandes, am 18. Mai, die bei Reitti gesammelten Haufen auseinanderzusprengen und die Clause selbst zu besetzen. Sie wollten sogar „den Fuchs weiter in seiner Spelunke" suchen, wie sie einen Ueberfall des Kaisers in Insbruck bezeichneten; allein eine Meuterei hinderte sie daran und gewährte dem Kaiser Zeit, sich von Insbruck zu flüchten. Am 19. Mai kündigte er selbst dem gefangenen Johann Friedrich von Sachsen seine Freiheit unter der Bedingung an, daß er ihm nachfolgen solle; Abends 9 Uhr brach er auf, krank und verzweifelt. Er nahm für den Augenblick seine Zuflucht in Brunecken, einem Schlosse des Cardinals von Trient. Am andern Morgen folgte ihm Johann Friedrich, von keinem Spanier mehr bewacht und gequält, wie das seit fünf Jahren sein sehnlicher Wunsch gewesen war: er sang unterwegs ein Danklied. Am 23. Mai rückte Moritz mit seinen Truppen in Insbruck ein; er war jetzt der Mächtigste; denn ängstlich floh vor ihm ins Gebirge hinauf nach Villach der Kaiser und ließ die Brücken hinter sich abreißen; das Concil in Trient stob auseinander, nachdem es sich schon am 28. April auf Anregung des Papstes vertagt hatte. Wie war doch mit einem Schlage zerstört, woran Karl Jahre lang mit dem größten Eifer gebaut hatte! Bei einer Versammlung oberländischer Fürsten soll sogar von seiner Absetzung die Rede gewesen sein. Indessen standen ihm doch noch viele Hilfsquellen offen; er war zwar überrascht von dem unvermutheten plötzlichen Schlage, aber keineswegs ohnmächtig.

Am 18. April kamen verabredetermaßen König Ferdinand und Kurfürst Moritz in Linz zusammen. Außer der Freilassung des Landgrafen Philipp und einer Amnestie für diejenigen, welche die Waffen ergriffen, verlangte der Letztere ein Zurückgehen auf die günstige Stellung, welche die Protestanten auf dem Reichstage zu Speier 1544 eingenommen hatten. Diese Bedingung schloß Interim und allgemeines Concil aus und setzte dafür ein nationales. So geneigt sich Ferdinand zeigte, auf dieselbe einzugehen, so sehr sträubte sich der Kaiser. Dem Landgrafen zwar gestand er die Freiheit zu, verwahrte sich aber gegen alle daraus entspringenden Folgen. Von einem Nationalconcil wollte er gar nichts wissen und stellte sich entschieden auf den Standpunkt der bisherigen Reichstagsbeschlüsse. Da er nicht nachgab und Moritz für sich allein keine anderen Bedingungen stellen konnte, so beschloß man, die Unterhandlungen auf einer weitern Zusammenkunft zu Passau für den 26. Mai fortzusetzen; die Kurfürsten und andre weltliche und geistliche Fürsten wurden zu derselben eingeladen. Zu der festgesetzten Zeit fanden sich denn, außer Ferdinand und Moritz, die Abgeordneten der fünf übrigen Kurfürsten, der Herzöge von Braunschweig, Jülich, Pommern, Württemberg, des Markgrafen Johann und des Bischofs von Würzburg in Passau ein; der Herzog Albrecht von Baiern, der Erzbischof von Salzburg, der Bischof von Eichstädt erschienen persönlich. Wie der französische Einfluß auf die Verhandlungen vermieden wurde, so auch der kaiserliche; weder den Gesandten Heinrich's II., noch den König ließ man Theil nehmen. Die katholischen Fürsten erkannten von vorn herein das Uebergewicht der Protestantischen an, da sie keinen Rückhalt hatten und den Schutz des Kaisers, selbst wenn er ihnen solchen hätte gewähren können, hinlänglich zu würdigen wußten. Moritz kam wieder auf seine frühere Forderung zurück: Herstellung des rechtlichen Verhältnisses der Protestanten, wie es sich in Speier 1544 herausgestellt hatte; ferner, was damit zusammenhing: Nationalconcil, ein unbedingter Friede. Diese letzten Forderungen gestanden die Fürsten zu und legten ihre gefaßte Meinung in einem Gutachten nieder, am 6. Juni 1552; auch König Ferdinand gab am folgenden Tage seine Zustimmung. Die verlangte Anerkennung der Speierschen Beschlüsse stieß doch auf einigen Widerwillen: Ferdinand verwies die Verhandlungen darüber auf einen Reichstag. Man kam endlich überein, daß die endgiltige Entscheidung dem Reichstage überlassen bleibe; aber im Voraus erklärte man, daß bei der Besetzung des Kammergerichts die Form des Eides freigegeben und den Protestanten Gleichheit zugestanden werden solle. Nachdem man sich über die Hauptsache vereinigt, verständigte man sich schnell über die Freilassung des Landgrafen und über die Amnestie und Restitution der um der Religion willen Vertriebenen und Geächteten. Eine große Schwierigkeit erwuchs für die Vereinigung aus der Weigerung des Kaisers, die vereinbarten Artikel anzunehmen, trotz der Vorstellungen seiner Bevollmächtigten und seines Bruders. Er sah durch die Billigung derselben das eifrig verfolgte Ziel seines Lebens: die Einheit der abendländischen Kirche durch ein allgemeines Concil herzustellen, verrückt. Des beständigen Friedens weigerte er sich, da dann das Interim fallen und alle unterdrückte Ketzerei wieder zu Tage kommen würde. Die andern Bedingungen ging er ein. Er hatte eben nicht das geringste Verständniß für die Bedürfnisse der Zeit. Ferdinand reiste Anfang Juli selbst von Passau nach Villach und stellte dem Kaiser die Folgen seines Verhaltens vor. Er mußte mit einem abschlägigen Bescheide zurückkehren. Das erregte natürlich nicht geringes Aufsehen unter den Fürsten. Moritz, der, wieder einmal nach Passau zurückgekehrt, den Stand der Dinge mit Unzufriedenheit bemerkte, faßte gerechten Argwohn über die Absichten des Kaisers und griff den Sammelplatz der kaiserlichen Truppen bei Frankfurt am Main an. Allein die Stadt nahm dieselben in ihre Mauern auf und schlug alle Angriffe zurück. Der junge Herzog Georg von Mecklenburg fand seinen Tod. Das Mislingen dieses Unternehmens führte zu einer Bereitwilligkeit von Seiten Moritz', auf die Bedingungen des Kaisers einzugehen, die er außerdem schwerlich bewiesen haben würde. Aber er hätte einen neuen erbitterten Kampf mit der keineswegs zu verachtenden Macht des Kaisers und die Wiederherstellung Johann Friedrich's befürchten müssen. Am 29. Juli nahm er den Vertrag an. Er wiederholte sein Versprechen an Ferdinand, ihm in Ungarn beizustehen, und die Truppen der Verbündeten leisteten Jenem den Eid. Der König dagegen bat seinen Bruder, Johann Friedrich nicht eher zu entlassen, als bis er sich mit Moritz verständigt habe. Allein Karl, der seine Kräfte wieder wachsen fühlte, hatte gar keine Lust mehr, den Vertrag in der von ihm selbst aufgestellten Form zu ratificiren, und nur die flehentlichen Bitten Ferdinand's, ihm nicht solche Schmach anzuthun und ihn des einzigen Mittels, Ungarn wiederzugewinnen, zu berauben, vermochten ihn endlich dazu. Durch den Vertrag war im Ganzen nichts gewonnen; die Protestanten hatten weder einen beständigen Frieden, noch ein Aufgeben jenes Strebens nach der Einheit des Christenthums erlangt; ja man legte nicht einmal auf allen Seiten die Waffen nieder. Markgraf Albrecht, der während der Zeit die geistlichen Besitzungen in Franken und Schwaben geplündert hatte, erkannte die Passauer Uebereinkunft gar nicht an und führte den Krieg gegen Stifte und Städte an Rhein und Mosel auf seine Hand fort.

Am 1. September 1552 entließ der Kaiser in Augsburg den Dulder Johann Friedrich mit der Erklärung: er habe an seinem Verhalten während der Verstrickung ein gnädiges Gefallen gehabt; er hoffe, auch künftig zu allen Gnaden Veranlassung zu haben. Standhaft hatte sich der Fürst des Versprechens geweigert, den Beschlüssen eines Concils oder Reichstags in der Religion Folge zu leisten; die andere Bedingung, mit seinem Vetter Moritz sich zu vertragen, war er eingegangen, und er zeigte sich entschlossen, das zu halten. Mit seinem treuen Freunde Lucas Cranach, der die Gefangenschaft mit ihm getheilt, betrat er in Koburg sein Gebiet. Wohin er auch kam, erhielt er die rührendsten Beweise treuer Liebe. Auch Landgraf Philipp, der bis zur letzten Stunde den Quälereien seiner spanischen Wächter ausgesetzt war, erhielt nach der definitiven Annahme des Vertrages seine Freiheit. Als er nach Kassel kam, war sein erster Gang in die Martinskirche, wo er lange in Gebet und Nachsinnen vor dem Denkmale seiner indeß verstorbenen Gemahlin kniete. Selbst die vertriebenen Prediger kehrten zum Theil zurück; mußte doch sogar in Augsburg der Kaiser neben den interimistisch gesinnten Geistlichen auch rein evangelische dulden.

Neunundzwanzigstes Kapitel.

Anarchische Zustände in Deutschland.

Französisch-osmanischer Krieg. — Belagerung von Metz. — Verbindung des Kaisers mit Albrecht von Culmbach. — Waffenstillstand mit Frankreich. — Siena entzieht sich dem kaiserlichen Joche. — Krieg im Mittelmeere. — Albrecht von Culmbach brandschatzt die geistlichen Fürstenthümer. — Neues Hervortreten des kaiserlichen Successionsentwurfs. — Vereinigung von Reichsfürsten zu Wimpfen und Heidelberg. — Verbindung gegen Albrecht von Culmbach. — Schlacht von Sievershausen. — Tod des Kurfürsten Moritz.

Sogleich nach Unterzeichnung des Passauer Vertrages, zog Moritz an der Spitze eines Heeres von 5000 Mann zu Fuß und 6000 Mann zu Pferd nach Ungarn, wo Ferdinand's Sache sehr schlecht stand. Der Sandschak von Ofen, Ali, war schon im März 1552 ins Feld gerückt, hatte mehrere Städte erobert und Erasmus Teufel, Freiherrn zu Gundersdorf, einen Anführer österreichischer Truppen, selbst in seine Gewalt bekommen. An der Donau erschien der Vezier Achmed mit einem zweiten, durch die Reiterei des Begler-Beg von Rumili verstärkten Heere. Temeswar, welches man schon im vorigen Jahre vergeblich belagert hatte, fiel endlich, nach der tapfersten Gegenwehr, vor der ungeheuren Uebermacht, und die osmanische Herrschaft ward in dem Banate begründet. Der königliche Feldherr Castaldo konnte nichts ausrichten, da er seine eigenen Soldaten nicht bezahlen konnte; er gerieth in wahre Verzweiflung. Durch ein Wunder fast geschah es, daß, während die stärksten Festen in die Gewalt der Feinde kamen, ein unbedeutender fester Ort, Erlau, den eine geringe Zahl Landleute aus Zips unter der Anführung des heldenmüthigen Stephan Dobo vertheidigte, drei große Stürme der vereinigten türkischen Heere zurückschlug. In der Zeit nahte sich Kurfürst Moritz mit seiner Macht der Stadt Raab. Mistrauen von Seiten des Königs Ferdinand scheint seine Ankunft verzögert zu haben. Der Eindruck derselben, verbunden mit den Besorgnissen, die der nahende Winter erweckte, war doch so stark, daß die Türken die Belagerung von Erlau aufhoben. Moritz konnte indessen auch nichts ausrichten. Er hatte nicht nur mit der Uebermacht des Feindes, sondern auch mit Mistrauen und Eifersucht seiner Partei und mit der Widerspenstigkeit seiner Truppen zu kämpfen. Er wäre überhaupt zu spät gekommen, um den Türken ihre Eroberungen streitig zu machen, selbst wenn es in seiner Gewalt gestanden hätte. Der Verlust dieser schönen Länder war dem Kaiser zuzuschreiben, der über seinen Religions- und Successionsentwürfen versäumt hatte, durch zeitige Vorkehrungen und entsprechende Unterstützung seinem Hause diesen Besitz zu erhalten.

Der Kaiser hatte wieder ein glänzendes Heer zusammengebracht. Auf den Musterplätzen in Frankfurt, Ulm und Regensburg hatten sich stattliche Haufen Fußvolkes und Reitergeschwader zu seinen Fahnen gestellt; aus Italien kamen Hakenschützen und neapolitanische Reiterei; wieder trat eine Zahl deutscher Fürsten in seinen Dienst. Viele spanische Granden, in glänzender Erscheinung, hatten die weite, gefährliche Seefahrt nicht gescheut, um ihrem bedrängten Könige zu helfen. Prinz Philipp schickte eine Million Ducaten. Der Kaiser entwickelte eine Macht wie zur Zeit des Schmalkaldischen Krieges. Mit der günstigen Wandelung seiner Lage tauchte bei Karl auch wieder der Gedanke auf, ob er nicht sein Uebergewicht zur Herstellung des vorigen Verhältnisses in Deutschland, zur Durchführung seiner Lieblingsideen benutzen solle. Indessen siegte die Rücksicht auf die Niederlande und Ungarn, welche bei Ausführung des Gedankens unzweifelhaft eine Beute seiner Feinde werden mußten. Er zog vor, das Reich in Frieden zu lassen und seine Waffen gegen Frankreich zu wenden, da der Verlust von Metz, Toul und Verdun seinen Stolz aufs Tiefste verletzt hatte. Am 19. October erschien er vor Metz. Auf französischer Seite hatte man indessen den Angriff vorhergesehen und bei der Wichtigkeit des Platzes alle Vorkehrungen zu seiner Behauptung getroffen. In der Person des Herzogs von Guise erhielt die Stadt einen tapfern und befähigten Befehlshaber. Eine höchst merkwürdige Stelle übernahm Markgraf Albrecht in diesem Feldzuge. Bei der Annäherung des Kaisers zog er sich mit seinen räuberischen Schaaren nach Lothringen zurück, als beabsichtige er, die Partei des Königs von Frankreich zu ergreifen; er schien aber nur noch abwarten zu wollen, auf welcher Seite er den höchsten Kaufpreis erhalten würde. Endlich trat er auf die Seite des Kaisers, überfiel eine Abtheilung französischer Truppen unter dem Herzoge von Aumale und nahm diesen selbst gefangen, 4. November 1552. Verstärkt durch die 10,000 Mann Albrecht's betrieb Karl die Belagerung aufs eifrigste; allein alle seine Anstrengungen scheiterten an der Vorsicht, Wachsamkeit und Tapferkeit der Besatzung. Die schlechte Jahreszeit begann, ihren verderblichen Einfluß auf das kaiserliche Heer, namentlich die italienischen und spanischen Soldaten, auszuüben. Karl sah sich endlich genöthigt, die Belagerung aufzuheben, Anfang Januar 1553. So großen Ruhm der Vertheidiger von Metz, Franz von Guise, davon trug, so bitter waren die Vorwürfe gegen den Herzog von Alba, der durch seinen Eigensinn ein tüchtiges Heer ins Verderben gestürzt hatte.

Einen nicht weniger ungünstigen Gang nahm die kaiserliche Sache in Italien. Während seines Aufenthaltes in Villach hatte Karl, gegen eine Anleihe, das Fürstenthum Piombino an den Herzog Cosimo von Florenz verpfändet und dadurch diesen nicht allein fast unabhängig gemacht, sondern auch die große Unzufriedenheit der Familie Appiani erregt, in deren Besitz die Stadt war. In Mailand und Genua herrschten französische Sympathieen; das Schlimmste war indessen die Feindschaft und Eifersucht, welche unter den kaiserlichen Machthabern selbst herrschte. Unter solchen Verhältnissen war es natürlich, daß die päpstlich-kaiserliche Unternehmung auf Parma zu keinem Ziele führte. Julius III. war endlich der Sache müde und schloß im April 1552 einen Waffenstillstand mit den Franzosen, dem der Kaiser, zum Triumphe König Heinrich's, in Kurzem beitrat. Die französischen Parteigänger tauchten wiederum auf. Am empfindlichsten für die Kaiserlichen war der Schlag, der sie in Siena betraf. Karl hatte die Volkspartei in diesem Freistaate in Schutz genommen, der ihr indessen bald lästig wurde. Auf den ersten Versuch, sich desselben zu entledigen, war eine spanische Besatzung, unter dem kaiserlichen Minister in Rom, Mendoza, in die Stadt gelegt worden. Der bekannte Uebermuth und die Habsucht der schlecht bezahlten kaiserlichen Soldaten rief eine zweite Empörung hervor. Um ferneren Ausbrüchen vorzubeugen, schritt Mendoza zur Anlegung eines Castells. Da brauste der republikanische Geist unwiderstehlich auf; mit Hilfe einiger Flüchtlinge und Franzosen vertrieb die Bürgerschaft die spanische Besatzung aus der Stadt und empfahl sich dem Schutze des Königs von Frankreich.

Schon im Jahre 1552 waren Heinrich II. und Soliman übereingekommen, ihre Flotten gemeinsam vorschreiten zu lassen; doch geschah die Vereinigung erst im folgenden Jahre. Man griff zuerst Neapel auf Veranlassung des Fürsten von Salerno an, des vornehmsten Edelmanns in diesem Königreiche, der sich im vorigen Jahre mit dem Vicekönig entzweit und Zuflucht am französischen Hofe gesucht hatte. Von da wendeten sich die vereinigten Flotten nordwärts; während die Türken, wie vorher Neapel, die Küsten von Toscana verwüsteten, eroberten die Franzosen einen Theil der Insel Corsica, indem sie den Widerwillen der Eingeborenen gegen ihre genuesischen Gebieter benutzten.

Nicht ganz mit Unrecht nannte man dieses Jahr das unglücklichste in der Regierung Karl's. Zwar hatte er eigentlich nirgends eine Niederlage erlitten und besaß noch Macht genug, um seinen Gegnern einen wirksamen Widerstand entgegenzusetzen; allein was ihm hauptsächlich schadete, war der Mangel einer festen Haltung, der sich auf eine fast verletzende Weise durch seine Verbindung mit dem berüchtigten Markgrafen Albrecht zu Tage gab. Nachdem jenes oft erwähnte Ziel seines Lebens im Augenblicke seiner Vollendung gescheitert war, schien der Kaiser des festen Rückhaltes zu entbehren, der ihn vor wenigen Jahren noch unwiderstehlich gemacht hatte.

Eben jener Markgraf Albrecht war bestimmt, im Jahre 1553 eine wichtige Rolle auf dem Schauplatze der Ereignisse zu übernehmen. Obgleich er zu Anfang des vorigen Jahres das gegen den Kaiser gerichtete Bündniß der protestantischen Fürsten mit dem Könige von Frankreich in deren Namen selbst abgeschlossen hatte, war er doch nicht in dasselbe eingeschlossen gewesen; er hatte an dem Kriege freiwillig Theil genommen. So eifrig er auch für die protestantische Sache gestimmt war, ebenso sehr nöthigten ihn seine zerrütteten Vermögensverhältnisse, auf Erwerbung von Mitteln bedacht zu sein. Konnte er der Religion und seinem Privatinteresse zugleich besser dienen, als wenn er die reichen Stifte und Städte in Contribution setzte? Die Zusicherung Moritz' bei Beginn des Krieges: was er von solchen Ständen, die sich bei dem Unternehmen nicht betheiligen würden, durch Brandschatzung oder auf eine andere Art erlange, solle ihm und seinem Kriegsvolke zu Gute kommen, faßte er auf seine Weise auf und führte seine Pläne mit einer gewissen Berechtigung durch. Er warf sich zuerst auf den Bischof von Bamberg, den er durch förmlichen Vertrag zur Abtretung eines Drittheils seines Stiftes zwang. Ebenso nöthigte er den Bischof von Würzburg zu einigen Abtretungen und zur Uebernahme eines Theils seiner Schulden. Der Stadt Nürnberg stellte er die unverweigerliche Wahl zwischen der Betheiligung an dem Feldzuge gegen den Kaiser oder Erlegung von 200,000 Gulden. Albrecht war ernstlich entschlossen, seine Erwerbungen zu behaupten: er knüpfte seinen Beitritt zu dem Passauer Vertrag an die rechtliche Anerkennung und Belehnung mit der bischöflichen Beute. In jenem Uebereinkommen hatten die Protestanten jene Bedingung, die sie erst gestellt: Verjagung der hohen Geistlichen und Beibehaltung dessen, was man ihnen entrissen, fallen gelassen. Von dem Tage an faßte Albrecht einen tiefen Groll gegen Moritz. Von Franken aus hatte er sich an den Rhein gewendet und die dortigen Bisthümer mit Feuer und Schwert heimgesucht. Wie ein wildes Wetter fuhr er einher mit Donner, Blitz und Einschlagen. Er hauste gerade im Erzbisthum Trier, als der Kaiser zur Belagerung von Metz herbeizog. Gegen alle Anerbietungen der Franzosen trat er in dessen Dienste, da ihm Karl ein unschätzbares Gebot machte: die Anerkennung und Bestätigung jener mit den Bischöfen abgeschlossenen Verträge. Möglich, daß Karl in seiner wohlberechnenden Politik nicht nur für die gegenwärtige Unternehmung auf Metz, sondern auch für Durchführung seines Successionsentwurfes, den er soeben wieder aufnahm, in dem rücksichtslosen, schlagfertigen Markgrafen sich eines kräftigen Beistandes versichern wollte. Neujahr 1553 stellte er beim Kurfürsten von Brandenburg den Antrag, die Kurfürsten möchten, sobald König Ferdinand Kaiser geworden sei, den Prinzen Philipp sogleich zum römischen Könige wählen. Um demselben Freunde zu machen, zeigte er den Deutschen eine ungewohnte Rücksichtsnahme. Er dachte daran, einen Reichshofrath zu errichten, dessen Beisitzer allein Deutsche sein sollten, und erwies den religiösen Meinungen Schonung. Allein diese Selbstverleugnung wurde nicht belohnt; die Fürsten hatten denselben Widerwillen gegen das Project, wie früher, und am 5. Februar 1553 kam eine Vereinigung katholischer und protestantischer Fürsten in Wimpfen zu Stande, die den Zweck hatte, sich dem Plane des Kaisers zu widersetzen. Auch von dem Verhältnisse des Markgrafen Albrecht zu den Bischöfen war, auf Karl's Aufforderung, hier und in Heidelberg, wohin die Fürsten sich begaben, die Rede. Der Bischof und das Capitel von Würzburg wollten sich dem Vertrage und dem Willen des Kaisers fügen; allein der Bischof von Bamberg widerstrebte entschieden. Dadurch wurde auch Würzburg, vermöge alter Verträge, von der Erfüllung seines Vertrages zurückgehalten. Da Albrecht's Erwartung, die versammelten Fürsten würden ihm zur Durchfechtung seines Handels beistehen, getäuscht war, beschloß er, die Sache auf eigene Hand auszuführen. Er zerstreute würzburgische Truppen, die Bamberg zu Hilfe zogen, bemächtigte sich dieser Stadt am 16. April 1553, und nahm das ganze Stift bis auf Forchheim ein. Der nächste Schlag war gegen Nürnberg gerichtet, welches sich mit seinen Nachbarn zum Widerstand gegen den gemeinsamen Quäler verbunden hatte. Er sprengte eine schlesische Reiterschaar, die durch Böhmen und das Eichstädtische der Stadt zuzog, auseinander, brandschatzte und zündete Laufen und Altorf an, und bemächtigte sich im Verlaufe des Mai fast des ganzen Würzburgischen und Nürnbergischen Gebietes. Auch Schweinfurt, obschon eine Reichsstadt, besetzte er, da er die Annäherung einer drohenden Gefahr merkte. Nicht alle Fürsten sahen sein Verhalten mit so gleichgiltigen Augen an, wie die oberdeutschen; besonders war es Kurfürst Moritz, der das Umsichgreifen des Markgrafen mit steter Aufmerksamkeit verfolgte. Er wußte, wie sehr ihm dieser wegen seiner Beeinträchtigung durch den Passauer Vertrag zürnte, und nun dieser wilde, verwegene Mann im Bunde mit dem Kaiser, der Moritz seinen Abfall nie vergab! Es war eine drohende Lage für den Kurfürsten; er mußte rasch handeln. Er verband sich mit König Ferdinand, den Bischöfen von Bamberg und Würzburg und dem Herzog Heinrich von Braunschweig gegen den Markgrafen. Aus Furcht, in Franken von allen Seiten angegriffen zu werden, beschloß derselbe, sich nach Niederdeutschland zurückzuziehen und seinen vornehmsten Gegner, den Herzog Heinrich, anzugreifen, der soeben, durch seine Verbindung neu gestärkt, seinen Vetter Erich von Kalenberg und seine Städte und Edelleute bedrängte. Erich unterstützte den Markgrafen mit 1000 Reitern und verband sich mit ihm zum Kriege gegen Heinrich, der der Uebermacht bald weichen mußte. Ueberall, wo er Sieger war, machte Albrecht das protestantische Princip geltend; die Evangelischen bis nach Böhmen hinein sahen in ihm den Verfechter ihrer Sache. Die Parteien und Persönlichkeiten in ihren gegenseitigen Verhältnissen waren in der That bunt durcheinander gewürfelt. Auf der einen Seite der kriegerische Markgraf im Bunde mit Erich von Kalenberg und den Protestanten, als deren Vorkämpfer offenbar vom Kaiser begünstigt, der, zum Erlasse von Edicten wegen Landfriedensbruch genöthigt, zum allgemeinen Erstaunen nicht einmal den Namen des Markgrafen darin nannte. Dort der protestantische Moritz im Einverständnisse mit dem eifrig katholischen Heinrich von Braunschweig, den Bischöfen von Bamberg und Würzburg, die er Alle noch vor Kurzem bekämpft, und mit dem Könige Ferdinand, den, wie die Andern, die bedeutende Stellung Albrecht's mit Besorgnissen erfüllte. Die Stimmung zwischen den Häuptern der beiden Bündnisse war von der Art, daß an eine friedliche Ausgleichung nicht zu denken war. Anfang September 1552 hatte Moritz sein Verhältniß zum Könige von Frankreich erneuert, der ihn nun aufforderte, die Niederlande anzugreifen. Der Kurfürst versprach das, sobald er den Markgrafen niedergeworfen haben würde. Im Juli 1553 suchte er seinen Feind auf, an der Spitze des verbündeten Heeres von 8000 Mann zu Fuß und 7500 zu Pferde, worunter 1000 böhmische Reiter unter dem Grafen von Plauen waren. Da Albrecht ihm nicht gewachsen war, beabsichtigte er, an ihm vorbeizugehen und hinter seinem Rücken die sächsischen Lande anzugreifen. Moritz durchschaute seinen Plan und besetzte eine Furt bei dem Dorfe Sievershausen, welche den Uebergang ins Magdeburgische möglich machte. Am 9. Juli näherte sich Albrecht dem Punkte und erlitt von Moritz einen hitzigen Angriff; eine Abtheilung seines Fußvolkes wurde geworfen. Er benutzte indessen die Unordnung, in welche dadurch die kurfürstliche Reiterei gekommen war, warf sie seinerseits und nahm die Furt ein. Moritz und Herzog Heinrich in Person machten ihm den Besitz streitig, und es kam zu einem hartnäckigen Kampfe. Zwei Söhne des Herzogs von Braunschweig, Herzog Friedrich von Lüneburg, und viele angesehene Leute fielen; Moritz selbst wurde von einer Kugel getroffen; allein seine Partei behauptete den Platz. Doch wurde der Sieg theuer genug erkauft; denn die Schußwunde des Kurfürsten, welche er selbst für nicht bedeutend gehalten hatte, machte nach zwei Tagen seinem Leben ein Ende (32 Jahre alt), 9. Juli 1553. Sein Tod war zunächst ein Glück für den Kaiser, denn was würde aus den Niederlanden geworden sein, wenn Moritz nach der Niederlage Albrecht's, im Bunde mit Heinrich II., sich auf dieselben geworfen hätte? Eben war dieser daran, die vierte ihm zugesagte Stadt, Cambrai, an der Spitze eines bedeutenden Heeres einzunehmen. Allein Karl hatte sich wohl gerüstet und konnte, da er von Moritz' Seite nichts mehr zu besorgen hatte, seine Aufmerksamkeit diesem Feinde ungetheilt zuwenden. Er selbst brach, obschon von seiner Krankheit arg heimgesucht, von Brüssel in das feste Lager bei Valenciennes auf, welches die Franzosen nicht anzugreifen wagten. Die schlechte Jahreszeit nöthigte sie endlich zum Rückzuge.

Dreissigstes Kapitel.

Beruhigung Deutschlands durch die Reichsfürsten.

Verlust von Siebenbürgen. — Vergleich zwischen den beiden sächsischen Linien. — Friede des Kurfürsten August von Sachsen, Philipp's von Hessen und den oberdeutschen Fürsten mit Albrecht von Culmbach. — Dessen Untergang. — Heinrich von Braunschweig stellt die Ordnung im Reiche her. — Restauration des Katholicismus in England.

Eine neue Beeinträchtigung der österreichischen Herrschaft in Siebenbürgen hielt dem in den Niederlanden gewonnenen Vortheil das Gegengewicht. Wir erinnern uns, daß zu Folge des im Jahre 1551 mit Martinuzzi abgeschlossenen Vertrags die Witwe Zapolya's Siebenbürgen hatte abtreten müssen, und als Ersatz Besitzungen in Schlesien angewiesen erhielt. Die Ermordung des Cardinals stürzte das Land in eine heillose Verwirrung und brachte ihren Urhebern kein Heil. Der üble Eindruck, den die That hervorbringen mußte, verbunden mit den Erpressungen, die sich Ferdinand's Kriegsobersten theils aus Geldgier, theils von der Nothwendigkeit gedrängt, ihre Söldner zu befriedigen, erlaubten, erzeugte eine allgemeine Gährung, die bald zu einem Aufstande der Szekler, zu feindlichen Einfällen der Walachen und eines türkischen Heeres führten. Diese allgemeine Verwirrung suchte die Königin-Witwe zu benutzen, um die Krone des Landes wiederzuerlangen, die sie nur mit dem höchsten Widerwillen niedergelegt hatte. Sie verließ im tiefsten Geheimnisse Schlesien und erschien mit ihrem Sohne in Siebenbürgen, um seine Ansprüche auf den Thron geltend zu machen. Ihre Berechnung auf das allgemeine Misvergnügen über die österreichische Herrschaft trog sie nicht. Aber nicht nur eine mächtige Faction der Großen bildete sich für sie, sondern auch der Pascha von Belgrad nahm sich auf Befehl des Sultans der Sache des Prinzen an. Der österreichische Befehlshaber Castaldo konnte um so weniger dem Prätendenten ein Hinderniß in den Weg legen, da seine spanischen und deutschen Mannschaften in eine Meuterei ausbrachen und auf die Rückkehr nach Deutschland drangen. Es blieb ihrem Obersten nichts übrig, nachdem alle Versuche, die Truppen zu ihrer Pflicht zurückzuführen, gescheitert waren, als Siebenbürgen preiszugeben und an der Spitze der Haufen davonzuziehen, um sie wenigstens durch sein Ansehen von Gewaltthätigkeiten in den deutschen Landen zurückzuhalten. Ferdinand war zu sehr mit seinem Kriege gegen den Markgrafen Albrecht beschäftigt, auch war seine Geldverlegenheit stets zu groß, als daß er wirksame Maßregeln zur Behauptung seiner Herrschaft hätte ergreifen können. Selbst die günstige Gelegenheit, welche ihm die ausgebrochenen Zerwürfnisse im Hause Soliman's boten, mußte er ungenützt lassen. Der Haß zwischen der Sultanin Roxelane und dem ältesten Sohne des Sultans hatte endlich zu einer Katastrophe geführt. Es war dem ehrgeizigen und ränkesüchtigen Weibe gelungen, Soliman's Argwohn und Haß gegen Mustapha zu wecken, sodaß er ihn und seinen Anhang tödten ließ.

Der Regierungsantritt des Herzogs August als Kurfürst von Sachsen trug wesentlich zu einer allmäligen friedlichen Schlichtung der verwirrten Verhältnisse in Deutschland bei; zugleich hinderte das kluge Verhalten des Kaisers den Ausbruch eines neuen Haders. Unmittelbar nach Moritz' Tode hatte nämlich Johann Friedrich um Zurückgabe der Kur und der ihm entrissenen Landestheile gebeten. Aber Karl schlug das ab, weil August damals zugleich mit seinem Bruder belehnt worden sei. Der neue Kurfürst sah das Verhältniß zu seinen Vettern überhaupt mit mildern Augen an; er knüpfte Unterhandlungen an, die im Februar 1554 zu einem für die ernestinische Linie nicht gerade ungünstigen Vergleiche führten. Johann Friedrich erhielt Altenburg, Eisenberg, Herbsleben, Altstädt zurück und starb kurz darauf mit dem Troste, daß sein Haus die furchtbare Katastrophe überdauert habe. Auch mit dem Markgrafen Albrecht ging der friedliebende August am 11. September unter Vermittelung seines Schwiegervaters, des Königs von Dänemark, und des Kurfürsten von Brandenburg einen Vergleich ein, der eine Vorbereitung für den aufzurichtenden allgemeinen Frieden sein sollte. Der Landgraf von Hessen folgte diesem Vorgange, und die alte Erbverbrüderung der drei Häuser Brandenburg, Sachsen und Hessen wurde erneuert. Auch der Bund oberdeutscher Fürsten behielt seine schon vorher gegen den Markgrafen Albrecht beobachtete Neutralität bei, trotz der Bemühungen

Ferdinand's, der jetzt in denselben eingetreten war und ihm österreichische Tendenzen unterlegen wollte. Wie der römische König, so waren auch Albrecht's andere Feinde, Herzog Heinrich von Braunschweig und die Bischöfe von Würzburg und Bamberg, mit der Stadt Nürnberg, nicht zum Frieden zu bewegen. In der Nähe von Braunschweig unterlag am 12. September der Markgraf der Uebermacht seiner Feinde und verließ Niederdeutschland, um seiner bedrängten Heimat zu Hilfe zu eilen. Der Herzog wendete sich nun gegen die Stadt Braunschweig. Es kam ein für beide Theile genehmer Vertrag zu Stande, in welchen auch die benachbarten Städte eingeschlossen waren, und am 29. October hielt Heinrich seinen Einzug. Der langjährige Streit, der so bedeutend auf die allgemeinen deutschen Verhältnisse eingewirkt, war endlich beigelegt. Schon vorher hatte Herzog Erich von Kalenberg Friede geschlossen; jetzt verstand sich auch die Ritterschaft dazu, und Heinrich, seines eigenen Landes sicher, konnte nun seinen fränkischen Verbündeten zu Hilfe ziehen. Unterwegs schloß er mit seinem alten Feinde Johann Friedrich einen „endlichen, ewigen und gütlichen Hauptvertrag."

Während Markgraf Albrecht sein Wesen in Niederdeutschland trieb, hatten die bischöflichen und städtischen Truppen, in Verbindung mit Kriegshaufen des Königs Ferdinand, unter dem Grafen von Plauen, das Erbland ihres Feindes eingenommen und Neustadt an der Aisch, den Hauptort, angezündet. Plötzlich überfiel Albrecht das österreichische Kriegsvolk in Plauen, sprengte es auseinander und hatte die beste Hoffnung, seinen Gegnern alle ihre Eroberungen wieder zu entreißen. Zu seinem Unglück erschien aber Herzog Heinrich. Gegen solche Uebermacht konnte sich Albrecht nicht behaupten; am 7. November wurde er bei Lichtenfels besiegt, kurz darauf bei Culmbach. Dieser Ort, sowie Baireuth und Hof, kamen in die Gewalt des Feindes. Die Achtserklärung, welche soeben publicirt wurde, brachte den Bedrängten vollends zur Verzweiflung; er wies den Antrag seiner Gegner, der durch Vermittelung seiner Vettern und der Heidelberger Verbündeten an ihn erging, die Waffen niederzulegen und, unter Bürgschaft seiner Verwandten, Ruhe zu halten, trotzig zurück und hielt seine vom Kaiser bestätigten Ansprüche fest. Unter diesen Umständen lieh er den Anträgen des Königs von Frankreich, der für das Jahr 1554 einen neuen Feldzug rüstete, geneigtes Ohr und zog sich nach Niederdeutschland. Heinrich II. ließ beträchtliche Werbungen in Deutschland anstellen und bemühte sich, die alten bewährten Parteigänger, wie Christoph von Oldenburg und Andere, in seine Dienste zu ziehen. Eine Verbindung mit ihm, der durch Besetzung deutscher Städte das Reich offenbar schädigte, fand jetzt keinen Anklang bei den deutschen Fürsten, und diejenigen, welche im Verdachte französischer Gesinnung, oder in Verbindung mit dem Markgrafen Albrecht standen, suchte Herzog Heinrich im Frühjahre 1554 mit einer bedeutenden Macht schwer heim, wie die Herzöge von Lauenburg und Lüneburg, Herzog Johann Albrecht von Mecklenburg und Andere. Zugleich sprengte er die Mannschaften auseinander, welche sich unter Albrecht's Namen auf verschiedenen Musterplätzen gesammelt hatten. Diesem blieb nichts weiter übrig, da der Kaiser, dessen Dienst er verlassen hatte, die Mandate zur Execution der ausgesprochenen Reichsacht erließ, als nach Franken zurückzuziehen. Er warf sich nach Schweinfurt, das seit mehreren Monaten von den verbündeten Truppen belagert wurde. Doch konnte er sich nicht halten, da die Stadt an Mangel der Lebensmittel und an Krankheiten litt. Am 13. Juni verließ er sie mit der sämmtlichen Mannschaft und brach nach Rothenburg auf, wo er Verstärkung erwartete. Die Feinde holten ihn zwischen Volkach und Kissingen ein; sein Kriegsvolk zerstob; Geschütz, Gepäck und Effecten fielen in die Hände des Feindes; kaum entkam der Markgraf über den Main. Schweinfurt, obschon der Gnade der Belagerer überlassen, wurde in Brand gesteckt. Dasselbe Schicksal erfuhr die Plassenburg, die letzte Festung Albrecht's. Dieser floh nach Frankreich. Während er sich der Reue über sein wildes Leben hingab, nahmen die Verbündeten die Markgrafschaft Culmbach in Besitz.

Nach Albrecht's Katastrophe stand der Neigung der Reichsfürsten, einen allgemeinen Friedenszustand herbeizuführen, nichts mehr im Wege. Das Verhältniß Württemberg's zum römischen Könige ward auf dem dortigen Landtage 1554 in Betracht genommen, und noch andere Streitfragen, wie die zwischen den sächsischen Linien, fanden in dieser Zeit ihre Erledigung.

Im Juli 1533 starb Eduard VI., König von England, unverhofft in jugendlichem Alter, und die volle Aufmerksamkeit Karl's ward auf dieses Reich gelenkt. Der Versuch Jane Gray's, sich des

Thrones zu bemächtigen, scheiterte an der Theilnahmlosigkeit des Volks. Maria, die ältere Tochter Heinrich's VIII. von seiner spanischen Gemahlin Katharina, Geschwisterkind mit Karl, wurde Königin. Sie zeigte große Anhänglichkeit für ihre mütterlichen Verwandten, besonders für den Kaiser, der sich in dem Ehescheidungsprocesse ihrer Mutter so treu angenommen hatte. Dieser beschloß, diese günstige Stimmung zur theilweisen Verwirklichung eines alten Planes Ferdinand's des Katholischen zu benutzen: nämlich England, die Niederlande und Spanien unter einem Herrscher zu vereinigen. Karl gedachte, drei gleich mächtige Linien seines Hauses zu stiften: eine deutsch-österreichische, eine spanisch-italienische und eine niederländisch-englische. In dieser Absicht bot er der achtunddreißigjährigen Königin, mit der er einst selbst verlobt gewesen war, die Hand seines siebenundzwanzigjährigen Sohnes Philipp an, welcher eben von seiner ersten Gemahlin, Maria von Portugal, Witwer war. Dieser hatte vor Kurzem Unterhandlungen mit dem portugiesischen Hofe wegen einer zweiten Vermählung mit seiner Cousine, der Tochter Eleonorens und Emanuel's, angeknüpft; er brach diese sogleich ab und ging begierig auf den Vorschlag seines Vaters ein, obschon die englische Königin nichts weniger als reizend war. Sie nahm mit Freuden den Antrag an, und im März 1554 kam der Ehevertrag zu Stande. Philipp, von seinem Vater schon vorher zum Könige von Neapel und Herzoge von Mailand ernannt, um seiner Gemahlin würdig entgegentreten zu können, erhielt den Titel eines Königs von England und einigen Antheil an der Regierung; seine Nachkommen aus dieser Ehe sollten neben England auch die Niederlande beherrschen. Philipp erschien kurz darauf in England zur Vollziehung seiner Vermählung und trat mit der größten Vorsicht auf. Er hielt gewissenhaft die Bedingungen des Vertrages, welche sich auf seine Person bezogen; ja er machte sogar von manchen ihm zustehenden Rechten keinen Gebrauch. Indessen konnte dieses Benehmen dennoch die öffentliche Meinung in England nicht mit der Verbindung versöhnen. Derselbe instinctartige Widerwille gegen das spanische Wesen trat hervor, wie früher in Deutschland. So günstig sich auch der römische Hof für die Ehe aussprach, fand sie doch bei den Katholiken nicht allgemeinen Anklang; die Protestanten, nicht unbekannt mit Philipp's eifrig katholischer Gesinnung, fürchteten nicht nur seinen verderblichen Einfluß auf ihre Königin, sondern auch seine gewaltthätige Einmischung in die religiösen und politischen Verhältnisse ihres Landes. Ihre Besorgnisse waren nicht ungegründet. Nach der Krönung der Königin wurde ein Parlament einberufen, in welchem die zur Herrschaft gelangte katholische Partei die Mehrheit bildete. Die unter Eduard VI. erlassenen gesetzlichen Bestimmungen über die Religion wurden aufgehoben und man ging zu denjenigen zurück, die Heinrich VIII. festgestellt hatte. Diese Erfolge gaben der königlichen Faction Muth zu neuen Rückschritten. Nachdem man den Adel wegen Herausgabe der geistlichen Güter beruhigt hatte, stellte man im November 1554 die englische Kirche wieder unter die Autorität des Papstes. So beglückt sich der Kaiser in dem Gedanken fühlte, daß durch sein Haus ein mächtiges Reich für die katholische Kirche wiedergewonnen war, so verhehlten weder er, noch seine Kinder sich, daß die Restauration nur in dem Falle Bestand haben würde, wenn Maria Nachkommenschaft erhielte. In der That hegte diese einige Zeit die Hoffnung, aber sie stellte sich als Irrthum heraus. Man schien nun dem Katholicismus auf andere Weise Lebenskraft geben zu wollen. Es wurde eine Art Inquisitionsgericht hergestellt, welches durch Verurtheilung der angesehensten Protestanten zu entehrenden und grausamen Strafen Maria's Regierung mit Schmach befleckt hat. Man verfehlte den Zweck ganz. Die protestantische Gesinnung des Volkes erstarkte mächtig bei den Qualen und Leiden der Märtyrer für ihre Ueberzeugung, wenn es sich auch äußerlich dem katholischen Zwange fügte. Es bildete sich eine stumme, aber nicht weniger kräftige Opposition. Dieselbe äußerte sich, als man Philipp sein Verlangen, als König von England gekrönt zu werden, entschieden abschlug. Er fühlte wohl, daß seine ganze Existenz in England mit dem Leben seiner Gemahlin oder der Geburt eines Kronerben verknüpft sei, daß er kein persönliches Recht habe. Der Widerwille, der sich schon vor seiner Ankunft in dem Aufstande des Ritters Wyat kundgegeben, wuchs nur, indem man ihn als den Urheber und Beförderer des grausamen, das englische Rechtsgefühl tief verletzenden Verfahrens gegen die Protestanten ansah. Ein anderer Umstand, der die Lebenskraft der Regierung brach, war die Herausgabe der geistlichen Güter, zu der sich Maria in ihrem Gewissen verpflichtet hielt. Wir wissen, welchen ungeheuern Aufschwung Heinrich's VIII. Politik und Macht damals nahm, als er, mit einem Kriege von Karl V. und Frankreich bedroht, zur Säcularisation der

Stifter und Klöster schritt. Jetzt verlor die Regierung die Hälfte ihrer Einnahmen und damit ihre halbe Macht; Schulden mußten contrahirt werden; man konnte die eingegangenen Verpflichtungen nicht erfüllen; der Credit ging verloren. Dazu kam die Kränklichkeit der Königin. Bald richteten sich die Blicke nicht allein der Protestanten, sondern der ganzen Nation auf ihre jüngere Halbschwester Elisabeth, die wegen ihrer religiösen Gesinnung vom Hofe viel zu leiden hatte.

Einunddreissigstes Kapitel.

Feststellung der religiösen und politischen Verhältnisse.

Krieg in den Niederlanden und in Italien. — Uebergabe von Siena. — Feldzug in Piemont. — Complot in Metz. — Reichstag in Augsburg. — Religionsfriede.

Durch das energische Auftreten des fränkisch-braunschweigischen Bundes geschah es, daß die Franzosen zum ersten Male Krieg anfingen, ohne deutsche Fürsten zu Verbündeten zu haben, wenn auch deutsche Mannschaften auf ihrer Seite fochten. Im Juni 1554 eröffnete der König den Feldzug und fiel in die Niederlande ein. Während ein Heerhaufen die Grenzen von Artois verwüstete, zog die Hauptarmee unter dem Connetable von Montmorency durch den Ardennerwald in die Provinzen Lüttich und Hennegau; Marienburg, Bouvines und Dinant fielen in ihre Gewalt. Der Kaiser sammelte seine Macht in Namur, die jedoch, trotz der Talente des Prinzen von Savoyen, ihres Anführers, der französischen nicht gewachsen war. Man vermied deshalb auf kaiserlicher Seite eine Schlacht, ließ den Feind die Sambre überschreiten und in den Hennegau eindringen. Plünderung und gräßliche Verwüstung bezeichneten den Weg, welchen er eingeschlagen. Indessen wurde er durch den Mangel an Lebensmitteln bald zum Rückzuge genöthigt. Um seinen ruhmreichen Feldzug zu krönen, machte Heinrich noch einen Versuch auf die Feste Renty. Allein der Kaiser, der inzwischen Verstärkungen erhalten, und dem viel an der Behauptung des Platzes lag, stellte sich selbst an die Spitze seines Heeres und zog zum Entsatze herbei. Er vermied sorgfältig eine Schlacht und nöthigte endlich den Feind, sich in seinen Grenzen zurückzuziehen. Kaum hatte Heinrich Besatzungen in die Grenzfesten geworfen und die übrigen Mannschaften entlassen, als Karl in die Picardie eindrang und vollständige Rache für die Verwüstungen der Franzosen in den Niederlanden nahm.

Noch übler gestalteten sich die Verhältnisse der Franzosen in Italien. Die Beschützung republikanischer Tendenzen in dem benachbarten Siena mußte dem Herzoge von Florenz, Cosimo von Medici, höchst zuwider sein, da seine eigene Herrschaft noch schwankend war. Er sah voraus, daß es dem Kaiser wegen des niederländischen Krieges und seines Verhältnisses zu England für jetzt unmöglich sein werde, die Franzosen aus Siena zu vertreiben, und erbot sich daher gegen Karl, das Unternehmen auf eigene Hand auszuführen, wenn man ihm bis zur Erstattung der Kriegskosten die gewonnenen Plätze als Pfand überlassen wolle. Der Kaiser ging gern auf den Antrag ein und Cosimo machte sogleich Zurüstungen, um die günstige Zeit, während welcher König Heinrich seine meisten Kräfte in den Niederlanden verwenden mußte, nicht zu versäumen. Durch die Verheirathung seiner Töchter mit dem Neffen des Papstes und dem Herzoge von Orsino suchte er diese beiden Machthaber in sein Interesse zu ziehen und beredete den Marquis von Marignano, den Oberbefehl über seine Truppen anzunehmen. Heinrich übergab das Commando seiner Mannschaften dem Erbfeinde der Medici, Peter Strozzi, der den Krieg sogleich ins Florentinische verlegte. Marignano mußte sich von der Belagerung Siena's abwenden und den Feind aufsuchen. Am 3. August 1554 kam es bei Merciano zur Schlacht, in welcher die Franzosen eine völlige Niederlage erlitten; Strozzi, selbst verwundet, rettete sich mit Mühe. Marignano kehrte zur Belagerung von Siena zurück, welches von der französischen Besatzung, unter Montluc, und den Bürgern mit verzweifelter Tapferkeit vertheidigt wurde. Da mehrere Versuche, die Stadt zu überraschen, an dem Eifer und der Wachsamkeit der Belagerten gescheitert waren, und Marignano sich nicht stark genug zu einer Bestürmung fühlte, verwandelte er die Belagerung in eine Blokade, in der Hoffnung, die Stadt auszuhungern. Zehn Monate lang hielt sie sich unter den schrecklichsten Entbehrungen; dann erst ergab sie sich unter vortheilhaften Bedingungen. Allein die Willfährigkeit, mit der man sie ihnen zugestanden hatte, erregte in einer großen Zahl Bürger den gerechten Argwohn, der Herzog und der Kaiser würden bei nächster Gelegenheit ihre Zusage brechen. Sie beschlossen, von Siena wegzuziehen und sich in Monte Alcino, Porto Ercole und andern Orten im Gebiete ihres Freistaates niederzulassen. Cosimo zeigte bald, wie richtig man ihn beurtheilt. Ohne die mindeste Rücksicht auf die Capitulation zu nehmen, erlaubte er sich Eingriffe in die Verfassung Siena's und behandelte die Einwohner wie rebellische Unterthanen. Empört über diese Treulosigkeit, aber zu schwach, um sich den Gewaltthätigkeiten des mächtigen Feindes zu widersetzen, wandte sich eine große Zahl Bürger zu ihren Landsleuten nach Monte Alcino. Beunruhigt über diese neuen Pflanzstätten republikanischer Freiheit, befahl Cosimo dem Marquis von Marignano, sie anzugreifen; nach kurzem Widerstande ergab sich Porto Ercole. Im Begriff, sich gegen Monte Alcino zu wenden, erhielt er den Befehl vom Kaiser, den größten Theil seiner Mannschaft nach Piemont rücken zu lassen. Der Kaiser beachtete den Vertrag mit Siena ebensowenig, als der Herzog von Florenz; er gab die Stadt seinem Sohne Philipp zu Lehen, der ein spanisches Regiment in ihr einrichtete.

Die Sache des Kaisers stand in Piemont, dem talentvollen Anführer der Franzosen, Brissac, gegenüber, so schlimm, daß Karl sich zu neuen Anstrengungen verstehen mußte. Um seine Macht in jenen Gegenden zu verstärken, befahl er nicht nur dem Marquis von Marignano, mit dem größern Theile seiner Truppen aus dem Gebiete von Siena herbeizurücken, sondern schickte auch den Herzog von Alba als Generalstatthalter mit den weitesten Vollmachten und einem beträchtlichen Heere auf den gefährlichen Schauplatz. Allein derselbe richtete nichts aus, da Brissac's Truppen zwar an Zahl geringer waren, als die Kaiserlichen, aber dafür aus den tapfersten Leuten bestanden, die den Krieg in jenen Gegenden vortrefflich zu führen verstanden. Nicht nur, daß Alba keine neuen Eroberungen machte, es gingen sogar während des Feldzuges noch einige feste Punkte in die Gewalt der Franzosen über.

Aehnlich war der Stand der Dinge in den Niederlanden. Weder die Kaiserlichen, noch die Franzosen führten einen bedeutenden Schlag aus, da beide Theile zu sehr erschöpft waren. Indessen hätte ein Zufall dem Kaiser beinahe das Uebergewicht dort verschafft und ihm einen Platz in die Hände gespielt, den er mit der größten Kraftanstrengung nicht hatte wiedergewinnen können. Im Franciscanerkloster zu Metz entstand, auf Anregung des Bruder-Guardian's Leonhard, ein Complot, um die Stadt in die Gewalt des Kaisers zu bringen. Die Regentin der Niederlande, der man sich anvertraute, versprach, froh über die Gelegenheit, eine so wichtige Erwerbung für ihren Bruder zu machen, die lebhafteste Unterstützung des Vorhabens. Man kam überein, die Mönche sollten eine Schaar in Franciscanerkutten verkleideter Soldaten einführen, der Gouverneur von Thionville zu einer bestimmten Zeit sich der Stadt nähern und die Wälle ersteigen; in dem allgemeinen Tumult sollten die Mönche Metz anzünden und die versteckten Soldaten einen Ausfall machen. Bruder Leonhard verlangte, für diesen wichtigen Dienst zum Bischof von Metz ernannt zu werden. Allein fast in der letzten Stunde wurde das Complot dem Commandanten von Metz, Vieilville, verrathen. Er bemächtigte sich der Verschworenen und der im Kloster versteckten Soldaten. Darauf legte er sich vor der Stadt in einen Hinterhalt, überfiel die sorglos von Thionville heranziehenden kaiserlichen Truppen und sprengte sie auseinander. Bruder Leonhard, mit den andern Klosterleuten zum Tode verurtheilt, wurde mit andern Rädelsführern im Gefängnisse von seinen Leidensgenossen aus Rache ermordet.

In der Verfolgung seiner dynastisch-katholischen Zwecke in England begriffen, hatte der Kaiser in der letzten Zeit nur wenig Einfluß auf die deutschen Verhältnisse ausgeübt. Die Territorien waren auch ohne seine Mitwirkung zu Ruhe und Frieden zurückgeführt worden; man schritt auch ohne ihn zur Lösung der wichtigsten, Alles bewegenden Frage über die Religionsangelegenheit. Im Passauer Vertrage war sie dem nächsten Reichstage zugewiesen worden. Ferdinand, der von seinem Bruder umfassende Vollmachten erhalten hatte, eröffnete denselben zu Augsburg, am 5. Februar 1555. Aber gleich die Proposition erregte großen Anstoß bei den Protestanten, indem darin auf die Angelegenheit des Religionsfriedens nur geringes Gewicht gelegt, hingegen Ergreifung von Sicherheitsmaßregeln gegen Landfriedensstörungen als besonders dringend hervorgehoben wurde. Als zweckdienlich empfahl der König Bestimmungen, über die man sich auf einem Kreistage zu Frankfurt im vorigen Jahre geeinigt hatte. Dieselben liefen darauf hinaus, daß die Majorität der Stände in jedem Kreise einen Machthaber wähle, dem die Sorge des Friedens obliege. Am dringendsten wünschten die auf dem Reichstage stark vertretenen geistlichen Fürsten die Erledigung dieser Angelegenheit, bevor man zur Aufstellung eines Religionsfriedens schreite. Das Interesse der Protestanten verlangte das Gegentheil. Wie gefährlich konnte ihnen diese an sich heilsame Einrichtung werden, wenn sie nicht durch eine gesetzliche feste Stellung vor den Zufälligkeiten einer Wahl und vor den Ueberschreitungen eines Ermächtigten sicher stellte, dem es beliebte, das Bekenntniß ihres Glaubens für einen Landfriedensbruch anzusehen? Und welche Bürgschaft hatten sie, daß nicht der Reichstag, nachdem diese politische Einrichtung ins Leben gerufen worden war, entlassen und der Religionsfriede, unter leicht aufgesuchten Ursachen, von einem Reichstage zum andern verschoben wurde? Diese Betrachtungen bewogen die Protestanten, erst auf Erledigung der Religionsangelegenheit zu dringen, ehe man zu andern Punkten übergehe. Es war dies ohnehin im Passauer Vertrage festgesetzt worden. Das Collegium der Kurfürsten bewilligte diese Forderung; längern Widerstand leistete der Fürstenrath; doch gab man endlich nach, als die Besorgniß der Katholiken, nach Herstellung des Religionsfriedens werde die zweite wichtige Angelegenheit nicht zur Berathung kommen, durch befriedigende Zusagen der Protestanten gehoben worden war.

Das protestantische Grundprincip: Verwerfung der päpstlichen und conciliaren Autorität vor der Autorität der heiligen Schrift, welches den Schmalkaldischen Krieg und zum größten Theil Moritz' Verfahren gegen den Kaiser hervorgerufen hatte, und das Karl mit ebenfalls principiellem Widerwillen im Passauer Vertrage anzuerkennen verweigert hatte, trat denn jetzt wieder in aller Schärfe hervor. Nicht umsonst hatte der Kaiser seinem Bruder die Leitung der Verhandlungen übertragen; als er einsah, er werde wegen des Sinkens seiner Macht und wegen des voraussichtlichen Fehlschlagens seiner Pläne auf England, die leitende Idee seines Lebens nicht durchführen können, zog er sich vom Schauplatze des Handelns zurück; er wollte wenigstens seiner Niederlage nicht beiwohnen. Doch war der Erfolg der Protestanten durch das Gefühl der Sicherheit, welches durch die Wirksamkeit des fränkisch-braunschweigischen Bundes bei den geistlichen Fürsten hervorgerufen worden war, und durch ihre zahlreiche Vertretung auf dem Reichstage immer noch etwas in Frage gestellt. Die friedliche Stellung des Kurfürstenrathes war entscheidend; schon in der Vorfrage hatte er auf den Fürstenrath zu Gunsten der Protestanten eingewirkt. In seinem Ausschusse kam ein Entwurf zu Stande, der sich namentlich auf den Speierschen Reichstagsabschied von 1544 bezog. Im Fürstenrathe stieß derselbe auf lebhaften Widerspruch, sodaß Ferdinand die ganze Berathung über den Religionsfrieden abzubrechen versuchte. Allein Herzog Christoph von Württemberg nahm sich der Sache mit allem Eifer an, und das Gutachten des Fürstenrathes trat, als nach dem Tode Julius' III., 24. März 1555, die beiden heftigsten Widersacher der Protestanten, die Cardinäle Morone und Truchseß von Augsburg, den Reichstag verlassen hatten, dem Entwurfe nicht feindlich entgegen. Auch die in diesen Tagen erneuerte Erbverbrüderung zwischen Brandenburg, Sachsen und Hessen, bei welcher man sich zugleich über Annahme der augsburgischen Confession und Nichtanerkennung der Majorität in Religionssachen geeinigt, hatte Einwirkung auf die Fürsten gehabt. Die einzelnen Punkte wurden unter diesen günstigen Umständen leicht festgestellt. Die geistlichen Fürsten hatten nur anzuerkennen und zu genehmigen, was ohnedieß nicht mehr zu ändern war. Die Protestanten gewannen mit dem Versprechen, die Capitel in ihren Städten in Ruhe zu lassen, die allgemeine rechtliche Anerkennung ihrer Kirchen. Auch das setzten sie durch, daß der Religionsfriede Denen zu Gute kommen solle, die in Zukunft ihr Bekenntniß annehmen würden; allein ihr Verlangen, daß diese Begünstigung sich auch auf die übergetretenen geistlichen Fürsten erstrecken solle, stieß auf den lebhaftesten Widerwillen. Trotz ihren Vorstellungen machte sich die Ansicht geltend, daß ein Kirchenfürst mit Annahme der augsburgischen Confession den Verzicht auf seine geistlichen Würden ausspreche. Es lag an dem König Ferdinand, zu bestätigen, worüber man sich vereinigt, zu entscheiden, wo man auseinanderging.

Man schritt nun zur Berathung über den Landfrieden, dessen Bestimmungen man zwar ausreichend fand, aber der in der Ausführung vieles zu wünschen übrig ließ. Auf dem Kreistage in Frankfurt hatte man sich vereinigt, in jedem Kreise einen Obersten zu ernennen, der mit Räthen, welche von den Ständen ernannt, aber ihrer Unterthanenpflichten erledigt wurden, Beschlüsse fassen und Unternehmungen ausführen sollte. Zwei Generalobersten sollten ferner mit Wissen des Kaisers von den gesammten Kreisen angestellt werden, einer für die sechs oberländischen, der andere für die vier niederländischen Kreise, die in ein ähnliches Verhältniß treten sollten, wie ihre Untergebenen. Die Stellen der Generalobersten verwarf man jetzt, da sie den Inhaber leicht zum Misbrauch seiner Gewalt verlocken konnten. Ein anderer Vorschlag Sachsens: den Fürsten, der in seinem Kreise die Ständeversammlungen auszuschreiben pflegte, zugleich zum Obersten des Kreises zu machen, scheiterte an der Eifersucht und dem Mistrauen der Fürsten gegen einander. Die Mehrheit im Kurfürstenrath beschloß: die Entscheidung darüber der Wahl der Stände zu übergeben; die Gehilfen der Obersten sollten aber ihrer Unterthanenpflichten gegen ihre Obrigkeiten enthoben werden. Im Betreff der Aufstellung von Mannschaften in den Kreisen blieb man bei den Reichsanschlägen stehen. In Fällen der Noth sollten fünf Kreise zusammentreten und dem Obersten des Bedrängten die Anführung zustehen.

Vergeblich suchten die geistlichen Fürsten, als der Entwurf in den Fürstenrath kam, die Ernennung der Kreisobersten dem Kaiser in die Hand zu spielen. Die Verhältnisse hatten sich in der letzten Zeit zu günstig ohne seine Mitwirkung gestaltet, als daß man sich hätte geneigt fühlen sollen, dieselbe aufs Neue hervorzurufen. Der Entwurf der Kurfürsten ging durch und wurde zum Reichsgesetze erhoben, das nicht allein bei Störung des innern Friedens, sondern auch für den Fall eines Angriffes von außenher Giltigkeit haben solle. In Bezug auf die Niederlande überließ man dem Kaiser, ob er sie der Reichsgerichtsbarkeit und der neuen Bestimmung unterwerfen wolle. Auch in Bezug auf das Reichskammergericht erreichten die Protestanten das Ziel jahrelangen Strebens. Die Beisitzer durften evangelisch sein, wurden auf das gemeine deutsche Recht, die jetzt getroffenen Bestimmungen über die Religion und auf Handhabung des Landfriedens verpflichtet, und leisteten den Eid bei Gott und dem heiligen Evangelium.

Ferdinand bangte, als man so große Zugeständnisse von ihm verlangte, und er faßte die Absicht, den Reichstag zu prorogiren, die er auch aussprach. Allein die Protestanten widersetzten sich, und er mußte endlich seine Resolution ertheilen, am 30. August 1555. Er verwarf die Annahme der Bestimmung, daß der Religionsfriede auch dann eintreten solle, wenn man sich nicht verglichen, und trat der Ansicht der geistlichen Fürsten auf Ausschließung Evangelischer von geistlichen Stiftern oder dem sogenannten geistlichen Vorbehalt bei. Den ersten Punkt nahm er schon nach einigen Tagen zurück; bei dem zweiten blieb er standhaft. Auf Anregung des Kurfürsten August gab man nach, indem man aber Sicherheit evangelischer Unterthanen vor den Angriffen ihrer katholischen Landesfürsten beanspruchte. Ein ungeheurer Sturm entstand über dieses billige Verlangen, welches endlich von katholischer Seite bewilligt wurde. Am 25. September 1555 kam der Reichstagsabschied zu Stande, der zwar noch viele Fragen für die Zukunft offen ließ, mit dem aber das Reich in ein neues Stadium trat. Die Idee der Einheit im abendländischen Christenthum und des mittelalterlichen Kaiserthums, wie es Karl V. erstrebt, war abgethan; vielmehr erhielt die Spaltung der einen Kirche in viele Landeskirchen, die Bildung und Kräftigung moderner deutscher Staaten auf Kosten der Einheit des Reiches im alten Sinne hier zuerst eine gesetzliche Bestätigung. Die für das Ganze nöthige Einheit, deren Bedürfniß man wohl erkannte, suchte man durch Auskunftsmittel zu erreichen, welche die Landeshoheit nicht einschränkten.

Zweiunddreissigstes Kapitel.

Kaiser und Papst im Kampfe.

Paul IV. verbündet sich gegen den Kaiser mit Frankreich. — Karl legt seine Kronen nieder. — Erneuertes Bündniß zwischen Paul und Heinrich II. von Frankreich. — Feindseligkeiten des Papstes. — Alba fällt in das römische Gebiet ein. — Waffenstillstand. — Der Herzog von Guise im Königreiche Neapel. — Philipp II. gewinnt den Beistand Englands. — Niederländischer Feldzug. — Schlacht von St. Quentin. — Friede mit dem Papste. — Eroberung von Calais, Guines und Thionville durch Guise. — Schlacht bei Gravelingen. — Friede von Chateau-Cambresis.

Wäre Karl's Idee auch nicht an dem Widerstande der Protestanten gescheitert, so würde ihre Ausführung durch ein anderes Ereigniß, das soeben eintrat, unmöglich geworden sein. Im Jahre 1555 wurde nämlich, nach dem Tode Julius' III. und der einundzwanzigtägigen Zwischenregierung Marcell's II., Johann Peter Caraffa, ein geborner Neapolitaner und alter Feind des Hauses Oesterreich, unter dem Namen Paul IV. auf den päpstlichen Stuhl erhoben. Sein erster Schritt war, daß er mit dem Könige von Frankreich ein Bündniß einging, um gemeinsam mit ihm Florenz und Neapel anzugreifen, 15. December 1555. Dort wollte man die republikanische Verfassung wieder herstellen, das letztere Königreich sollte einer der Söhne des Königs als Kirchenlehn erhalten. Diese Vereinigung stellte den Ausbruch des alten erbitterten Kampfes zwischen Kaiserthum und Papstthum in Aussicht, wie denn Paul seinem Feinde gegenüber eine Sprache annahm, die an das zwölfte Jahrhundert erinnerte. Karl ergriff, um diesem neuen Sturme auszuweichen, das einfachste Mittel; er trat seinem Sohne, welchen er schon bei Gelegenheit seiner Vermählung zum König von Neapel und Herzog von Mailand gemacht hatte, alle italienischen Besitzungen ab. Die kaiserlichen Bevollmächtigten wichen, und der Herzog von Alba nahm im Juni 1555 im Namen seines Gebieters Philipp Besitz. Doch wurden die italienischen Angelegenheiten immer noch eine Zeit lang vom Kaiser in Berathung genommen, ehe er sie nach London an seinen Sohn sandte. Ein soeben eintretendes Familienereigniß reifte einen Entschluß, den Karl schon lange erwogen haben mochte. Seine Mutter, die irrsinnige Donna Juana, deren Name neben dem ihres Sohnes noch immer auf den königlichen Erlassen prangte, starb nämlich jetzt in ihrem sechsundsiebzigsten Jahre, und es schien nöthig, daß entweder Karl oder Philipp nach Spanien ging, um den Spaniern die gewohnte Anwesenheit eines königlichen Hauptes zu gönnen. Philipp konnte füglich nicht aus seinen neugeschaffenen Verhältnissen scheiden; den Kaiser dagegen bestimmte die Sorge für seine zerrüttete Gesundheit und eigene Neigung zu der Veränderung seines Aufenthaltes. Philipp erschien im September 1555 in den Niederlanden, und es ergab sich fast von selbst, daß ihm auch die Regierung über sie zufiel. Am 21. October ließ Karl in einem Capitel der Ritter des goldnen Vließes seinen Sohn zum Meister des Ordens wählen. Am 25. versammelte er die Stände im Palaste zu Brüssel und ließ die Entsagungsurkunde vorlesen, zufolge deren er seinem Sohne die Regierung der Niederlande überließ. Darauf erhob er sich von seinem Thronsessel und sprach, auf den Prinzen von Oranien gestützt, von seinen Plänen: Kaiserthum und Reich zu kräftigen und zu mehren, von den Mühen, Feldzügen und Reisen nach Deutschland, Italien, Frankreich, Spanien, Afrika, die er in dieser Absicht unternommen, von dem Widerstande, den er dabei gefunden. Seine Kräfte seien erschöpft; er müsse die Regierung kräftigern Händen überlassen. Seinen Sohn ermahnte er, an der alten Religion festzuhalten und die Gesetze und Freiheiten des Landes zu achten. Die Anwesenden waren von dem Schauspiele tief ergriffen, das ihnen die Vergänglichkeit irdischer Größe vor Augen führte, und Karl selbst sprach mit Thränen in den Augen den Schmerz aus, sein Vaterland verlassen zu müssen, da seine Mutter gestorben sei. Darauf legte die Königin von Ungarn und Böhmen die Statthalterschaft über die Niederlande nieder, welche sie fünfundzwanzig Jahre lang geführt hatte. Am folgenden Tage beschwor Philipp die Verfassung des Landes und nahm die Huldigung der Stände entgegen. Der Kaiser wurde bald zu einem weitern Schritte gedrängt. Bei dem engen Zusammenhange, in welchem seine verschiedenen Reiche standen, mußte eine plötzliche Trennung der Regierung mit den größten Schwierigkeiten verbunden sein, zumal wenn, wie eben jetzt, zufolge der Verbindung zwischen dem Könige von Frankreich und dem Papste ein Krieg in Aussicht stand. Dazu kam die Betrachtung, daß Philipp die Niederlande und die italienischen Besitzungen nicht wohl ohne Unterstützung von Spanien aus behaupten konnte. Frühere Gedanken und Neigungen zu klösterlicher Einsamkeit, die im Geräusche des Lebens zurückgetreten waren, machten sich in dem kränklichen und verstimmten Kaiser aufs Neue geltend. Dazu kam die niederbeugende Ueberzeugung, das Ziel seines Lebens verfehlt zu haben. Genug, er entschloß sich, seine übrigen Kronen ebenfalls niederzulegen. Am 15. Januar 1556 trat er in einer Versammlung vornehmer Spanier auch die Königreiche Castilien und Aragon an Philipp ab. Zugleich sandte er seinen Geheimschreiber Pfinzing an den Reichstag nach Augsburg und an seinen Bruder, um ihm seinen Verzicht auf die Kaiserkrone mitzutheilen und ihn zu den nöthigen Schritten beim Reichstage zu veranlassen. Allein er sollte eben geschlossen werden. Ferdinand, der mit Karl wieder im besten Vernehmen stand, bot Alles auf, um seinen Entschluß rückgängig zu machen; der Kaiser verweigerte jede Theilnahme an der Regierung, schickte keine Abgeordneten zu dem Reichstage in Regensburg 1556 und ordnete im Herbste eine Gesandtschaft, an deren Spitze der Prinz von Oranien stand, an die Kurfürsten ab, welche die Entsagungsurkunde überbrachte. Bei der Besorgniß jener, Karl gebe nur die Verwaltung aus der Hand, wolle sich aber Titel und Krone und damit die Berechtigung vorbehalten, auch die Verwaltung wieder an sich zu nehmen, oder der Papst werde die günstige Gelegenheit, alte Anmaßungen wieder geltend zu machen, nicht vorübergehen lassen und über die Kaiserkrone zu Gunsten des Königs von Frankreich verfügen, wurde die Angelegenheit erst nach anderthalb Jahren auf einer Kurfürstenversammlung in Frankfurt erledigt. Alle Bedenklichkeiten wurden durch das Erscheinen des Prinzen von Oranien und durch die Erklärungen, welche er gab, gehoben. In der Capitulation für Ferdinand ward vor Allem auf die Reichstagsbeschlüsse von 1555 Bezug genommen; alle frühern sollten nur Giltigkeit haben, insofern sie zu diesen stimmten. Am 14. März 1558 beschwor Kaiser Ferdinand I. die Capitulation in der Bartholomäuskapelle vor den Kurfürsten; dann setzte ihm der Erzkämmerer des Reiches, Kurfürst Joachim II. von Brandenburg, die goldene Krone auf.

Indem somit für Kaiserthum und Reich eine neue Grundlage gewonnen war, die besonders in dem erneuten Kurverein von 1558 ihren Ausdruck fand, konnte es wenig Eindruck machen, daß Paul IV. weder den Augsburger Religionsfrieden, noch die Abdication Karl's, noch die Thronbesteigung Ferdinands anerkannte. Nur auf ein einheitlich römisches Reich hatte der Papst einwirken können; das war es aber nun in Wahrheit nicht mehr, wenn man es auch noch so nannte.

Karl konnte seinem Sohne nicht, wie er sehnlich wünschte, die Länder in Ruhe und Frieden abtreten. Zwar hatte er noch vor seiner Abdankung einen Waffenstillstand unter wirklich nachtheiligen Bedingungen mit dem Könige von Frankreich abgeschlossen, 5. Februar 1555, aber es gelang den Ränken des Papstes, der sich zu seinem Schrecken plötzlich der Rache seiner Gegner preisgegeben sah, den wankelmüthigen Heinrich wieder auf seine Seite zu ziehen. Am 31. Juli erneuerten beide Monarchen ihr Bündniß, und Paul, der drohenden Gefahr entgangen, gab sich ganz seiner Leidenschaft hin. Er ließ den spanischen Gesandten an seinem Hofe in Verhaft nehmen, belegte das kaiserlich gesinnte Haus der Colonna mit dem Banne und beraubte das Haupt dieser Familie des Herzogthums Paliano, welches er seinem Neffen verlieh. Nicht genug damit, ließ er beim Collegium der Cardinäle eine Untersuchung gegen König Philipp wegen Felonie einleiten, da er, als König von Neapel und demnach Vasall des päpstlichen Stuhles, sich mit den Feinden desselben in Verbindung gesetzt hätte. Philipp, der die Grundsätze des starrsten Katholicismus von Jugend auf eingesogen hatte, gerieth in große Bedrängniß über dieses harte Verfahren Sr. Heiligkeit und konnte sich erst dann zum Angriff entschließen, als seine Gewissensscrupel durch einen beifälligen Ausspruch spanischer Theologen gehoben waren. Der Herzog von Alba fiel am 5. September 1555 mit 12,000 Veteranen, begleitet von den vertriebenen Anhängern der kaiserlichen Partei, in das Gebiet von Rom ein und bemächtigte sich, da ihm kein Feind entgegentrat, in kurzer Zeit desselben zum größern Theile. Rom selbst gerieth in Schrecken und der Papst, um Zeit zu gewinnen, sah sich genöthigt, um Waffenstillstand zu bitten. Alba, der ebenfalls Verstärkung erwartete, ging denselben auf zehn und dann auf vierzig Tage ein, 19. November. Die Annäherung eines französischen Heeres unter dem Herzoge von Guise ermuthigte den Papst zu neuen Feindseligkeiten. Philipp wurde durch eine Sentenz der Krone Neapels für verlustig erklärt und die päpstlichen Botschafter von den Höfen Philipp's und Karl's V. sowie ihrer Verbündeten abberufen. Der übliche Fluch gegen die Feinde der Kirche, der am Gründonnerstage ausgesprochen wird, wurde dieses Mal auf den Herzog von Alba und sein Heer ausgedehnt, das Kirchengebet für den Kaiser unterlassen. Die Zurüstungen Paul's entsprachen keineswegs seiner kriegerischen Wuth. Der Herzog von Guise fand bei seiner Ankunft in Rom alles im schlechtesten Stande und sah sich hauptsächlich auf seine eigenen Kräfte angewiesen. Er rückte in das Königreich Neapel ein und belagerte drei Wochen lang vergeblich Civitella, eine Grenzfestung. Um die Scharte auszuwetzen, ging er auf Alba selbst los und bot ihm eine Schlacht an. Dieser vermied aber eine solche und hielt sich in seinem verschanzten Lager. Guise, dessen Heer von Krankheiten sehr litt, überwarf sich mit dem Anführer der päpstlichen Haufen und dem römischen Stuhle selbst und gerieth durch die Nachlässigkeit seiner Verbündeten in solche Noth, daß er seinen König um frische Verstärkung oder um Abberufung bat.

Während der italienischen Ereignisse hatte Philipp, der aus der Entblößung der französischen Grenzen Vortheil ziehen wollte, ein Heer in den Niederlanden gesammelt; es war ihm sogar gelungen, seine Gemahlin Maria zu einer Kriegserklärung gegen Frankreich und zur Unterstützung seines Unternehmens zu bewegen. Der Herzog von Savoyen, der den Oberbefehl über das Heer erhielt, täuschte den Feind über seine Absichten und fiel in die Picardie ein, wo man seinen Angriff am wenigsten erwartet hatte. Er bestürmte St. Quentin und würde diesen wichtigen Platz bald eingenommen haben, wenn sich nicht der Admiral von Coligny, Gouverneur der Picardie, mit einer eilig zusammengerafften Mannschaft in die Feste geworfen und sie hartnäckig vertheidigt hätte. Dieser sah indessen die Unmöglichkeit ein, sich auf die Dauer gegen den Angriff der Niederländer und Engländer zu behaupten, und bat seinen Oheim, den Connetable von Montmorency, um Unterstützung. Ein Heer rückte zum Entsatze heran, aber es erlitt durch die Unbesonnenheit des Connetable, welche Graf Egmont, Befehlshaber einer Reiterschaar, vortrefflich benutzte, eine bedeutende Niederlage. Paris bangte schon wieder vor einem drohenden Angriffe; indessen begnügte sich Philipp, der nach dem Siege persönlich im Lager von St. Quentin erschien, damit, die Belagerung dieses Platzes fortzusetzen. Am 27. August wurde er übergeben. König Heinrich traf die geeigneten Anstalten zur Vertheidigung seines Reiches, sammelte die Reste von Montmorency's Heer und warb neue Haufen; er bot seine Lehensmiliz auf und rief seine Mannschaften aus Piemont und Neapel ab. Zugleich wendete er sich um Unterstützung an seinen alten Bundesgenossen, den Sultan, und suchte die Schotten zu einem Einfalle in England zu bewegen. Zufolge dieser energischen Zurüstungen gab Philipp jeden Gedanken an einen Einfall in das Innere auf, für welchen er ohnedies nicht sehr gestimmt war; er eroberte indeß die beiden festen Plätze Ham und Catelet, und lebte seinem Vergnügen über den Sieg bei St. Quentin, den er in der Folge durch Erbauung des Escurials verherrlichte.

Der Herzog von Guise empfing mit Freude den Befehl zum Abzuge, der ihn aus einer drückenden Lage auf den Schauplatz des Ruhms berief. Trotz den eindringlichsten Vorstellungen des Papstes leistete er ihm Folge, 29. September 1557. Paul sah sich mit einem Male in die frühere Noth versetzt und war froh, durch die Vermittelung der Venetianer und des Herzogs von Florenz einen Frieden unter leidlichen Bedingungen zu erhalten. Philipp's Friedensliebe ging sogar soweit, sich in der Person Alba's vor dem Papste zu demüthigen und zwei Städte, die ihm sein Vater abgetreten hatte, zu opfern, indem er Piacenza an Octavio Farnese und Siena an Cosimo überließ.

Guise, mit Begeisterung in Frankreich aufgenommen, eröffnete, trotz der späten Jahreszeit, an der Spitze eines muthigen und zahlreichen Heeres, bei welchem sich deutsche und Schweizer-Haufen befanden, den Feldzug. Er wendete sich zunächst gegen Calais, seit dem Siege bei Cressy ein englisches Besitzthum, und schloß die Stadt ein, 1. Januar 1558. Nach acht Tagen fiel sie in seine Gewalt. Sogleich griff er Guines an und zwang auch diese Festung zur Uebergabe. So groß die Bestürzung über diese Schläge auf spanisch-englischer Seite war, so sehr stieg des Herzogs Ansehen bei seinen Landsleuten, die den letzten Rest der englischen Herrschaft in Frankreich in der kürzesten Zeit vertilgt sahen. Nach der Vermählung der jungen Königin Maria von Schottland mit dem Dauphin, begann der Herzog den Feldzug mit einem Unternehmen auf Thionville, den festesten Punkt des Feindes im Herzogthum Luxemburg, und wegen der Nähe von Metz für die Franzosen von besonderer Wichtigkeit. Nach einer dreiwöchentlichen Belagerung zwang er die Besatzung, zu capituliren, 22. Juni 1558. Indeß erlangte der Feind auf einem andern Schauplatze einen bedeutenden Vortheil. Der Gouverneur von Calais, de Termes, hatte, ohne Widerstand zu finden, einen Einfall in Flandern gemacht und an der Spitze eines Heeres von 14,000 Mann nach einer fünftägigen Belagerung Dünkirchen eingenommen. Auf dem Marsche nach Nieuwport begriffen, wurde er, durch die Annäherung Egmont's an der Spitze einer überlegenen Zahl Truppen, zum Rückzuge bewogen. Bei Grävelingen, am Ausflusse der Aa in die See, stießen beide Heerhaufen aufeinander. Eine Zeit lang schwankte der Sieg, da die Franzosen eine günstige Stellung in dem Winkel einnahmen, den die Mündung des Flusses bildet. Allein englische Kriegsschiffe, die, an der Küste kreuzend, auf das Donnern des Geschützes die Aa heraufsegelten und den rechten Flügel der Franzosen beschossen, gaben den Ausschlag. Die Letztern erlitten eine beträchtliche Niederlage; de Termes selbst fiel mit andern bedeutenden Officieren in die Hände der Sieger. Guise eilte auf die Kunde der Niederlage sogleich in die Picardie, um ihren Folgen vorzubeugen und zog bedeutende Verstärkungen an sich. Auch das feindliche Heer hatte sich zusammengezogen, und beide Gegner lagerten schlagfertig gegenüber. Allein es kam zu keiner Schlacht, obschon sowohl Heinrich als Philipp persönlich im Felde standen. Vielmehr dachten Beide ernstlich an Frieden. Philipp wünschte sehnlich, nach Spanien zurückzukehren, wo soeben ein ihn nahe angehendes Ereigniß eingetreten war; Heinrich wurde durch eine Hofintrigue bestimmt. Die Bevollmächtigten kamen in Cercamp zusammen. Der Tod der Königin Maria von England und die Thronbesteigung Elisabeth's hemmten zwar die Unterhandlungen für einige Zeit; allein bei der Geneigtheit der beiden Monarchen, sowie der neuen Königin, den Frieden herzustellen, kam man endlich in Chateau-Cambresis, wo die Unterhandlungen fortgesetzt wurden, zum Ziele. Am 2. und 3. April 1559 kam der Friede zu Stande, der dem lange erschütterten Europa endlich die ersehnte Ruhe gönnte. England gab Calais unter ehrenvollen Bedingungen auf; Frankreich erstattete Savoyen und Piemont zurück; der Herzog dieser Länder erhielt die Hand Margarethens, der Schwester des Königs. Dieser versprach ferner, seine Besatzungen aus den Gebieten von Florenz, Siena und der Insel Corsica zu ziehen. Philipp dagegen verlobte sich mit der Tochter Heinrichs, Elisabeth, welche für seinen Infanten Don Carlos bestimmt war. Während der glänzenden Festlichkeiten zu Ehren des Friedens, den man in Frankreich für sehr schimpflich hielt, und der doppelten Vermählung, endigte König Heinrich II. sein Leben auf sehr tragische Weise, 10. Juli 1559, 48 Jahre alt. Bald darauf starb der Papst Paul IV. am 18. August. In kurzer Zeit saßen auf allen Thronen andere Herrscher, und die europäische Geschichte fand somit einen natürlichen Abschnitt.

Dreiunddreissigstes Kapitel.

Karl in Spanien.

Reise Karl's und seiner Schwestern nach Spanien. — Zusammentreffen mit Don Carlos. — Einzug der Königinnen in Valladolid. — Verhandlungen über Navarra. — Don Carlos, Infant von Spanien. — Karl in Xarandilla. — Tafelfreuden.

Hauptsächlich ein Zusammenstoß äußerer Verhältnisse hatte Karl zur Abdankung gedrängt; dann erst war die in seinem Innern schlummernde Neigung zu einem einsamen, ascetischen Leben erwacht. Schon mit seiner Gemahlin Isabella von Portugal († 1538) hatte er sich über das romantische Vorhaben geeinigt, dereinst ein klösterliches Leben zu führen, er unter Mönchen, sie in einem Nonnenkloster. Mitten im bewegtesten Leben taucht diese stille Sehnsucht wieder in ihm auf. Der schlaue Staatskünstler war zuweilen unwillkürlich genöthigt, dem von ihm so oft verletzten Menschenthum sittliche Rechnung zu tragen und auf eine Stimme in seinem Innern zu horchen, die alle Eingebungen diplomatischer Klugheit übertönte. Jetzt kamen noch Gewissensscrupel hinzu, weil er aus Liebe zu seinem Sohne sich nicht wieder vermählt und daher Sünden begangen hatte, für welche er büßen wollte.

Indem wir Karl in seine Zurückgezogenheit begleiten, überschreiten wir unsere Aufgabe, eine Geschichte seiner Regierung zu schreiben, nicht; weil er der Theilnahme an den Geschäften nie entsagte, vielmehr noch manche Anordnungen selbstständig traf. Es geht daraus hervor, daß von einem eigentlichen Klosterleben nicht die Rede ist. Ueberhaupt ist der Heiligenschein, den Karl's Lobredner um sein Haupt zu ziehen bemüht waren, durch eine gründliche Beleuchtung seiner Zurückgezogenheit erloschen, und wir fassen den Mann um so genauer ins Auge, da uns weder dieser Nimbus, noch die Kronen auf seinem Haupte blenden.

Begleitet von seinen Schwestern Eleonore und Maria, seinem Sohne Philipp, seiner Tochter Maria und deren Gemahl Maximilian, begab sich Karl, nach einem kurzen Aufenthalte in Gent, seiner Geburtsstadt, in Vliessingen auf die Flotte, die ihn nach dem Lande seiner Sehnsucht führen sollte, Anfang September 1556. Seine Schwestern hatten ebenfalls die Absicht, in Spanien ein Asyl zu suchen. Eleonore, die Witwe Emanuel's von Portugal und Franz' I., stand im achtundfunfzigsten Jahre und war sehr leidend. Obgleich sie die Lieblingsschwester des Kaisers war, hatte sie doch stets unter seiner selbstsüchtigen Politik leiden müssen. Zweimal persönlich geopfert, hatte sie erst vor drei Jahren die Kränkung erfahren, daß Philipp II., auf Veranlassung seines Vaters, die Unterhandlungen wegen einer Vermählung mit ihrer Tochter Maria von Portugal abbrach, um Maria Tudor zu gewinnen. Ihre fünf Jahre jüngere Schwester Maria, Witwe des bei Mohacz umgekommenen Ludwig's II., Königs von Ungarn und Böhmen, über dessen Verlust sie sich nie trösten konnte, war das Gegentheil der sanften und milden Eleonore. Körperlich abgehärtet und entschlossenen Geistes, füllte sie den Platz, den Karl ihr angewiesen, die Statthalterschaft der Niederlande, zu seiner völligen Zufriedenheit aus. Nach einer elftägigen Fahrt warf das Schiff des Kaisers im Hafen von Laredo in Biscaya Anker, 28. September. Karl wurde vom Bischof von Salamanca und einem Alcalden des Hofes auf Befehl der Regentin Juana bewillkommnet. Die Ankunft der hohen Geschwister erregte großes Erstaunen, da noch wenige Zurüstungen für ihre Aufnahme getroffen waren. Der Admiral der Flotte, Carvajal, sandte sogleich seinen Bruder mit der Nachricht ihrer Ankunft an den Hof nach Valladolid. Die Regentin unterrichtete sofort den Oberhofmeister des Kaisers, Quixada, welcher nach Spanien vorausgereist war, um die nöthigen Vorkehrungen zu treffen, und der sich nun auf sein Landgut bei Valladolid begeben hatte. Am 4. October fand er sich in Laredo ein, wo große Noth herrschte. Die Hälfte des kaiserlichen Gefolges war krank; einige geringere Bedienten waren gestorben; kein Arzt, kein Priester war in der Nähe; nun noch Mangel an Lebensmitteln für das zahlreiche Gefolge, nicht einmal ein Courier zur Hand, um Schreiben zu befördern; dazu herrschte die übelste Witterung. Die Flamländer ergossen sich in laute Klagen und schauderten davor, in dieses unwirthliche Land vorzudringen. Der Alcalde, mit den Zurüstungen zur Reise beauftragt, verlor den Kopf; der Kaiser fühlte sich krank und gerieth wegen der schlechten Vorkehrungen in die übelste Laune; bei Quixada's Erscheinen wurde er heiterer. Die Zurüstungen wurden energisch betrieben, und am 6. October brach man von Laredo auf. Wegen des schwachen Zustandes, in welchem sich der Kaiser befand, machte man sehr kleine Tagereisen; er legte den Weg bald in einer von Pferden gezogenen Sänfte, bald in einem Tragstuhle zurück. An seiner Seite ritt gewöhnlich Quixada; die Dienerschaft folgte zu Pferde; dem Zuge voraus ritt der Alcalde mit fünf Alguazils, die mit ihren Amtsstäben einen Zug von Gefangenen zu führen schienen. Karl zeigte sich in keinem kaiserlichen Aufzuge; er war unempfindlich gegen die äußere Schaustellung geworden. Zwischen Ampuero und La Nestosa stießen Don Enrique Guzman und Don Pedro Pimendel auf die Reisegesellschaft. Ersterer führte Lebensmittel herbei; der Kaiser versuchte sogleich Eingemachtes, das sich unter dem Vorrathe befand, und nahm es für sich in Beschlag; der Andere, Cavalier des Prinzen Don Carlos, Enkels des Kaisers, brachte Begrüßungsschreiben von seinem jungen Gebieter, der seinem Abgesandten den Ort einer Zusammenkunft anzugeben bat. In der kleinen Stadt Medina de Pomar hielt der Kaiser einen Rasttag und nahm hier die persönlichen Huldigungen und Adressen der Umwohnenden und der benachbarten Städte entgegen. Am 13. October kam er in Burgos an, feierlich von dem alten Connetable von Castilien, Velasco, und einer Schaar Edelleuten eingeholt. Bei seinem Einzuge begrüßten ihn die Glocken der Kathedrale, deren Thürme bei Nacht ihm zu Ehren illuminirt wurden. Die Entbehrungen der bisherigen Reise, die ihren Grund in dem Umstande haben, daß der Kaiser früher eintraf, als man ihn erwartete, scheinen die Veranlassung jener Gerüchte zu sein, als habe der Kaiser während seiner letzten Jahre, von seinem Sohne mit Undank gelohnt, Noth zu leiden gehabt. Selbst Robertson erzählt dies und berichtet von dem dürftigen und nachlässigen Empfange, der Karl in Burgos von einigen Edelleuten zu Theil geworden sei. Im Gegentheil gab der Kaiser während seines zweitägigen Aufenthalts in dieser Stadt den vornehmsten Granden Audienz. Der Admiral von Castilien, die Herzöge von Medina-Celi, Medina-Sidonia, Maqueda und Andere bewiesen ihm ihre Huldigung. Unter den geringern Edelleuten erschien auch der Bruder des Rebellen Juan von Padilla, der in dem damaligen Kampfe auf königlicher Seite gefochten, und dafür zu Gunst und Ehren gelangt war, während Juan auf dem Schaffot geendigt hatte. Am 16. October brach der Kaiser von Burgos nach Valladolid auf; eine Reiterschaar unter Anführung Francisco's de Beaumont ersetzte zu Quixada's Freude den Alcalden und die Alguazils. In Palenzuela fand Karl eine Sendung Butten vor. Fische waren seine Lieblingskost, aber sie bekamen ihm nicht, und das Unwohlsein, welches ihn in Torquemada, dem nächsten Ruheorte, überfiel, rührte wahrscheinlich von ihrem Genusse her. An diesem Orte empfing ihn der Bischof von Palencia mit einem Vorrathe von Lebensmitteln und Leckerbissen. Karl erscheint keineswegs für irdische Genüsse abgestorben, und seine getreuen Unterthanen kannten seine Neigung dazu. In Cabezon, einem Dorfe, welches zwei Stunden von Valladolid entfernt liegt, erwartete ihn, seiner Anweisung gemäß, der Infant Don Carlos. Er umarmte seinen Enkel zärtlich und ließ ihn mit sich speisen. Der Prinz fand über Tisch Wohlgefallen an einem kleinen tragbaren Kohlenbecken, welches der Kaiser, um sich zu wärmen, in der Hand hatte, und bat es sich zum Geschenk aus. Der Kaiser versprach, seine Bitte solle erfüllt werden, wenn er selbst todt sei und es nicht mehr brauche. Er verbat sich einen feierlichen Empfang in Valladolid und äußerte den Wunsch, man möge ihn den beiden Königinnen zu Theil werden lassen, welche ihm nachfolgten. Am 21. October zog er prunklos in

Valladolid ein und wurde im Schloßhofe von Don Carlos und der Regentin Juana empfangen. Letztere war die jüngere Tochter des Kaisers und Wittwe Juan's, Prinzen von Brasilien, Thronfolgers von Portugal. Nach dem Tode ihres Gemahls und nach der Geburt Sebastian's, dessen tragisches Schicksal bekannt ist, hatte sie sich nach Spanien zurückgezogen und war Regentin der Königreiche geworden. Am folgenden Tage wurden die Königinnen von den Großen, den Würdenträgern der Kirche und den Behörden feierlich eingeholt. Den festlichen Tag beschloß ein Banket und Ball, dem auch der Kaiser beiwohnte. Er fühlte sich sehr wohl und war in der besten Stimmung. Am 27. October erschien ein Botschafter seines Schwagers Johann's III. und seiner Schwester Katharina, der Beherrscher von Portugal, um ihn zu bewillkommnen. Der Kaiser empfing ihn mit der größten Huld, da er ein doppeltes Unrecht am portugiesischen Hofe gutzumachen hatte. Nicht allein war Philipp II. auf Betrieb seines Vaters wortbrüchig gegen eine Prinzessin desselben geworden, sondern der Kaiser selbst hatte die Bewerbung des Prinzen Ludwig von Portugal um die Hand Maria's von England vereitelt. Diese doppelte Kränkung von Seiten der Habsburger mochte auch die Ursache gewesen sein, daß Juana den portugiesischen Hof und ihren Sohn im Stich zu lassen sich gedrungen fühlte. Die Spannung dauerte auch jetzt noch fort, von Frankreich sorgfältig unterhalten, und man vermuthete, daß der Krieg in Flandern zum Theil mit brasilischem Golde geführt wurde. In Valladolid hatte der Kaiser jeden Tag lange Conferenzen über die Geschäfte mit der Regentin und dem Geheimschreiber Vazquez. Er, der so lange das Ruder geführt, konnte sich nicht enthalten, den künftigen Lenkern noch gute Lehren zu ertheilen. Allerdings währte das bis zu seinen letzten Lebenstagen in Yuste. Für jetzt war er indessen entschlossen, jeder fernern Theilnahme an der Verwaltung zu entsagen, wie er seinem Sohne unter dem 30. October in einem Briefe erklärte, der hauptsächlich gewisse Anerbietungen des Prätendenten von Navarra betraf. Wir erinnern uns, daß dieses Königreich zu Anfang des Jahrhunderts von Ferdinand dem Katholischen seinem rechtmäßigen Besitzer, Johann d'Albret, entrissen worden war, und daß ein Versuch desselben, sich seines Erbes zu bemächtigen, durch die Entschlossenheit des Cardinals Ximenes vereitelt wurde. Auch die späteren Bemühungen Franz' I., die d'Albrets, zufolge des Vertrags von Noyon, wieder einzusetzen, hatten keinen Erfolg gehabt. Die Ansprüche auf Navarra waren nach dem Tode Heinrich d'Albret's auf seinen Schwiegersohn Anton von Bourbon übergegangen, den Vater Heinrich's IV. Von den Guisen in seinem letzten Besitze, dem Fürstenthum Bearn, bedroht, suchte er, gegen Aufgabe seiner Ansprüche auf Navarra, Schutz bei dem mächtigen Nachbar. Der Kaiser legte die Entscheidung ganz in die Hände seines Sohnes und sprach in seinem Briefe schließlich die Erwartung aus, daß sich der Prinz von Oranien und sein Geheimschreiber mit dem König Ferdinand über die letzten Schritte seiner Thronentsagung für das römische Reich verständigt haben möchten. Er war indessen so zurückhaltend über seine Absichten, daß seine Umgebung nicht genau wußte, ob er sich wirklich nach Yuste zurückziehen wolle. Er ließ jedoch den Prior des dortigen Conventes und den General des Hieronymitenordens nach Valladolid kommen und ertheilte ihnen so oft Audienzen, daß seinen Flamländern in der That der Muth sank. Der Verkehr des Kaisers mit seinem Enkel dauerte fort; doch hatte Karl wenig Gefallen am Erben seines Namens. Der Infant hatte, trotz seinem jugendlichen Alter, er war elf Jahre alt, schon Spuren jener geistigen Zerrüttung gezeigt, die das Leben seiner Urgroßmutter umnachtete. Der Trotz und die Leidenschaftlichkeit, die seiner Laufbahn ein so frühes Ziel steckten, traten schon damals stark hervor; er lag in beständigem Streite mit seiner Tante. Dichter und sentimentale Geschichtschreiber haben ihn zum Märtyrer für Volks- und Gewissensfreiheit gemacht; in der Wirklichkeit ist er das nicht gewesen. Sein Großvater sah ihn jetzt als ein eigensinniges, ungezogenes Kind an, an dem die Ruthe für sein künftiges Heil nicht gespart werden dürfe. Der üble Eindruck, den der Knabe auf den Kaiser gemacht hatte, soll wesentlich zu Philipp's Widerwillen gegen seinen Sohn beigetragen haben. Am 4. November brach Karl von Valladolid auf; eine Escorte Reiter und eine Schaar von Landsknechten deckte den Zug. Er war noch nicht weit vorgerückt, als der Kaiser einen Anfall bekam, der jedoch durch Auflegung heißer Kissen auf den Magen gehoben wurde. Die zweite Nachtruhe hielt man in Medina del Campo, wo Karl's Großmutter, Isabella von Castilien, 1504 gestorben war. Der Kaiser nahm sein Quartier nicht in der königlichen Residenz, sondern im Hause eines reichen Geldmäklers, der, wie einst die Fugger in Augsburg, unter andern kostbaren Vorkehrungen ein goldenes Kohlenbecken aufgestellt hatte, das nicht, wie gewöhnlich, mit verkohlten Weinranken, sondern mit dem feinsten Zimmet von Ceylon gefüllt war. Der Kaiser nahm jedoch diese Prahlerei übel, ließ seinen Wirth nicht zum Handkusse und befahl beim Abschied, sein Nachtlager zu bezahlen. Am vierten Tage drang man in das Gebirge vor, das sich in weiten Verzweigungen von Moncayo in Aragon bis nach Lissabon erstreckt und dessen Mittelpunkt die wilde Sierra von Bejar bildet. Das Regenwetter hörte auf, und der Kaiser fühlte die Einwirkungen der rauhen Gebirgsluft. Eine Sendung Eiderdunenkissen vom Hofe aus kam unter diesen Umständen sehr erwünscht. Karl hatte ursprünglich den Weg nach Xarandilla, dem Yuste zunächst gelegenen Dorfe, wo er einstweilen seinen Aufenthalt nehmen wollte, über Plasencia gewählt, allein aus Scheu vor den Empfangsfeierlichkeiten in jener Stadt zog er den geraden, aber schwierigen Weg durch das Gebirge vor. Am 12. November brach er von Tornavacas auf, begleitet von einem Haufen Fischern und Landvolks, die sich beim Uebergang der steilen ungebahnten Wege sehr nützlich erwiesen. Auf der Höhe angelangt, von wo aus er eine Aussicht auf die vor ihm liegende reizende Landschaft hatte, sagte der Kaiser sich umblickend: das ist der letzte Paß, den ich je durchschneiden werde. Er nahm, in Xarandilla angelangt, sein Quartier in dem Schlosse des Grafen Oropesa. Seine Umgebung staunte, wie wenig angegriffen er von der mühsamen Reise war. In dem stillen, nachmals durch ganz Spanien so berühmten Thale, beschloß der Kaiser sein Leben abzuspinnen. Es ist nicht wahrscheinlich, daß er je zuvor durch eigene Anschauung eine Vorliebe für diese Gegend gefaßt habe; vielmehr mag ihn mündliche Anpreisung derselben zu der Wahl veranlaßt haben. Karl wohnte in dem Hause der Grafen Oropesa, welches seitdem verfallen ist, fast drei Monate, um hier die Vollendung seiner Residenz in Yuste abzuwarten. Er lebte nur einige Tage als Gast hier; da er eine längere Dauer seines Aufenthaltes voraussah, richtete er seinen eigenen Haushalt ein, und seine Wirthe empfahlen sich, weil ihr gewöhnlicher Sitz nicht hier war. Während des Novembers herrschte die schlechte Jahreszeit mit allen ihren Schrecken, Regengüssen und undurchdringlichem Nebel. Der Kaiser indeß war in der besten Stimmung. In einen Rock, der aus den Eiderdunenkissen der Infantin gefertigt war, eingehüllt, saß er am Feuer in Gesellschaft des Geheimschreibers Gaztelu, welcher ihm die täglich von Valladolid eintreffenden Depeschen vorlas und die Antworten nach dem Dictate schrieb, oder genoß der belehrenden Unterhaltung seines classisch gebildeten Lieblings, des treuen van Male, der seit sechs Jahren Karl's unverdrossener Wärter und Gesellschafter bei Tage und bei Nacht war. Besonders nahmen die Ereignisse in den Niederlanden und die Händel mit Paul IV. das Interesse des Kaisers in Anspruch. Aber es fehlte auch nicht an andern Anregungen. Die Königin Eleonore wünschte, ihre Tochter, die Infantin Maria von Portugal, zu sehen, und hoffte sie zu bewegen, ihren Aufenthalt bei der Mutter zu nehmen. Aber Maria, durch die Treulosigkeit Philipp's und durch den Mangel an Aussicht, jemals vermählt zu werden, verbittert, beschloß, als sechsunddreißigjährige Jungfrau ins Kloster zu gehen und war nicht sehr geneigt, den Wünschen ihrer Mutter nachzukommen. Der Kaiser mußte sich endlich, auf Bitten seiner Schwestern und seiner Tochter der Sache annehmen und er ertheilte dem portugiesischen Gesandten mehrere Audienzen während seines zweitägigen Aufenthaltes in Xarandilla. Auch Anton von Bourbon empfahl durch einen Agenten seine Angelegenheit wiederholt der Aufmerksamkeit des Kaisers. Ferner erschien im Anfange des Decembers ein Jude aus der Berberei und überbrachte Papiere, welche geheime Verhandlungen des Königs von Frankreich mit dem Beherrscher von Fez zum Zweck eines Angriffes auf die spanischen Küsten bewiesen. Vor Allem beschäftigte den Kaiser indessen der Fortschritt seiner häuslichen Einrichtung in Yuste. Dieselbe wurde schon seit drei Jahren betrieben; der Kaiser soll den Riß zu dem Hause selbst entworfen haben. Auf der Reise nach England besuchte Philipp, dem Wunsche seines Vaters gemäß, dessen zukünftigen Aufenthaltsort. Der Ordensgeneral der Hieronymiten und ein anderer Frater hatten die Oberaufsicht über den Bau, der im tiefsten Geheimnisse ausgeführt wurde. Schon früher nach Valladolid berufen, hatten sie auch jetzt, nebst dem Prior des Klosters, häufige Audienzen beim Kaiser. Trotz Regen und Nebel besuchte Karl in seiner Sänfte das Kloster, verrichtete, da das Fest der heiligen Katharina war, sein Gebet in der Kirche und zeigte sich von seinem künftigen Wohnorte sehr befriedigt; er befahl, vierzig Betten darin aufzustellen und gedachte, Mitte December einzuziehen. Die flämische Dienerschaft betrachtete den neuen Aufenthalt mit sehr ungünstigen Augen; auch der Mayordomo und der Geheimschreiber ergossen sich in bittern brieflichen Klagen gegen den Staatssecretair in Valladolid. Eine Anzahl Mönche, die, um Platz für die Ankömmlinge zu gewinnen, in andere Klöster versetzt werden sollte, weigerte sich, die gnadenbringende Nähe des Kaisers aufzugeben, und es entstand Zank und Streit im Kloster, der selbst zu den Ohren des unschuldigen Veranlassers drang. Seinen Verdruß über diesen Zwiespalt und die Klagen der Diener erhöhte noch ein Brief der Königin Maria, die ihren Bruder bat, sich zweimal zu bedenken, ehe er sich an einem so ungesunden Orte wie Yuste niederlasse. Karl fand, wie seine Leute, Trost für alle Mishelligkeiten beim Mahle. Er hatte den Freuden der Tafel, trotz seiner schwachen Constitution und der Gicht, zu der er schon frühe Anlage zeigte, stets eifrig gefröhnt. Seine Leistungen bei Tische erregten öfters das Erstaunen fremder Botschafter, und der kaiserliche Koch, Monfalconetto, gerieth zuweilen in Verzweiflung, den Ansprüchen seines Gebieters nicht genügen zu können. Auch jetzt noch war die gute Besetzung seiner Tafel eine wichtige Sorge für diesen, sowie der Hauptgegenstand der Correspondenz zwischen dem Mayordomo und dem Staatssecretair. Der wöchentliche Courier von Valladolid nach Lissabon mußte seinen Weg ändern, um jeden Donnerstag frischen Fisch für die Freitagsfasten mitzubringen. Von allen Seiten wurden genießbare Geschenke aller Art eingesandt, die Quixada jedoch, die physische und moralische Schwäche des Kaisers kennend, nur mit Unwillen annahm. Sein Dienst war schwierig, da er nach beiden Seiten hin immer abwehren mußte.

Vierunddreissigstes Kapitel.

Karl's Klosterleben.

Einzug in Yuste. — Das Haus des Kaisers. — Einrichtung und Lebensweise. — Karl's Einnahmen. — Finanzoperationen. — Politische Angelegenheiten. — Sorgen und Freuden. — Besuche.

Zu Anfang des Jahres 1557 litt Karl noch an einem Gichtanfalle, der in den letzten Tagen des Decembers eingetreten war. Den portugiesischen Gesandten, der in Angelegenheiten der Infantin Maria zu ihm kam, empfing er im Bette. Mit dem von Alba eingegangenen vierzigtägigen Waffenstillstande war er sehr unzufrieden; er hatte den Herzog im Verdachte, vom Papste bestochen worden zu sein, und er schrieb in diesem Sinne an den König, der die von seinem Feldherrn eingegangenen Bedingungen nicht bestätigte. Ende Januar und Anfangs Februar forderte er die Regentin dringend auf, Rüstungen zum Kriege anzustellen, das von den Mauren bedrohte Oran und die Grenze von Navarra gegen etwaige Versuche der Bourbonen sicher zu stellen. In den letzten Tagen des Januar wurde der künftige Haushalt hergestellt; achtundneunzig Diener wurden nach Flandern entlassen, etwa zweiundfünfzig für Yuste zurückbehalten. Auch die Hellebardirer und Alguazils bekamen ihren Abschied; der Alcalde erhielt die überflüssigen Pferde zum Geschenk. Ein kleines, einäugiges Pferd, acht Maulthiere, zwei Sänften, einen Tragsessel behielt man bei. Am 3. Februar entließ der Kaiser die abgedankte Dienerschaft und richtete an jeden Einzelnen ein freundliches Wort. Um drei Uhr bestieg er die Sänfte und kam nach zwei Stunden vor den Thoren von Yuste an. Vom Prior empfangen, stieg er aus und wurde in einem Sessel zur Kirchthüre getragen. Die Klosterbrüder waren ihm in Procession entgegengegangen und sangen bei Orgelklang ein Tedeum. Altäre und Chorgang waren glänzend mit Kerzen erleuchtet; der reichste Schmuck war ausgestellt. Karl kniete nieder, dankte Gott für die glückliche Beendigung seiner Reise und wohnte der Vesper des St. Blasiusfestes bei. Darauf beglückwünschte ihn der Prior in einer Rede, wobei er ihn, zum Aergerniß der Höflinge, statt Majestät, hochwürdiger Vater anredete, und stellte ihm die Glieder des Convents vor, deren jedes ihm die Hand küßte und dafür eine brüderliche Umarmung empfing. Während der Ceremonie weinte und jammerte die Dienerschaft, welche in voller Anzahl den Gebieter zum Ziel seiner Reise geleitet hatte. Nach einer Besichtigung des Klosters zog sich der Kaiser in seine Gemächer zurück.

Yuste ist, wie schon erwähnt, ein Haus der Hieronymiten, einer Abzweigung des Franziscanerordens, und liegt in einem lieblichen Thale, etwa zwei Stunden westlich von Xarandilla und sieben östlich von Plasencia am Abhange des Gebirges, welches, so weit das Auge reicht, mit Eichen- und Kastanienwaldung bekleidet ist. Eine halbe Stunde südlich liegt tiefer an dem Abhange das Dorf Quacos, zwischen Obst- und Maulbeerbaumgärten versteckt. Das Kloster verdankt seinen Namen nicht dem heiligen Justus, sondern einem Bache, der von der Sierra hinter seinen Mauern herabfließt, seinen Ursprung aber einem gewissen Sancho Martin von Quacos, der im Jahre 1402 ein Stück Waldung an zwei Eremiten von Plasencia verlieh. Diese würdigen Männer legten, unter mancherlei ernsten Anfechtungen, den Grund zu dem später so berühmten Hause.

Karl's Palast, wie die Mönche zu sagen beliebten, hatte zwei Stockwerke; die Vorderseite ging nach dem Garten zu; hinten stieß es an die südliche Mauer der Kirche. Jedes Stockwerk hatte vier Zimmer, zwei auf jeder Seite eines Corridors, der das Haus von Osten nach Westen durchschnitt und an beiden Enden in eine offene, von Säulen gestützte Galerie auslief. In jedem Zimmer war ein großes Kamin angebracht, wie es niederländische Sitte und die Schwäche des Kaisers verlangte. Die Zimmer nach dem Garten zu waren hell und freundlich, die an der Nordseite dunkel, da ihnen das Licht nur durch den Corridor oder die düstern Galerien zukam. Das Schlafzimmer Karl's befand sich in der nordöstlichen Ecke; eine Thüre oder ein Fenster war durch die Kirchenmauern gebrochen und gestattete die Aussicht auf den Hochaltar. Das Arbeitszimmer lag an der entgegengesetzten Seite des Corridors und nach dem Garten zu. Die Ausstattung der Gemächer war kaiserlich; köstliche niederländische Tapeten und die Meisterwerke der bedeutendsten Maler wie Tizian's, dienten ihnen zum Schmuck. Das Gefolge bewohnte theils eigene Häuser, theils Zimmer im Kloster; der Rest hatte seinen Sitz in dem Dorfe Quacos. Uebrigens war jede Communication zwischen dem kaiserlichen Haushalte, der in Allem etwa aus sechszig Personen bestand, und den Klosterbauten abgeschnitten; verschiedene Eingänge führten ins Kloster und in Karl's Residenz. Die Ueberlieferungen von Karl's knapper Einrichtung haben sich als falsch erwiesen. Er hatte an Gold- und Silbergeschirre über dreizehntausend Unzen, und das geringste Geräthe in seinem Zimmer war von edlem Metalle. In seiner Kleidung hatte er nie Prunk geliebt, und dieselbe Sparsamkeit, die ihn einst bei Regen seinen neuen Sammethut absetzen ließ, um ihn nicht verderben zu lassen, wird er in Yuste beibehalten haben. So reich der Kaiser an Kostbarkeiten und herrlichen Gemälden war, eine so unbedeutende Bibliothek besaß er; sie überstieg kaum dreißig Bände und bestand zumeist aus historischen und Erbauungsbüchern. Da er die Musik sehr liebte, besonders Choralsingen, hatte der General der Hieronymiten die besten Sänger des Ordens nach Yuste versetzt, und man hörte Karl oft vom Fenster seines Schlafzimmers aus ihren Gesang begleiten. Dabei merkte er jeden falschen Ton und zugleich den Sünder; ein Soldatenfluch oder Schimpfwort unterbrach dann wohl die Aufführung.

Der Kaiser führte übrigens eine sehr einfache und regelmäßige Lebensweise, die recht gut mit seinem jetzigen Aufenthalte harmonirte. Sein Beichtvater Regla kam jeden Morgen vor sein Bett, erkundigte sich, wie er geschlafen habe, und verrichtete die Morgenandacht mit ihm. Karl erhob sich dann, ließ sich ankleiden und wohnte der Messe bei. Nach derselben hielt er eine lange Mahlzeit, da er sehr viel aß und die Steifheit seiner Hände und der Mangel der Zähne ihm das Vorschneiden und Kauen sehr erschwerte. Ueber Tisch unterhielt er sich mit seinem Arzte über naturgeschichtliche Gegenstände, hörte nach geendigtem Mahle den Beichtvater einen Abschnitt aus Augustin, Hieronymus oder Bernhard vorlesen, und begann eine Unterhaltung über das Gehörte. Um drei Uhr hielt einer der kaiserlichen Prediger eine Rede vor den Mönchen, oder es wurde ein Abschnitt aus der Bibel vorgelesen. Karl hörte stets aufmerksam zu; war er durch Krankheit oder Geschäfte verhindert, beizuwohnen, so ließ er sich beim Prior förmlich entschuldigen und sich von seinem Beichtvater den Inhalt der Predigt oder der Vorlesung berichten. Die übrigen Stunden des Nachmittags waren Besuchen und der Erledigung der Geschäfte gewidmet. Der Kaiser war ein großer Liebhaber der Mechanik und brachte seine Mußestunden oft bei Torriano zu, einem geschickten lombardischen Meister, der ihm in seine Zurückgezogenheit gefolgt war. Darauf kam die Vesper; ihr folgte die Abendmahlzeit, die an Ausdehnung und Fülle dem Mittagstische nicht viel nachstand.

Zu Anfang des Jahres 1557 befand sich der Kaiser im besten Wohlsein, obgleich er seine Neigung für die Freuden der Tafel nicht im Mindesten einschränkte, und verwandte auf die Staatsgeschäfte regelmäßige Stunden. In allen seinen Depeschen nannte er sich noch römischer Kaiser, bis der Reichstag 1558 seine Abdankung angenommen hatte. Da es bald bekannt wurde, daß Spanien zum Theil von Yuste aus regiert werde, so fanden sich Bittsteller aller Art ein, die man jedoch, Misgriffe fürchtend, höflich nach Valladolid verwies. Aus dem Gesagten geht klar genug hervor, wie ungegründet die Erzählungen von Karl's steter Reue über seine Machtentäußerung sind. Sie beruhen auf einer falschen Auffassung seiner Lage in Yuste. Er besaß die frühere Macht und handhabte sie, so lange er hören und sehen konnte. Karl wies im Gegentheil mehrere Vorschläge, sein Asyl zu verlassen, ab. Namentlich drängten ihn Philipp und die Regentin oft, den Prinzen von Oranien zu instruiren, daß er die Entsagungsurkunde so lange als möglich zurückhalte, indem man eine Einmischung des Papstes in die innern Angelegenheiten des Reiches und eine Minderung des spanischen Einflusses auf Europa, besonders auf Mailand fürchtete. Allein Karl war nicht zu bewegen, seinen Willen zu ändern.

Was seine Einnahmen betraf, so gebot er über bedeutende Mittel. Er hatte sich den sechzehnten Theil der Kroneinkünfte und einen Antheil des Gewinnes aus den Minen von Guadalcanal ausbedungen. Außerdem lagen auf der Festung Simancas dreißigtausend Ducaten zu seiner Verfügung. Er bezog seine Gelder regelmäßig, obgleich der Hof, wiewohl er das Goldland besaß, fast stets in Geldverlegenheit war. Granvella war der Urheber des verkehrten Finanzsystems, welches Spanien ungeachtet seiner reichen Hilfsmittel ruinirte. Die Staatseinnahmen von den Colonien wurden auf mehrere Jahre voraus an die genuesischen

Wechsler verpfändet, welche zu ungeheuren Zinsen die für den gegenwärtigen Augenblick nöthigen Summen schafften. Im Frühjahr 1557 schickte Philipp seinen Liebling, den Grafen Silva, spätern Fürsten von Eboli, zu seinem Vater, um sich mit ihm über die verwickelte Lage der Dinge zu berathen. Karl empfing den Grafen herzlich, ließ ihn sogar während der Dauer seines Aufenthalts im Bereiche des Klosters logiren und hatte zwei lange Unterredungen mit ihm; der König ließ unter Andern den Kaiser bitten, seinen Wohnort näher am Sitze der Regierung zu wählen und ihn um seine Meinung fragen, ob man Don Carlos nach Flandern schicken und als Erben des Landes vorstellen solle. Letztere Maßregel widerrieth der Kaiser, da er seinen Enkel wegen seiner geistigen Beschaffenheit für den Eintritt in die Welt noch nicht geeignet hielt. Die Verhältnisse nahmen allerdings die volle Aufmerksamkeit eines Regenten in Anspruch. In den Niederlanden war der Kampf bereits ausgebrochen; an den Grenzen von Navarra mußte man stets auf einen Angriff des zweideutigen Anton von Bourbon gefaßt sein, der zu gleicher Zeit, wie man vermuthete, mit dem spanischen Hofe über die Abtretung seiner Ansprüche, mit dem französischen über eine Unterstützung zur Geltendmachung derselben unterhandelte. In Italien bedrohte soeben der Herzog von Guise Neapel, und die Spanier waren in großem Nachtheile; im Mittelmeere herrschten wieder die Flotten der Osmanen. Silva hatte den Auftrag, achttausend Castilier für den Herzog von Savoyen in den Niederlanden auszuheben; allein die Regierung hatte kein Geld. Der Kaiser rieth, die reichen Schätze der Kirche in Anspruch zu nehmen, und der Versuch gelang ausnehmend; in Kurzem sah man sich im Besitze bedeutender Mittel. Silva erschien noch zweimal in Yuste und hatte lange Unterredungen mit dem Kaiser. Bei seinem letzten Besuche begleiteten ihn zwei Agenten Bourbon's, welche die Belehnung ihres Herrn mit Mailand als Bedingung aufstellten, unter der er Navarra aufgeben wolle. Karl schlug das nicht unbedingt ab, um den Prätendenten bei Hoffnung zu erhalten. Aber im August ging derselbe nach Rochelle, wie man erzählte, um das Geschwader zu besichtigen, welches Heinrich II zum Angriffe auf die jährliche Silberflotte ausrüstete.

Am 11. Juni starb der König von Portugal Johann III. in Lissabon, der, trotz seiner nahen Verwandtschaft mit Karl (er war mit ihm Geschwischwisterkind, Bruder seiner Gemahlin, Gatte seiner Schwester, Schwiegervater von zweien seiner Kinder) nie in besonders freundlichem Verhältnisse zu ihm gestanden hatte. Guzmann, der Oberhofmeister des Don Carlos, wurde nach Lissabon geschickt, um die Beileidsbezeigungen des Kaisers an seine Schwester Katharina zu überbringen. Es wurde ihm ausdrücklich verboten, in seinen Unterhaltungen mit der Königin oder den Ministern, der Prinzessin von Brasilien, der Tochter des Kaisers, Erwähnung zu thun, obgleich derselbe ebenso sehr wie seine Tochter wünschte, daß sie die Vormundschaft über ihren Sohn Sebastian und die Regentschaft über sein künftiges Reich erhalten möge. Allein die portugiesische Eifersucht vereitelte alle Bemühungen der Höfe zu Valladolid und Yuste. Die Kunde von dem Siege bei Quentin tröstete den Kaiser über das Fehlschlagen dieses Planes. Aber vergebens erwartete er die Nachricht von dem Einrücken seines Sohnes in Paris. Die Friedensunterhandlungen mit dem Papste verstimmten ihn sehr. Sie sind das einzige Geschäft, welches Philipp, ohne seinen Vater vorher befragt zu haben, abschloß. Dieser war auch sehr misvergnügt darüber, und noch Wochen später, nachdem er den Vertrag kennen gelernt, hörte man ihn darüber Worte des Unwillens murmeln. Wäre ihm Paul IV. mit dieser unerhörten Anmaßung entgegengetreten, er würde das Schicksal Clemens' VII. gehabt haben; die Welt hätte noch einmal das Schauspiel eines gefangenen Papstes und einer Stürmung Roms erlebt.

Es fehlte nicht an andern Sorgen. Die Erziehung seines Enkels beschäftigte den Kaiser sehr, aber leider waren die Berichte, die der Gouverneur des Prinzen über ihn gab, sehr ungünstig und mußten die schon in Valladolid gefaßte Abneigung des Großvaters für seinen Enkel verstärken. Die Bewohner von Quacos, obschon die Mildthätigkeit des Kaisers ihnen am meisten zu Gute kam, verübten allen möglichen Schabernack, sodaß man die Thäter dem Gerichte übergeben mußte. Gegen derartige Kümmernisse suchte Karl ein Mittel in der Pflege seines Blumengartens und seines Federviehes; er legte zwei Fischteiche an und richtete sich seinen Neigungen gemäß ein. Gedachte er doch noch manches Jahr zu leben. Er ließ sich Tapeten aus Flandern kommen und entwarf Pläne zur Vergrößerung seines Hauses. Es fehlte auch nicht an anregenden Besuchen. Ein häufiger Gast war Don Louis de Avila, Soldat,

Staatsmann und Geschichtschreiber, der in Estremadura Besitzungen hatte. Stets willkommen war Francisco Borja, der, mit den königlichen Familien von Portugal und Spanien nahe verwandt, sich vor einigen Jahren aller irdischen Ehren und Würden entschlagen hatte und in den Jesuitenorden getreten war. Der Kaiser beehrte den Bruder Francisco, den Sünder, wie er sich nannte, mit demselben Vertrauen, wie einst als Herzog von Gandia. Ihm zuerst hatte er im Jahre 1542 seine Absicht, die Kronen niederzulegen, mitgetheilt. Am 28. September kamen die beiden Königinnen von Valladolid auf Besuch; sie nahmen ihr Quartier in dem Schlosse zu Xarandilla und verweilten hier zehn oder elf Wochen. Eleonore war so schwach und hinfällig, daß sie während der ganzen Dauer ihres Aufenthaltes nur dreimal nach Yuste kam. Beide Frauen hatten noch keinen festen Wohnort gefunden, und die Wahl desselben, sowie die von Eleonoren ersehnte Zusammenkunft mit ihrer Tochter, bildeten den Gegenstand der Unterhaltung mit dem Kaiser. Er schrieb selbst in der Angelegenheit an seine Nichte, die endlich einwilligte, nach Badajoz zu reisen. Am 14. December brachen die Frauen dahin auf; am 20. desselben Monats kehrte Borja von seiner vergeblichen Mission nach Lissabon zurück und wurde, wie immer, freundschaftlich vom Kaiser empfangen und beherbergt.

Fünfunddreissigstes Kapitel.

Letzte Schicksale, Krankheit und Tod Karl's.

Böse Kunde vom Kriegsschauplatze. — Zusammenkunft der Königin mit der Infantin von Portugal. — Tod Eleonorens. — Besuch Maria's in Yuste. — Sie läßt sich bei Valladolid nieder. — Festlichkeit im Kloster. — Karl's religiöse Gewissenhaftigkeit. — Seine Abdication wird vom Reiche angenommen. — Ketzereien und Inquisition. — Unternehmung der Türken auf die Balearen. — Don Juan d'Austria in Yuste. — Die Krankheit des Kaisers wird gefährlich. — Karl begeht sein Leichenbegängniß. — Sein Tod. — Seine Persönlichkeit. — Schlußwort.

Im Januar 1558 drang das Gerücht zu Karl's Ohren, Alba sei kürzlich nach Brüssel gekommen und habe sich erboten, das Vicekönigthum in Neapel und den Oberbefehl in Italien niederzulegen. Es machte den übelsten Eindruck auf ihn, und er gewann es erst einige Tage nach ihrem Einlaufen über sich, die Depeschen über die italienischen Angelegenheiten anzuhören. Die ganze Verhandlung misfiel ihm um so mehr, da man seinen Rath, wie es scheint, absichtlich, nicht eingeholt hatte. Kurze Zeit darauf lief ein Schreiben Alba's ein, welches das Gerücht bestätigte und die Absicht des Herzogs kundgab, nach Spanien zurückzukehren und eine Zeit lang zu ruhen. Der Kaiser würdigte den Brief keiner Antwort und wollte überhaupt von den Details der öffentlichen Angelegenheiten nichts wissen. Er warf seit der Zeit einen Groll auf den Herzog, den dieser, als bloßer Vollstrecker des königlichen Willens, nicht verschuldet hatte. Am 2. Februar kam die Schreckensnachricht von dem Verluste der Stadt Calais nach Yuste. Der Kaiser gestand seinem Geheimschreiber Gaztelu, nie in seinem Leben habe ihn ein so schmerzlicher Schlag betroffen. Er forderte die Regentin zu der äußersten Kraftanstrengung auf, um den Verlust gutzumachen und das Heer des Königs zu verstärken. Die Mutterhoffnungen der Königin Maria von England, die sich freilich bald genug als irrig erwiesen, waren ein Trost für jenes Unglück. Der Kaiser litt dabei seit Beginn des Jahres fortwährend an der Gicht und seine Finger waren zuweilen so sehr gekrümmt, daß er die Depeschen nicht unterzeichnen konnte. Der Rock und die Polster von Eiderdunen schützten ihn nicht mehr vor Frost; sein Appetit fing an, sich zu verlieren; dennoch nahm er die schwerverdaulichsten Lebensmittel zu sich.

Nach ihrer Zusammenkunft mit der Infantin von Portugal, bei welcher Mutter und Tante sie vergeblich bestürmt hatten, fernerhin bei ihnen zu wohnen, brachen die beiden Königinnen von Badajoz auf. Aber nach einer Reise von drei Stunden erkrankte Eleonore, die schon in Badajoz sehr gelitten hatte, ernstlich und blieb in dem kleinen Städtchen Talaverilla liegen. Ihre Tochter, die sich noch an der Grenze von Portugal befand, wurde sogleich von der Gefahr der Königin benachrichtigt, allein sie weigerte sich, umzukehren. Auch an den Kaiser wurde ein Courier geschickt; Quixada erhielt den Befehl, nach Talaverilla zu reiten. Er kam, um Zeuge ihres Todes zu sein, der den Kaiser so schmerzlich berührte, daß er in Thränen ausbrach. Er hatte sie am meisten von seinen Geschwistern geliebt, wenn er auch nicht angestanden hatte, ihr Lebensglück seiner selbstsüchtigen Politik zu opfern. „Wir waren nur fünfzehn Monate im Alter verschieden“, sagte er, „und in weniger Zeit als dieser werde ich wieder bei ihr sein.“ Er mochte selbst fühlen, wie tief ihn der neue Schlag verwundet hatte. Die Königin Maria erschien am 3. März, vierzehn Tage nach dem Tode ihrer Schwester, in Yuste, blieb einige Nächte im Kloster und bezog dann ihren frühern Wohnsitz in Xarandilla. Am 15. nahm sie Abschied von ihrem Bruder, den sie nicht wiedersehen sollte, und brach nach Valladolid auf; Quixada reiste voraus, um für ihre Reisebedürfnisse zu sorgen. Zugleich hatte er Aufträge an die Regentin und die Absicht, die Uebersiedelung seiner Familie nach Estremadura zu bewerkstelligen. Die Königin Maria nahm ihren Wohnsitz in einem königlichen Palais in Cigales, in geringer Entfernung von der Hauptstadt, nachdem sich die Regentin, ihre Nichte, entschieden geweigert hatte, nach dem Wunsche des Kaisers, ihr einen Antheil an der Regierung einzuräumen. Was die Aufträge Quixada's an die Regentin betraf, so scheinen es Vorschläge des Kaisers zur Hebung der Finanzen gewesen zu sein. Ein Gutachten des geheimen Rathes, welches zur Bestätigung nach Yuste geschickt wurde, schlägt wenigstens eine Erhöhung des Salzpreises, den Verkauf von Besitzungen der Kriegerorden, den

Verkauf gewisser Ehrenämter, von Adelsbriefen und von Legitimitäts-Erklärungen für Kinder der Geistlichen vor.

Der Jahrestag der Ankunft Karl's in Yuste wurde durch Messe, Predigt, Tedeum und eine Procession gefeiert. Nachmittags bewirthete der Kaiser das ganze Kloster köstlich im Freien, da die Brüderschaft den Zutritt eines neuen Mitgliedes durch ein Picknick zu feiern pflegte. Das Landvolk aus der Umgegend hatte eine Anzahl Rebhühner und Hühner geliefert. Viele von der niederländischen Dienerschaft des Kaisers, Männer und Frauen, waren von Quacos herübergekommen.

Wir haben schon früher Karl's Gewissenhaftigkeit in Erfüllung der äußerlichen religiösen Pflichten erwähnt; sie war so groß, daß er ihr selbst seine Neigung zu den Tafelfreuden unterordnete. Er hielt die Fasten streng und forderte das auch von seiner Umgebung. Obgleich er Nachlaß hatte, aß er nie, wenn er communicirte, außer im Falle großer Schwäche, und hörte zweimal die Messe an dem feierlichen Tage. Am Aschermittwoch mußte sein ganzer Haushalt das Abendmahl genießen und er selbst sah nach, ob Alle theilnahmen. Während der Fastenzeit, die er zweimal in Yuste erlebte, geißelte er sich zur Erbauung der Frommen bis aufs Blut; die Geißeln wurden späterhin im Escurial als werthvolle Reliquien bewahrt. Am Charfreitag betete er das heilige Kreuz durch dreimaliges Niederwerfen an, bevor er es küßte, obgleich er so schwach war, daß er nicht allein gehen konnte. Das Fest des heiligen Matthias beging Karl mit besonderer Andacht, da es der Tag seiner Geburt, seiner Krönung, seiner Siege bei Bicoca und Pavia, und der Geburtstag seines Sohnes Juan d'Austria war. Er erschien zur Messe im Staatskleide, mit dem Ordenszeichen des goldnen Vließes geschmückt, und opferte eine reiche Spende. Mit den Klosterbrüdern stand er in freundlichem Vernehmen; er kannte sie alle von Ansehn und beim Namen, und ließ sich öfters mit ihnen in ein Gespräch ein; zuweilen speiste er sogar mit ihnen im Refectorium. Indessen kehrte der alte Soldat doch auch die rauhe Seite heraus. Vor dem Klosterthore hatte er verdächtige Versammlungen junger Frauenspersonen bemerkt, welche Almosen zu bitten vorgaben. Karl war früher ein Verehrer des weiblichen Geschlechts gewesen; ein Zeitgenosse beschuldigte ihn, die Wege der frommen Zeiten zu verfolgen, „ehe Vielweiberei zu einer Sünde wurde;" ein Anderer freilich lobte ihn, daß er das Fenster schließe, wenn er eine hübsche Frau auf der Straße gehen sähe. Jetzt beschwerte er sich beim Prior über die Versucherinnen, ließ, da dies nichts half, sie selbst verweisen, die Almosen auf den Dörfern vertheilen und die ungalante Bekanntmachung ergehen, daß jede Frauensperson, die dem Klosterthore näher komme, als auf zwei Büchsenschüsse, hundert Streiche erhalten würde. Am 3. Mai 1558 empfing der Kaiser mit großem Entzücken die Nachricht vom Staatssecretair, daß seine Verzichtleistung auf die Kaiserkrone vom Reichstage angenommen worden sei. Von diesem Tage an schrieb er sich nicht mehr Kaiser und ließ sich andere Siegel anfertigen, „ohne Krone, Adler, Vließ oder andere Devise." Indessen titulirten ihn die Regentin und die andern Correspondenten trotzdem fortwährend „heilige kaiserliche katholische Majestät."

Zu der religiösen Bewegung, welche im Jahre 1558 in Spanien unter Geistlichen und Edelleuten stattfand, ohne Wurzel im Volke gefaßt zu haben, und die deshalb so rasch und gründlich unterdrückt werden konnte, nahm der Bewohner von Yuste eine Stellung ein, die uns, wie wir ihn kennen, nicht wundern wird. Als er erfuhr, daß Cazalla, ein ausgezeichneter Theolog und vor zehn Jahren des Kaisers Prediger in Deutschland und den Niederlanden, der sich damals durch sein Eifern gegen das Lutherthum hervorgethan, mit seiner Schwester und andern vornehmen Frauen vor das Inquisitionsgericht gestellt war, und daß man auf den Dominicaner Domingo de Roxas, Sohn eines Marquis und hochangesehen wegen seines heiligen Lebenswandels, fahndete, erließ er, empört, nicht über diese Behandlung, sondern über die Ketzerei, die solches Verfahren erfordere, zwei Schreiben an die Regentin, das eine für die Oeffentlichkeit bestimmt, das andere für ihre Person allein, in welchen sich ein wilder Fanatismus kundgiebt. Er räth in dem letztern, Alle, die schuldig befunden würden, zu bestrafen ohne die geringste Ausnahme; wenn es ihm sein Gesundheitszustand erlaube, verspricht er, sich jeder Beschwerlichkeit zu unterziehen, um ein so abscheuliches Verbrechen (Zweifel an den Satzungen der Kirche) zu züchtigen und ein so großes Uebel zu heilen. Zum Prior von Yuste sagte er im Verlaufe einer Unterhaltung über diesen Gegenstand: „Vater, wenn mich irgend Etwas aus dieser Zurückgezogenheit reißen könnte, so wäre es nur, um diese Ketzer züchtigen zu helfen. Wegen solcher Geschöpfe jedoch, wie die jetzt im Gefängniß, ist es nicht nöthig; aber ich habe der Inquisition geschrieben, sie alle zu verbrennen, denn keines von ihnen wird jemals ein wahrer Katholik werden, oder ist würdig, zu leben."

Eine Menge Verhaftungen von Mitgliedern der höhern Stände erfolgte, da der Generalinquisitor Spione unter die Verdächtigen geschickt hatte. Alle Kerker waren überfüllt. Der Kaiser widmete der Angelegenheit seine volle Aufmerksamkeit und suchte die Regentin und den König durch die dringendsten Vorstellungen zu dem strengsten Einschreiten zu vermögen. Am liebsten hätte er die Bestimmungen des Kriegsrechts angewandt und die Ketzerei wie Aufruhr in einem kurzen summarischen Verfahren behandelt. Ende Mai hatte Quixada eine Zusammenkunft mit dem Generalinquisitor auf Befehl des Kaisers und drang bei ihm auf schnelle Beförderung des Ketzerprozesses, ja selbst auf Beiseitesetzung der gewöhnlichen Formalitäten. Einige Tage später theilte der Erzbischof dem Kaiser verschiedene Maßregeln mit, welche ihm zur Ausrottung der Häresie geeignet schienen. Das Glaubensgericht sollte auf die Provinzen Galicien, Biscaya und Asturien, die bisher damit verschont waren, ausgedehnt werden. Ferner beantragte er, Beichte und Abendmahl für alle Unterthanen des Königs bindend zu machen und eine Liste Derer anzulegen, die sich gewöhnlich dieser Sacramente enthielten. Keinem Schullehrer dürfe die Ausübung seines Berufs gestattet werden, bis er durch einen geistlichen und weltlichen Examinator dazu berechtigt werde. Endlich wurde der Buchhandel aufs Härteste beschränkt. Für ungesetzlich sollte gelten, wenn ein Buch ohne den Namen des Verfassers und Druckers und ohne Erlaubniß des heiligen Officiums gedruckt würde; diese Erlaubniß mußte auch eingeholt werden, bevor ein Buch in das Königreich eingeführt werden durfte. Ferner sollte untersagt sein, Bücher zu verkaufen; auswärts gedruckte spanische Bücher sollten ganz verboten sein; Buchhändler wären anzuhalten, in ihren Läden Verzeichnisse aller Bücher aufzuhängen, welche sie zu verkaufen hätten. Denuncianten sollten mit einem Drittheil oder Viertheil des Vermögens solcher Personen belohnt werden, welche durch sie der Uebertretung dieser Gesetze überführt würden. Der Kaiser, welcher die Unklugheit, Ungerechtigkeit und Unausführbarkeit dieser Maßregeln keineswegs eingesehen zu haben scheint, billigte sie, und schon im nächsten Jahre veröffentlichte der Generalinquisitor in Valladolid ein Verzeichniß verbotener Bücher, Vorläufer und Vorbild für den römischen Index, welchen Paul IV. als beständigen Protest des römischen Stuhles gegen die fortschreitende Wissenschaft ins Leben rief. In Kurzem wurden andere Personen eingezogen, die in Beziehung zum Kaiser standen. Der königliche Bildhauer Leoni wurde verurtheilt, einem Autodafe beizuwohnen und auf ein Jahr in ein Kloster eingesperrt zu werden. Ein anderer berühmter Geistlicher, Ponce de la Fuente in Sevilla, Schriftsteller von Bedeutung und vorher Prediger und Almosenier des Kaisers in Deutschland, der eine Schrift von ihm in Yuste auf seinem Bücherschrank hatte, verfiel der Inquisition. Karl erlebte die Hinrichtung seiner beiden Geistlichen nicht.

Wie fanatisch den Kaiser sein Aufenthalt in Yuste machte, zeigt die tiefe Reue in Sack und Asche, die er empfand, weil er einst dem Ketzer Luther Wort gehalten, und seine Genugthuung wegen seiner Verfolgungen der Ketzer. Jene Geschichte von den Uhren, die der Kaiser nicht in gleichen Gang bringen konnte, und seine Aeußerung bei dieser Gelegenheit, ist zum Unglück für Spanien und zur Unehre Karl's nicht gegründet.

Der Verlust von Thionville ging ihm sehr nahe, doch tröstete ihn bald der glänzende Sieg von Grävelingen. Gerüchte von neuen Unternehmungen der Osmanen zur See kamen im Mai dem Kaiser zu Ohren; man sprach von einem Vertrage zwischen Frankreich und dem Papste, Venedig und den Türken. Mitte Juni bedrohte die osmanische Flotte Majorca, zog sich aber zurück und segelte nach Minorca. Die Stadt Ciudadella wurde sieben Tage lang beschossen und einigemal gestürmt. Ein Feuer brach in der Stadt aus und nöthigte die Belagerten, die Stadt zu verlassen; sie machten mit Frauen, Kindern und Verwundeten einen Ausfall, und schlugen sich, wenn auch mit schwerem Verluste, nach der Insel Mahon durch. Die Türken plünderten und verheerten die Stadt und gingen in derselben Nacht wieder zur See. Da sie nordwärts segelten, vermuthete man, sie hätten ihre Richtung nach Marseille genommen. Energische Vorkehrungen wurden getroffen, um die Grenzen und Küsten von Spanien zu sichern. Der Kaiser nahm so lebhaften Antheil an diesen Vorgängen, daß er befahl, man solle ihn zu jeder Stunde der Nacht wecken, wenn ein Courier vom Meere her einträfe. Anfangs Juli kam Quixada nach Yuste zurück und führte seine Gattin und den künftigen Sieger von Lepanto mit sich. Es war dies Don Juan d'Austria, der natürliche Sohn des Kaisers, der in der bescheidenen Gestalt eines Pagen der Gattin Quixada's auftrat. Als vierjähriger Knabe im Jahre 1550 unter der Fürsorge eines gewißen Massi, eines Lieblingsmusikers des Kaisers, nach Spanien gekommen, lebte er bei der Witwe dieses Mannes in Leganes bei Madrid bis zum Jahre 1554, wo er seiner jetzigen Pflegerin übergeben wurde. Diese selbst vermuthete nur, wer der Knabe war; das ganze Verhältniß war bis zum Tode des Kaisers in das tiefste Geheimniß gehüllt. Der junge Held bereitete sich schon jetzt durch Angriffe auf die Obstgärten in Quacos für seine künftige Laufbahn vor, wurde aber auch öfter von den groben Bauern überrascht und mit Steinen geworfen.

Es fehlte im Laufe des Sommers nicht an bedeutenden Besuchen. Mitte August kam Garcilasso de la Vega, wahrscheinlich ein Neffe des Dichters, der Gesandter in Rom gewesen und von Paul IV. in Verhaft genommen worden war. Der Kaiser behielt ihn zehn Tage bei sich und sandte ihn dann nach Valladolid, um der Königin von Ungarn den Wunsch ihres Bruders mitzutheilen, daß sie die Regentschaft über die Niederlande wieder übernehme. Im Juli oder August erschien zum letzten Male der Jesuit Borja als Gast, wie man sagt, auf Einladung Karl's, der ihn bei dieser Gelegenheit wahrscheinlich in Betreff seiner Memoiren um Rath fragte. Karl war nicht gleichgiltig gegen die Stellung, die man ihm in der Geschichte anwies, wie seine Fürsorge zur Erhaltung gleichzeitiger Geschichtswerke beweist; auf der andern Seite wollte er durch Herausgabe seiner Aufzeichnungen nicht den Vorwurf irdischer Eitelkeit auf sich ziehen. Man kennt weder Borja's Antwort, noch das Schicksal der Memoiren; allein es ist nicht anzunehmen, daß der Jesuit, so streng er auch gegen sich und seine Neigung war, das Manuscript dem Feuertode bestimmt hätte; dazu war er in Yuste noch zu sehr der alte geschmeidige Höfling.

Im Frühjahre 1558 hatte sich der Kaiser ziemlich von den Leiden des Winters erholt, aber er begann auch, sobald er sich besser fühlte, seine frühere luxuriöse Lebensweise. Die Vorstellungen seines Arztes waren vergeblich. Seine Hände versagten ihm oft den Dienst; seine Finger waren unterschworen, und von einem Jucken und Brennen in den Beinen, welches ihn hauptsächlich quälte, fand er nur zeitweilige Erleichterung, indem er mit unbedeckten Beinen schlief, und sich dadurch, trotz aller Polster und Decken, eine gefährliche Erkältung der obern Theile zuzog. Anfälle von Gicht kehrten wieder, und seine Eßlust verlor sich fast ganz. Seine Umgebung besorgte nichts Uebles; erst am 9. August wurde Doctor Mathys, sein Leibarzt, ernstlich unruhig über den Zustand des Kranken. Um das peinliche Jucken zu heilen, hatte Karl, gegen den Willen seines Arztes, zu kaltem Baden seine Zuflucht genommen; allein das Uebel blieb und sein Hals verstopfte sich mit Schleim. Trotzdem arbeitete er noch und ärgerte sich über Kleinigkeiten, zum Beispiel, als der Frost einige Melonen, die für seine Tafel reiften, verdorben hatte. Am 16. und 17. bekam er starke Entleerungen und Kopfschmerz, der eine verdächtige Aehnlichkeit mit der Gicht hatte. Die Symptome verloren sich, und man glaubte, er habe sich durch Schlafen bei offenen Thüren und Fenstern eine Erkältung zugezogen. Das Wetter war sehr wechselnd, und es fehlte nicht an andern Patienten. In diesen Tagen verdüsterte sich der Geist des Kaisers immer mehr. Seelenmessen für sich und seine Verwandten beizuwohnen, war seine tägliche Erholung. In dieser Stimmung beging er denn auch sein eigenes Leichenbegängniß zum Heil seiner Seele. Am 30. August fand die sonderbare Feier statt. Ein Katafalk ward errichtet und, wie der Hochaltar und die ganze Kirche, mit Wachskerzen erleuchtet. Die Brüder waren alle an ihren Plätzen, an Altären und auf dem Chore; die Dienerschaft des Kaisers war in tiefer Trauer zugegen. Der Kaiser selbst, in schwarzem Kleide mit einer Kerze in der Hand, wohnte seinem Begräbnisse bei. Während die Todtenmesse gesungen wurde, schritt er vor und gab seine Kerze in die Hände des functionirenden Priesters, zum Zeichen seines Wunsches, daß er seine Seele in die Hände seines Schöpfers übergeben wolle. Vielleicht hatte der Vorgang des Bischofs von Lüttich, Eberhardt von der Mark, der jährlich sein Begräbniß feierte, auf Karl eingewirkt. Nach der Ceremonie speiste er in seinem Zimmer ein wenig und saß den größern Theil des Nachmittags in der freien Luft. Abends bekam er wieder heftigen Kopfschmerz und begab sich zu Bett. Am andern Morgen fühlte er sich etwas besser und ging zur Messe. Er äußerte gegen seinen Beichtvater, daß die Leichenfeier gestern ihm sehr gut gethan habe. Der Sonnenschein verlockte ihn wieder, sich in die offene Galerie zu setzen. Er ließ sich das Bildniß seiner Gemahlin bringen und betrachtete es lange Zeit, in tiefe Gedanken versunken; dann verlangte er noch zwei andere Lieblingsgemälde: den im Garten betenden Herrn und eine Skizze des jüngsten Gerichts von Tizian. Er schien in diesen Gemälden Abschied von der Kunst zu nehmen, welche er im Leben so sehr geliebt hatte. Durch die Anrede des Arztes aus seiner Träumerei gerissen, klagte er, es sei ihm übel. Er hatte starkes Fieber und wurde zu Bette gebracht: er erstand nicht wieder daraus. Das Fieber peinigte den Patienten in den ersten Tagen stark, sodaß noch ein zweiter Arzt herbeigeholt wurde. Die Regentin, von der Krankheit ihres Vaters benachrichtigt, bat um Erlaubniß, ihn zu besuchen; allein er schlug die Bitte ab. Große Freude empfand der Kranke, als am 8. September Vega die Einwilligung der Königin Maria, die Regentschaft der Niederlande anzunehmen, überbrachte. Die Nachricht von dem Untergange des spanischen Vicekönigs in Afrika und seines Heeres durch die Türken und Araber verschwieg man ihm. In diesen Tagen ließ er seinem Testamente, das er bereits am 6. Juni 1554 in Brüssel aufgesetzt hatte, ein Codicill hinzufügen. Er bat darin vor Allem seinen Sohn Philipp, bei seiner Liebe und Ergebenheit und bei seiner Hoffnung auf Erlösung „Sorge zu tragen, daß die Ketzer vor aller Welt streng unterdrückt und gezüchtigt würden, wie ihre Verbrechen verdienten, ohne Ansehn der Person und ohne Rücksicht auf eine Ausrede zu ihren Gunsten."

Am 19. September empfing er die letzte Oelung, wie sie bei Geistlichen angewendet wird, und starb am 21. September früh zwei Uhr als ein guter katholischer Christ. Seine Leiche ward in der Klosterkirche beigesetzt, bis Philipp II. die Reste seiner Angehörigen im Escurial sammelte.

Karl war von mehr kleiner als mittler Statur und von zartem, fast zierlichem Körperbau. Seine Repräsentation entsprach keineswegs seiner Stellung als Herr eines Reichs, in welchem die Sonne nicht unterging; sie war mehr die gewandte eines Höflings als die majestätische eines Königs. Sein Kopf war klein, seine Gesichtszüge waren regelmäßig und nicht unangenehm, aber kalt und gewöhnlich. Im matten Ausdruck seines Auges lag der starre Fanatismus seines Geistes. Seine Gesichtsfarbe war kränklich blaß, sein Bart und Haar röthlich blond. Er trug den vollen Bart. Für alle sinnlichen Genüsse war er sehr empfänglich, weit weniger für die des Geistes. Seine wissenschaftliche Bildung war von sehr geringem Umfang. Er war ein Kopf von gewöhnlicher, guter Begabung, in vieler Beziehung sehr beschränkt, ohne Tiefe und Höhe, ohne echte Begeisterung, aber gewandt und weltklug. Die großartige Bewegung im deutschen Geistesleben, welche von hochbegabten Männern in allen Schichten der Gesellschaft ausgegangen, die größte Epoche der Weltgeschichte bezeichnet und einen noch nie gekannten Aufschwung in allen Lebenszweigen hervorrief, vermochte Kaiser Karl nicht, ihrem ganzen Inhalte nach zu verstehen und zu würdigen. Zwei seiner Schwestern, die Königin von Ungarn und die Königin von Dänemark, standen geistig weit höher als er., und betheiligten sich mehr oder minder an der Zeitbewegung.

Wenn diese ein geringeres Resultat lieferte, als man den vorhandenen Kräften und ihren Leistungen nach hätte erwarten sollen, so hat Karl V. an diesem Ausgange vielen Theil.

Wenn er einen umfassenderen Geist, wenn er ein Herz für Deutschland gehabt hätte, wie viel schneller würde dieses Land, ja die ganze civilisirte Welt, die Geschichtsperiode, welche kurze Zeit vor seiner Geburt mit der Entdeckung Amerikas begann, durchlebt haben! Wie würde namentlich Deutschland zu Macht und Größe emporgestiegen sein! So aber wird sich jene Periode erst dann völlig schließen, wenn Karl's Regierungsgrundsätze; als mit dem wahren Heil der Völker unvereinbar, überall gänzlich aufgegeben worden sind.

CPSIA information can be obtained
at www.ICGtesting.com
Printed in the USA
LVHW100445110522
718424LV00003B/242

9 783375 010133